L'ILE

INCONNUE,

OU

MÉMOIRES

DU CHEVALIER

DES GASTINES.

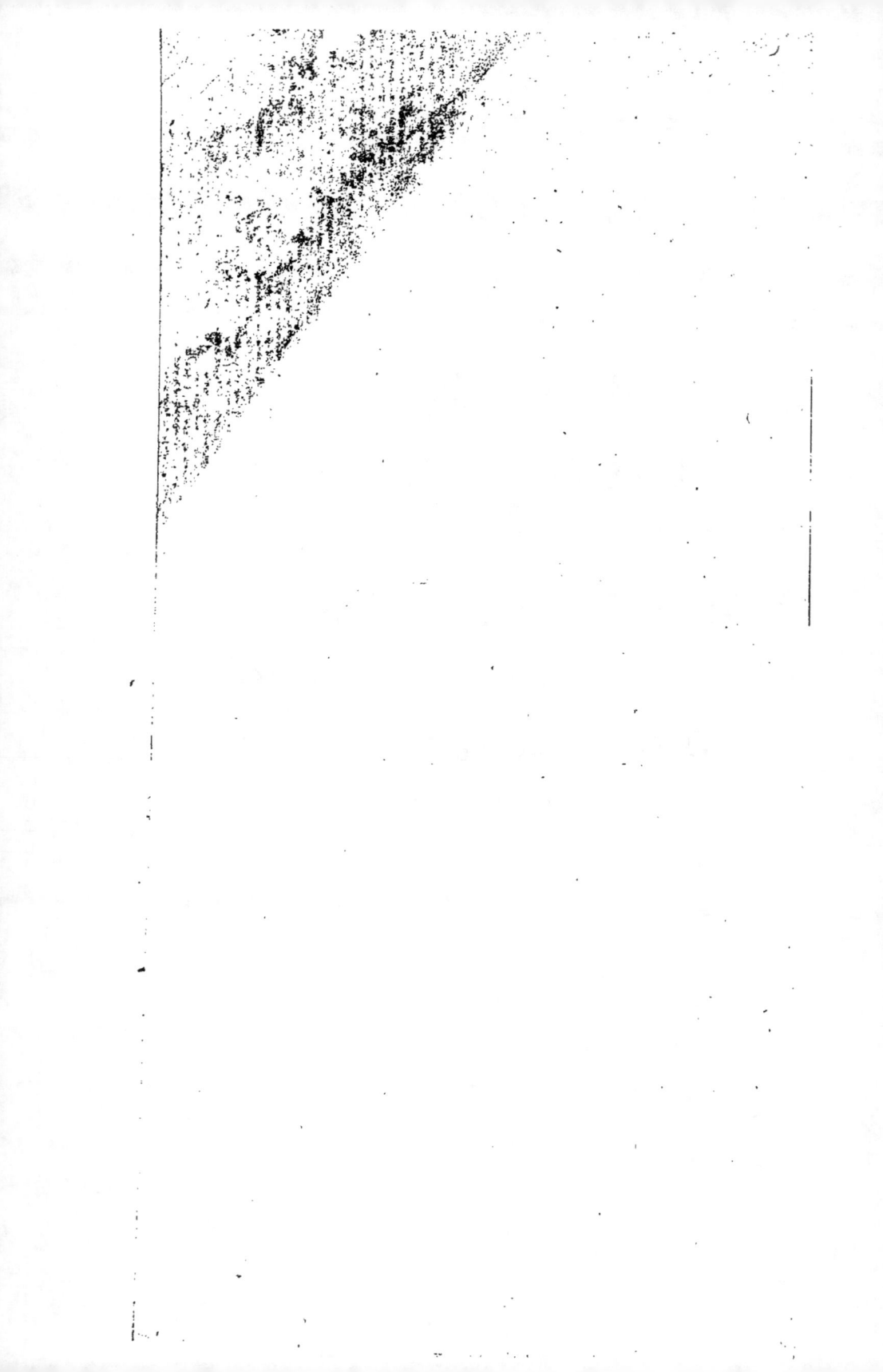

L'ILE INCONNUE,

ou

MÉMOIRES

DU CHEVALIER

DES GASTINES,

Publiés par M. Grivel, des Académies de Dijon, de la Rochelle, etc.

QUATRIÈME ÉDITION,

ORNÉE DE 11 GRAVURES.

TOME SECOND.

PARIS,

BRIAND, Libraire, rue de Crébillon, n.º 3, près la place de l'Odéon.

~~~~~~~~~~~~

1812.

L'ILE

INCONNUE,

OU

MÉMOIRES

DU CHEVALIER

DES GASTINES.

CHAPITRE XXVII.

Mariage de Henri et d'Adélaïde ; retour de Baptiste et de Guillaume ; événement qui l'occasionne.

La disposition d'esprit où je voyois mon épouse, et l'avantage qu'il pouvoit y avoir de profiter de l'absence de Baptiste pour terminer le mariage de Henri, afin que le premier, de retour à la maison, perdît l'espoir de posséder Adélaïde, et respectât le lien qui l'uniroit à son frère, me firent prendre la résolution d'assurer le bonheur de ce couple aimable, en les attachant l'un à l'autre d'une chaîne indissoluble. Un nouveau motif d'en hâter la cérémonie, étoit l'espoir

qu'elle feroit diversion aux souvenirs trop tendres qui affligeoient Eléonore. Je fis donc sentir
à mon épouse la nécessité d'unir incessamment
ces deux enfans, et elle y consentit.

Ils reçurent avec une vive joie, mais pourtant
avec modestie, l'agréable nouvelle qui leur en
fut annoncée. Le jour fut indiqué. La famille
appelée l'attendit avec impatience, et nous nous
occupâmes sans délai des soins relatifs à la noce,
tandis que les futurs époux, persuadés qu'ils
alloient terminer l'affaire la plus importante de
leur vie, se préparoient dans le recueillement à
célébrer ce jour mémorable.

Ils étoient instruits de la sainteté du nœud
qu'ils alloient former; ils connoissoient les soins
qu'imposoient l'administration du ménage et le
gouvernement des enfans, et cependant nous
jugeâmes convenable de leur mettre encore sous
les yeux le tableau du mariage; de leur montrer
dans leur vrai jour les devoirs sacrés des époux,
les engagemens imprescriptibles qu'ils contrac-
toient avec la nature, et les obligations dont les
chargeoient les lois de la société. Nous savions
que le bonheur des familles, des Cités, des Empires, dépend en grande partie du respect qu'on
a pour ces saints engagemens; qu'on ne peut
les mépriser sans altérer les mœurs, sans invo-
quer le désordre. En conséquence, nous voulions, en imprimant la plus haute idée de ces
devoirs dans l'ame de nos enfans, qu'ils ne trou-

vassent pas d'excuse dans leur ignorance, s'ils pouvoient jamais y manquer, et nous étions bien aises enfin de nous éviter le reproche que tant de pères peuvent se faire ailleurs, de gâter le cœur de leurs enfans par leur négligence à les instruire, ou par la frivolité de leurs opinions sur les choses les plus respectables, parmi lesquelles nous comptons dans notre île tout ce qui a rapport au mariage, base de la société.

Eléonore dit à sa fille : « Nous allons vous rendre heureux; mais la durée de votre bonheur dépendra de vous-mêmes. Souvenez-vous que si votre amour cède au temps, comme tout sentiment trop vif, vous devez y substituer cette tendre amitié, qui, se formant du rapport des goûts et de l'humeur, s'entretient par les attentions et s'affermit par la confiance. En ne manquant jamais d'égards et de complaisance pour votre époux, vous gagnerez son estime, vous enchaînerez son cœur pour toujours. Dans la plupart des ménages l'affection tombe, parce qu'on se néglige; que la vôtre se soutienne par l'envie de plaire, et par l'empressement à vous prévenir mutuellement. Si vos deux volontés ne sont qu'une, vos deux cœurs n'en feront plus qu'un désormais.

» Je ne vous dirai pas de chérir vos enfans, si le ciel vous en accorde. Vous êtes ma fille, c'est assez. Mais je vous exhorte à régler votre tendresse pour eux, à ne jamais l'écouter au

préjudice de la raison, et à n'agir, pour les élever et les conduire, que de concert avec votre
mari. Au reste, que vos sentimens et votre déférence pour vos parens soient tels qu'ils l'ont
toujours été, je vous réponds de l'amour et de
l'obéissance de vos enfans. C'est le prix que
Dieu promet à la piété filiale. Il ne vous trom-
pera point, ma fille. Vous jouirez pendant une
longue vie, du plaisir de voir dans le cœur de
vos descendans, cette affection respectueuse et
tendre dont je chérissois mon père, que nous
vous avons inspirée, et qui, transmise de race
en race, doit faire le bonheur de notre postérité. »

Telles étoient les leçons de cette bonne mère,
qui justifioit par le plus grand exemple là vérité
des préceptes qu'elle donnoit.

Parmi les règles de conduite que je crus devoir tracer à mon fils, relativement à son épouse
et pour le bonheur de tous deux, il me suffira
de rappeler celles-ci, comme les plus remarquables.

1º. Ne souffrez point que l'habitude de la
possession et la familiarité qui en est la suite,
affoiblissent chez vous l'envie de plaire.

2º. En parlant à votre épouse, ne donnez
jamais à la raison l'air et l'expression de l'autorité.

3º. N'exigez rien de sa tendresse, comme un

droit acquis par le mariage ; mais recevez-en les preuves au contraire comme des faveurs ou des complaisances dignes des transports et de la reconnoissance de l'amour.

4°. Enfin, soyez modéré en tout, même dans le bonheur, parce que l'abus de la jouissance amène la satiété, et qu'il faut user sobrement des plaisirs pour en étendre la durée et pour en connoître tous les charmes.

Après toutes ces leçons, rendues plus intéressantes par le ton que nous y mîmes, par les caresses qui les accompagnoient, et par la docile et tendre reconnoissance de nos enfans, nous nous préparâmes à les mener à l'autel où devoit se faire la cérémonie de leur mariage. Dans le dessein de la rendre plus respectable, même à leurs yeux et à ceux de leurs frères, nous nous efforçâmes de lui donner l'air le plus imposant et le plus auguste. Nous étions tous dans nos plus beaux atours. Eléonore prit le bras de Henri, je donnai le mien à Adélaïde ; tous les enfans, frères et sœurs, nous imitèrent. Quelques-uns ouvroient la marche en jouant du hautbois devant nous.

J'étois sans armes, parce que je devois faire une fonction religieuse, mais tous mes fils étoient armés. Les armes et leur exercice doivent entrer dans toute fête sociale. Toutes les fois qu'il se forme une famille, celles qui lui sont confédérées doivent répéter le serment de la protéger et de la défendre de tout leur pouvoir. Il faut que l'esprit de la fête soit :

Livrez-vous, couple heureux, qu'assortit une union légitime, au plaisir utile et doux de transmettre la vie à de jeunes enfans. Voilà les braves qui garantiront votre amour de toute crainte, et leur âge tendre de tout danger. La majesté sociale protège vos nœuds et les fruits qui doivent en naître.

Nous marchions ainsi deux à deux en silence et d'un pas grave, et c'est dans cet ordre que nous arrivâmes au lieu désigné, où je devois faire à la fois les fonctions de père et de pontife, recevoir et consacrer les promesses de nos jeunes gens. Mon cœur étoit épanoui et mon esprit agrandi. Tel que ce patriarche qui sauva le genre humain de ses ruines, et devint le père de tous les peuples, je réunissois toutes les espèces de pouvoir que la justice et la nécessité peuvent donner à un homme, et j'en faisois dans ce moment le plus noble emploi dont j'eusse pu m'énorgueillir. Non seulement j'assurois le bonheur de deux individus, de deux de mes enfans, mais j'établissois, en les unissant, celui de la société des hommes dans mon île, et je travaillois au bien-être de leurs descendans à l'infini.

On a beau plaisanter sur le mariage, la dépravation des mœurs qui le dégrade n'empêchera pas qu'il ne soit toujours l'institution fondamentale de toute société. C'est lui qui fait les familles, les Nations, les Empires. Si les enfans n'étoient que le fruit d'une union fortuite, occasionnée par une ardeur brutale et momentanée, la plupart des pères qui ne se croiroient jamais assurés de la paternité, n'auroient le plus souvent aucune tendresse pour ces productions éphémères, et leur refusant les soins, la nourriture, et surtout l'éducation, les livreroient au vice ou à la mort; ou, si la piété de la mère s'efforçoit de sauver ces infortunés, le petit nombre de ces hommes, échappés au malheur général, traîneroit dans la misère une vie crapuleuse, dénuée d'instruction et privée d'un frein salutaire; car la seule tendresse maternelle manque de cette fermeté courageuse, qui, dès l'enfance, doit accoutumer l'homme à l'ordre, à la discipline, et à respecter le pouvoir de la raison.

Pénétré de ces grandes vérités, j'en avois d'avance imbu mes enfans; comme père, je les présentai à l'autel, et comme pontife qui tenois dans ce moment la place de Dieu même, je reçus leur consentement en présence des assistans, et les bénis au nom même de l'auteur de la nature et de la religion.

« Nous voilà, Seigneur, dis-je à ce maître infiniment bon, prosternés devant vous, pour vous présenter les vœux et les sermens de ce jeune couple. Ils sont nos enfans; ils sont encore plus les vôtres. Je vous demande pour eux toutes les graces qui leur sont nécessaires. Nous sommes dans cette île isolée et déserte, comme les premiers hommes sur la terre inhabitée. Dans la même situation, nous avons besoin des mêmes secours. Daignez, ô mon Dieu ! les accorder à nos prières. Repandez vos bénédictions sur ces jeunes époux, rendez leur union féconde ; faites qu'ils voient plusieurs générations de leurs descendans, et qu'ils multiplient surtout par leur exemple le nombre de vos serviteurs. » Me tournant ensuite vers les époux, je leur adressai ces paroles :

« L'union que vous contractez, mes chers enfans, en vous offrant des douceurs réelles, vous impose des devoirs.

» Formée sous les auspices du plus grand, du plus saint de tous les êtres ; destinée à vous rendre, pour sa gloire, les ancêtres d'un peuple nouveau, elle doit fixer vos regards sur la postérité qui naîtra de vous.

» Ce ne sera plus seulement une famille qui, par la suite, peuplera cette île, ce sera une nation toute entière, qui vous devra, ainsi qu'à nous, son origine, et à qui vous devez de grands exemples.

» La sainteté du mariage, le respect pour les lois, la religion, sont, vous le savez, les premiers fondemens de la société civile.

» Epouse tendre et soumise, couple vertueux

et fidèle, qu'un attachement mutuel, que des soins, des égards réciproques, et l'accord de vos volontés, montrent à vos descendans quels sont les avantages et les charmes de l'union conjugale, comme vous l'ont montré vos pères. Gouvernés jusqu'ici par nos usages, par nos mœurs, par l'autorité paternelle, avec une population plus nombreuse, nous aurons besoin dans peu d'être gouvernés par des lois. Dès que j'en aurai tracé le code sacré, faites voir par votre conduite quelle est l'obéissance que nous leur devons ; et qui, rendue par les chefs, ainsi que par les sujets, fait la liberté, la force et la sûreté des citoyens.

» Mais surtout qu'ils apprennent de vous, que la première de toutes les lois, celle qui, bien remplie, suppléeroit toutes les autres, et qu'aucune ne peut suppléer, c'est la religion ; et ici, mes enfans, bénissons tous ensemble le père des humains du don qu'il nous a fait. La religion que je vous ai transmise n'étant point faite de main d'homme, porte avec elle tous les caractères de la divinité. Bien plus ancienne que toutes les inventions humaines, elle remonte aux premiers jours du monde. Vraiment une, elle offre dans toutes ses parties l'accord le plus parfait. Constante dans sa durée, elle s'est perpétuée jusqu'à nous à travers toutes les révolutions et tous les âges. Seule immuable dans ces grands changemens, pure et sainte dans

1*

ses dogmes comme dans sa morale, elle lie les hommes entre eux, par cette même chaîne d'amour qui les unit à Dieu.

» Respectez, chérissez, mes enfans, cette religion touchante et sublime. Prenez-en bien l'esprit ; son caractère, c'est la charité. Observez-en tous les devoirs ; elle épurera, elle assurera tous vos plaisirs, elle adoucira vos peines, elle fera le bonheur de chacun de vous ; et en subordonnant les intérêts particuliers à l'intérêt général, elle fera parmi nous le plus grand bonheur de tous. »

Après ce discours, qui termina la cérémonie du mariage, j'embrassai tendrement Adélaïde et mon fils. Eléonore, en pressant sa fille sur son sein, ne put retenir ses larmes : « Puisse votre union, leur dit cette bonne mère, être aussi heureuse que la mienne ! » Tous les assistans attendris témoignèrent leur satisfaction aux nouveaux mariés en les embrassant. Mes fils se formèrent en ligne et manœuvrèrent devant eux, présentèrent les armes, et firent une salve de mousqueterie. Il fut arrêté qu'il y auroit dans l'après-midi des jeux d'arc, de course, de saut, et qu'Adélaïde donneroit tous les prix, dont le premier seroit de danser avec les vainqueurs.

Ce mariage, comme je l'avois prévu, fit une heureuse diversion aux chagrins d'Eléonore, et suspendit pour quelque temps les pleurs que nous versions sur la fuite de nos enfans. L'impatience de les revoir, toute vive qu'elle étoit, avoit un peu cédé aux mouvemens et aux soins qu'avoient exigés de nous cet hymen et les préparatifs de leur noce; mais principalement aux inspirations de la prudence, qui nous représentoit la fuite de Baptiste comme un événement favorable à nos projets, et la prolongation de son absence comme très-propre à ramener le calme dans son cœur et la paix dans la famille. L'accord et la félicité que nous voyions régner dans le nouveau ménage, ajoutoit encore du poids à cette considération.

Cependant le temps s'écouloit insensiblement. Il s'étoit passé près de deux mois depuis le départ de nos déserteurs, et plus de six semaines depuis le mariage de leur frère. Déjà nos inquiétudes se renouveloient sur leur compte, et l'approche de la saison pluvieuse augmentoit nos alarmes, lorsqu'un soir, au moment que nous allions souper, un des petits qui étoient dans le jardin, entra tout à coup en criant : voilà Baptiste, voilà Guillaume; ils sont au bas du pré ; ils seront ici tout à l'heure.

Je sortis aussitôt, et voyant mes deux fils qui montoient rapidement à la maison, je courus vers Eléonore, qui, étant alors à la cuisine, n'avoit pas entendu ce qu'on venoit de m'apprendre. Je connoissois sa tendresse pour ses enfans, et son extrême sensibilité. En con-

séquence, je voulois la préparer à cette nouvelle imprévue, de peur que la subite apparition de ses enfans, en causant à son cœur
une trop vive émotion de surprise et de joie,
ne lui fît éprouver un saisissement dangereux
et peut-être mortel; mais le bruit de l'arrivée
des deux frères s'étant tout à coup répandu dans
la maison, et leurs noms retentissant aux oreilles
d'Eléonore, sa tendresse inquiète l'avoit fait
voler vers ceux qui les répétoient. Elle entroit
dans le sallon par la porte de la cour, au moment où j'allois sortir par la même porte; et
dans le même instant Baptiste et Guillaume, qui
venoient par le jardin, se présentèrent à l'entrée opposée. Ils nous virent, et se prosternèrent
plutôt qu'ils ne se mirent à genoux, de manière
que mon épouse fut frappée de leur aspect
avant que j'eusse pu la prévenir de leur retour.

Cette vue inespérée manqua de produire l'accident auquel je voulois parer. Eléonore fut si
surprise du retour de ses enfans, son cœur fut
agité d'une émotion si vive, que, suffoquée en
quelque sorte par la force du sentiment, elle ne
put se soutenir. Elle seroit sans doute tombée
à la renverse, si, me trouvant auprès d'elle, je
ne l'eusse retenue dans mes bras.

La crise qu'elle éprouvoit étoit si violente,
qu'il étoit à craindre qu'elle n'y succombât.
Les esprits et le sang, qui s'étoient portés vers
le cœur avec trop d'abondance, en avoient ar-

rêté les fonctions. Elle demeuroit sans pouls et sans mouvement, comme une personne privée de sentiment et de vie. J'étois plus mort que vif de la voir dans cet état, et la désolation régnoit dans la famille.

Cependant, à force de secours, elle revint bientôt de sa léthargie, comme d'un profond sommeil, et regardant autour de nous : « Hélas ! me dit-elle, ou sont-ils? ai-je rêvé que je les avois vus ? »

En remarquant l'effet qu'avoit produit sur Eléonore la vue de ses enfans, je leur avois fait signe de s'éloigner. Ils avoient passé dans la chambre voisine, où quelques - uns de leurs frères les avoient suivis. Je dis à mon épouse qu'ils étoient de retour à la maison; mais qu'après ce qu'elle venoit d'éprouver, je craignois de les lui présenter; et, pour modérer l'excès de la joie dont elle étoit accablée, j'ajoutai, que d'ailleurs la précipitation avec laquelle ils avoient monté la colline en quittant le rivage ; me faisoit appréhender qu'il ne leur fût arrivé quelque accident, et qu'ils n'eussent quelque malheur à nous apprendre ; que le trouble que j'avois aperçu sur leur visage m'inquiétoit déjà. Je ne hasardois ce propos que pour contenir le sentiment d'Eléonore, et cependant on va voir que je semblois deviner.

Cet expédient fut heureux. Il servit à modérer la joie de mon épouse ; mais les soupçons

que je lui inspirois, ne lui donnant que plus
d'impatience d'embrasser ses deux fils, elle me
pria de les appeler, en m'assurant qu'il n'y avoit
rien à craindre de leur entrevue, et que son
mal, ainsi que le danger, étoient déjà passés.
Je les appelai donc, et ils vinrent, les larmes
aux yeux, se jeter à nos pieds en implorant notre
clémence.

Je ne m'étendis pas en reproches ; ce n'étoit
pas le temps ; je leur dis seulement, avec un ton
à la fois tendre et sévère : « Vous voyez, mes
fils, le malheur qu'a pensé causer votre retour,
celui de votre absence fut bien plus cruel. » Leur
mère les fit lever, et les mouillant de ses pleurs
en les embrassant, se plaignit tendrement de
leur fuite, qui nous avoit occasionné tant de
chagrin. « N'aviez-vous pas, dit-elle à Baptiste,
assez de force pour vous vaincre, sans vous servir
d'un moyen extrême, qui, en nous donnant sur
votre compte la plus grande inquiétude, vous
livroit vous-même à mille périls ? Avez-vous au
moins retrouvé votre courage ? Votre retour,
enfin, n'a-t-il pas pour cause quelque événement
fâcheux ? Ah ! mon pauvre Baptiste, que vous
coûtez à ma tendresse ! »

Baptiste lui répondit qu'il étoit désolé des
peines qu'il nous avoit fait éprouver ; mais que
dans l'état où il s'étoit trouvé, la fuite étoit devenue une démarche indispensable ; que pour
ce qui le regardoit personnellement, il ne pou-

voit que s'en féliciter, parce qu'elle lui rendoit la raison qu'il avoit perdue. « Vous ne me verrez plus, ajouta-t-il, dans les dispositions que vous condamniez. L'absence et la nécessité ont opéré sur mon cœur un changement favorable. Je me suis enfin rendu maître de mes sentimens. J'abjure à jamais la haine qu'une passion furieuse m'inspiroit pour Henri. Je viens d'apprendre son mariage avec Adélaïde. Je m'en doutois, et je suis revenu. C'est vous dire assez que si je ne vois point encore son bonheur avec satisfaction, je puis du moins en supporter l'idée. Qu'il soit heureux, j'y consens. J'ai été trop sensible, je veux être juste. J'ai des torts envers mes parens et envers mon frère, je suis bien résolu de les réparer. Rendez-moi votre estime et votre bienveillance, je vais tâcher de les mériter. D'ailleurs l'union et l'intelligence ne furent jamais plus nécessaires dans la famille qu'en ce moment, où des Nègres anthropophages, auxquels nous avons échappé, cherchent peut-être à pénétrer dans l'île, pour nous découvrir et nous dévorer, et où nous aurions besoin de toutes les forces de la Colonie pour les repousser, s'ils y entroient jamais ».

La dernière phrase de ce discours me jeta dans un étonnement difficile à décrire, et fit passer le cœur d'Eléonore de l'excès de la joie à celui de la frayeur. « Vous étiez poursuivis par des Sauvages, lui dis-je ? Comment et dans

quel endroit en avez-vous fait la rencontre?
Vous ont-ils attaqués? Ont-ils connoissance de
votre asile? Ont-ils découvert l'embouchure de
la baie? Se sont-ils aperçus que vous y entriez?
Telles furent les questions rapides et multi-
pliées que je lui fis.

« J'ignore, répondit Baptiste, si ces Nègres
savent que cette île soit habitée; je pense au
contraire qu'ils ne la jugent pas même habi-
table, puisque jamais leurs courses ne s'étendent jusqu'ici. Il ne me paroît pas non plus
vraisemblable qu'ils nous aient vus doubler la
pointe opposée de l'observatoire pour entrer
dans la rivière. Mais comme ils nous ont poursuivis long-temps à force de rames, et que nous
n'avons échappé qu'à la faveur du vent et de
la voile, qui nous donnoient une marche supérieure, il est à craindre que l'envie de connoître
la route que nous avons faite, ne les engage à
continuer leur chasse jusqu'à cette pointe, et
que leurs barques, poussées dans le courant,
ne prennent, avec la marée, le chemin de l'embouchure, et ne découvrent notre habitation.
Je vous apprendrai dans un autre moment les
particularités de cette rencontre. Nous devons
maintenant songer au plus pressé; je veux dire
qu'il faut s'assurer si leurs barques ont con-
tinué leur route jusqu'à la hauteur de l'embouchure, afin de prendre, s'il est nécessaire, toutes
les précautions que la circonstance demande,

et que nos connoissances et nos armes nous permettent d'employer à notre défense, en cas d'attaque ».

« Rassurez-vous, dis-je à mon épouse, que ce discours faisoit pâlir; avant de céder à la crainte, il faut connoître au moins si le danger que l'on redoute a quelque réalité. Peut-être que ces Sauvages, en perdant de vue la barque de nos enfans, et ne voyant aucun espoir de l'atteindre, auront pris le parti de retourner au lieu d'où ils venoient. Si leur hardiesse les portoit jusqu'à la baie, et si leur témérité les y faisoit entrer, n'avons-nous pas assez d'artillerie et de munitions pour les arrêter dans leur course et pour les détruire? Ils doivent être en petit nombre, nus et mal armés; quels succès auroient-ils contre nos fusils et nos canons? »

« Allons à la découverte, dis-je à mes enfans, et prenez vos armes. Vous, Henri, passez la rivière avec Guillaume, et montez jusqu'à la crête la plus haute du côté du midi. Vous verrez de là jusqu'à la hauteur des montagnes à l'ouest. Vous, Baptiste, suivez-moi à l'observatoire, d'où nous pouvons découvrir la mer à l'est et à l'ouest dans une grande étendue. Pour vous, ma chère amie, soupez avec le reste de la famille, puisque la table est dressée et que tout est prêt. Nous trouverons bien de quoi souper quand nous reviendrons ».

Le besoin de pourvoir à notre sûreté m'obligeant de partir sans délai, je n'attendis pas sa réponse. Je recommandai mon épouse à ses filles, et m'étant pourvu d'armes, de poudre et d'un télescope, je courus avec Baptiste à mon observatoire, d'où nous eûmes la satisfaction de n'apercevoir rien qui dût nous inquiéter. J'avois fait prendre à Baptiste quelques boulets de calibre. Nous chargeâmes à tout événement le canon qui se trouvoit en cet endroit, après quoi, descendant vers le rivage, nous traversâmes la rivière dans la grande chaloupe, pour nous assurer par nous-mêmes, en montant sur les crêtes du midi, si nous avions encore quelque danger à redouter. Mais nous ne vîmes point les canots des Sauvages ; et comme la nuit tomboit, que le temps pluvieux et les orages qui le précèdent s'annonçoient déjà, et qu'il étoit vraisemblable que, dans ces circonstances, les Sauvages n'oseroient pas se hasarder sur une mer inconnue et près d'une côte aussi redoutable que celle de l'île, nous revînmes plus tranquilles à la maison.

Notre retour, et le rapport que nous fîmes rassurèrent un peu l'esprit d'Eléonore et ceux de nos enfans qui étoient restés auprès d'elle. Henri, qui nous rejoignit un moment après, acheva de nous calmer. Il nous dit que les canots qui poursuivoient ses frères, ne s'étoient avancés que jusqu'à la hauteur des montagnes les plus voisines, où la côte, faisant un coude, forme un grand promontoire ; qu'en arrivant au haut de la crête, il avoit pris la précaution de se coucher sur le ventre, ainsi que Guillaume, pour n'être pas aperçus, et qu'il n'avoit pas demeuré long-temps dans cette posture, sans voir trois canots qui doubloient le cap; mais qu'ils n'étoient pas venus plus avant, parce qu'alors, sans doute, les hommes qui les montoient, n'apercevant point notre barque dans tout cet espace de mer qui se présentoit devant eux, voyant venir la nuit ; et redoutant la tempête qui pouvoit briser leurs frêles barques sur les rochers de l'île, avoient pris le parti de s'en retourner, avec plus de vîtesse encore qu'ils n'en avoient mis à venir jusques là.

J'ajoutai à ce récit cette réflexion consolante, que nous n'avions désormais rien à craindre de leur part, les périls d'une mer courroucée durant la saison pluvieuse devant nous garantir de leurs visites, quand même ils connoîtroient notre gîte et seroient résolus de nous y attaquer.

Tous les événemens du jour, qui s'annonçoient d'une manière effrayante, s'étant passés plus heureusement que nous ne l'espérions, la famille entière, car mon épouse n'avoit rien voulu prendre, jusqu'à notre arrivée, la famille soupa avec une sorte de joie, de voir tous ses membres réunis, et d'être délivrée du danger

extraordinaire dont elle étoit menacée. Il me
restoit pourtant au fond du cœur un trouble
pénible, qui me faisoit regarder l'avenir avec
frayeur; mais j'eus bien soin de cacher dans ce
moment tous ces pressentimens funestes.

CHAPITRE XXVIII.

*Relation du voyage de Baptiste, et récit
des événemens qui en sont la suite.*

Dès que nous eûmes soupé, nous demandâmes à nos aventuriers le récit de leur voyage.
Voici ce que Baptiste nous raconta.

« La passion furieuse dont j'étois maîtrisé,
nous dit-il, me faisant regarder le mariage
d'Adélaïde comme l'événement le plus funeste
de ma vie, j'eusse été capable de tout tenter
pour le rompre, si j'eusse vu la moindre possibilité de réussir, si j'eusse pu me flatter de
l'aveu de son cœur. Emporté par l'ardeur im-
pétueuse d'un amour aveugle, et mes desirs
ayant sans cesse à vaincre une barrière insurmontable, je fus tenté vingt fois, pour les satisfaire, de me porter à des excès dont la seule
pensée me fait rougir. Je dois le dire ici en ex-
piation de ma faute. Dans quel abîme les passions déréglées ne peuvent-elles pas nous jeter!

Je balançai quelque temps entre les partis extrêmes que ma colère me présentoit. Tantôt je
voulois attaquer Henri, lui arracher la vie, ou
la perdre, s'il ne renonçoit point à la main
d'Adélaïde ; tantôt je voulois me percer aux
yeux de tous, pour les punir de mon désespoir.
Quelquefois il me venoit en pensée de faire les
derniers efforts auprès d'Adélaïde pour la toucher, pour la décider en ma faveur; et si elle
me refusoit, de l'enlever et de fuir avec elle;
mais enfin, un reste de raison me rappelant les
principes de vertu que vous avez mis dans mon
ame, et la tendresse que je vous dois, mon père
et ma mère, retraçant à mon cœur éperdu la
douleur dont je percerois le vôtre, si je cédois
à ces impulsions, je ne vis d'autre moyen d'é-
chapper à ce double naufrage, que celui de fuir
loin de la maison, dans la persuasion que l'absence pourroit me rendre ma vertu première
et mon courage.

» Peu à peu l'intérêt, la sensibilité, le dépit
me présentèrent ce parti comme le seul convenable, et l'amour-propre acheva de me déterminer à l'embrasser, en me faisant voir dans
cette entreprise une grandeur d'ame très imposante. Ils me prennent donc, me dis-je, pour
un homme ordinaire. Un autre m'est préféré,
parce qu'on lui croit plus de vertu. Eh bien!
montrons-leur que nous sommes capables des
plus grandes choses. Forçons-les à nous plaindre

et à nous estimer, et faisons-les repentir de l'injustice de leur partialité.

» Le dessein de m'éloigner, une fois arrêté
dans ma pensée, je résolus de partir la nuit
pour éviter toute poursuite, et d'emporter avec
moi toutes les choses dont je pourrois avoir
besoin dans mon exil. En conséquence, je pris
secrètement dans le magasin des provisions,
des armes, des munitions, des outils de pêche
et de labourage, enfin tout ce qui pouvoit donner à mon industrie les moyens de me secourir
dans les diverses positions où j'allois me trouver.

» Ma résolution étoit ferme; mais elle ne
m'ôtoit pas le regret de tout quitter, ni l'inquiétude où me jetoit la pensée que ma déser-
tion alloit vous causer une peine infinie. Je
gémissois intérieurement de la cruelle nécessité
où je me trouvois de vous donner tant de chagrin, et j'étois tellement affecté de ce sentiment,
que la nuit même le sommeil ne m'y déroboit
pas. Je poussois des soupirs, je faisois des
plaintes, et je parlois de mon projet dans mes
rêves.

» Mon frère Guillaume, à la générosité duquel je dois rendre ici publiquement justice,
comme un témoignage de ma reconnoissance,
mon frère Guillaume, qui m'entendit, fut touché de l'état violent où j'étois; et non moins
affligé que surpris de ma résolution, après
m'avoir dit comment il l'avoit apprise, il n'ou-

blia rien pour la rompre. Remontrances, prières, sollicitations, tout fut mis en œuvre pour
me dissuader, et tout fut inutile. Alors, voyant
que j'étois inébranlable, il changea de batterie.
Il voulut m'accompagner, et partager ma fortune dans les hasards de ma fuite; et comme
je refusois de le recevoir pour mon compagnon,
par la considération des dangers auxquels il
seroit exposé, et du surcroît de peine que je
vous causerois, il me répondit avec un ton de
fermeté bien au-dessus de son âge : Ou vous
renoncerez à votre entreprise, ou vous consen-
tirez à me prendre pour second, sinon je vais
de ce pas tout découvrir à mon père, qui trouvera bien le moyen de vous arrêter.

« Cette menace eut tout l'effet qu'il en attendoit. Je lui accordai sa demande, et nous étant
embrassés, en signe d'accord et de bonne amitié, nous convînmes du temps où nous devions
quitter l'île, et de tout ce que nous avions à
faire jusqu'à ce moment.

« Il fallut augmenter les préparatifs du voyage,
et les déposer ensuite à portée de la baie, dans
un lieu secret, qui, en les dérobant à vos regards
et à vos soupçons, nous donnât la facilité de les
embarquer promptement. Nous choisîmes cet
endroit sous un arbre épais et bas, au bord et
de l'autre côté de la rivière. Nous y voiturâmes
deux nuits de suite tout ce dont nous voulions
charger la barque.

« La troisième nuit, lorsque vous fûtes couchés, et que je crus tout le monde endormi,
nous sortîmes pour quitter l'île. J'avois le cœur
si serré de peine en traversant le jardin, que,
craignant de montrer à mon frère toute ma foiblesse, je rentrai dans la maison, sous prétexte
que j'oubliois quelque chose, mais en effet pour
reprendre un peu de force en m'asseyant un
moment.

« Marchez toujours, dis-je à mon frère, je
ne tarderai pas à vous rejoindre. Guillaume
continua son chemin, tandis qu'allant m'asseoir
sur une des marches de l'escalier, mettant mes
coudes sur les genoux, et posant les mains sur
mes yeux pour appuyer ma tête, je m'abandon-
nai dans cette posture à des réflexions si dou-
loureuses, que je crus expirer sur le lieu. Cependant mes sentimens de tendresse se réveil-
lant, j'allai jusqu'à votre porte, qui étoit également celle du cabinet d'Adélaïde. Je me pros-
ternai devant le seuil, je le couvris de cent
baisers, et je l'arrosai d'un torrent de larmes.
Enfin, faisant un violent effort sur moi-même,
je m'arrachai de cet endroit, et je rejoignis
mon frère, qui s'inquiétoit déjà de ne pas me
voir revenir; après quoi nous chargeâmes notre
barque.

» Il faisoit un beau clair de lune. Nous en
profitâmes pour sortir de la rivière et pour nous
éloigner de cette partie de l'île, afin d'être hors

de vue quand le jour viendroit nous éclairer.
Il ne faisoit pas de vent. La mer étoit calme.
Nous ne voguions qu'à force de rames. Guillaume m'aidoit de tout son pouvoir. Lorsque
nous fûmes un peu loin, il rompit le silence
que nous avions gardé jusqu'alors, pour me
demander sur quelle côte je me proposois de
descendre. Nous ne connoissons pas d'île autour
de nous, dit-il, et s'il faut s'en rapporter aux
conjectures de mon père, nous sommes fort
éloignés de toute société humaine et de toutes
les terres habitables. Nous fuyons peut-être le
seul asile que ces mers puissent nous offrir.
Dites-moi donc, mon cher frère, quel est votre
dessein ? Je ne m'en suis pas encore informé,
pour ne pas vous laisser croire qu'aucune considération, qu'aucune crainte pût m'empêcher
de vous suivre. Maintenant que ce motif n'existe
plus, faites-moi part de votre projet. Vous en
avez sans doute formé quelqu'un de plausible.

» Je ne manquerois pas seulement de raison,
mais de sens le plus vulgaire, lui dis-je, si je
m'abandonnois aux flots, si je quittois notre
asile sans un espoir probable d'en trouver un
ailleurs. Comme un autre Colomb, je navigue
pour découvrir des terres nouvelles, mais avec
plus d'espoir d'y arriver. Ce n'est pas au loin
que je les cherche. Je crois comme vous que
ces mers ne contiennent dans un espace immense que notre île, et je me rendrois cou-

2.

pable de la plus grande témérité, si j'osois dans
notre nacelle vous exposer aux risques d'une
longue navigation.

» Mais accordez - vous donc, me répondit
Guillaume. Vous ne connoissez dans ces mers
que notre île. Vous ne voulez point aller au loin
chercher de nouveaux pays. Où trouverez-vous
donc ces terres nouvelles que vous prétendez
habiter? Dans notre île même, lui répondis-je,
mais dans la partie opposée à celle dont nous
sortons. Vous avez pu remarquer, mon frère,
que l'île est composée de deux régions différentes, séparées par des escarpemens et des rochers qui paroissent insurmontables; l'une basse,
agréable, fertile, où nous avons vécu jusqu'à
présent; l'autre élevée, pleine de montagnes et
d'inégalités, dont nous n'avons vu de loin que
les cîmes, que nous ne connoissons pas, qui
peut cependant renfermer bien des choses précieuses, et nous fournir au moins une retraite
et des alimens.

» Par l'inspection que j'ai faite plusieurs fois
des montagnes les plus hautes de cette partie de
l'île, et par l'observation des cîmes d'autres
montagnes plus éloignées, j'ai lieu de croire
qu'il y a, depuis les premières jusques aux côtes
du Nord, un espace de pays considérable. Je
présume que les pendans des terrains supérieurs
qui regardent ce point de l'horizon, versent
leurs eaux au Septentrion, et qu'elles doivent

ainsi nous offrir une entrée facile de ce côté là.
Si je me trompois dans ces conjectures, nous
pourrions au moins ranger la côte au plus près;
et comme la mer est parfaitement calme, et que
cette circonstance nous permet de mener le bateau jusqu'au pied des rochers, il seroit peut-
être facile, en choisissant l'endroit de la côte le
moins escarpé, de franchir cette barrière en
grimpant jusqu'à la crête.

» Là-dessus nous continuâmes notre route
avec une nouvelle ardeur vers la pointe de l'île
la plus éloignée, et quand le jour vint à paroître,
nous nous trouvâmes assez loin des côtes qui
vous avoisinent, pour n'avoir plus à craindre
d'être découverts. Sur ces entrefaites, la brise
s'étant levée, nous en profitâmes pour nous
aider de la voile. Nous voguâmes ainsi jusque
vers le soir, que le vent tomba.

» La chaîne des rochers qui entoure l'île, ne
nous avoit point encore présenté de passage;
elle ne paroissoit jusque là qu'un rempart con-
tinu, dont la base étoit gardée par des écueils
sans nombre. Mais quand nous eûmes, en ramant, doublé la pointe du Nord, nous tombâmes
dans un courant qui nous portoit vers la côte,
ce qui me fit augurer que nous étions près de
quelque rivière, dans laquelle la marée devoit
monter alors; et en effet je devinois juste. Nous
n'eûmes pas vogué long-temps, qu'à ma grande
satisfaction nous vîmes la côte s'abaisser devant

nous. Elle parut enfin séparée par un grand intervalle. Le courant nous y portoit. C'étoit, comme je l'avois pensé, l'embouchure d'une rivière, sur le rivage de laquelle nous ne tardâmes pas à débarquer.

» Nous nous arrêtâmes dans un lieu commode et sûr, à la rive gauche de la rivière. Nous attachâmes le bateau à un arbre, et ayant mis pied à terre, nous visitâmes le local à quelques milles à la ronde, pour reconnoître le pays et nous assurer d'un endroit propre à nous faire un gîte. Le terrain en étoit inégal, les collines hautes et rapprochées, les vallées profondes. Il étoit bien différent de celui que nous habitons; mais l'aspect de ce paysage, tout agreste et sauvage qu'il paroissoit, ne déplut point à mon cœur. Il convenoit à ma mélancolie, il entretenoit ma tristesse par le sombre des idées qu'il inspiroit.

» Nous trouvâmes au pied d'une roche pendante et fort élevée, une grotte spacieuse dont nous fîmes notre logement, ne voyant pas qu'elle servît de retraite à des bêtes cruelles ou venimeuses. Nous y transportâmes tout ce que nous avions dans le bateau; nous y fîmes du feu, et y passâmes la nuit. Cette grotte fut pour nous un asile heureux et commode, car dans cette partie de l'île les nuits sont très-fraîches, et si nous avions été forcés de coucher à l'air, nous aurions pu être incommodés du changement subit de température, comme nous l'éprouvâmes depuis.

» Je ne vous dirai point quels sentimens affectoient mon ame dans ce moment. Je n'aurois su les définir moi-même. La tendresse et l'orgueil y luttant sans cesse, vainqueurs et vaincus tour à tour, me tenoient d'abord dans une situation pénible et cruelle; mais comme la raison se rangeoit toujours du parti de l'amour-propre, je ne tardai pas à me savoir bon gré d'avoir pris la fuite, et je me fis gloire du courage que j'avois montré dans ma résolution. J'eusse été pleinement satisfait de mon exil, si l'idée du chagrin que je vous causois, et la vue des privations et des regrets auxquels j'exposois mon frère Guillaume, n'eussent jeté beaucoup d'amertume sur mes réflexions.

» Le lendemain, nous étendîmes nos courses beaucoup plus loin que la veille. Nous montâmes jusqu'au sommet d'une haute montagne, d'où nous vîmes à découvert celle qui vomit du feu, et qui pour lors ne jetoit que de la fumée. Tout nous présentoit ici une nature sauvage et brute, un paysage rude et bizarre, un terrain hérissé et plein d'aspérités, un pays en un mot désagréable à l'œil. Mais nous reconnûmes bientôt qu'avec ce désagrément, ce pays avoit aussi ses avantages. Il abondoit en gibier du meilleur goût, qui, n'étant pas épouvanté de notre vue, se laissoit assommer à coups de bâton. La ri-

vière, et jusqu'aux ruisseaux nombreux qui bai-
gnent les vallées, étoient remplis de poissons
exquis; enfin les bois nous offroient une diversité d'arbres chargés de fruits, et la terre nous
montroit en profusion des simples et des plantes
propres à la nourriture et à la santé de l'homme.

» Ces découvertes, qui nous déroboient désormais à la crainte de manquer de subsistances,
donnoient un prix réel à notre solitude, et nous
accoutumoient à ce séjour. Nous voulûmes
étendre ces avantages, et dans cette vue, nous
fouîmes le sol aux environs de la grotte, pour
en faire un champ. Les bois dont les collines y
sont couvertes, conservent aux terres de ce canton une fraîcheur salutaire que nos terres n'ont
pas ici. L'observation que nous en fîmes, nous
porta à semer des légumes avant la saison des
pluies. Tout ce que je semai fit des progrès sur-
prenans, et nous faisoit espérer, quand nous en
sommes partis, une très-bonne récolte.

» Nous nous établissions ainsi à demeure,
mais les premiers travaux finis, le loisir dont
nous jouissions me donna l'envie de pousser
nos visites jusqu'à la grande montagne, pour
examiner de près tout ce qu'elle avoit de curieux. Nous prîmes en conséquence les provisions nécessaires pour un voyage de plusieurs
jours, et après avoir fermé à tout événement
l'entrée de la grotte avec de grandes pierres et

des broussailles, nous nous acheminâmes en chassant, jusqu'au pied du volcan.

» Je ne vous en ferai point la description ; il ressemble à ceux que vous avez en Europe, et dont vous nous avez quelquefois entretenus. Je me contenterai de vous dire qu'à plus de deux lieues de sa base, qui, si j'en juge bien, en a plus de quinze de circonférence, les vallons sont couverts de pierres ponces et de cendres. Il sort du bas de la montagne plusieurs ruisseaux qui y entretiennent un peu de verdure. Un peu plus haut nous trouvâmes de petits bois ; mais au dessus ce n'étoit qu'un pays brûlé, un terrain plein de crevasses et de ravines, couvert en quelques endroits, à des profondeurs considérables, de matières, qui, sorties liquides en différens temps des flancs et de la bouche du volcan, étoient maintenant solides comme la pierre.

» Mais c'est dans ce terrain brûlé, en apparence si méprisable, que je fus bien payé de ma curiosité, et c'est lui surtout qui doit nous rendre cette montagne précieuse. J'y trouvai du soufre, plusieurs sortes de métaux, et particulièrement du cuivre en très-grande abondance. J'en découvris quelques mines, dont je rapportai de gros morceaux vierges à la grotte, bien persuadé que nous trouverions encore d'autres mines, et qu'elles devoient être faciles à exploiter.

» Cependant l'envie de connoître cette partie

de l'île, qui est située entre le volcan et la grande
cataracte, nous ramena peu de jours après au
pied du volcan. J'oubliois de vous dire que cette
montagne brûlante est la cîme la plus élevée
d'une longue chaîne d'autres montagnes ou de
rochers escarpés, qui, s'étendant d'une mer à
l'autre, partage en quelque sorte ce terrain supérieur en deux parties. Nous eûmes une peine
infinie à la traverser. Il nous fallut non-seulement gravir des pendans très-roides, mais grimper sur des pointes de rochers presque inaccessibles, et franchir quelquefois d'un saut, des
fentes et des ravines dont le fond se perd dans
des abîmes. J'ose croire qu'il n'y a que des
hommes d'un grand courage, et dont les membres fréquemment exercés ont acquis beaucoup
de force et de légèreté, qui puissent entreprendre une pareille route. Quoi qu'il en soit,
nous vînmes à bout de surmonter cette barrière, et nous nous trouvâmes dans une contrée
plus curieuse encore que celle d'où nous venions.

» Le pays en deçà du volcan présente en
effet à l'œil surpris un aspect plus étrange et
des sites plus bizarres. On ne voit pas seulement
au loin des inégalités et des montagnes, car
cette partie est plus étendue et plus découverte;
mais ces montagnes ont une forme plus singu-
lière. Ce sont pour la plupart des pics tronqués
et isolés, d'une grande élévation, qui portent

encore des marques des volcans éteints qu'ils
ont recélés autrefois. Les ruines et les laves dont
ils sont entourés, sont les témoins existans des
secousses terribles et des révolutions que les
tremblemens de terre et les volcans ont fait
éprouver à cette partie de l'île.

» Je visitai la plupart de ces montagnes, dont
quelques-unes m'offrirent, comme je le pensois, des carrières ou des mines de métaux riches. J'en trouvai même une de fer, qui est,
si je ne me trompe, très-abondante, et, dans
notre situation, bien plus utile pour nous que
celles d'or ou d'argent. Je remarquai soigneusement la position de cette mine, pour pouvoir la retrouver dans la suite, s'il étoit nécessaire de l'exploiter. Mais mes soins et mes observations ne se bornèrent point à ces objets.

» Mon intention étoit surtout de m'assurer
s'il ne seroit pas possible de trouver un passage pour descendre de cette partie élevée de
l'île dans celle que vous habitez, et de connoître, chemin faisant, la source et l'accroissement de notre rivière.

» Je fus pleinement satisfait sur ce dernier
article. Je me convainquis que les eaux qui
tombent du penchant des montagnes vers le
midi, forment d'abord cette rivière, laquelle
recevant ensuite, à droite et à gauche, tous les
ruisseaux, jusqu'à la cascade, se trouve assez

2*

forte en cet endroit pour pouvoir porter bateau.
J'en suivis la rive droite, malgré la difficulté
du terrain et des rochers énormes qui embarrassoient ma route ; enfin , parvenu jusqu'au
bord de l'abîme, j'eus la consolation de voir
les crêtes qui environnent ce vallon ; mais je
ne pus y fixer mes regards sans l'émotion la
plus tendre, et sans répandre un torrent de
larmes. Heureusement pour moi que j'étois
alors assez loin de Guillaume ; car devant lui
je me contenois, et par orgueil, comme son
aîné, et par humanité, pour ne pas ajouter aux
chagrins où son amitié pour moi l'avoit si généreusement plongé.

» Les entours effrayans de la cataracte ne
m'offroient point le passage que je cherchois.
Il fallut revenir sur nos pas, et nous détourner
beaucoup pour aller tenter de le découvrir ailleurs, à cause d'un creux vaste et noir qui nous
barroit le chemin. Nous fîmes donc un grand
circuit, et marchant sur un sol couvert de laves
et de ruines , nous nous dirigeâmes à droite
vers le promontoire, près duquel je me flattois
de trouver ce passage. Mais quand nous eûmes
fait le tour de ce noir précipice, qui vraisem-
blablement est la coupe d'un ancien volcan ,
des rochers à pic ou des abîmes qui s'offroient
sans cesse devant nous , nous opposèrent long-
temps une barrière insurmontable. Ce ne fut
qu'à la crête la plus voisine du promontoire,

que j'estimai possible de se frayer par terre un
chemin de cette partie de l'île à l'autre.

« Je crus d'abord que je pourrois, en côtoyant le promontoire, gagner de pointe en
pointe les crêtes qui terminent le vallon ; mais
quand je touchois presque au terme de mes
espérances, je fus tout à coup arrêté par une
brèche du rocher qui interrompoit mon chemin. La montagne à gauche, élevée comme
un mur au-dessus de ma tête, la mer à droite
au-dessous de moi, et à une profondeur considérable, ne me permettoient plus d'avancer
ni de chercher une nouvelle route en me détournant. Nous fûmes donc forcés de rebrousser chemin. Je vis bien cependant que mon
projet n'étoit pas impraticable. La brèche qui
nous arrêtoit n'ayant guère plus de trente pieds
d'ouverture, je conçus qu'il seroit possible d'y
faire un pont avec de grands arbres ; mais
comme deux hommes seuls ne pouvoient entreprendre un pareil ouvrage, il fallut l'abandonner pour le moment, et renvoyer à des
temps plus favorables le soin de s'en occuper ».

» Et quelle étoit, mon fils, lui dit alors
Eléonore, votre intention, en revenant dans
l'île, après avoir pris le parti de fuir et de vivre
loin de nous ? Aviez-vous déjà changé de résolution ».

» Non ma mère répondit Baptiste ; mais n'avez-vous jamais aimé ? Ne connoissez-vous

pas les retours d'un cœur offensé, mais trop
tendre, qui cède quelquefois aux mouvemens
secrets de sa passion, quoique méprisée ? Je
voulois, à la faveur de la nuit, pénétrer jusqu'ici ; et si je ne pouvois voir ce que j'aimois, je
voulois jouir au moins du charme de l'entendre. Je me flattois du doux espoir d'ouïr pro-
noncer mon nom par les bouches les plus chères, et d'apprendre peut-être que j'étois re-
gretté. Placé sous le vestibule près de la porte
du salon, lorsque vous auriez soupé, je n'aurois rien perdu de votre conversation. Je voulois enfin vous dérober aux inquiétudes que
vous causoit notre sort, en déposant près de
la porte une lettre qui pût vous rassurer sur
notre compte, sans pourtant vous faire connoître le lieu de notre exil. Tel étoit le projet
séduisant que j'avois adopté, et auquel je ne
renonçai qu'avec beaucoup de peine.

« Je retournai donc, continua Baptiste, des
bords du vallon à notre grotte, tout pensif et
fâché de ne pouvoir venir jusqu'à vous ; et
cette circonstance sembla me rendre, durant
plusieurs jours, ma première mélancolie. Nous
repassâmes, avec autant de difficulté que de
danger, la haute chaîne des montagnes. Mais cela
ne m'empêcha pas d'y revenir, pour en extraire
des métaux que j'avois résolu de travailler.
Mon inquiétude, encore plus que le besoin,
me rendoit le travail nécessaire. J'étois sans

cesse en mouvement pour me distraire , et cette règle de conduite me servit beaucoup.

« Déjà je sentois renaître le calme dans mon cœur ; la raison commençoit à s'y faire entendre, et ma situation me devenoit tous les jours moins penible , parce que j'entrevoyois ma prochaine guérison. Je goûtois enfin le repos de ma solitude avec une joie intérieure que ma passion en silence ne troubloit plus.

« C'étoit dans ces dispositions que je parcourois les bois et les montagnes , dès que le travail ne me retenoit plus à la grotte. J'aimois à jouir de ce domaine que je m'étois fait, comme du prix de ma hardiesse ; et d'après cette idée , la pêche , et surtout la chasse , avoient pour moi des attraits puissans.

» Nous avions fait, il y a deux jours, une de ces parties de chasse assez loin de la grotte, et nous revenions très-satisfaits du succès que nous avions eu, lorsque , traversant un bois , au haut d'une colline , il me sembla entendre dans une vallée au-dessous de nous et près de la rivière , la voix de plusieurs personnes qui en appeloient d'autres. J'étois plus avancé que mon frère. J'attendis qu'il m'eût joint, et cependant je mis l'oreille contre terre, pour m'assurer si je ne me trompois pas. Imaginez ma surprise, lorsque je ne pus douter que ce n'étoit point une illusion , et qu'il y avoit d'autres hommes que nous dans notre solitude. Il me vint d'abord

en pensée, que vous, mon père, et quelques-
uns de mes frères y étiez venus en me cherchant ; mais le ton et la langue de ces hommes,
me firent bientôt comprendre que ce n'étoit pas
vous.

» Mon frère, à qui je fis part de mon observation, voulut s'assurer par lui-même de la vérité de la chose, et reconnut, comme moi, que
nous avions peu loin de nous d'autres créatures
de notre espèce. Ne sont-ce point des Sauvages ?
Sont-ils venus en grand nombre ? Est-il de la
prudence de nous montrer à eux ? Telles furent
les points d'une courte délibération entre nous,
dont la conclusion fut que nous devions agir
avec circonspection dans la conjoncture présente, et qu'il y alloit de notre vie à ne pas nous
tenir sur nos gardes ; mais qu'il falloit, avant
tout, reconnoître secrètement quels étoient ces
hommes qui nous effrayoient. Demeurez-là, dis-
je à Guillaume, je m'en vais, à la faveur des
broussailles, pénétrer doucement jusqu'à l'issue
du bois, d'où je pense que je pourrai voir sans
danger ce qui nous épouvante. Nous nous ré-
glerons ensuite sur ce que nous aurons vu. Vous
n'irez certainement pas seul, répondit Guillaume, il n'est pas prudent de nous séparer.
Qui sait si vous ne risquez rien à faire sans moi
cette démarche ?

» Il n'y avoit pas à disputer. Nous marchons
en silence jusqu'à l'ouverture de la vallée. Nous

nous glissons, en y arrivant, derrière un buisson touffu, pour observer de là tout ce qui se
passoit au bas. Mais à peine y sommes-nous
placés, que Guillaume, me tirant par la manche,
me dit à voix basse : Sauvons-nous, mon frère,
les voilà qui montent; ce sont des monstres. Je
regarde du côté qu'il m'indique, et je vois sept
à huit Nègres séparés l'un de l'autre, armés de
flèches, et d'un aspect hideux, qui s'avancent
en chassant, vers le buisson. Les plus près n'é-
toient pas à quatre cents pas de nous. Je sentis
alors combien mon imprudente curiosité pouvoit nous devenir funeste. Mais il falloit se tirer du péril où je m'étois jeté, et je ne vis
d'autre moyen que de regagner le bois au plus
vîte.

» Un des Nègres qui nous aperçut, se mit à
faire de grands cris, pour avertir ses camarades
de sa découverte. Il court sur nos pas de toute
sa force, tandis que les autres s'efforçoient de
le suivre de près. Leurs cris épouvantables, leur
course précipitée, et les arcs qu'ils tenoient
bandés en nous poursuivant, ne nous laissoient
aucun doute sur leur intention. Ils en vouloient
à notre vie. Le péril étoit manifeste. Nous étions,
à la vérité, pourvus de bonnes armes; nous portions des arcs et des fusils; mais deux contre
huit, la partie étoit trop inégale. Nous ne devions songer à nous défendre qu'à la dernière
extrémité.

» Aussi, loin de tenir tête à ces Nègres, nous redoublâmes d'activité pour fuir. Nous traversâmes le bois dans la largeur de la colline, et puis, tournant vers la rivière, dont nous semblions d'abord nous éloigner, nous courûmes si rapidement, que nous parvînmes à dépasser le bois avant que nos ennemis en eussent atteint la lisière. Descendre la colline, arriver au rivage, nous jeter dans notre bateau, ne fut pour nous que l'affaire d'un moment. J'éprouvois alors d'une manière très-sensible, combien il importe à l'homme de savoir tirer parti de ses facultés naturelles. Si nous n'avions su courir mieux que les Nègres, c'en étoit fait de nous.

» En effet, sans l'avance que nous avions prise sur eux, il eût été comme impossible que nous leur eussions échappé ; car pour éviter leur vive poursuite, ce n'étoit pas assez d'atteindre le rivage où nous avions débarqué, ni de nous en éloigner en bateau pour passer sur le bord opposé ; ce trajet n'eût fait que retarder notre perte. Il falloit sortir de la rivière avant que les Sauvages pussent y mettre obstacle. S'ils eussent atteint le rivage immédiatement après nous, comme la rivière a peu de largeur, les uns auroient pu nous devancer à la nage ou en canot et nous barrer le chemin, tandis que les autres nous auroient percés de leurs flèches. Obligés de manœuvrer pour conduire notre barque,

nous n'aurions pu suffire à nous défendre et à
naviguer en même temps.

» Ce malheur effrayant manqua d'arriver,
malgré l'extrême vîtesse de notre course. En entrant dans la chaloupe, nous avions coupé la
corde qui la retenoit au bord, et nous ramions
de toutes nos forces pour gagner l'embouchure
de la rivière ; mais nous n'avancions pas autant
que nous voulions ; et cependant les Nègres,
parvenus sur nos traces au haut de la colline,
nous voyant près de leur échapper, descen-
doient en hurlant comme des furieux, et se pré-
cipitoient vers leurs canots, dans le dessein de
s'opposer à notre fuite. Nous avions heureusement beaucoup d'avance sur eux, et nous étions
si près de l'embouchure, qu'ils ne pouvoient
parvenir à nous couper que très-difficilement.

» Mais ils s'y prenoient de manière à nous le
faire craindre ; car leurs canots, qu'ils avoient
poussés sur le sable, non loin de l'embouchure,
demandant un peu de temps pour être mis à
flot, deux de ces Nègres comprenant que le plus
court délai pouvoit nous sauver, se jetèrent
hardiment dans la rivière pour nous devancer.
Ils nageoient l'un et l'autre avec une telle vîtesse, en portant des flèches entre leurs dents,
qu'ils pouvoient en quelque sorte se flatter de
nous joindre. S'ils réussissoient, nous étions
perdus. Le temps employé à nous défendre de

ces deux Nègres, pouvoit donner aux autres celui de nous accabler.

» Nous longions cependant la rive opposée, en accélérant, autant qu'il étoit possible, la course de notre bateau. Mais, à la diligence que faisoient nos ennemis, je vis bien que nous ne pouvions nous soustraire à leur rage, qu'en les arrêtant dans leur course. Bientôt ils nous devançoient, et ils n'étoient déjà plus qu'à trente pas de nous. Il n'y avoit plus de temps à perdre. Alors laissant à Guillaume la conduite de la barque, je pris un de nos fusils à deux coups, et tirant sur ces misérables, je brûlai la cervelle au plus avancé, et du second coup je cassai le bras à l'autre. Cette double décharge nous sauva.

» Il est plus facile d'imaginer que de peindre l'effet qu'elle produisit sur nos ennemis. Le feu, le bruit de nos armes, la mort d'un de ces Nègres et la blessure d'un second, jetèrent d'abord tant de frayeur dans l'esprit des autres, qu'ils s'arrêtèrent de surprise, ne pouvant concevoir le prodige destructeur qui s'opéroit sous leurs yeux. Quelques-uns même en tombèrent à la renverse ; mais, soit qu'ils vinssent à penser que la foudre avoit frappé leurs camarades, soit qu'ils nous crussent plus heureux que redoutables d'avoir deux ennemis de moins, ils reprirent bientôt le projet de nous poursuivre ; en sorte qu'ayant recueilli leur blessé, et se trouvant renforcés par une autre bande de Nègres que je n'avois pas vus, ils s'embarquèrent dans trois canots, qu'ils poussèrent dans le courant en faisant des cris affreux, et ils voguèrent bien-tôt sur nos traces.

» Nous sortîmes enfin de l'embouchure; mais nos ennemis acharnés ne perdirent point pour cela l'espérance de nous joindre. Leurs ba-teaux, plus légers et montés de plus de rameurs que le nôtre, les faisoient marcher plus vîte que nous. Ils nous poursuivoient avec fureur, croyant faire de nous une proie assurée. Ils s'ap-prochoient insensiblement, et je me voyois déjà dans la nécessité de me servir encore de notre mousquéterie, lorsqu'heureusement la brise s'é-tant levée, et nous devenant très-favorable dans la route que nous avions à faire, je déployai la voile, qui nous assura bientôt la supériorité de la marche, et nous mit à l'abri de la crainte et du danger. Je ne vous en dirai pas davantage, le reste vous est connu. »

Emus et attendris de cette histoire, nous em-brassâmes nos aventuriers, en les félicitant de leur retour, pleurant de nouveau sur leur fuite, mais applaudissant à leur courage. Eléonore surtout, dont l'ame est si sensible, ne pouvant contenir les mouvemens de son cœur, les ac-cabloit de caresses, et ses belles joues étoient arrosées de larmes. « Que je me sais bon gré, me dit-elle, de vous avoir empêché de courir

sur leur trace, comme vous le désiriez! Vous
seriez tombé peut-être sous les coups de ces
barbares. » Puis s'adressant à ses enfans :

« Vous m'étiez déjà bien cher, dit-elle à
Guillaume; mais votre dévoûement aux intérêts
de votre frère, vous donne un droit de plus à
ma tendresse. Sans vous, hélas! que seroit-il
devenu. J'eusse pleuré sa perte le reste de ma
vie. Votre amitié généreuse nous l'a conservé.
Et vous, mon cher Baptiste, j'admire votre résolution, quoiqu'elle m'ait causé des peines et
des inquiétudes si cruelles, et je bénis le ciel de
vous avoir fait vaincre nos ennemis; mais je dois
lui rendre plus de graces encore, pour vous
avoir donné la force de vous vaincre vous-
même. »

Nous fîmes ensuite des conjectures sur les
motifs qui conduisoient ces Nègres dans notre
île; et, sans pouvoir en assurer rien de posi-
tif (1), nous en conclûmes que leur pays ne
pouvoit être bien éloigné, et qu'il falloit nous
mettre en état de défense, en cas qu'il leur prît

(1) Nous avons su depuis qu'ils y venoient pour en
rapporter du cuivre, dont ils fabriquoient grossièrement
des colliers et des bracelets pour leurs femmes, qui regardent ces ornemens comme très-précieux. Plusieurs
nations différentes se rendent dans cette vue dans cette
partie de l'île, ce qui donne lieu quelquefois à des combats, lorsqu'elles se rencontrent. Ils mangent leurs prisonniers.

envie de venir nous insulter. Tel fut l'effet de
l'amour de Baptiste. Il fit perdre à l'île sa première tranquillité, en nous donnant de justes
alarmes. C'est ainsi que les passions effrénées
portent souvent le trouble et quelquefois la
guerre dans les sociétés, où elles n'ont pas toujours une issue aussi heureuse que dans la nôtre.

CHAPITRE XXIX.

*Mariage de Baptiste , d'Amélie et de plu-
sieurs de leurs frères. Préparatifs de défense contre l'irruption des Nègres. Ils
attaquent l'île.*

L'INDISPENSABLE nécessité où se trouvoit Baptiste de demeurer ferme dans sa résolution, et
peut-être la crainte que la présence d'Adélaïde
ne rallumât ses feux mal éteints, lui firent chercher du secours dans une liaison nouvelle. Amélie devint l'objet de son hommage. Il s'empressa
de lui rendre des soins assidus. Tel qu'un homme
qui pour redresser un jeune arbre, le ploie en
sens contraire, Baptiste vouloit prendre un
autre attachement, pour effacer jusqu'aux traces
du premier, parce que rien ne guérit l'amour
comme un nouvel amour; et bientôt ce remède

eut un effet salutaire. Les soins qu'il donnoit
d'abord à Amélie par politique, il les continua
par goût, dès qu'il connut les rares qualités de
cette fille, que son caractère sage et sérieux
sembloit voiler. Il en devint épris, et l'aima
avec toute la chaleur qui distinguoit le sien,
quoiqu'elle ne parût pas fort sensible aux témoignages de sa tendresse.

Il nous fit part de ses vues, et nous approu-
vâmes sa recherche. Mais quand nous en par-
lâmes à Amélie, et que nous lui demandâmes
son consentement, nous fûmes tout étonnés
d'apprendre qu'elle se refusoit à ce mariage.
Elle allégua pour raisons la foiblesse de sa santé, la disparité de caractère; le véritable motif
dont elle ne disoit rien, mais que nous connûmes enfin, étoit la crainte que Baptiste ne la
prît pour pis-aller, et que le fond de son cœur
ne fût pas changé. Nous eûmes beaucoup de
peine à la détourner de cette idée, et ce ne fut
en quelque sorte que par déférence et après de
longues exhortations, quelle consentit à lui donner la main.

Ce point une fois emporté, je crus que l'intérêt général, encore plus que celui des particuliers, demandoit que nous unissions tous ceux
de nos enfans qui étoient en état de songer au
mariage. La découverte d'un ennemi, sans doute
peu distant de l'île, et l'invasion dont il sembloit la menacer, nous faisoit mieux sentir

quelle étoit pour nous l'importance d'une nombreuse population. Quoique les défenseurs qui
devoient naître de ces nouveaux couples, ne
pussent de long-temps servir à notre sûreté,
les conseils de la prudence, qui cherchoit à
nous préparer des forces pour l'avenir, nous
invitoient naturellement à former de nouveaux
ménages. Ainsi n'écoutant plus que la convenance des caractères, et tâchant de tout régler
sur l'inclination des parties, nous couronnâmes
leurs feux en les bénissant, et tous ces ménages
ont été aussi heureux qu'on pouvoit l'espérer.
Nous eûmes ensuite la même attention pour
leurs plus jeunes frères, lorsque leurs sentimens
et leurs forces nous avertifent de les unir.

Je ne ferai point ici le détail de ces cérémonies. Elles ne furent à peu près que la répétition de celle du mariage d'Adélaïde. Il me suffit
de dire que tout se fit au gré de tous, et que
chacun augmentoit son bonheur par la vue du
bonheur des autres. Le temps pluvieux où nous
étions alors, ne nous permettant point d'étendre
les fêtes à la campagne et d'aller danser à l'air,
nous nous tînmes enfermés dans l'intérieur de
la maison, où nous jouîmes de tous les plaisirs
que notre industrie et la joie commune purent
imaginer, et que le temps du repos et la circonstance des noces nous permettoient de
prendre.

Mais je ne m'y livrois pas avec tant d'abandon, qu'ils me fissent oublier l'apparition des Nègres, ni les suites effrayantes dont elle nous menaçoit. Parmi le mouvement et le tumulte des nôces, je rêvois au contraire aux précautions que nous devions prendre, et aux moyens que nous pouvions employer pour repousser leurs attaques, et je réfléchissois sérieusement au plan de défense que le besoin pourroit nous rendre nécessaire. En conséquence, dès que les pluies eurent cessé, et que nous pûmes sortir de l'inaction forcée où elles nous tenoient, je fis part à mes fils de mes projets, et tous les ayant approuvés, nous commençâmes sans délai à travailler pour les mettre au plutôt à exécution. Comme les barrières naturelles de l'île nous paroissoient inexpugnables de tous côtés, et que nous pensions n'avoir à craindre l'invasion que par l'embouchure de la rivière, nous portâmes tous nos soins à la fortifier de manière à pouvoir en défendre les approches.

Nous fîmes, dans cette vue, deux redoutes à l'entrée de la baie, que nous adossâmes aux rochers, à cause du peu de largeur du rivage. Nous entourâmes d'un fossé profond toute la partie qui en étoit susceptible. Nous les garnîmes de canons, dont les feux croisés devoient battre l'embouchure, et foudroyer toutes les barques qui s'efforceroient d'y entrer. Je connoissois assez l'art des fortifications, pour donner à nos ouvrages la perfection nécessaire;

mais il importoit moins de les faire solides, que
de les rendre inaccessibles. Il étoit vraisemblable que si nos ennemis entreprenoient de
les emporter, ils emploieroient plutôt leurs
forces naturelles, que des machines; qu'ils tenteroient d'escalader le rempart, et non de le
renverser. Je jugeai donc convenable de lui
donner plus de hauteur que je n'aurois fait, si
je l'avois construit pour résister au canon. Ainsi
nos redoutes, simplement composées de gazon
et de terre, furent élevées de dix pieds au-dessus
de l'eau des fossés. Nous les entourâmes de
fortes palissades, et nous les fraisâmes; et comme
je voulois surtout garantir ceux qui défendroient
les fortins, de l'atteinte des flèches des assaillans, je couronnai le parapet de gabions et de
sacs à terre, dans l'intervalle desquels mes
gens pouvoient faire feu de leur mousqueterie.

Ce ne fut pas tout encore. Je fis placer un
second canon sur mon observatoire, pour tirer
de loin sur les barques de nos ennemis, afin de
les empêcher, s'il étoit possible, de venir reconnoître la baie, et de pénétrer jusqu'à nous.
J'exerçai mes enfans à charger et à pointer le
canon, et ils s'acquittèrent bientôt de l'emploi
de canonnier aussi bien que moi-même.

Tous ces préparatifs, qui alarmoient surtout
Eléonore et ses filles, furent faits avec une ardeur et une diligence incroyables. Je reconnus

2. 3

alors que l'homme, et surtout l'homme amou-
reux, est un animal guerrier. Mes fils étoient
exaltés. Ils faisoient voir, en travaillant à nos
redoutes, un air de fierté et de grandeur impo-
santes. L'idée de défendre leurs jeunes épouses
les élevoient à l'héroïsme, et j'en surpris plusieurs à desirer que l'ennemi vînt éprouver leur
courage. Noble instinct donné à l'homme pour
la juste défense et la protection des êtres intéressans et foibles, qui attendent leur subsistance
en paix et leur salut en guerre, de sa force et
de sa valeur. Noble instinct, quand il ne sort
pas de ses bornes légitimes où la justice doit
l'enchaîner; mais, hélas! instinct féroce, dont
l'ignorance et les conquérans n'ont que trop
abusé pour les malheurs du monde.

Tous les membres de la famille, sans exception, mirent la main à l'œuvre. Chacun employa
ses forces pour se parer de l'ennemi commun,
et nous fûmes en état de le bien recevoir un
mois après avoir commencé nos redoutes. Dès
ce moment je respirai, et les cruelles inquiétudes qui m'assiégeoient, me laissèrent plus
tranquille. Depuis la fin du mauvais temps, je
n'avois pu me rassurer contre la crainte d'une
attaque de la part des Nègres. Chaque jour,
chaque moment pouvoit les amener en grand
nombre. Ils auroient pu tomber sur nous avant
que nous eussions fini nos fortifications ; et
comme rien ne les eût arrêtés à l'entrée de la

baie, il leur eût été possible, durant la nuit,
de nous surprendre dans le sommeil, et en nous
assaillant à l'improviste, de dévaster nos possessions, de brûler nos bâtimens, et d'exterminer peut-être toute la colonie.

Pour prévenir ce malheur, j'avois cependant
établi une garde roulante. Trois de mes fils
veilloient chaque nuit. Un des trois étoit en
sentinelle à l'observatoire, et toutes les deux
heures un de ses frères alloit le relever. Le lendemain, trois autres montoient la garde à leur
tour; et quelquefois je me levois moi-même
pour faire la ronde, visiter le poste et le corps-
-de-garde, et soutenir par ma présence et mon
exemple, la valeur et le zèle de nos jeunes guerriers.

Mais la providence veilloit sur nous; elle
nous donnoit la prévoyance qu'elle ôtoit à nos
ennemis. Ils ne savoient point à qui ils avoient
affaire. La lenteur qu'ils mettoient dans leur
entreprise, devoit nous donner le temps de
préparer notre défense, et les moyens de les
repousser. Nos ouvrages étoient finis depuis
quinze jours, et rien ne nous annonçoit la présence de l'ennemi. La sentinelle placée à l'observatoire, veilloit nuit et jour sur les mers,
sans rien voir paroître; et déjà quelques-uns
de mes gens commençoient à croire que nous
avions pris trop légèrement l'épouvante, lorsqu'un jour, vers les cinq heures du soir, Guil-

laume, qui se trouvoit de garde, fit le signal
convenu pour nous apprendre qu'il découvroit
les Sauvages. Deux coups de fusil qu'il tira, en
nous annonçant leur arrivée, nous avertirent
de nous rendre à nos postes respectifs. Aussitôt
j'ordonnai qu'on éteignît le feu qui brûloit pour
la cuisine, afin que la fumée ne découvrît pas
en mer le lieu de notre habitation. J'appelai
mes fils qui travailloient aux champs ou au jardin, et je fis prendre les armes.

Je vous laisse à juger de la frayeur et des
transes de nos femmes. Leur timidité naturelle
et leur tendresse pour nous, les faisoient pâlir
et trembler. Quelques-unes se croyoient déjà
perdues. D'autres pourtant, et surtout Eléonore,
se rendirent assez maîtresses de leur frayeur,
pour vouloir nous accompagner.

« Que nous serviroit, me dit alors mon épouse,
d'être à l'abri du danger, si vous veniez à suc-
comber sous les coups des Barbares? Nous ne
manquerions pas ensuite de devenir leur proie,
et nous en recevrions peut-être des traitemens
plus odieux. Laissez-nous donc vous suivre jusqu'aux redoutes. Nous pouvons vous y être
utiles. Votre petit nombre, dans la circonstan-
tance, auroit tort de dédaigner le moindre secours. L'état d'Adélaïde (1) ne lui permet point
de nous aider; qu'elle aille dans la grotte avec

---

(1) Elle étoit enceinte.

ses plus jeunes frères. Si quelqu'une de ses sœurs
est assez pusillanime pour fuir le péril que son
père, que son époux et ses frères vont courir,
elle peut y aller aussi. Pour nous, mon cher
ami, nous ne vous quitterons point. Nous vain-
crons ou nous périrons avec vous. Nous allons
vous porter des vivres. Nous vous fournirons
les munitions dont vous aurez besoin pour charger vos armes ; enfin, si quelqu'un de vous a
le malheur d'être atteint par celles des Sauvages,
nous prendrons soin de panser ses blessures :
et dans l'extrémité, ne saurions-nous pas aussi
tirer un coup de fusil ? »

« Non, maman, dit Adélaïde, j'irai avec mon
père, avec vous, avec Henri. Loin de vous, je
périrois d'inquiétude et de douleur. Laissez mon
fils apprendre de sa mère, avant sa naissance,
à partager le danger et les destins d'un père
chéri ». Nous irons, nous irons, s'écrièrent tous
les enfans. Ils embrassoient nos genoux, ils pleu-
roient. Les petites filles disoient : « Emmenez-
nous, maman, nous aurions trop peur dans la
grotte ». Les petits garçons se jetoient dans nos
jambes et prenoient nos épées : « Emmenez-moi,
papa, emmenez-moi, Henri, je donnerai bien
un coup d'épée, à qui voudra battre maman ».

J'étois ému ; il n'y avoit pas un moment à
perdre ; nous sortîmes tous, et notre petite armée partoit avec beaucoup de tendresse et de
résolution, semblable à celle des Teutons et des

Cimbres, grossie des femmes enceintes et de foibles enfans. Je fis faire halte.

« Attendez, dis-je à Eléonore, je vais reconnoître par moi-même ce que nous avons à redouter. Guillaume nous annonce les Sauvages; mais ils ne sont pas encore à portée. Ils ignorent où ils pourront débarquer. Ils cherchent un passage pour pénétrer dans l'île. Qui sait s'ils découvriront l'embouchure de la baie, et s'ils hasarderont d'y entrer ce soir? J'aurai le temps de revenir vous prendre. En attendant, préparez les choses dont vous pensez que nous aurons besoin, et que nous devons emporter ».

Cela dit, je courus à l'observatoire, d'où regardant à l'est, sur l'indication de Guillaume, je découvris en mer plusieurs canots à une assez grande distance. Je pris ma lunette d'approche, et j'en comptai jusqu'à douze, qui s'avançoient vers nous en ramant. Je distinguai bientôt que chaque barque étoit montée de six hommes. Ils prolongeoient leur marche dans la direction de la côte. Je prévis dès ce moment qu'ils découvriroient la rivière; mais je fus bien aise de voir qu'ils vinssent du côté de l'est, parce qu'ils ne pouvoient apercevoir la baie que lorsqu'ils seroient arrivés à la hauteur de l'observatoire; qu'alors peut-être il seroit nuit, et qu'ils passeroient au-delà, ou du moins qu'ils attendroient jusqu'au lendemain à se présenter à l'embouchure.

Cependant, comme je ne pouvois statuer rien de certain sur ces événemens, je pensai qu'en attendant, nous devions tous nous tenir à nos postes. Je courus porter des nouvelles à nos femmes. Je leur servis d'escorte en revenant, et ayant fait passer un renfort à l'observatoire, et à la redoute opposée, ceux de nos enfans qui devoient la garder, sous le commandement de Henri, j'entrai dans la mienne avec Eléonore, où je disposai toutes choses pour faire à nos Barbares une réception plus chaude qu'ils ne l'attendoient de nous.

J'avois prescrit à Guillaume de ne point tirer sur les barques, si elles ne prenoient pas le chemin de l'embouchure ; mais, dans le cas contraire, de faire feu sur celles qui marcheroient devant. Guillaume fut exact à suivre mes ordres. Il laissa passer les canots jusqu'en deçà de l'observatoire, pour s'assurer s'ils iroient plus loin en tournant au midi. La nuit tomboit, il se flattoit qu'ils n'apercevroient point la baie, ou qu'ils n'oseroient y entrer durant l'obscurité ; mais il se trompa. Les Nègres, en doublant la pointe, découvrirent l'embouchure. Alors, sans doute bien aises de trouver le passage qu'ils cherchoient avec ardeur, et d'être à l'abri durant la nuit, ils firent leurs dispositions pour entrer dans la rivière ; et comme le reflux leur étoit contraire, ils se mirent à ramer avec plus d'activité, pour vaincre la résistance du courant.

Aussitôt Guillaume pointant ses canons vers les barques, fit feu d'une pièce sur les plus avancées. Il avoit pris ses dimensions pour ne pas perdre son coup; cependant le peu de jour qui restoit ne lui permettant pas de viser bien juste, le premier boulet ne fit rien, mais le second ayant atteint un des canots, dont il emporta la proue, ce canot et les hommes qui le montoient furent renversés dans la mer.

L'explosion de cette artillerie, et l'effet qu'elle avoit produit, jetèrent l'étonnement et le désordre dans toute la flotte. Les Nègres, qui ne savoient à quoi attribuer l'accident qu'ils éprouvoient, n'osèrent point tenter le passage de la baie; ils reculèrent en s'éloignant de l'observatoire, et suivant l'impulsion du courant, ils passèrent la pointe opposée, qu'ils doublèrent, et se cachèrent dans les rochers.

Le bruit du canon nous avoit avertis de l'arrivée de l'ennemi, et nous étions dans la vive émotion que nous causoit son approche, lorsque Guillaume, descendu de sa batterie, vint nous rejoindre pour nous apprendre ce que j'ai raconté. La nuit étoit déjà fort obscure. Il n'y avoit point d'apparence, après ce qui s'étoit passé, que les Nègres tentassent d'entrer dans l'embouchure durant l'obscurité. Cela me fit présumer que nous ne les verrions qu'au retour de la lumière, et je ne me trompai pas. Cependant, pour mettre le temps à profit, et nous donner les forces nécessaires à une vigoureuse défense, je fis prendre de la nourriture à mes gens, et leur permis de reposer, tandis qu'un de nous, faisant sentinelle, pourroit éveiller les autres s'il en étoit besoin.

Je fis crier aux défenseurs de l'autre redoute (que l'on instruisit de la posture et du dessein de l'ennemi), de prendre, ainsi que nous, du repos et de la nourriture, et cependant de se tenir sur leurs gardes en attendant le jour. Enfin je prescrivis à Guillaume de retourner à son poste avant l'aurore, pour tirer encore sur les barbares lorsqu'ils tenteroient d'entrer dans l'embouchure, et de se réunir ensuite à nous avec son compagnon. C'est ainsi que nous nous préparâmes aux événemens du lendemain, et que nous passâmes la nuit.

A peine le jour commençoit à luire, que le canon de l'observatoire nous annonça les mouvemens des Nègres. La marée montoit alors. Ils en profitèrent pour tourner la pointe et pour entrer dans le port ; et comme le courant les portoit avec rapidité vers la pointe de l'observatoire, et que Guillaume ne pouvoit tirer sur eux qu'en plongeant, son artillerie ne leur fit point de mal ; ensorte qu'ils entrèrent dans la baie, ne regardant plus, sans doute, le tonnerre du canon que comme un vain bruit.

3*

Mais dès qu'ils furent à portée du canon des
deux redoutes, nous leur donnâmes lieu de
changer de pensée, et nous les saluâmes de manière à leur causer bien de l'étonnement. Les
boulets, qui portoient sur eux des deux côtés,
renversèrent plusieurs de leurs barques et tuèrent
quelques sauvages. Nos batteries étoient mas-
quées, ils ne savoient d'où partoient les coups; ils
ne voyoient point d'ennemis, et cependant ils
étoient foudroyés d'une manière si terrible,
qu'ils demeuroient d'abord comme des gens
éperdus, et quelques-uns firent mine de reprendre le large; mais la nécessité de secourir
ceux dont les barques étoient brisées, et surtout les blessés, le relâche que nous leur donnâmes en chargeant nos canons, et peut-être la
honte d'abandonner si promptement une entreprise long-temps médité, les retinrent dans
leur résolution; enfin un effet du hasard ranima
bientôt leur courage, et pensa nous devenir
fatal.

Dans l'ardeur avec laquelle nous rechargions
notre artillerie, un de mes fils, qui dirigeoit le
bout d'un canon pour le replacer dans son em-
brasure, mit tant d'effort à le pousser, que faisant un faux pas dans ce moment, et perdant
l'équilibre, il vint heurter, en tombant, un des
sacs à terre du parapet, et l'ayant renversé, nous
découvrit aux yeux des Nègres, que la chute du
sac à terre rendoit attentifs. A cette vue, ils

poussèrent des cris horribles, et quoique le canon des deux redoutes continuât de tonner sur
eux, et fît toujours un grand ravage dans leur
flotte, dès qu'ils aperçurent des hommes, l'espoir de les détruire et l'esprit de vengeance
excité par les pertes qu'ils venoient d'essuyer,
les déterminèrent à venir nous attaquer ; ainsi,
mettant tous pied à terre du côté de ma redoute,
ils s'avancèrent vers nous avec fureur.

En voyant accourir cette troupe effroyable,
composée d'environ soixante hommes féroces
et résolus, je compris que nous aurions besoin
d'employer toutes nos ressources pour nous défendre, et qu'il nous falloit encore plus de présence d'esprit que de courage pour les repousser.
En conséquence j'exhortai ma troupe, qui n'é-
toit que de huit personnes, de ne rien faire
précipitamment, et d'être attentive à ce que
j'aurois à leur prescrire. Je fis charger les canons de petits cailloux qui nous tinrent lieu de
mitraille ; mais comme les Nègres étoient déjà
parvenus au pied des retranchemens, je ne
voulois point laisser tirer notre artillerie, je ré-
servai son feu pour le moment où je verrois
qu'elle pourroit faire un plus grand effet.

Cependant les Nègres arrivés au bord du
fossé, se trouvoient dans une grande surprise,
en rencontrant, pour venir jusqu'à nous, des
difficultés dont ils ne se doutoient pas. Il ne falloit pas seulement traverser l'eau, franchir les

palissades, gravir les retranchemens, ils devoient encore arracher ou surmonter les fraises pour atteindre le parapet. Mais leur stupidité ou leur rage étoit telle, qu'ils ne furent point rebutés par la vue de ces obstacles et des périls divers qu'ils leur présentoient. Ils commencèrent par nous lancer des flèches et des zagayes (1), qui ne blessèrent personne, parce que nous nous tenions à couvert; ensuite une partie se mit à même de traverser le fossé, tandis que les autres continuoient de tirer sur nous pour nous empêcher de paroître. Deux d'entre eux essáyèrent de grimper le long des rochers qui fermoient le derrière de la redoute; mais comme j'avois l'œil à tout, je les abattis de deux coups de fusil, ce qui donna plus de circonspection aux autres.

Les plus hardis, parvenus à la palissade, s'efforçoient cependant de passer cette barrière, et déjà l'un d'eux, aidé par ses camarades, ayant réussi dans ce dessein, grimpoit contre le gazon du retranchement; déjà il s'accrochoit aux pieux de la fraise, lorsque j'ordonnai de faire feu sur les plus avancés, et de bien ajuster les coups pour ne pas perdre notre poudre, et je commandai un feu roulant, qui occupant sans cesse l'ennemi par le bruit et par la terreur de voir

(1) La zagaye est une sorte de flèche longue, que les Sauvages lancent avec la main, comme un javelot.

Des Negres Sauvages ayant attaqué l'Isle,
sont mis en fuite, et leurs Canots détruits.

tomber ses guerriers, ne lui laissa pas le loisir
de la réflexion. Nous continuâmes à nous servir
de notre mousqueterie, dont tous les coups portoient, tandis que Guillaume, indigné de l'audace de celui qui luttoit contre la fraise, sortit
à découvert sur le parapet, et lui tirant à bout
portant, le fit tomber mort au bas du rempart.
Mais il manqua d'être la victime de sa hardiesse.
Il attira sur lui les coups des assaillans, et il
fut blessé légèrement à l'épaule. Je le blâmai sé-
vèrement de s'être exposé malgré mes ordres;
mais en le blâmant je le pressois contre mon
cœur.

Cette opiniâtre résistance de notre part, et la
perte d'hommes qu'ils faisoient continuelle-
ment, ébranla enfin la constance des Nègres.
Ils se retirèrent avec précipitation vers leurs
barques, et c'est alors qu'ils furent le plus mal-
traités; car la redoute opposée, qui n'osoit pas
tirer lorsqu'ils étoient au pied de nos retranchemens, de crainte de nous atteindre, faisant
alors un feu très-vif, tandis que nos canons
chargés à mitraille lançoient une grêle de cailloux, le rivage fut bientôt couvert de morts et
de blessés. Il n'y eut que huit Nègres sauvés de
ce carnage, qui, se jetant dans un canot, prirent, en ramant de toutes leurs forces, le chemin
de l'embouchure.

Il étoit pour nous de la plus grande importance qu'ils ne pussent nous échapper. Je formai

donc subitement la résolution de les poursuivre
avec vîtesse, pour les exterminer jusqu'au dernier, afin qu'aucun d'eux ne pouvant porter la
nouvelle de leur désastre dans leur pays, ne fût
dans le cas d'exciter l'indignation de leurs camarades, et de nous susciter peut-être une
guerre ruineuse, en soulevant contre nous des
nations entières.

Courez vîte à l'observatoire, dis-je alors à
deux de mes fils, et tâchez de couler à fond la
barque qui s'échappe. Si vous en venez à bout,
nous n'aurons plus d'ennemis. Vous, Guillaume,
demeurez avec votre mère, qui pansera votre
blessure, tandis que nous allons voler sur les
traces des Nègres, avec la grande chaloupe que
je vais armer d'un canon. Je criai là-dessus aux
gens de l'autre redoute de venir nous joindre
sur le champ; mais en attendant qu'ils ame-
nassent cette chaloupe qu'ils avoient sur leur
bord, nous portions la pièce de campagne dont
nous voulions l'armer, et les munitions nécessaires pour servir notre artillerie.

Lorsque la chaloupe fut arrivée, et que nous
eûmes placé le canon sur la proue, nous ra-
mâmes vigoureusement pour sortir du port.
Chemin faisant, nous fûmes témoins, en passant près du champ de bataille, d'un spectacle
très-singulier. Trois des Nègres qui gisoient
sur le rivage, à cause qu'ils avoient les jambes
brisées par le canon, semblèrent se ranimer à

notre vue, et se levant sur leurs mains, se mirent à fuir dans cette posture (1) vers leurs canots. Nous fûmes surpris de cette industrie,
qui nous tint un moment dans l'admiration;
mais cédant bientôt au motif qui nous armoit
contre les sauvages, nous les abattîmes de trois
coups de fusil, sans sortir de la barque, et sans
suspendre notre course.

Nous étions encore dans la baie, quand nous
entendîmes tirer le canon sur l'ennemi qui
fuyoit. Nous nous hâtâmes de doubler la pointe
de l'observatoire, et lorsque nous fûmes en mer,
nous nous aperçûmes que la barque des sauvages n'avoit pas souffert de notre feu. Elle
s'éloignoit avec toute la rapidité que huit rameurs pouvoient lui communiquer, et il nous
eût resté peu d'espoir de l'atteindre, si nous
n'avions eu sur eux l'avantage de la voile, et si
la seconde fois qu'on tira sur eux, un boulet
n'eût percé leur barque à fleur d'eau. Mais ce
coup qui les obligeoit de se tenir sur un côté,
pour empêcher que l'eau n'entrât de l'autre,
ralentissant nécessairement leur marche, et le
vent, qui nous étoit favorable, nous approchant

_____

(1) Ce trait très-extraordinaire est confirmé par les
relations de plusieurs voyageurs qui ont touché à la
Nouvelle-Guinée. Ils racontent qu'ils y trouvèrent des
Nègres qui marchoient sur leurs mains, avec autant
d'aisance et de vîtesse que sur leurs pieds. (*Note de l'E-
diteur.*)

d'eux de plus en plus, nous fîmes bientôt jouer
notre pièce de campagne. Elle tira si heureusement, qu'elle acheva la perte de nos ennemis.
Leur canot fut mis en pièces; et les Nègres,
renversés dans la mer, ne pouvant fuir leur
destinée, furent tous tués l'un après l'autre à
coups de fusil.

Après cette grande victoire, nous tournâmes
la proue vers l'île, pour venir rassurer le reste
de la famille. Nous trouvâmes encore mon
épouse et ses enfans dans la redoute, où nous
nous félicitâmes mutuellement de la fin d'une
aventure qui nous causoit tant de frayeur. Mais
nous manquâmes de voir nos lauriers arrosés
de larmes. L'inflammation subite de la plaie de
Guillaume, nous fit connoître que les flèches
des Barbares étoient empoisonnées. Il falloit un
prompt secours pour arrêter les progrès d'un
venin infiniment actif, et dans la circonstance
je ne savois que faire, lorsque je me souvins
d'avoir ouï dire que la succion de la plaie pourroit enlever le poison.

Je communiquai ma recette à Eléonore, et
j'allois en faire l'épreuve moi-même, lorsque
mon épouse effrayée m'arrêta: « Vous êtes trop
nécessaire à l'île, dit-elle, pour qu'il vous soit
permis de faire une expérience qui peut vous
être funeste. En voulant guérir un mal, vous
en feriez un bien plus grand. Ce n'est pas vous,
c'est moi qui dois en courir le danger. »

« A Dieu ne plaise, dit alors l'épouse du
blessé, que mon père et ma mère s'exposent
au péril pour conserver mon mari! S'il y a
quelque risque à lui rendre service, qui doit
le courir plutôt que son épouse? Mon devoir
et ma tendresse me prescrivent également de
me réserver ce soin. Là-dessus, sans s'amuser à
parler davantage, elle découvrit la blessure de
son mari, et se mit à la sucer. En applaudissant
à cet acte généreux, je lui prescrivis de ne pas
avaler le sang qu'elle tiroit de la blessure. Elle
se conduisit suivant mes conseils, qui la garan-
tirent du mal qu'elle auroit pu se faire sans
cette précaution. La plaie prit une belle couleur, les chairs se désenflèrent, et l'épaule fut
bientôt guérie.

En sortant de la redoute, je descendis avec
tous mes gens sur le champ de bataille, pour
enterrer les cadavres. La corruption qu'ils auroient éprouvée, et l'infection qu'ils n'eussent
pas manqué de répandre au loin, si on ne les
eût promptement inhumés, nous obligèrent de
creuser une fosse pour les y déposer; mais lorsqu'elle fut achevée, et que nous voulûmes les
y jeter, nous fûmes fort étonnés, en les re-
muant, de trouver trois Nègres en vie. Un
d'eux, blessé grièvement à la tête, pouvoit à
peine se soutenir; mais les deux autres, qui ne
l'étoient pas d'une manière si dangereuse,
ayant repris l'usage de leurs sens au moment

où on les enlevoit, se jetèrent à genoux devant
nous, tout tremblans de frayeur. Leurs gestes,
leur ton de voix, nous demandoient grace de
la manière la plus touchante.

Le langage de la nature est si expressif, il a
tant de pouvoir sur les ames sensibles et sans
passions, que, quoique l'idiome de ces Barbares ressemblât plutôt au gloussement d'un
coq d'Inde qu'à l'expression de la voix humaine, nous ne pûmes nous méprendre sur
leur réquisition ; et quoique nous eussions de
très-grandes raisons de ne pas les épargner,
nous fûmes émus de leur misère et de leur posture suppliante. Cette vue arrêta nos armes, et
suspendit les coups dont nous voulions les
achever.

Le cœur trop tendre de nos femmes ne put
tenir contre ce spectacle. Elles sollicitèrent vivement pour les supplians. « Qu'y a-t-il à
craindre, me dit Eléonore, de ces malheureux
meurtris et sans défense ? Ne seriez-vous pas in-
humain de les massacrer de sang froid, lorsqu'ils ne sont plus à même de nous faire du mal ?
Ils étoient nos ennemis, lorsque venus pour
nous nuire ils en avoient le pouvoir ; ils ne le
sont plus, quand le sort des armes les met sous
notre dépendance, et qu'ils implorent notre miséricorde. Croyez-moi, mon ami, sachez pardonner ; accordez-leur la vie, qui ne sera peut-
être pour eux qu'un présent de peu de jours.

S'ils meurent, vous n'en aurez pas moins le mérite de l'indulgence. S'ils vivent, la grandeur du bienfait et l'impossibilité de fuir nous les attacheront sans doute, et votre bonté généreuse vous en fera d'utiles serviteurs. »

« Ma chère amie, lui dis-je, vous connoissez mon cœur; vous savez bien qu'il n'est que trop sensible. Instruit par la nature et par une longue expérience, je ne puis voir les maux d'autrui sans en être vivement ému.

» Je suis aussi touché que vous de l'état de ces misérables, et je ne desire pas mieux que de leur pardonner. Mais je crains, je vous l'avoue, qu'un jour cette pitié ne nous devienne très-funeste, et que ces Nègres, aigris par le sentiment du malheur, ne cherchent tous les moyens de s'en venger sur nous. La pitié est confiante, la prudence nous dit de nous méfier. Que deviendrions-nous, si ces Sauvages, venant à s'échapper, alloient instruire leurs compagnons de notre petit nombre, et nous ramenoient une foule de nouveaux ennemis! Vous croyez qu'ils ne peuvent se dérober de l'île; mais s'ils parvenoient jamais à s'emparer d'une de nos barques, leur seroit-il impossible de s'en retourner dans leur pays? On doit gémir sans doute sur la nécessité d'ôter la vie à des créatures de notre espèce; mais tel est le triste droit d'une défense légitime. S'il est cruel de faire périr des hommes, il est affreux de s'exposer à

tomber sous leurs coups par une indulgence
imprudente, et de risquer de perdre par cette
foiblesse le bonheur et l'existence de tous ceux
qui nous sont chers. »

« Ah ciel! me répondit Eléonore, que votre
prudence est cruelle ; mais je la crois excessive.
Si ces Nègres ne peuvent s'évader qu'en s'em-
parant d'une de nos chaloupes, je ne vois pas
que nous ayons à craindre les dangers que vous
prévoyez. N'avez-vous pas assez d'industrie pour
leur ôter tous les moyens de s'en servir ? Qui
vous empêche d'enchaîner les barques de manière qu'ils n'osent même concevoir la pensée
de les déplacer à votre insu ? Traités avec beaucoup de douceur, mais toujours surveillés, ils
perdront bientôt l'espérance et la volonté de
s'éloigner de l'île, et vous verrez qu'ils vous seront aussi soumis que fidèles. »

« Je le desire, lui répliquai-je, et je consens
à l'éprouver ; mais nous voilà réduits à nous tenir
sans cesse en garde, et à nous conduire envers
nos prisonniers avec la plus inquiète circonspection. » Pardonnez-moi, reprit Eléonore,
cette inquiétude ne peut durer. Ils ne seront
point admis dans l'intérieur de nos ménages,
on ne leur fera connoître ni la grotte, ni les
dépôts de nos magasins ; on ne leur montrera
point le secret de nos armes : nous les tiendrons,
pour les panser, dans un hangar de la cour ;
mais dès qu'ils seront guéris, nous les relé-

guerons au-delà de la rivière, où ils se feront
une cabane, et d'où ils ne passeront vers nous
que lorsqu'on ira les prendre pour les mener
au travail. »

Je me rendis à ces raisons, et j'adoptai ce
plan de conduite, que nous suivîmes exactement. Un des Sauvages mourut de ses blessures.
Les deux autres, plus heureux, recouvrèrent
la santé. On les traitoit moins en ennemis qu'en
domestiques. Eléonore s'en applaudissoit, et je
me savois gré de mon indulgence; mais il me
restoit au fond du cœur une inquiétude sur
l'avenir : je semblois deviner que je serois mal
payé de ma générosité, et qu'elle mettroit la
Colonie à deux doigts de sa perte.

~~~~~~

CHAPITRE XXX.

Transport et fonte des métaux tirés de la montagne. On ferme le port avec une chaîne. Construction des maisons nécessaires pour les divers ménages Portions de biens qui leur sont assignées.

QUELQUE heureuse que soit une guerre, elle est un fléau pour les peuples qui la font, et surtout pour les sociétés naissantes. Tout ce qu'on fait d'efforts et de dépenses pour la soutenir, n'est pas seulement perdu pour la prospérité de la chose publique, il jette le corps politique dans la langueur, il en épuise les forces, il en commence quelquefois la ruine. La guerre dont nous sortions avoit été trop courte, pour nous causer de si grands préjudices ; mais elle nous fut pourtant très-nuisible, parce qu'attirant tous nos soins et nos attentions durant près de deux mois, occasionnant une dépense forcée de denrées et surtout de munitions, et nous détournant des travaux essentiels à la Colonie, elle causoit un vide dans nos magasins et dans nos occupations, difficile à réparer. Cependant, lorsqu'il falloit redoubler d'activité pour nous remettre au courant des travaux, je me crus obligé de faire une nouvelle entreprise, qui, devant occuper la plupart de nos travailleurs, alloit encore suspendre le cours ordinaire des choses.

Ce qui me fit résoudre à cette entreprise, fut le rapport au plutôt les signes que nous firent nos Nègres. Lorsque je leur demandai dans la même langue d'où ils venoient, et si leur nation étoit nombreuse, ils me montrèrent le côté des montagnes ou l'ouest-nord-ouest; et puis ils empoignèrent un faisceau d'herbes, ce qui m'indiquoit qu'ils venoient de ce point de l'horison, et qu'ils jugeoient leur peuple innombrable (1). Ils ajoutèrent, en me montrant le soleil et en levant trois doigts, après avoir porté la main de l'orient à l'occident, qu'ils n'étoient éloignés de l'île que de trois journées de chemin. Enfin, ils me firent entendre, par un air courroucé et des gestes menaçans, que leur nation avoit juré notre perte, et qu'elle vouloit nous réduire à l'esclavage et nous dévorer, comme ils dévoroient sans doute leurs prisonniers de guerre. Mais le signe qui m'inquiéta le plus, fut de leur voir étendre la main vers nos barques, prendre

---

(1) C'étoit l'idée des Nègres, qui, n'ayant pas connoissance des grandes sociétés, et ne sachant pas compter jusqu'à cent, imaginoient que leur nation étoit innombrable, parce qu'elle contenoit peut-être quelques milliers d'hommes.

de l'autre une poignée de sable, la porter vers
le côté de l'île qui regardoit leur pays, et la ramenant ensuite vers la baie, en faisant de la
première les gestes d'un rameur, répandre ce
sable en notre présence.

Il étoit clair qu'ils vouloient me dire, que
leur nation étoit en état d'envoyer une très-
grande flotte contre nous. Mais ne sachant pas
distinguer dans ce signe s'ils en avoient déjà
pris la résolution, ou s'ils en avoient seulement
le pouvoir, l'anxiété pénible où je demeurai,
me fit prendre la résolution d'employer tous les
ressorts de notre industrie pour fermer le passage de la baie aux barques étrangères, et d'ôter
ainsi toute avenue à nos ennemis.

La chose étoit très-difficile, mais non pas
impossible. Les deux pointes de rochers qui di-
minuoient l'embouchure de la rivière et servoient comme de mole à notre port, n'étoient
pas si éloignées l'une de l'autre, qu'on ne pût
en fermer l'intervalle par une forte chaîne. J'en
conçus le dessein, et j'en fis part à mes fils. Mais
quelle entreprise pour nous, qu'un tel ouvrage!
il semble surpasser nos moyens. Nous n'avions
pas assez de fer dans nos magasins, pour faire
cette chaîne. Il falloit en extraire des mines; il
falloit faire un chemin dans la montagne pour
y arriver; il falloit le voiturer, le fondre, le for-
ger. La considération de tous ces travaux pénibles ne nous arrêta pas, et l'expérience nous

prouva toujours davantage, que le courage et le travail opiniâtre surmontent tous les obstacles et viennent à bout de toutes choses.

Nous nous occupâmes d'abord à faire une sorte de pont-levis, qui couvrant la brêche du rocher où Baptiste s'étoit arrêté, joignît le côté de l'île que nous habitons à la partie montagneuse, et nous y fournît un passage. Ce pont, qui fut construit aussi solidement qu'il pouvoit l'être, et beaucoup plutôt que nous ne l'espérions, s'abaissoit quand nous allions aux mines, et se levoit quand nous en revenions, de mamière qu'il ajoutoit dans cette partie aux barrières naturelles de l'île, et que si l'ennemi fût venu par les montagnes pour pénétrer jusqu'à nous, il lui eût été absolument impossible de s'avancer en deçà de la brêche, ni de trouver de route pour aller plus loin.

Il fallut ensuite rendre le terrain praticable aux voitures que nous nous proposions d'y conduire. En conséquence, nous débarrassâmes le sol des grosses pierres, nous comblâmes les creux et les ravines, et nous menâmes nos charrettes jusqu'au pied de la montagne qui contenoit la mine de fer. Nous en avions auparavant tiré la quantité de matière que nous avions cru devoir emporter, en sorte que quand le chemin fut assez bon, nous nous empressâmes de la voiturer jusqu'au bord le plus prochain de la rivière, d'où versée dans la grande chaloupe, elle fut transportée sur le rivage, non loin de la forge.

Qu'est-il besoin de nous étendre davantage sur cet article ? La mine fut fondue, elle fut battue ; la chaîne fut forgée, ensuite arrêtée par les deux bouts au pied des deux pointes qui fermoient la baie, et scellée en plomb dans les rochers. Et comme elle devoit toujours être au-dessus de l'eau, et que la pesanteur de la chaîne l'y auroit enfoncée, nous la fîmes porter de distance en distance sur des pièces de bois, qui s'élevant et s'abaissant au gré de la marée, la tenoient toujours au même niveau, ou, pour mieux dire, à la même distance de la surface. Enfin cette chaîne faite de deux autres chaînes qui se joignoient dans le milieu du courant, fut arrêtée dans ce point de jonction par une serrure, qui nous donnoit la liberté du passage lorsque nous voulions sortir de l'embouchure pour aller en mer.

La fin de cet ouvrage qu'avoit commandé l'intérêt de notre sûreté, nous rendit la liberté de vaquer à nos affaires. Nous reprîmes le cours de nos travaux ordinaires et champêtres. Mais dès que nous eûmes terminé ce qu'il y avoit de plus pressant, je crus devoir m'occuper d'une opération très-importante pour régler désormais dans l'île l'ordre de la société. Il étoit temps que la Colonie prît une forme nouvelle. L'état de nos enfans cessant d'être le même, leurs rapports , leurs droits, leur situation devoient changer.

Nous n'avions tous fait jusqu'alors qu'une seule maison. Tous les ménages habitoient encore sous le toit paternel. Mais l'ordre des choses ne permettoit plus qu'ils y fissent leur demeure. L'événement prochain d'une nouvelle population , et les progrès multipliés qu'elle devoit faire , nous forçoient à une séparation devenue indispensable. Chaque famille étoit un jeune essaim , qui ne pouvant plus habiter la ruche mère, se trouvoit nécessité d'aller loger ailleurs.

En prévenant mes enfans de cette séparation, j'ordonnai la construction d'une maison pour chaque couple. Nous fîmes un plan général et uniforme de tous ces édifices , qui devoient être en petit ce qu'étoit ma maison. Chaque habitation devoit avoir son jardin , sa cour et ses étables ; et se trouver aussi près des autres et de la mienne qu'il se pouvoit , sans nous incommoder. Je ne voulus pas cependant qu'elles fussent contiguës l'une à l'autre , de peur que si quelqu'une venoit à brûler , toutes les autres en même temps ne devinssent la proie des flammes. En conséquence, je marquai le terrain sur lequel on devoit bâtir. Je fis amasser tous les matériaux nécessaires ; et lorsque tout fut prêt , nous travaillâmes tous ensemble à ces nouveaux bâtimens. Ils se trouvèrent bien-

tôt en état de recevoir les nouveaux ménages,
parce qu'une fois achevés , ils furent garnis
d'ustensiles et de meubles simples , mais suffisans , que la prévoyance d'Eléonore tenoit
en réserve. Mon épouse y ajouta le linge dont
ils pouvoient avoir besoin. Elle et ses filles l'a-
voient fait et préparé dans cette vue.

Une maison ainsi pourvue , étoit pour nos
jeunes gens une propriété aussi agréable qu'u-
tile , mais elle ne devoit faire qu'une partie de
celle que doit avoir une famille agricole. Il
ne leur suffisoit pas d'avoir en propre une
demeure où ils pussent trouver le couvert et
le repos ; il léur falloit sur-tout une portion de terres suffisante pour fournir abondamment la subsistance à ceux qui devoient
l'habiter. Il leur falloit les outils et les bestiaux nécessaires pour cultiver leurs champs
et les rendre féconds. J'eus soin de leur donner à cet égard tout ce qui leur manquoit.
J'assignai à chaque ménage une part dans nos
champs déjà cultivés, avec cent arpens de nouvelles terres dont on pouvoit ensemencer une
grande partie, et faire du reste, des bois et des
prés. Enfin je distribuai à chaque maison, des
outils aratoires , des bœufs , des vaches , des
brebis , des ânes , des cochons , de la volaille,
des grains et des légumes , pour subsister et
pour semer ; ensorte que toutes les familles eu-

rent de quoi faire naître de nouvelles moissons, et de quoi les attendre.

~~~~~~

CHAPITRE XXXI.

Réglémens politiques, Constitution sociale.

QUAND ces arrangemens furent terminés, que
ces distributions furent achevées, et qu'il ne
fut question que d'aller chacun chez soi, je résolus de faire à tous mes enfans une instruction
politique sur leurs droits, sur leurs obligations particulières comme pères de famille et
propriétaires; enfin sur l'intérêt qui devoit les
unir entre eux, comme membres de la société,
et les attacher invariablement à son chef. En
conséquence, la veille du jour où ils alloient
me quitter, au moment où sortant de table ils
étoient tous assemblés autour de moi, je les
priai d'écouter ce que j'avois à leur dire, et je
leur parlai à peu près en ces termes :

« Mes chers enfans, voici le jour où vous
sortez de tutèle : vous avez jusqu'ici vécu sous
la protection immédiate de vos parens; ils vous
aimoient avant que vous fussiez au monde. Depuis votre naissance, les soins de leur affection
inquiète ont sans cesse veillé sur vous; ils vous
ont nourris lorsque vous ne pouviez vous-mêmes

vous sustenter ; ils ont échauffé vos cœurs du
feu du sentiment et de l'amour du bien ; ils ont
éclairé vos esprits des lumières de leur raison ;
ils vous ont transmis le dépôt sacré de la religion et celui des connoissances. Enfin, ils ont
assuré votre bonheur en exauçant vos vœux et
en vous unissant. Par la manière dont ils s'ac-
quittoient des devoirs de leur état, ils vous
montroient la route qu'un jour vous deviez
suivre. Ils travailloient à faire de vous des
hommes droits et sensibles, des enfans reconnoissans, afin que vous pussiez transmettre à
votre postérité le dépôt précieux dont on vous
chargeoit pour elle. Vous répondez à nos dé-
sirs, et nous avons la douce espérance que vous
serez à votre tour des parens soigneux et tendres : la tâche paternelle est remplie à cet égard.

« Mais vous ne devez pas être seulement con-
sidérés comme pères et chefs de famille, on doit
vous regarder aujourd'hui comme propriétaires
et membres d'une société civile ; et vous avez
dans cette double relation des droits à exercer
et des devoirs à remplir ; droits et devoirs qu'il
est très-important de vous représenter. Il faut
enfin perpétuer parmi vous une autorité légale
qui puisse continuer à régir et protéger la Colonie, lorsque j'aurai rempli ma carrière.

» D'accord avec l'histoire du genre humain,
la raison nous dit que tous les peuples sont
frères ; que la première société réunie en corps

de nation, n'étoit qu'une famille devenue très-nombreuse, et que le gouvernement de cette société ou du premier Empire, ne fut fondé que sur l'autorité de la puissance paternelle et sur l'amour et l'obéissance que lui devoient tous les membres de la famille. Ce fut cette autorité paisiblement reconnue, qui, réglant sa législation sur les saintes lois de la nature, assura le repos et le bonheur de chaque individu, en surveillant ses droits et ses propriétés, et en les cautionnant en quelque sorte des forces de tous réunies en ses mains, pour réprimer les entreprises de l'injustice, et maintenir l'ordre.

» C'est une erreur de croire que la violence ait fondé les Empires, et que le premier Roi fut un soldat heureux, un conquérant. L'injustice armée envahit, mais ne fonde pas; la fondation d'un Etat est la civilisation d'un peuple, et la guerre ne civilise pas. Il n'y avoit qu'un intérêt commun et palpable qui pût poser la base d'un Empire, et ensuite obliger les hommes à soumettre leurs volontés particulières à une volonté suprême. Or quel intérêt plus grand et plus sensible porte à la réunion, que celui de maintenir les droits inhérens à tous les hommes, gages et sources de leur bonheur, et même de leur existence, que de conserver à chacun les fruits de son industrie ou de son travail! L'envie de jouir sans crainte de leur liberté, de leurs propriétés, jointe à l'amour du repos, étoit seule capable d'engager les hommes à reconnoître une autorité supérieure, autre que celle d'un père.

» La nature avoit institué celle-ci pour la conservation de ceux qui, en recevant la vie, n'existoient que dans la dépendance la plus absolue. Que seroit devenue la famille, que seroit devenue la race humaine, sans les soins et les travaux du père? L'enfance n'est que besoin ; l'enfant ne naît que pour mourir aussitôt, s'il ne reçoit à chaque instant la vie de ceux qui la lui ont donnée. Le père pense, agit, travaille, combat, se fatigue, souffre, se consume pour lui donner une longue vie, une vie heureuse. Quels droits plus forts et plus sacrés l'ouvrier a-t-il sur son ouvrage? Si la nécessité soumet les hommes dans l'enfance à ce pouvoir bien-faisant, la reconnoissance les y dévoue lorsque l'âge leur a donné toutes leurs forces. Point d'autorité plus légitime ni plus chérie ; l'amour et la nécessité en avoient posé les fondemens.

» Ainsi, sans doute, commença le gouvernement patriarcal, le plus doux et le plus heureux que les hommes aient connu. Le père commun régnoit sur ses fils et sur leurs descendans, et tous s'empressoient de lui obéir. Héritier de son pouvoir et de ses sentimens, l'aîné de la famille n'en faisoit usage que pour le bien de ses frères. Après lui, ce fils, premier né, pre-

noit le timon du gouvernement. Voilà le trône
établi, voilà la succession au trône fixée. Dé-
volue à l'aîné mâle de la branche aînée, elle fut
aussi paisiblement qu'heureusement reconnue
par tous les membres de la famille, ou, pour
mieux dire, de la société.

» Cet ordre de succession étoit une loi de
politique très-sage : il prévenoit dans la société
les brigues et les partis, les désordres et la
guerre que des concurrens ambitieux auroient
pu faire éclore à la mort de chaque chef. Il étoit
une imitation ou plutôt une extension du gouvernement paternel ; car, toutes choses égales
d'ailleurs, l'aîné d'une famille doit être toujours regardé comme le représentant de son
père.

» Instruits par les préceptes de leurs prédé-
cesseurs, des lois naturelles de l'ordre social et
de la justice essentielle, ces premiers Souve-
rains mirent toute leur étude à faire jouir chacun de son droit naturel. Ils se plurent à déployer dans l'Etat une autorité tutélaire, qui,
semblable à celle de Dieu, fût présente partout,
afin de veiller pour tous les citoyens, de défendre toutes leurs propriétés, et de réprimer
toute usurpation. Ministres sacrés de l'intérêt
public, ils s'occupoient sans cesse des objets
les plus importans de l'administration, de l'instruction sociale, de l'amélioration du patrimoine commun ; enfin ils n'oublioient rien

4*

pour le bien des sujets, de tout ce que peut
faire un Souverain non moins éclairé que juste.

» Dans ce commencement de société régu-
lière, le but et la cause de sa formation étoient
connus de tous ses membres comme du chef.
Aussi tous les bons effets d'un gouvernement
si conforme à la nature des choses et à celle de
l'homme, rendirent cette société aussi heureuse
qu'elle pouvoit l'être.

» Toutes les Nations agricoles ont joui dans
leur origine de cet heureux état. Les Chinois
seuls en ont prolongé la durée jusqu'à nous,
parce qu'ils sont les seuls qui aient pris les
soins et les précautions efficaces pour établir et
perpétuer l'enseignement public des droits et
des devoirs de l'homme, ou de la science des
mœurs. Mais nous en trouvons des traces ma-
nifestes dans l'histoire des Chaldéens, des As-
syriens, des Mèdes, des premiers Perses, des
anciens Egyptiens, et si nous pouvions fouiller
dans les annales des autres peuples, nous nous
convaincrions par de nouveaux exemples, que
c'est l'histoire universelle des empires nais-
sans.

» Cependant diverses causes parvinrent à
obscurcir l'évidence de l'intérêt commun, et
substituèrent insensiblement aux lois naturelles
de l'ordre social, les caprices arbitraires de l'autorité. La première et la principale fut la négligence à fonder ou à perpétuer l'enseignement

public de ces lois éternelles et immuables qui
établissent les droits et les devoirs du citoyen,
la liberté, la propriété, la sûreté, la fraternité,
la concorde. Il falloit, et il falloit indispensa-
blement que chacun fût instruit, et première-
ment instruit de ce qu'il pouvoit à l'égard des
autres, et de ce que les autres pouvoient sur
lui; de ce qu'il devoit aux autres, et de ce que
les autres lui devoient, sous peine d'erreur et
de confusion, sous peine d'attentat et de discorde, sous peine de guerre et de ruine. Cette
condition, d'une absolue nécessité, ne pouvoit
être remplie que par l'établissement inébranlable d'une bonne éducation. On négligea cet
établissement, et l'instruction manqua, et l'i-
gnorance prévalut, et le citoyen méconnut ses
intérêts, et les lois s'obscurcirent, et les mœurs
se corrompirent, et les désordres régnèrent :
ce ne fut plus qu'un éternel combat entre la
tyrannie et l'anarchie, livré dans les ténèbres.

» Mes enfans, votre société naissante doit
être constituée sur le modèle des premières
sociétés agricoles, pour qu'elle soit prospère
comme elles le furent dans leurs commencemens; mais que toujours éclairée des lois de
l'ordre, malheureusement oubliées par celles-
ci, et instruite par leur exemple, elle évite leur
sort! Je veux la prémunir contre ces malheurs
communs à tant d'Empires, en promulguant
aujourd'hui, en établissant parmi vous à per-

pétuité, la connoissance et l'enseignement des
lois sacrées de la nature, des droits et des devoirs qui en dérivent, enfin des peines inévitables qui suivent la négligence à les observer.

» La famille est aujourd'hui assez peu nombreuse, assez éclairée, et, j'ose le croire, assez
vertueuse pour n'avoir pas besoin d'une législation solennelle; mais il faut prévenir le besoin; dès qu'on le sent, le mal est fait, et le
remède est difficile. Le père fonde la famille, et
il envisage la postérité la plus reculée; le législateur fonde la nation, et il travaille pour toute
la durée des siècles. Les lois seules de la nature
triomphent du temps.

» Quand, imbus de la sainteté de ces lois
immuables, et subjugués par leur évidence,
vous aurez juré de les observer; quand, persuadés de leur extrême nécessité pour la colonie, vous en aurez pénétré, et pour ainsi dire
nourri vos enfans, le sentiment de la justice essentielle déjà régnant dans le cœur de tous les
citoyens, dès le moment où ils auront une volonté, s'y confondra avec tous les sentimens
naturels, et deviendra pour toujours leur guide
inséparable. Dès-lors vous préviendrez les maux
publics et particuliers, et les désordres moraux
et politiques, en fermant à l'erreur toutes les
avenues qui pourroient l'introduire dans la
société.

» Vous savez déjà quels sont les droits de

l'homme dans les différens états et les diverses positions de la vie ; je les rappelle encore tous les jours à ceux de vous qui n'en sont peut-être pas assez instruits. Cependant, pour assurer à l'avenir l'uniformité et la perpétuité de ces connoissances élémentaires, je crois devoir en réunir ici les principes, et donner à la publication que je vais faire des lois fondamentales de la société, et des lois positives qui en découlent, toute la pompe et l'authenticité dont nous pouvons la revêtir. »

Soudain j'élevai la voix et je leur dis, en déployant un écrit : « Voici ces lois telles que j'ai cru les voir dans la nature, telles que je les crois convenables à notre colonie, formée en corps politique par l'adhésion de tous ses membres à une ordonnance sociale. Alors je fis lecture de ma constitution sociale, fondée sur la monarchie paternelle, rédigée d'après les plus sages législateurs de la Grèce et de Rome. Elle étoit composée de lois simples, peu nombreuses, écrites d'un style clair et précis.

Voilà, dis-je, mes chers enfans, les règles civiles et politiques que les lumières de mon esprit et le desir de votre bien-être m'ont inspirées, pour établir, d'une manière durable, la prospérité de l'île. Si vous suivez ces lois, si vos descendans s'empressent de les suivre, j'ose prédire à notre postérité le bonheur le plus

constant. Nul peuple ne fut plus heureux que
le seront mes insulaires.

» Promettez-moi donc ici, non-seulement de
les exécuter, mais d'en répandre la connoissance parmi vos familles, mais de vous employer
de tout votre pouvoir à les faire observer. Faites
serment, continuai-je, de vous soumettre absolument à ce que la loi de la raison et la voix
paternelle vous ordonnent en même temps, et
signez-en la soumission au bas de ces lois essentielles. J'institue mon fils aîné pour mon suc-
cesseur, et j'établis ses frères pour chefs des
tribunaux et des départemens à former, et pour
les premiers juges de l'île, lorsque le temps sera
venu de juger vos descendans.

» Prenez tous d'avance, je vous en conjure,
l'esprit de votre nouvel état, afin d'animer et
d'entretenir dans toutes les familles l'amour de
l'ordre et de la paix, qui seuls peuvent rendre
cette colonie de plus en plus florissante. Enfin,
soyez attentifs à vous acquitter de vos devoirs
importans de père, de chefs de famille, de propriétaires, de citoyens, etc., de manière que je
n'aie jamais qu'à me louer de vous, et que vos
descendans et vous-mêmes retiriez de votre
conduite une pleine satisfaction et les plus
grands avantages. »

Après avoir ainsi parlé, j'appelai mon épouse,
qui, pour donner l'exemple de la soumission
aux lois, fit serment de les observer, et de con-

tribuer à leur exécution autant qu'il dépendroit d'elle. Elle voulut de plus en signer la promesse, comme je l'avois prescrit. Tous nos enfans, en âge de raison, imitèrent cet exemple; ils promirent de vive voix et par écrit, l'obéissance la plus entière aux lois, et s'engagèrent en même temps à en étendre la connoissance dans leur famille, par une instruction fréquente. J'ordonnai qu'il fût fait plusieurs copies de ce nouveau Code, pour que remises ensuite aux nouveaux ménages, ils pussent les consulter à volonté, et s'en rendre, par ce moyen, les dispositions familières. Cela fut exécuté peu de jours après, comme je le desirois.

CHAPITRE XXXII.

Accroissement et pospérité rapide de la Colonie.

Les nouveaux ménages quittèrent le lendemain la maison paternelle. Ceux qui les composoient n'alloient demeurer qu'à notre porte, et cependant quand ils furent sur le point de partir, et qu'après nous avoir demandé notre bénédiction, ils vinrent nous embrasser et prendre congé de nous, Eléonore ne put retenir ses larmes; tous les cœurs s'émurent, et je sentis

moi-même mes yeux se mouiller de pleurs.
Cette petite séparation coûta beaucoup à notre
tendresse. Il sembloit que chacun de nous crai-
gnît de perdre quelque chose de l'affection de
ceux qu'il alloit quitter. Nous ne voulûmes pas
laisser sortir nos enfans sans les assurer de
nouveau de toute notre affection, et ils nous
témoignèrent de leur côté la plus vive reconnoissance. C'est ainsi que se firent nos adieux.

Dès que nos enfans furent établis dans leurs
maisons, chacun, ambitieux de pourvoir à ses
propres affaires, et plein du desir de tirer parti
de ses propriétés, s'empressa d'employer ce
qu'il avoit de forces et d'industrie à cultiver
son fonds. Les terres qu'on leur avoit assignées,
furent closes de haies et de fossés. La hache
abattit les arbres qui en ombrageoient le sol;
la pioche le débarrassa des racines parasites;
la bêche et la charrue le mirent en état de recevoir des semences, et de les reproduire avec
profusion. Le travail étendit ainsi la propriété
personnelle, et la campagne aux environs des
nouvelles demeures, prit une face animée, et
parut plus riante qu'elle n'étoit auparavant.

Ainsi mes fils, exercés de bonne heure aux
travaux champêtres, instruits par l'experience
et par mes leçons, laborieux, actifs, intelligens,
très-capables enfin de conduire les affaires d'un
ménage, et de s'acquitter des fonctions de
pères de famille, en travaillant, en s'ingéniant

à l'envi, forçoient la terre, jadis vague et inculte, à porter des fruits délicieux, et à se couvrir régulièrement de moissons abondantes. Ils ne négligeoient d'ailleurs aucun des arts utiles, qui pouvoient augmenter l'aisance et les commodités dont ils commençoient à jouir. La navigation, la chasse, la pêche étoient en honneur parmi eux. De leur côté, mes filles soulageoient leurs maris dans leurs pénibles travaux, préparoient les repas, faisoient les habits et le linge, et tenoient toute la maison dans l'ordre et dans la propreté, en sorte qu'ils se trouvèrent bientôt dans une sorte d'opulence rustique, et que, ne craignant point de manquer du nécessaire en donnant le jour à des enfans, et cédant au contraire au vœu de la nature, ils se virent entourés, au bout de quelques années, d'une aimable et nombreuse postérité.

Ma colonie naissante, croissant ainsi sous les lois de l'ordre dans la paix et dans la joie, s'élevoit sans cesse par de nouvelles avances à des jouissances nouvelles. Rien n'étoit plus satisfaisant que l'accord et l'union qui régnoient dans chaque famille, que celle qui lioit toutes les familles entre elles. Un air de prospérité paroissoit dans tout ce qui les entouroit ; car l'industrie du cultivateur n'augmentoit pas seulement la fertilité des champs qui ne reposoient jamais, elle se montroit également dans toutes les parties qui composoient son domaine. Les

jardins, les vergers, la vigne, plantés, arrosés, travaillés par ses mains soigneuses, em-
bellissoient sa maison, l'enrichissoient de leurs
fruits. D'abondans pâturages, ombragés de place
en place par des bosquets touffus, nourrissoient
de nombreux troupeaux de bœufs, d'ânes, de
bêtes à laine.

Il seroit difficile d'imaginer un spectacle plus
charmant pour des cœurs droits et sensibles, et
surtout pour un père tendre, premier auteur,
après Dieu, de l'existence et du bonheur de
cette société, que ce tableau, devenu encore
plus intéressant par la place qu'y occupèrent
nos jeunes enfans, lorsque se mariant à leur
tour ils vinrent s'établir auprès de leurs frères.

Des divers bâtimens de tous les ménages, il
se forma le village le mieux ordonné, le plus gai,
le plus riant que j'aie jamais vu. Digne capitale
d'un peuple simple et agricole, il n'offroit point
les frivolités, les superfluités, si recherchées
des peuples corrompus. On n'aimoit pas à s'y
distinguer par l'affectation de la parure et de la
magnificence. Les maisons, les meubles, les
habits, les apprêts de la nourriture y étoient
simples, comme les mœurs. Il n'y avoit de faste
que dans quelques meubles de ma maison, faste
peut-être nécessaire à la représentation du chef
de la société. Les revenus ne s'employoient point
en dépenses inutiles ou de fantaisie; ils retom-
boient fructueusement sur la terre, où ils mul-

tiplioient les richesses, qui à leur tour multi-
plioient les hommes.

On mettoit son ostentation à avoir les troupeaux les mieux nourris, les bœufs les mieux
dressés, les charrues les mieux faites, les champs
les mieux labourés, les terres les plus fécondes.
On se faisoit gloire d'exceller dans les arts de
première nécessité, de bien diriger, de bien
fabriquer soi-même les instrumens et les outils
propres à la main-d'œuvre. Enfin l'on étoit jaloux
d'être savant et vertueux, c'est-à-dire, juste,
et bien instruit de la science la plus importante, qui est celle des droits et des devoirs
relatifs et réciproques des hommes vivant en
société.

Doit-on s'étonner, après cela, des progrès
rapides en tout genre que fit notre colonie dès
son enfance, et de ce qu'elle avoit déjà plutôt
l'air d'un peuple que d'une famille? Toutes les
maisons voyoient multiplier chaque année leurs
richesses et leur population, et la mienne, d'où
sortoient tous ces rameaux vigoureux, qui se
reproduisoient par de nouveaux jets, n'avoit
pas moins que les autres cet air de bénédiction
et de prospérité.

Quoique les jeunes couples qui se séparoient
de moi eussent fait d'abord un vide dans la
maison paternelle, et que désormais elle semblât
devoir languir privée d'un si grand nombre de
ses membres, elle conserva néanmoins sa supé-

riorité en toutes choses, fut toujours le modèle des autres, et parut encore aussi florissante qu'elle l'étoit auparavant. Henri et Adélaïde, qui demeuroient avec nous, favorisés du Ciel dans leur union, nous dédommageoient, par la plus heureuse fécondité, de la sortie de leurs frères. Ils nous aidoient, ils nous secouroient journellement; et comme nous n'avions plus la même étendue de terres à cultiver qu'avant la division de la famille, et que les deux Nègres, que j'avois gardés pour mon compte, nous facilitoient l'exploitation de celles qui nous restoient, nous n'éprouvions point d'altération sensible dans notre bien-être.

Je me voyois alors au plus haut degré de bonheur où je pouvois aspirer. Je jouissois d'une satisfaction qui me paroissoit inaltérable, lorsqu'un événement déjà prévu, mais que je ne regardois plus comme possible, fut sur le point de renverser cet édifice de prospérité, et, par ses suites funestes, manqua de faire périr toute la colonie.

CHAPITRE XXXIII.

Fuite des deux Nègres prisonniers; crainte qu'elle inspire.

Quoique traités avec douceur et même avec bonté, nos deux Nègres n'avoient pu s'apprivoiser entièrement. Leur caractère dur et féroce ne savoit pas se plier à l'obéissance. Ils n'étoient point touchés de nos douces manières. Loin de perdre le souvenir de leur pays, ils le regrettoient amèrement. Après avoir passé leur jeunesse dans toute l'indépendance de la nature sauvage, ils ne pouvoient souffrir de se voir captifs. Ils regardoient le travail comme un tourment insupportable. Souvent, lorsqu'ils nous aidoient à faire quelque ouvrage, ou à porter des fardeaux, je les voyois pousser de profonds soupirs, et jeter de longs regards vers cette partie de l'horizon d'où ils m'avoient fait entendre qu'ils venoient. Je ne pouvois me cacher qu'ils se trouvoient malheureux : j'aurois voulu pouvoir adoucir leur infortune et leur rendre la liberté. Toute idée de contrainte et de servitude étoit une chose affreuse pour mon cœur ; mais l'obligation de veiller à notre sûreté me forçoit de les retenir dans l'île, et je

croyois avoir pourvu suffisamment à ce qu'ils
ne pussent s'évader, en fermant d'une chaîne
l'embouchure de la rivière. On va voir si je
me trompois à cet égard.

Cette chaîne qui barroit le port, suffisoit à
la vérité pour arrêter toutes les barques qui
tenteroient d'y entrer, ou qui voudroient sortir
de l'embouchure, et nos Nègres ne pouvant
s'éloigner de l'île qu'avec le secours d'un bateau,
il paroissoit impossible qu'ils vinssent jamais à
bout de franchir cette barrière. Une autre raison
qui ne nous permettoit point de soupçonner la
possibilité de leur fuite, étoit que nos chaloupes
demeuroient toujours attachées avec une chaîne
de fer à un fort anneau, scellé en plomb dans
une grosse pierre enfoncée dans la grève. Un
cadenas arrêtoit cette chaîne, un autre cadenas
ouvroit l'entrée du port.

Mes Nègres, qu'on avoit eu souvent l'imprudence de prendre pour nous aider à la pêche,
avoient été témoins de la manière avec laquelle
nous ouvrions et nous fermions nos cadenas. Malgré leur stupide grossièreté, ils en avoient bien
remarqué les procédés. Ils attendirent douze
ans avec patience que l'occasion de les répéter
se présentât, pour se rendre libres. Voici comment le hasard leur fournit cette occasion, et
comment ils en profitèrent.

Un jour qu'en allant pêcher en mer, on les
avoit pris, comme à l'ordinaire, pour servir

de rameurs, nous les déposâmes en revenant de l'autre côté de la rivière. Mais ayant besoin de couper quelques bois de charpente, Henri et moi descendîmes avec eux, non loin de leur cabane, pour abattre des arbres que j'avois choisis et marqués pour cela. Nous avions porté les instrumens nécessaires à l'exécution de notre projet. Les arbres furent abattus vers le soir, dépouillés de leurs branches, et sciés en partie. Quoique nous fussions quatre pour faire ce travail, car je mis aussi la main à l'œuvre, il étoit déjà tard que nous n'avions pas fini de scier et d'équarrir ces arbres, en sorte que nous fûmes obligés de revenir à la maison, laissant le surplus à faire pour le lendemain.

Par prudence nous emportâmes les haches avec nous, pour ne pas mettre entre les mains des Nègres des armes dangereuses; mais nous laissâmes les scies, dont nous ne croyions pas qu'ils pussent abuser. Cette confiance nous devint funeste. Les scies à la vérité ne leur eussent pas servi de grand'chose, si le hasard ne leur eût fourni d'ailleurs le moyen de les employer à leur liberté. Dans les mouvemens que j'avois faits pour aider à tailler ou à scier ces arbres, la clé de la chaîne du port étoit tombée de ma poche. Je ne m'en aperçus pas; mais un des Nègres l'ayant sans doute remarquée, la cacha avec assez de dextérité pour m'en dérober la connoissance; en sorte que nous partîmes de là sans nous douter de la perte que j'avois faite, et sans prévoir aucunement ce qui en arriveroit.

Munis de l'instrument de leur délivrance, les nègres attendirent, pour en faire usage, que toute la Colonie fût plongée dans le sommeil, de crainte que le bruit qu'ils pourroient faire, venant à les trahir, ils ne fussent découverts et arrêtés. Ils passèrent la rivière à la nage vis-à-vis de l'endroit où étoient nos barques, et lorsqu'ils y furent arrivés, ils coupèrent avec la scie la proue de la petite chaloupe, qui par ce moyen se trouva dégagée de la chaîne qui la retenoit au bord. Ils repassèrent ensuite de l'autre côté de la rivière, et prenant les provisions qu'ils avoient dans leur cabane, ils descendirent tranquillement jusqu'à l'embouchure, où ils s'ouvrirent, avec la clef, le chemin de la mer, après quoi ils cinglèrent vers leur pays en toute diligence.

Qu'on juge de ma surprise, lorsque voulant traverser la rivière le lendemain pour achever notre ouvrage, je m'aperçus, par le tronçon de la chaloupe, de l'évasion de mes nègres, et que, plein de l'émotion que me causoit cet événement, je cherchai dans ma poche, sans la trouver, la clef de l'estacade. Il seroit difficile de rendre le chagrin que j'en conçus; car je compris à l'instant ce qui venoit de se passer, et ce que nous en devions craindre.

Henri, qui m'accompagnoit non moins affligé que moi de la fuite de ces malheureux, et prévoyant qu'il en résulteroit pour nous les suites les plus fâcheuses, vouloit les poursuivre sans délai. Sur cela, je lui fis observer d'abord que les nègres ayant trouvé dès la veille la facilité de s'évader, en avoient sans doute profité dans le temps de notre sommeil, et qu'étant partis depuis cinq à six heures, il seroit impossible de les atteindre. Cependant, continuai-je, pour ne rien négliger de ce que nous pouvons faire dans la circonstance, appelez quelques-uns de vos frères pour nous aider à conduire la grande chaloupe. Nous sortirons à quelques milles de l'embouchure, et si les Nègres sont partis plus tard que je ne le présume, et que nous puissions encore apercevoir leur barque, nous nous efforcerons de les joindre, quoique j'aie lieu de croire qu'avec l'avance qu'ils auront sur nous, et montant un bateau léger, qu'ils ont appris à manier, ils se joueront de nos efforts.

Henri courut promptement au village, d'où il ramena cinq de ses frères pourvus de rames et de fusils. Nous nous embarquâmes sur le champ, et nous arrivâmes bientôt à l'embouchure, où nous trouvâmes la barrière ouverte, et les deux côtés de la chaîne qui la formoient flottant sur leurs balises. Nous sortîmes de la rivière, et nous avançâmes en mer directe-

ment environ une lieue, pour pouvoir embrasser d'une seule vue les deux côtés de l'île. Mais
nos regards cherchèrent vainement le bateau
qui fuyoit. Nous n'apperçûmes rien sur la vaste
étendue des mers. Ainsi, après avoir fait,
comme je le pensois, une course inutile, nous
fûmes obligés de revenir, le cœur plein d'inquiétude de nous voir menacés, par cette évasion, d'un danger très-redoutable.

Comme les précautions que nous avions à
prendre ne nous permettoient pas de dissimuler
à nos femmes ce qui venoit d'arriver, il fallut
leur en dire toutes les circonstances. Leurs alarmes furent d'autant plus vives, que nous avions
tout lieu de penser que nos nègres alloient nous
susciter une foule d'ennemis, et que, connoissant le local de l'île et notre petit nombre, ils
ne manqueroient pas de donner à leurs compagnons des renseignemens qui nous seroient
funestes. Il est vrai pourtant que les connoissances qu'ils pouvoient leur communiquer ne
s'étendoient heureusement que sur certaines
parties. Surveillés scrupuleusement, ils n'é-
toient pas entrés dans nos magasins ; ils n'a-
voient jamais vu la grotte ; ils ignoroient la
vertu simple et terrible de la poudre à canon,
et ils n'imaginoient pas comment nos armes
vomissoient le feu et portoient la mort à de
grandes distances. Mais quelquefois, témoins
de nos blessures et de la mort de nos enfans,

ils avoient appris que nous étions des hommes
comme les autres. ils comprenoient que leurs
flèches ne nous trouveroient point invulnéra-
bles , qu'elles pouvoient nous faire périr , et
conséquemment qu'il étoit possible de nous
vaincre. C'en étoit bien assez pour nous effrayer.

Outre l'esprit de vengeance qui ne meurt
point dans des ames atroces , je connoissois
dans le cœur de nos sauvages un sentiment
très-capable d'exalter leur férocité , et de les
animer à la destruction de tous les hommes de
l'île. Ils n'avoient pu voir nos femmes, et surtout Adélaïde , sans éprouver les desirs les plus
ardens. Si quelquefois elles s'offroient à leur
vûe , le feu de leurs regards me montroit la plus
violente passion. On n'y prenoit pas garde ;
mais l'expérience que j'avois du cœur humain ,
me le faisoit remarquer , et m'en indiquoit la
cause. Pour réprimer ces desirs , j'ôtois aux
nègres, sans affectation , l'occasion de voir nos
femmes , et de crainte d'affliger celles-ci, je tenois mes remarques secrètes. Lorsqu'ils eurent
déserté l'île , je gardai la même retenue ; mais
je sentis que la passion des nègres les ramè-
neroit peut-être pour nous exterminer et pour
posséder nos belles compagnes , et ces réflexions
qui ajoutoient à mes inquiétudes, hâtèrent encore nos préparatifs de défense contre une seconde irruption de nos ennemis.

CHAPITRE XXXIV.

Seconde irruption des Nègres; extrême danger qu'elle fait courir à la Colonie.

La première chose que je crus devoir faire après l'évasion de mes Nègres, fut de fermer le port plus exactement encore que par le passé. Nous fîmes à cet effet un nouveau cadenas, qui ne nous laissa plus appréhender que la clef perdue pût ouvrir cette barrière. Nous ajoutâmes de plus à chaque chaînon, des barres de fer croisées, qui, d'un côté, enfonçoient dans l'eau d'environ deux pieds, et de l'autre présentoient à ceux qui voudroient entrer dans la rivière, une longue file de pointes acérées, en manière de chevaux de frise, qu'on auroit difficilement essayé de surmonter, quand même on n'eût pas trouvé d'autres obstacles sur le passage.

Ce rempart étoit formidable, et cependant, d'après mon idée, il ne suffisoit pas pour notre sûreté. Je me disois, que si les Nègres venoient une seconde fois nous attaquer, ils ne tenteroient pas ce nouvel effort sans se réunir en grand nombre, et sans prendre toutes les précautions nécessaires pour bien exécuter leurs dessein; que nous aurions alors à redouter non pas une troupe, mais en quelque sorte une armée; et que, tandis qu'une partie de nos ennemis chercheroit à forcer l'embouchure, tout le reste, en une ou plusieurs bandes, escaladeroit peut-être le boulevart naturel de l'île dans les endroits les moins escarpés; enfin, que s'ils avoient une fois pénétré dans l'intérieur du pays, nous ne pourrions, faute de fortifications, garantir nos demeures et nos magasins, ni nous garantir nous-mêmes de la fureur de ces barbares, et deviendrions immanquablement leurs victimes.

D'après ces réflexions, qui n'étoient pas mal fondées, je résolus de fortifier le village; et ayant fait part de mon dessein à mes enfans, je traçai sur le terrain autour de ma maison et des six plus voisines, un carré, dont chaque face avoit cinquante pas géométriques. Il fallut abandonner les autres bâtimens, pour ne pas prendre une étendue trop vaste à fortifier et trop difficile à défendre. Je marquai aux quatre angles de ce fort autant de bastions, afin de donner plus de jeu à notre artillerie. Ce plan tracé, nous nous mîmes à remuer la terre avec beaucoup de diligence, et nous commençâmes par un simple parapet de quatre pieds de hauteur, pour nous mettre d'abord à couvert des coups des assaillans, en cas qu'ils arrivassent plutôt que nous ne les attendions, et qu'ils nous attaquassent à l'improviste.

Nous rehaussâmes et élargîmes ensuite nos ouvrages, de telle sorte que le rempart avoit vingt pieds de base et six de hauteur, avec un parapet de cinq pieds en dessus. La terre que nous avions relevée pour faire ce rempart, nous avoit donné un fossé suffisamment large et profond. A la face opposée à l'esplanade, je laissai une échancrure de six pieds, que je couvris d'une petite lunette, où il y avoit une sortie pourvue d'une traverse. J'achevai de donner à notre citadelle toute la force dont elle étoit susceptible, en l'entourant de palissades et de fraises, en couvrant de sacs à terre le parapet des flancs, et surtout en garnissant les bastions de huit canons. Tout cela nous coûta cinq mois d'un travail fort assidu. Cependant les sentinelles qui veilloient des deux côtés de l'île, ne nous annonçoient point l'ennemi, et nous étions quelquefois tentés de croire que la fayeur nous avoit fait prendre des précautions superflues.

Nous passâmes ainsi plus de six mois entre la crainte et l'espérance. Pour profiter néanmoins de cet intervalle, nous transportâmes dans le fort tout ce qui pouvoit y être nécessaire en cas de siége, tant pour nous que pour nos bestiaux; nous y serrâmes nos blés et nos foins, nous y déposâmes les meubles des maisons abandonnées, nous y conduisîmes de l'eau, pour être pourvus de boisson à tout événement; enfin, nous n'oubliâmes rien de tout ce que nous

pouvions imaginer pour opposer à nos ennemis la résistance la plus forte, et pour faire
échouer absolument leur audacieuse entreprise.

Dans la confiance que nous donnoient tous
ces préparatifs, nous ne pensions presque plus
à nos Sauvages, lorsqu'un samedi, après le coucher du soleil, la sentinelle qui veilloit à la
pointe de l'île, tira le coup d'alarme. Je courus
à ce poste avec deux de mes fils, pour reconn-
noître ce que nous avions à redouter, et j'appris de la sentinelle, car la nuit approchoit et
nous n'y voyions déjà plus, qu'il avoit aperçu
vers le nord une flotte innombrable de canots,
cinglant de notre côté. Nous ne pouvions pas
nous en assurer par nous-mêmes, parce que, ce
soir-là, il n'y avoit pas de lune. Il fallut régler
ce que nous ferions sur mes conjectures, qui
me faisoient soupçonner que nos ennemis, instruits par nos deux Nègres, espéroient entrer
facilement dans la rivière, à la faveur de la nuit,
et croyoient pouvoir nous assaillir à l'improviste et nous accabler.

Je revins donc à la citadelle, pour examiner
avec toute la colonie le parti que nous devions
prendre, et il fut décidé que nous enverrions
un simple détachement de quatre hommes à
la redoute gauche de l'embouchure, pour tirer
le canon sur ceux qui approcheroient de la
chaîne. Nous étions tous persuadés qu'ils ne
pouvoient la forcer, mais nous pensions que

cette preuve de notre vigilance jetteroit la terreur dans toute la flotte. Je me mis à la tête
du détachement, pour être moi-même témoin
de cette première attaque, et pour juger de
l'étonnement de l'ennemi, qui, s'imaginant nous
surprendre et pénétrer dans l'île sans obstacles,
se trouveroit bien loin de son compte en se
voyant arrêté par une barrière insurmontable,
et chaudement reçu par des gens qu'il croyoit
endormis.

Nous étions à la redoute depuis quatre
heures, et, l'oreille attentive, nous attendions
impatiemment l'ennemi, tout prêt à faire notre
devoir à son arrivée, lorsque nous commençâmes à entendre le bruit des rames qui tom-
boient dans l'eau. Les Nègres observoient le
plus grand silence dans leur marche, et s'avançoient aussi doucement qu'ils pouvoient; mais,
à mesure qu'ils approchoient, le calme de la
nuit rendoit le bruit des rames toujours plus
sensible. Un de leurs canots, qui devançoit un
peu les autres, et portoit sans doute nos deux
Nègres pour faire usage de la clef dérobée, fut
le premier arrêté par les pointes. Nos fuyards
essayèrent inutilement d'ouvrir le cadenas.

Pendant qu'ils faisoient ces tentatives, les
canots qui suivoient, trompés par l'obscurité,
allèrent donner contre les pointes de l'estacade, où quelques Nègres se blessèrent. J'en
jugeai du moins ainsi sur des cris subits et in-

volontaires qu'ils firent entendre. Un murmure confus qui s'éleva bientôt, et qui marquoit leur embarras et leur désordre, me fit connoître que le moment de tirer sur eux étoit venu. Nous fîmes feu sur le champ d'une pièce de canon, qui produisit un grand effet, non par le mal qu'elle leur causa, car elle étoit pointée au hasard, mais par son explosion, que les échos du rivage rendoient plus terrible dans le calme de la nuit. Ce bruit inattendu jeta le trouble parmi les Nègres. Un second coup acheva la confusion : dès le troisième ils reprirent le large, et peu de momens après nous n'entendîmes plus rien.

» Allons, dis-je à mes enfans, allons rassurer votre mère et vos femmes ; nous irons ensuite, avec quelques-uns de vos frères, à la crête de l'est, pour observer si nos ennemis ne tenteroient pas l'escalade dans les endroits les moins difficiles à gravir, et pour les repousser, s'il est possible. » Cela dit, nous revînmes à la forteresse, d'où, après avoir raconté ce qui venoit de se passer, nous nous rendîmes en armes sur le lieu convenu. Mais l'obscurité nous empêchant de discerner les mouvemens des Nègres, et ceux-ci, qui avoient déjà pris la résolution que je leur attribuois, ayant fait une descente au pied des rochers, sur une partie de la côte plus éloignée, ils parvinrent à l'escalader, et se

5*

trouvèrent en force sur la crête, avant que nous fussions à leur portée.

Le jour ne commençoit qu'à paroître lorsque je les aperçus, et cependant il n'étoit déjà plus temps de les attaquer. Leur nombre, qui grossissoit toujours, étoit trop supérieur au nôtre, pour nous laisser la confiance de leur résister à découvert. Je pris donc le parti de faire retraite avant qu'ils pussent nous joindre, et je rentrai avec tous mes gens dans l'enceinte du fort.

Je fis à l'instant couvrir le parapet de branches feuillées, pour nous dérober à la vue des Nègres. J'avois déjà prévenu chacun de mes fils de ce qu'il avoit à faire, et du poste qu'il devoit occuper. Je les exhortai tous, en peu de mots, à se comporter avec fermeté, et surtout avec prudence.

« Vous avez à défendre, leur dis-je, tout ce que les hommes ont de plus cher, vos femmes, vos enfans, votre liberté, votre existence. Quelle plus belle cause à soutenir, et pour laquelle on desiràt davantage d'affronter tous les dangers? Je vous ferois sans doute une injure, si je vous exhortois à montrer du courage. Loin de vouloir exalter votre valeur, je vous demande au contraire de la soumettre à la prudence. L'audace et la témérité nous perdroient infailliblement. Méprisez le péril s'il le faut, mais gardez-vous de le braver sans nécessité. Au reste, en combattant un ennemi féroce et furieux,

qui croit nous accabler par le nombre, souvenez-vous que Dieu qui vous voit et vous entend
est la suprême justice. Il défendra notre cause,
parce qu'elle est juste. Mettez donc votre confiance en lui, et ne doutez point de la victoire. »

J'achevois à peine de parler, que nous vîmes
déboucher du bois au-dessus de l'esplanade,
une troupe effroyable de Nègres, qui venoient
comme des loups affamés pour nous dévorer.
Il faut en convenir, le plus hardi d'entre nous
n'étoit pas sans émotion. Nous ne pouvions
douter que ces misérables ne vinssent très-ré-
solus de vaincre ou de mourir, et qu'ils n'eussent pris, dans ce dessein, toutes les précautions
dont ils pouvoient s'aviser. Ils avançoient tranquillement, quoique sans ordre. Je reconnus
bientôt avec ma lunette, qu'ils étoient au moins
quatre cents, tous grands et bien faits, ne portant, pour couvrir leur nudité, qu'une sorte de
pagne tissu de joncs ou d'autres herbes. Ils
étoient tous armés d'arcs et de flèches, et les
plus robustes d'entre eux avoient une massue
de cinq ou six pieds de long.

Ils croyoient, sur le rapport de leurs guides,
trouver l'intérieur de l'île sans aucune défense.
Ils s'attendoient à nous combattre à découvert,
ou, tout au plus, à n'avoir à nous assiéger que
dans nos maisons. Ils furent étonnés à l'aspect
de nos ouvrages, et s'arrêtèrent pour les con-

sidérer, mais ne voyant personne au dehors ni
sur le rempart, car les branches feuillées nous
cachoient à leurs yeux, ils se flattèrent de nous
surprendre, et en conséquence ils se mirent à
marcher dans le plus grand silence.

Mais ils ne firent pas beaucoup de chemin
sans apprendre de nos nouvelles. Je ne voulus
pas attendre qu'ils fussent sur le glacis pour
tirer sur eux; ainsi je commandai qu'on fît feu
de l'artillerie de deux bastions, dès qu'ils seroient à trois ou quatre cents toises de nous. On
ne tira d'abord qu'une seule pièce de chaque
côté, et nous ne pûmes pas voir l'effet qu'avoit
produit cette première volée, mais ils s'arrêtèrent tout court. Un moment après, nous ti-
râmes les autres deux pièces, qui emportèrent
plusieurs Nègres : deux de mes fils, qui étoient
au-dessus du vent, assurèrent l'avoir vu très-
distinctement. Quoi qu'il en soit, cela ne les
arrêta plus ; au contraire, se voyant découverts,
et n'ayant plus rien à ménager, ils s'avancèrent
avec furie en poussant des cris épouvantables.

Aussitôt qu'ils furent à portée, nous fîmes
sur eux un feu très-vif, et comme mes gens
ajustoient bien, peu de leurs coups étoient
perdus. Cependant les Nègres ne se rebutoient
pas, et, malgré la perte de monde qu'ils faisoient, ils vinrent jusqu'au bord du fossé.

Ce fut là que leur audace parut déconcertée
à la vue des obstacles qui s'opposoient à leur

passage; mais tandis qu'incertains sur le parti qu'ils devoient prendre, ils balançoient dans leur résolution, nos canons, chargés à mitraille, portoient la mort dans leurs rangs. Dans cet embarras cruel, un de leurs chefs fit un grand cri, qui tourna de son côté les regards et l'attention des Nègres. Il leur dit quelques mots, et aussitôt toute la troupe noire fit volte-face, abandonna le terrain qu'elle occupoit, et reprit le chemin de la forêt, non sans laisser sur le glacis plusieurs victimes de son imprudence.

Cette retraite inespérée produisit dans la famille différentes sensations. Nos femmes s'en félicitoient d'abord, s'imaginant que les Nègres effrayés, alloient se rembarquer sur l'heure. Mes fils, qui avoient la même idée, étoient comme fâchés de les voir s'éloigner. Animés, exaltés même par la circonstance, ils auroient voulu pouvoir les exterminer tous. Pour moi, qui ne voyois pas que cela fût possible, j'aurois au contraire desiré que l'opinion de leur embarquement pût avoir plus de réalité; mais en réfléchissant sur l'entreprise de l'ennemi, sur les motifs qui le menoient dans l'île, et voyant le peu d'efforts qu'il avoit faits à sa première approche, j'avois peine à croire qu'il se fût retiré par découragement, et ne dût pas revenir après avoir pris de nouvelles mesures. Je jugeai, en conséquence, qu'il falloit nous tenir tous à nos postes.

Je fis part à mes enfans de mon opinion, et
la plupart l'approuvèrent. Quelques-uns cependant ne furent pas de mon avis. Ils auroient
voulu que, profitant de la terreur des Nègres,
nous les eussions poursuivis et harcelés jusqu'à
leur flotte, pour leur faire perdre à jamais toute
envie de retour; et comme dans une affaire de
cette importance le sentiment de chacun méritoit d'être pesé, nous examinâmes avec attention ce que celui-ci avoit de solide, mais nous
convînmes enfin qu'il seroit très-imprudent de
sortir de la forteresse pour harceler l'ennemi.
Nous crûmes cependant nécessaire d'observer
ses mouvemens, et, à cet effet, il fut résolu
d'envoyer sur les traces des Nègres un petit dé-
tachëment qui, les suivant de loin et avec circonspection, pût veiller sur leurs démarches,
et nous indiquer les justes précautions que nous
avions à prendre.

Je donnai cette commission délicate à trois
de nos jeunes gens les plus lestes, Baptiste,
Etienne et Philippe, en qui on reconnoissoit,
non-seulement du courage, mais beaucoup de
prudence, d'adresse et d'activité. Je les pourvus
d'une lunette d'approche, d'un grand nombre
de cartouches, et, père aussi tendre que chef
attentif, je leur recommandai de prendre un
chemin détourné pour gagner le bois, d'où,
cachés derrière le tronc des grands arbres, ils

pourroient épier les mouvemens des Nègres, et
revenir sans être vus.

Ils partirent d'un air ferme et gai, qui me
faisoit bien augurer de cette expédition, dont
leurs frères desiroient beaucoup de partager la
gloire. Pour se conformer à mes ordres, ils descendirent d'abord vers la rivière; ensuite, côtoyant les collines qui bordoient le vallon, ils
parvinrent, en les tournant, jusqu'à la forêt,
au-delà de laquelle les Nègres rassemblés déli-
béroient en tumulte. Le bruit que faisoit l'ennemi, indiquoit à nos guerriers le lieu qu'il occupoit; ils se glissèrent doucement dans le plus
épais du bois, et y entrèrent aussi avant qu'ils
crurent pouvoir le faire sans imprudence. Là,
tapis derrière des broussailles, ils aperçurent
les Sauvages tenant une espèce de conseil de
guerre. Monté sur une butte, un de leurs chefs
les haranguoit. Mes gens ne pouvoient comprendre ce qu'il disoit dans sa langue barbare,
mais l'action et les gestes de l'orateur, pleins
de feu et d'indignation, l'ardeur qui se com-
muniquoit à l'assemblée, et dont ils pouvoient
juger par les cris répétés qu'ils entendoient, ne
les laissèrent pas douter que les Nègres ne fussent vivement excités à la vengeance, et ne
dussent bientôt revenir devant le fort pour la
satisfaire.

On ne sauroit douter, après cela, que mes
enfans n'eussent dû se retirer aussitôt, avec les

mêmes précautions qu'ils avoient prises pour
aller jusqu'aux Nègres; mais l'envie de s'assurer
de leur résolution, et le desir de voir quelles
seroient leurs démarches, les retinrent encore un moment, et cette imprudente curiosité pensa leur être fatale ; car les Nègres, qui
étoient convenus de ce qu'ils devoient faire,
s'étant remis brusquement en marche, en se
dirigeant du côté de nos guerriers, ceux-ci,
qui n'eurent garde de les attendre, reprirent
précipitamment le chemin du vallon pour pouvoir revenir au fort sans être découverts ; mais
toute leur célérité ne put les dérober aux regards des Sauvages. Les Nègres aperçurent nos
trois guerriers, et se divisant en deux troupes
pour les poursuivre, une partie courut sur leurs
traces en faisant des cris horribles, tandis que
le reste se portant rapidement entre la citadelle
et les fuyards, s'efforçoient de leur couper le
chemin de la retraite, et de les envelopper.

Ce parti que prenoit l'ennemi, jetoit nos gens
dans le plus grand danger ; car mes fils ayant
suivi, pour nous rejoindre, les détours du vallon,
tandis qu'une partie des Nègres marchoit au
fort en droite ligne, ils devoient être devancés
par les Sauvages ; et c'est en effet ce qui arriva,
quoique mes enfans missent dans leur course la
plus grande vélocité. En paroissant sur le glacis,
ils se virent entourés de Sauvages, et n'eurent
d'autre ressource pour leur échapper, que de

gagner une maison du village que nous n'avions
pas démolie. Mais, poursuivis de près, ils purent à peine y entrer et en fermer la porte. Les
fenêtres se trouvoient heureusement garnies de
barreaux de fer, et la porte étoit munie par
derrière d'une forte barre. Ils l'appuyèrent à
la hâte de tout ce qui étoit dans l'intérieur, en
sorte qu'à l'abri du premier coup de main, ils
purent songer à s'y défendre.

Qu'on imagine les alarmes que ce retour
inopiné de l'ennemi, la position cruelle de nos
trois enfans, et le danger imminent qui les entouroit, devoit porter dans le cœur de tous les
membres de la famille, mais surtout dans celui
du père et de la mère. Nous avions tous été
témoins du péril qu'avoient couru nos gens, et
frémissant d'indignation et de douleur, nous
les avions secourus autant que nous avions pu
du feu de notre artillerie. Mais quand leur défense vigoureuse, à travers la porte et les fenêtres qu'ils avoient percées, commençoit à
nous rassurer sur leur compte, nous nous trouvâmes forcés de songer à notre propre défense,
et de faire les plus grands efforts pour soutenir
un assaut.

En effet, tandis qu'une trentaine de Nègres
s'efforçoient d'emporter la maison, le reste,
parvenu jusqu'au fossé, se mit en devoir de le
traverser pour escalader le rempart. Plusieurs
vinrent jusqu'à nos palissades, devant lesquelles

les uns se courboient, tandis que les autres, leur montant sur le dos, se jetoient par-dessus les pieux avec beaucoup de promptitude. Nos canons chargés à mitraille faisoient pourtant un grand ravage parmi eux sur le bord du fossé et devant la maison assiégée; mais rien ne les retenoit, et s'ils se fussent avisés d'attaquer le fort de plusieurs côtés à la fois, notre perte devenoit infaillible.

Nous pûmes bientôt nous en convaincre; car, malgré nos fraises qui nous furent d'un grand secours, et quoiqu'ils n'eussent point d'instrumens prôpres à les arracher, et ne pussent en rompre que deux, cependant, à la faveur de cette ouverture, trois des plus hardis trouvèrent le moyen de grimper sur le parapet et de pénétrer dans nos ouvrages, où plusieurs de leurs compagnons se mettoient en devoir de les suivre.

Notre situation étoit vraiment terrible. Nous courions le plus grand risque d'être forcés, si nous ne parvenions à couper sans délai la file des assaillans, et à nous défaire en même-temps des trois Nègres qui s'avançoient sur le rempart; et en ce moment-là précisément, la nécessité de servir l'artillerie des bastions, l'absence de trois de nos plus braves guerriers faisoient que nous ne pouvions nous opposer qu'en petit nombre à cet effort de l'ennemi. Nous n'étions que cinq près de l'endroit où il venoit de pénétrer, et nous n'avions que deux fusils chargés. Mais cet instant de crise, en redoublant notre courage, nous multiplia, pour ainsi dire. Nous nous élançâmes tous rapidement, et comme de concert, les uns vers le passage que l'ennemi s'étoit fait, les autres vers les trois Nègres qui l'avoient franchi. Mon fils Vincent et moi, accourus au parapet, fîmes tomber à coups de fusils les Nègres qui montoient à l'escalade, et quoique blessés, nous y tînmes fermes contre leurs attaques.

A quelque pas de moi, Guy, Henri, et Guillaume soutenoient un combat aussi difficile, contre les trois Nègres qui étoient dans le fort. Ceux-ci lancent avec fureur leurs flèches et leurs zagayes. Mais mes enfans, non moins lestes que vigoureux, esquivent leurs coups, et les saisissant au corps, s'efforcent de les terrasser, tandis que les trois Nègres, qui les ont reçus avec une audace intrépide, leur opposent une vive résistance. Alertes, grands et robustes, les Nègres pouvoient croire que l'emploi de leurs forces naturelles les feroit sortir victorieux de cette lutte; mais chacun d'eux combat un adversaire d'une force et d'une adresse comme ils n'en ont jamais vu : aussi, après en avoir soutenu quelque temps les efforts, ils sont renversés sur la poussière; Guy, comme un nouvel Hercule, étouffa son ennemi dans ses bras; après avoir étourdi le sien, Henri l'acheva d'un coup de crosse ; et celui de Guillaume, qui se défendoit encore, frappé par les deux frères victorieux, perdit la vie sur la place.

Délivrés de ces ennemis, mes trois fils chargèrent promptement leurs armes et volèrent à notre secours. Ils vinrent fort à propos. La fatigue et nos blessures commençoient à nous affoiblir, et nous pouvions à peine résister aux téméraires, qui, grimpant au-dessus des fraises, tentoient de monter jusqu'à nous. Mais ces trois braves défenseurs réprimèrent l'audace des Nègres. Les coups sûrs et pressés de leur mousqueterie abattirent tout ce qui se présentoit à leur portée, et écartant les plus hardis, nous donnèrent le temps d'arrêter le sang qui couloit de nos blessures, et de les bander. Vincent en avoit une au bras, et j'avois été frappé si malheureusement à la main droite, que j'en suis demeuré perclus de trois doigts, et que je ne puis plus écrire.

Le bruit de ce fâcheux événement pouvoit jeter la consternation dans toute la famille, et rendre notre résistance désormais plus foible ; je tâchai d'en dérober la connoissance à nos femmes. Je recommandai le secret à ceux qui étoient près de moi ; ensuite ayant enveloppé d'un mouchoir ma main blessée, et la passant dans ma veste pour la soutenir sur la poitrine et pour la cacher, je continuai à donner mes ordres comme auparavant. Vincent, à mon

Les Negres ayant assiégé le fort de l'Isle,
sont entièrement défaits.

exemple, se contenta pour le moment de faire
bander sa blessure par un de ses frères.

Alors le combat recommença avec plus de
fureur. Les Nègres faisoient les plus grands efforts pour nous vaincre : nous multipliâmes les
nôtres pour les repousser. Tous les ennemis qui
osoient franchir la palissade, étoient tués au
pied du rempart, tandis que le canon, qui ne
cessoit de tirer sur le gros de la troupe, en
emportoit quelquefois des files entières. Enfin,
privés de leurs guerriers les plus courageux, et
ne pouvant plus résister à notre artillerie, les
Nègres commencèrent à s'ébranler, et trois ou
quatre des plus grands ayant pris la fuite, tout
le reste se mit à la débandade. Après six heures
de combat, ils nous abandonnèrent plus vîte
qu'ils n'étoient venus, et s'enfonçant dans la
forêt, disparurent à notre vue.

Nous fûmes ravis de cette heureuse délivrance, qui, dégageant mes trois fils assiégés
dans la maison, leur permit de revenir à la
citadelle. Ils y rentrèrent sains et saufs, mais
accablés de lassitude. Cette victoire nous étoit
d'autant plus agréable, que nous avions couru
plus de danger. Après un combat si long et si opiniâtre, nous avions tous besoin de repos, et
il devenoit pressant de panser nos blessures. Ce
ne fut qu'un cri parmi nos femmes, lorsqu'elles
virent celle de Vincent, et surtout la mienne.

Quoiqu'elle ne parût pas aussi dangereuse qu'elle
l'étoit en effet, Eléonore se trouva mal en l'exa-
minant. Mais cette sensibilité ne remédioit pas
à la chose ; il falloit nous soulager, il falloit
surtout prévenir le danger de nos plaies qui se
trouvoient empoisonnées. Revenue à elle, mon
épouse voulut sucer le venin de ma blessure.
La femme de Vincent ne se montra pas moins
empressée auprès de son mari. Nous fûmes obligés de nous prêter à leurs soins. Ils eurent un
succès très-heureux pour Vincent. Il guérit, et
je guéris aussi; mais je n'eus plus l'usage de ma
main pour plusieurs fonctions de la vie.

Le doux sentiment de la victoire étoit ainsi
altéré par l'amertume qu'avoient produite les
maux de la guerre ; il l'étoit encore par l'inquiétude que nous éprouvions sur les suites
qu'elle pouvoit avoir. L'entière défaite de nos
ennemis, et le grand nombre d'hommes qu'ils
avoient perdus, nous laissoit espérer qu'ils ne
hasarderoient plus d'attaquer la citadelle. Mais,
quoiqu'affoiblis et vaincus, ils étoient encore
en grand nombre auprès de nous. Ils pouvoient
trouver dans l'île de quoi fournir long-temps à
leur subsistance. Que devenions-nous, s'ils prenoient le parti de s'y cantonner ? Nous étions
alors menacés d'une ruine infaillible. Il nous
importoit donc infiniment qu'ils se retirassent
de l'île au plus tôt, ou, s'ils tardoient à en
sortir, de trouver les moyens de les y forcer.

Mais, dans ce dernier cas, qu'avions-nous à faire ?

Ce fut le sujet d'une délibération générale dans le conseil de guerre, qui se tint immédiatement après le pansement de nos blessures, et lorsque Joseph, que nous avions dépêché sur les côtes de l'est, nous eut rapporté que les Nègres n'étoient pas retournés à leurs canots, tous les avis de l'assemblée se réduisirent à ces deux, assez remarquables; le premier, d'employer la force; le second, la ruse, pour obliger les Nègres à prendre la fuite. L'un étoit soutenu par Etienne, qui parla dans cette occasion avec beaucoup de force et d'éloquence; l'autre, adopté par Philippe, fut exposé d'une manière très - persuasive. Je ne dois rapporter ici que le précis de leurs raisons.

»Nous avons, dit Etienne, deux objets à considérer; ce que nous prétendons faire, et ce que nous pouvons exécuter. Nous desirons tous ardemment la destruction, ou du moins la retraite de l'ennemi féroce qui est encore à nos portes, et nous cherchons les moyens les plus sûrs de nous en débarrasser; mais quel moyen plus puissant que l'emploi de ces armes, dont les Nègres viennent d'éprouver l'effet terrible? Dès que la nuit sera bien obscure, allons les attaquer dans le lieu où ils sont. Nous semerons parmi eux l'horreur et l'épouvante, et ils fuiront vers leur flotte pour éviter la mort;

la connoissance que nous avons du local de l'île, les ténèbres qui nous couvrent, le bruit et l'effet de nos armes, et surtout l'abattement où doit être l'ennemi, favoriseront nos desseins et tromperont les Nègres sur notre petit nombre. Combinons nos démarches avec prudence, mais agissons promptement et avec célérité. C'est pour avoir été trop lents à prendre notre parti, que nous avons manqué tantôt de tomber entre les mains des Nègres. Notre diligence à profiter du moment, va nous assurer le plus grand succès. Affoiblis par la fatigue, par la faim, par leurs blessures, quelle résistance feront ces malheureux? Mais si nous attendons que le jour revienne, il ne sera plus temps; il faudra nous tenir renfermés dans notre fort. L'ennemi trouvera des vivres, reprendra courage; et, s'il s'obstine à nous bloquer, nour pourrons tomber sous ses coups, ou du moins périr de misère. »

« Cet avis seroit bon à suivre, répondit Philippe, si nous n'avions point le choix d'un moyen plus sûr et beaucoup moins dangereux. Attaquer les Nègres de vive force, c'est aller provoquer leurs traits. Si pendant la nuit vous y voyez assez pour atteindre l'ennemi, n'y verra-t-il pas assez lui-même pour vous atteindre? N'aurions-nous pas infiniment à gémir, si quelqu'un d'entre nous périssoit dans ce combat? Il faut sans doute effrayer les Nègres, il faut même les

attaquer et les poursuivre ; mais il faut que ce
soit sans danger pour nous : un heureux strata-
gême peut produire cet effet, et voici ce que
j'imagine.

» Quoique honteux de leur défaite, et rebutés
peut-être de leurs mauvais succès, les Nègres ne
songent point encore à s'éloigner de l'île, parce
que, hors de la portée du canon des remparts,
et croyant leurs barques en sûreté, ils ne soup-
çonnent pas qu'ils aient rien à craindre, et.
qu'ils pensent pouvoir s'en aller quand ils vou-
dront. Ils s'arrêtent dans leur camp, pour prendre du repos et des forces. Mais inquiétez-les
sur leur flotte ; faites-leur craindre de perdre,
avec leurs canots, l'espoir de la retraite, vous
les verrez bientôt courir à la mer pour s'embarquer.

» Qu'on arme notre chaloupe de deux canons,
et qu'un nombre d'hommes suffisant pour la
manœuvre, la conduise à la hauteur de la flotte
sauvage ; que deux petites divisions de nos gens
se portent en même temps à l'entrée du bois
qui couvre l'ennemi, et fassent feu de loin de
leur mousqueterie, lorsque le canon tirera sur
les barques ; la surprise et l'effroi porteront les
Nègres vers leurs canots ; ils s'y précipiteront,
dès qu'ils auront assez de jour pour entrevoir
les objets, et s'enfuiront avec toute la vîtesse
que donne une frayeur extrême. Si la chaloupe
peut alors déployer la voile, assurée de la su-

2.   6

périorité des armes et de la marche, elle pour-
suivra cette flottille de frêles canots, et la fou-
droyant de son artillerie, en brisera, en dé-
truira la plûpart, fera périr un grand nombre
de Nègres, et laissera dans le cœur de tous les
autres une telle impression de terreur, que,
loin de songer désormais à revenir attaquer
l'île, ils trembleront seulement d'y penser. »

Ce dernier avis réunit tous les suffrages. Je
nommai ceux qui formeroient les divisions
chargées des fausses attaques dans la forêt, et
ceux qui devoient monter la chaloupe : on se
prépara pour ces deux expéditions. Dès que la
barque fut armée, nos marins s'éloignèrent, et
les autres partirent à deux heures du matin.
Ma blessure m'obligea de rester à la citadelle
avec Vincent et le reste de la famille.

Cette entreprise nocturne réussit parfaitement, et fit le plus grand honneur à Philippe.
Dans leur imprudente sécurité, les Nègres n'a-
voient laissé pour garde à leurs canots qu'un
petit nombre d'hommes. Quand ils entendirent
le canon tirer du côté de leur flotte, ils craignirent vivement qu'elle ne fût prise ou dé-
truite, et que le retour ne leur devînt impossible. Le bruit de la mousqueterie accrut encore leurs alarmes : ils coururent en désordre
vers la crête. Dès qu'ils purent joindre leurs
barques, ils s'y jetèrent, et s'éloignant de la

côte avec célérité, ils partirent en ramant de toutes leurs forces.

Alors notre chaloupe, qui se tenoit au large, afin d'éviter durant la nuit de donner sur des écueils, profitant du jour et du vent qui se levoient, hissa la voile, et se mit à poursuivre les Nègres en faisant tonner son canon sur eux, sans qu'ils osassent ni faire résistance ni l'attendre. Ils fuyoient au contraire de tout leur pouvoir, croyant échapper au feu meurtrier de l'artillerie; mais la chaloupe, favorisée du vent et manœuvrée par des matelots non moins diligens qu'habiles, faisant des mouvemens prompts et hardis, les attaquoit de tous côtés, et portoit partout la mort et la désolation. Elle auroit détruit peut-être la flotte entière, si les canots ne se fussent éparpillés, de manière que la chaloupe ne pût suffire à donner chasse à tous en même temps. Leur perte fut immense, et leur ôta toute envie de revenir. Tous mes gens me rejoignirent sans le moindre accident.

Assuré de l'entière évacuation de l'île par le succès de cette expédition, je me vis désormais délivré des alarmes que nous avoit causées l'irruption des Sauvages. Nous n'étions plus forcés de nous tenir renfermés dans le fort; nous en sortîmes pour examiner le carnage que nous avions fait, et nous trouvâmes quatre-vingt-quinze morts sur le champ de bataille. J'ordonnai de creuser une grande fosse pour les enterrer, et, dès qu'elle fut faite, j'y fis jeter ces cadavres, qui, restés sans sépulture, auroient corrompu l'air et infecté les environs.

Nous visitâmes ensuite tout le canton de l'île où les Nègres avoient passé, pour voir s'ils n'auroient pas laissé quelques traîneurs, et pour connoître le dégât qu'ils avoient fait dans nos domaines : nous nous convainquîmes dans cette tournée, qu'il n'étoit resté dans l'île aucun ennemi vivant. Les Nègres avoient assommé tous ceux de leurs blessés qui n'avoient pu suivre la troupe. Leurs cadavres sanglans portoient les marques de cette atrocité. Nous en comptâmes quinze dans le bois, gisant au pied des arbres, et nous eûmes le soin de les enterrer comme les autres.

Mais, quoique ce spectacle nous affermît dans la persuasion de notre sûreté, nous revînmes peu satisfaits à la citadelle ; car, outre ce qu'il avoit de triste pour des cœurs humains, il fut suivi d'un autre qui nous causa beaucoup de peine. Un parti détaché de la troupe des Nègres, avoit fait dans nos possessions tout le mal qu'il avoit pu. Nos champs n'en avoient pas souffert, parce que la moisson étoit serrée ; mais ils avoient dévasté nos vergers, arraché ou cassé les jeunes arbres et les vignes, renversé nos forges et nos moulins : le dommage étoit énorme pour une petite société comme la nôtre, et nous devions nous en ressentir long-temps ; mais il n'y avoit plus qu'à se résigner.

Je tâchai donc de consoler mes enfans, en leur disant : que si la guerre la plus glorieuse cause toujours de tristes dégâts dans tous les lieux où s'étend son influence, c'étoit pour nous un sujet de consolation d'avoir terminé la guerre qu'on nous avoit suscitée, sans avoir essuyé des pertes irréparables, et que nous devions remercier Dieu solennellement de nous avoir tirés sitôt du plus grand péril.

Pour cet effet, nous rentrâmes incessamment dans la forteresse, et toute la famille étant convoquée, jusqu'aux plus jeunes membres, je leur fis part de l'intention où j'étois de témoigner au ciel notre juste reconnoissance. Nous lui rendîmes en chœur des actions de graces du secours puissant qu'il nous avoit donné, et nous le priâmes avec ferveur d'éloigner de nous à jamais le cruel fléau de la guerre. Je le remerciai en particulier de ce que le plus grand mal étoit tombé sur moi. J'aurois voulu, comme tout bon père, acheter de mon bonheur celui de mes enfans ; d'ailleurs je puis mieux qu'aucun homme de l'île, supporter l'accident funeste qui m'est arrivé, et la privation de travail à laquelle je suis réduit par ma blessure.

N'ai-je pas un substitut pour mettre la main à l'œuvre, lorsque je ne puis le faire moi-même ? Je ne lui céderai pas encore le soin du gouver-

nement; car, si je suis estropié d'un bras, j'ai
toujours la tête saine; mais il doit me soulager
dans certaines parties. C'est lui qui tiendra la
plume désormais, et qui continuera de rédiger
ces Mémoires. D'ailleurs je pense qu'après plus
de trente ans d'administration domestique et générale, je puis me reposer sur lui du soin d'instruire ma postérité de la suite de notre histoire.

Puisse-t-il, et ses successeurs, n'avoir à transmettre à leurs descendans que le récit du bonheur paisible de cette société, et de ses progrès
en tout genre! Puisse-t-elle, devenue une nation heureuse et puissante, se souvenir, lorsqu'elle formera des liaisons de commerce avec
d'autres peuples ses frères, qu'elle n'est parve-
nue à ce point de prospérité que pour avoir été
fidèle à observer ses lois; que ces lois ne sont
qu'une extension de celles de la nature! Puisse-
t-elle enfin, n'oublier jamais que son bonheur
tient à leur observation, et qu'elle ne sera durable qu'autant que chefs et citoyens connoî-
tront parfaitement leurs droits relatifs et réciproques, et qu'ils seront attentifs, jusqu'au scru-
pule, à bien remplir tous leurs devoirs!

*P. S. La blessure glorieuse et fatale de mon
père ne lui permettant plus d'écrire l'histoire de
l'île, comme il avoit fait jusqu'alors, Henri fut
chargé de ce travail important, et il s'en est occupé tant qu'il a vécu. Après eux, on m'a confié*

le soin de rédiger leurs Mémoires et de les continuer. En conséquence, moi Philippe, leur fils
et frère, je prends la plume pour m'acquitter
de ce nouveau devoir; mais je commence par
demander l'indulgence de mes Lecteurs futurs.
Avec moins de talens que ceux que je remplace,
j'ai une tâche bien plus difficile à remplir. Les
premiers Mémoires n'étoient d'abord que le récit des aventures de deux personnes; ils ne nous
mènent que jusqu'au temps où leur famille s'est
divisée pour former une société civile.

Le tableau que j'ai à peindre s'étend infiniment devant moi. Ce n'est plus le berceau de
cette société; c'est son établissement, son administration, son avancement. C'est la double
perte de ce bon père, chef si nécessaire, législateur si sage, et celle de notre digne et tendre
mère, qui ne put lui survivre: ce sont, enfin,
tous les événemens heureux ou funestes arrivés
à la Colonie, que j'ai à tracer et à rendre à la
postérité.

CHAPITRE XXXV.

Jeûne et deuil ordonnés; réparation des pertes et des dégâts causés par la dernière guerre; nouvelles précautions prises contre les Nègres. On trouve du nitre, on fabrique de la poudre à canon. Philippe et Joseph courent de grands dangers. On fabrique des canons de bronze. Construction d'une barque pontée de huit canons.

Nous avions déjà rendu de publiques actions de graces au Tout-Puissant, de notre délivrance, et nous étions vivement pénétrés de cet insigne bienfait de sa bonté; mais nos sentimens de satisfaction et de gratitude ne nous déroboient pas au regret amer d'avoir versé le sang humain, et ne pouvoient nous empêcher de gémir sur l'affreuse nécessité qui nous avoit forcés d'ôter la vie à des êtres de notre espèce; la vie! que ces hommes tenoient, comme nous, de la main d'un Dieu créateur, qui seul avoit le droit de les en priver.

L'ame sublime et généreuse de notre bon père, étoit surtout affectée de cette pensée. Nous n'avions détruit nos ennemis que pour conserver nos jours; mais enfin, leur mort étoit notre ouvrage, et notre père crut que nous devions expier cet acte cruel (quoiqu'il fût en quelque sorte involontaire), autant que nous le pouvions. En conséquence, il ordonna un jour de jeûne et de deuil général pour la Colonie. Il voulut de plus, que ce même jour tous les insulaires se rendissent en armes sur le champ de bataille, pour célébrer une fête funèbre et solennelle en réparation de la mort des malheureux Nègres sacrifiés à la sûreté de l'île; enfin, il annonça quels devoient être les préparatifs et l'ordre de cette lugubre cérémonie; et voici de quelle manière toutes ces résolutions furent réglées et exécutées.

Comme le deuil ne pouvoit se porter en noir dans la Colonie, attendu que les Insulaires n'aimoient pas cette couleur triste et sombre, que notre société naissante et naturellement économe, ne pouvoit avoir une quantité d'étoffes noires pour habiller uniformément tous les individus, et que d'ailleurs cette possibilité supposée, l'esprit de son administration l'auroit éloignée de faire cette dépense; enfin, comme des habits neufs et recherchés ne présentent pas un extérieur de tristesse tel que le deuil semble l'exiger, il fut recommandé à tous les membres de la Colonie de prendre ce jour-là des habits usés, et de ne paroître

6*

en public que les cheveux épars et sans fri-
sure. Le jeûne devoit être une abstinence entière de nourriture, d'un soleil à l'autre. Quant
aux ornemens du lieu où devoit se faire la cérémonie, ils ne consistoient que dans une espèce de catafalque simple, élevé d'environ six
pieds au-dessus du sol, et couvert d'un grand
tapis d'étoffes brunes et blanches, par bandes
alternatives.

A l'heure indiquée par le père, et suivant
les ordres qu'il avoit prescrits, tous les Insulaires assemblés dans l'enceinte du fort, en
partirent pour aller jusqu'à l'endroit où le catafalque étoit placé. Ils marchoient sur deux
files d'un air morne et d'un pas grave, dans
le plus grand silence, les regards fixés vers la
terre, le chapeau rabattu sur les yeux, et
leurs armes baissées et renversées. Le père,
qui les devançoit de quelques pas, étoit
sans armes, nu-tête, et laissoit voir dans toute
sa personne et son maintien, une tristesse majestueuse et imposante. Il étoit précédé de quelques hautbois qui, de temps en temps, faisoient
entendre les sons touchans d'une musique plaintive. Les femmes et les enfans venoient à la
suite de la troupe armée.

Quand tout le monde fut arrivé sur l'esplanade, les militaires se rangèrent en haie autour du catafalque placé devant l'autel. Le père
monta sur le marche-pied, et se tournant vers

l'assemblée : « Mes enfans, mes amis, citoyens
de l'île, leur dit-il, nous sommes venus ici
pour prier le Tout-Puissant de nous pardonner
l'emploi que nous avons fait de notre force contre
les Sauvages, et qu'il leur pardonne leur féroce
ignorance. Nous avons versé le sang humain ;
c'étoit celui de nos ennemis ; mais hélas! ces
ennemis étoient en même temps nos frères. Si
ce que nous devons à notre propre conservation n'a pu nous dispenser de les priver du
jour, que nos gémissemens et nos prières à
l'Etre suprême lui témoignent au moins la douleur que nous avons de ce malheur funeste ».
Puis se mettant à genoux et levant les mains
au Ciel : « O père des hommes, s'écria-t-il, qui
n'as créé tes enfans que pour t'aimer et te bénir,
que pour s'aimer et s'aider mutuellement, vois
comme nous détestons tout ce qui nous éloigne
de cette loi d'amour et de concorde, vois les regrets que nous conservons d'avoir ôté la vie à des
hommes comme nous. Daigne, ô mon Dieu ! dans
ta clémence, oublier les attentats de ces hommes aveugles ; daigne nous pardonner à nous-
mêmes de les avoir punis. Reçois, comme ex-
piatoires, les sentimens de nos cœurs, et dé-
robe-nous sur-tout à de nouvelles et funestes
occasions d'employer la force des armes pour
notre défense ».

Quand il eut cessé de parler, la troupe
militaire fit quelques évolutions et une dé-

charge de mousqueterie ; après quoi l'on s'en retourna par le même chemin et dans le même ordre qu'on étoit venu.

Chacun portoit au fond du cœur l'impression des choses qu'il venoit d'entendre. Ces vérités, trop peu senties ailleurs, se manifestoient avec toute leur force à nos Insulaires, qui n'étoient point offusqués par les préjugés. L'affreuse guerre étoit abhorrée de tous les cœurs. Ils la regardoient comme la plus cruelle des violences, toujours injuste chez un peuple agresseur, et comme le dernier moyen qu'une société bien ordonnée doit employer pour sa défense. Ils gémissoient d'avoir pour voisins un ennemi barbare et sans raison, qui n'écoutant que sa férocité et les conseils d'une vengeance implacable, les tenoit toujours dans l'incertitude et dans la crainte d'une nouvelle irruption ; mais plus ils détestoient la guerre, plus ils vouloient éviter les maux qu'elle traîne après elle, et plus ils devoient porter de soins et d'attention à la prévenir, en augmentant leur force intérieure, et en effrayant les barbares par l'appareil d'une puissance formidable.

La première chose dont on s'occupa, fut la réparation des édifices qui subsistoient encore hors de la citadelle, et la reconstruction des maisons indispensables aux divers ménages. On profita de la circonstance pour les placer dans l'ordre le plus agréable, et leur donner

toutes les commodités dont elles étoient sus-
ceptibles. Le travail fut fait en commun , et
personne ne se dispensa d'aider les autres de
ses conseils et de la main. Ceux pour qui on
travailloit, et qui n'avoient point de domicile
à eux , logeoient , en attendant, comme ils le
pouvoient , sous les toits de leurs frères , ou
sous des tentes et des cabanes déjà dressées
pour les mettre à couvert. Les moins laborieux
travailloient avec ardeur, ils travailloient pour
leurs frères. Comme en bâtissant on ne songea
d'abord qu'au plus étroit nécessaire , cette première opération fut bientôt achevée. Les moulins furent ensuite rétablis , après quoi le rem-
placement des vignes arrachées , celui des arbres et les labours d'une partie des champs ,
prirent tous les soins de la Colonie , qui sur-
chargée par cette multitude d'occupations extraordinaires , ne pouvoit pas se flatter d'ensemencer cette année la moitié des terres qu'elle
avoit coutume de mettre en valeur.

Avant d'en venir pourtant à cette espèce d'a-
bandon , qui devoit priver la Colonie d'une
moitié de sa subsistance , il fallut examiner
amiablement ce qu'il y avoit de grains et d'autres provisions dans les magasins et les gre-
niers de chaque famille , afin de s'assurer s'il
en restoit assez dans l'île pour suppléer à ce
qui devoit manquer à la récolte future ; et l'on
se convainquit qu'avec de l'économie et les se-

cours ordinaires de la pêche et de la chasse,
la Colonie auroit de quoi subsister jusqu'à la
seconde moisson.

On connut alors plus particulièrement quels
étoient les chefs de famille les plus soigneux
de cultiver leurs terres, et combien il étoit
important pour l'existence et le bonheur d'une
société, de posséder un grand nombre de cultivateurs intelligens et riches, puisque leur industrie, leurs avances et leurs richesses formoient la vraie base de sa prospérité, et lui
fournissoient toujours les plus sûres ressources.
Ce n'est pas qu'on imaginât qu'aucun de ces
riches cultivateurs, maître absolu de ses propriétés, pût ou dût être forcé à distribuer gra-
tuitement aux autres les fruits que son travail
avoit tirés de ses terres. Le Gouvernement,
qui avoit reconnu d'une manière si expresse
les droits sacrés de la propriété privée, et qui
n'étoit institué que pour la protéger, le Gouvernement n'avoit garde d'exiger d'aucun citoyen rien de contraire à ces droits. Mais dans
l'état actuel de la Colonie, il pouvoit inviter
les propriétaires à sortir des bornes étroites
de l'intérêt personnel, pour s'empresser de secourir leurs frères dépourvus de provisions;
et c'est ce qu'il n'eût pas manqué de faire, si
les citoyens aisés n'eussent tous, et comme de
concert, prévenu ces invitations, en offrant
tout ce qu'ils possédoient de vivres au-delà des

nécessités les plus urgentes de leurs familles.
Quelques-uns même ne s'en tinrent pas là. Ils
prirent jusque sur leur nourriture, espérant en
la Providence , et comptant courageusement
sur les ressources de leur industrie. Le besoin
de secours mutuels étoit trop connu de tous
les membres de la Colonie , et trop vivement
senti de tous les cœurs , pour que quelqu'un
pût se refuser à ce que l'amour du prochain
et son intérêt propre bien entendu lui demandoient pour les autres. On tint registre des offres de chacun , afin de pourvoir au besoin exactement et sans délai. Moyennant ces précautions , les familles les plus dépourvues n'eurent
plus à craindre la disette ; et toute la société
eut la liberté de continuer à s'occuper , et sans
distraction , des travaux que commandoient la
prudence et la sûreté publique.

Ce qu'on avoit de mieux à faire à cet égard,
c'étoit de fortifier les approches de l'île , de
manière à fermer désormais tout accès à l'ennemi. Les remparts élevés dont la nature l'a-
voit entourée , et la chaîne qui barroit l'embouchure de la rivière , n'avoit pas suffi pour
arrêter les Nègres. Ils avoient trouvé l'endroit
foible de la côte , et s'y étoient fait un passage
jusqu'au milieu des terres. C'étoit une porte
toujours ouverte à leurs invasions. D'autres endroits peut-être pouvoient laisser encore à leur
audace la facilité de s'élever jusqu'à la crête des

montagnes et de la franchir. On avoit cru trop
légèrement que cela étoit impossible. L'expérience venoit de prouver la fausseté de cette
opinion.

Il devenoit donc indispensable de visiter
scrupuleusement l'enceinte escarpée de l'île,
pour connoître les points qui pouvoient faire
craindre les entreprises de l'ennemi, et d'examiner ensuite les moyens de les rendre inabor-
dables.

Ces considérations importantes déterminèrent
le Chef de la Société (dont nous ne parlerons
plus désormais que sous le nom de *Roi*), à
nommer des inspecteurs à cet effet. Le choix
tomba sur les chefs de famille qui avoient le
plus d'années et d'expérience. Henri, Baptiste
et Philippe furent destinés à faire par mer la
visite des côtes, tandis que Charles et Guillaume
eurent ordre de suivre les hauteurs et de régler
leurs pas et leurs observations sur la marche et
les renseignemens de la chaloupe, qu'ils ne devoient point perdre de vue.

Le Roi lui-même voulut assister à ces travaux, et suivre la course par mer. Un temps
calme et serein invitoit à l'entreprendre. On fit
en conséquence les préparatifs nécessaires. On
arma le bâtiment : la chaloupe sortit de la baie,
doubla la pointe de l'observatoire, et au moyen
des rames, vogua doucement vers le nord en
longeant la côte, et s'en approchant autant que

les écueils dont la mer étoit semée, pouvoient le lui permettre; en même-temps que les piétons parcouroient, dans la même direction, les cimes qui dominoient sur la mer. Les uns et les autres étoient pourvus de lunettes d'approche et d'instrumens propres à mesurer les hauteurs, et s'en servoient pour mieux assurer, ou pour vérifier les observations, quand ils ne pouvoient les faire que de loin.

Deux jours furent employés à cette double inspection prolongée jusqu'au pied des montagnes. On mit trois jours pour visiter la côte du midi, et le résultat unanime de ces observations, fut qu'il n'y avoit, dans toute cette longueur de côtes, que deux endroits accessibles; l'un au sud, celui-là même à la faveur duquel le chevalier des Gastines étoit entré dans l'île, pour la première fois; l'autre au nord, par où les Nègres avoient pénétré. Ce dernier étoit plus facile et plus abordable. Le reste de l'enceinte avoit par-tout une roideur et une élévation qui ne laissoient aucun espoir de la franchir. Ajoutons que les ressifs et les rochers, dont les pointes noires se montroient de toutes parts à fleur d'eau, à plus d'un mille de distance du pied de la côte, ne permettoient aux barques légères d'en approcher, même par un temps calme, qu'avec beaucoup de précautions.

Ainsi, pour enclore parfaitement la partie

basse de l'île, il ne s'agissoit plus que de fermer
ces deux passages, et la résolution en fut géné-
ralement prise; mais comme on n'étoit pas également d'accord sur la manière de l'exécuter,
et que la chose méritoit une mûre délibération,
on tint conseil pour se décider sur ce qu'on avoit
à faire à cet égard.

Quelques-uns des opinans prétendirent qu'il
suffisoit de bâtir sur la crête des lieux désignés,
avec de grandes et fortes pierres cimentées à
chaux et à sable, un mur épais, de dix à douze
pieds de hauteur; qu'il n'en falloit pas davantage pour arrêter des hommes privés du secours
des arts, et qui ne pouvoit employer que leurs
forces naturelles pour vaincre cet obstacle.
D'autres proposèrent de placer une redoute aux
mêmes endroits, et d'y tenir des sentinelles,
pour pouvoir avertir à temps la colonie de se
mettre en état de défense.

Les esprits étoient partagés entre ces deux
avis, lorsque Philippe, qui opina le dernier,
exposa un troisième moyen, remarquable par
sa singularité, mais plus encore par la sagesse
du dessein et par son importance. Voici le
précis des observations et du projet de Philippe.

« Bâtir un mur, dit-il, sur le haut de la
» crête, loin des habitations, et sans y mettre
» une garde qui puisse le défendre, c'est faire
» une entreprise inutile à notre sûreté. On pense

» qu'il résistera seul aux tentatives d'un ennemi
» sauvage et nullement industrieux ; mais quelle
» industrie faut-il à des hommes hardis, vigou-
» reux, exercés, pour éluder ou pour franchir
» même un pareil obstacle ? Les Nègres pour-
» ront débarquer tranquillement au pied de la
» côte, la gravir sans être troublés ; essayer tout
» ce que leur intelligence naturelle saura leur
» suggérer pour pénétrer dans l'île, sans qu'on
» s'y oppose, ou même sans qu'on les voie. Ce
» mur que vous regardez comme suffisant pour
» vous défendre, ne servira qu'à les dérober à
» vos coups et à vos regards, et leur facilitera
» les moyens d'une surprise toujours à craindre
» pour la Colonie. Parvenus jusqu'au pied de
» ce retranchement, ne pourront-ils pas le sui-
» vre jusqu'au bout ? Ne pourront-ils pas , en
» s'élevant sur les épaules de leurs camarades ,
» atteindre la hauteur du mur, et descendre de
» notre côté ? Cette supposition n'est-elle pas
» vraisemblable ? Mais que dis-je une suppo-
» sition ? Ne les avons-nous pas vus grimper
» ainsi sur le rempart de la citadelle, à travers
» le feu du canon et de la mousqueterie ? On
» ne peut donc adopter ce projet, dont l'exé-
» cution seroit plus pernicieuse, à raison de la
» confiance qu'il inspireroit.

» Le projet de construire des redoutes, ne
» présente pas, il est vrai, tous les inconvéniens
» de l'autre; mais il en a trop encore pour mé-

» riter qu'on l'adopte. Quand il n'y auroit que
» l'embarras de porter si haut les matériaux
» nécessaires à leur construction, et la diffi-
» culté de bâtir sur des crêtes si étroites et si
» inégales, devroit-on se résoudre à prendre ce
» parti toujours coûteux et peut-être imprati-
» cable? Mais, fût-il possible de construire ces
» redoutes aussi facilement qu'on le dit, je ne
» vois pas quels en seroient les avantages; car
» on y mettra seulement des sentinelles, ou l'on
» y tiendra une garde. Dans le premier cas, la
» sentinelle ne sauroit prévenir ni empêcher
» une irruption soudaine ou nocturne de l'en-
» nemi, qui auroit le temps de se porter au
» centre de l'île, avant que la Colonie pût s'op-
» poser à ses efforts. Dans le second, l'emploi
» des hommes chargés de garder ces redoutes,
» priveroit la Société des bras les plus utiles,
» et leur entretien excéderoit peut-être ses
» forces actuelles. Nos travaux ordinaires et
» nourriciers en seroient non-seulement affoi-
» blis, mais visiblement interrompus; ajoutez
» que ni l'une ni l'autre de ces précautions ne
» rendant absolument impossible une nouvelle
» irruption des Nègres, nous laisseroit toujours
» dans l'incertitude de les voir reparoître, et
» dans les cruelles alarmes que nous cherchons
» à dissiper. Il faut donc avoir recours à d'autres
» moyens de nous rendre tranquilles, et je n'en
» vois qu'un seul qui me paroisse efficace, et

» que je croie devoir vous proposer. Mais avant
» de vous faire part de mon plan, trouvez bon
» que je vous prie de ne pas le censurer, sans
» avoir pris connoissance des ressources que je
» vous offre en même-temps pour le mettre à
» exécution, et sans avoir bien pesé toutes ses
» conséquences.

» Deux endroits seuls de l'île nous tiennent
» dans l'inquiétude et dans la crainte. Et pour-
» quoi notre inquiétude n'a-t-elle pour objet
» que ces deux points ? C'est qu'ils ne sont pas
» aussi forts que les autres ; mais rendez-les
» aussi roides et aussi escarpés ; coupez-les en
» précipices, comme les rochers qui forment
» le reste de la côte, alors on ne pourra ni les
» franchir, ni même en approcher ; et tranquilles
» à cet égard, toutes vos alarmes cesseront,
» parce que vous serez assurés que l'enceinte de
» l'île est également inaccessible dans toutes ses
» parties.

» On me demandera, sans doute, de quelle
» force je prétends me servir pour opérer cet
» escarpement ; et si les travaux et les dépenses
» qu'exigera cette entreprise, n'excéderont pas
» de beaucoup ceux qui suivroient l'exécution
» des projets que je désapprouve. Je réponds
» d'abord, qu'on ne sauroit acheter trop cher
» une parfaite sécurité. Une Société comme la
» nôtre ne devroit pas balancer à se procurer
» ce bien inestimable, fût-ce même au plus haut

» prix, pourvu qu'il n'excédât pas ses facultés:
» mais nous n'avons pas à faire pour cela de tels
» sacrifices : nos dépenses et nos travaux, quoi-
» que considérables, ne doivent point nous
» épouvanter. D'ailleurs le moyen que je pro-
» pose est également simple et puissant, et per-
» sonne ne doutera de ses effets, quand je nom-
» merai la poudre à canon. Un certain nombre
» de mines bien faites et bien placées, en fai-
» sant sauter les rochers que le pied de l'homme
» peut gravir encore, fermera pour toujours
» l'accès de l'île à l'ennemi ».

A ce mot de poudre à canon, l'impétuosité
naturelle de Baptiste ne lui permit pas d'attendre la fin de ce discours, pour répondre à Philippe. « Faites-vous attention, mon frère, lui
» dit-il, que la poudre à canon est de toutes les
» provisions de la Colonie la moins abondante,
» et cependant la plus nécessaire à sa défense,
» que nous n'avons point tenté de la renouve-
» ler; que nous ignorons même encore si l'île
» peut fournir à notre industrie de quoi pouvoir
» en fabriquer de nouvelle, et que, par toutes
» ces raisons, elle doit être ménagée avec la
» plus grande économie ? Si vous employez la
» poudre qui nous reste à casser des rochers,
» nos armes les plus fortes deviendront inutiles.
» Que le hasard alors, ou la vengeance, fasse
» parvenir les ennemis jusqu'à nous, nous ne
» serons plus en état de les repousser ; et

» dans le cas même où ils ne pourroient fran-
» chir les barrières de l'île, nous ne devons
» plus songer à en sortir, et nous voilà désor-
» mais emprisonnés dans son enceinte. Après
» avoir perdu l'instrument de notre supériorité
» sur les Barbares, disons mieux, de notre
» liberté, nous seroit-il permis de paroître en
» mer, sans craindre, avec raison, de tomber
» sous leurs coups, ou de devenir leur proie? »

« Rassurez-vous, je vous prie, lui répondit
» Philippe; je n'ai pas conçu le plan que je viens
» d'exposer, sans avoir déja prévu toutes ces
» objections; et si vous aviez eu la patience de
» m'entendre sans m'interrompre, vous auriez
» pu, je pense, vous dispenser de les faire. Je
» connois, ainsi que vous, la quantité de poudre
» qui nous reste, et l'importance dont elle est
» dans notre situation. Bien loin d'en vouloir
» priver la Colonie en l'employant inconsidéré-
» ment à l'ouvrage que je propose, je veux au
» contraire qu'il nous donne l'occasion de l'aug-
» menter, et de nous en pourvoir de manière
» à ne plus craindre d'en manquer. Ce n'est pas
» que vos alarmes sur la diminution de notre
» poudre soient fondées, quand même nous
» n'aurions pas le moyen d'en réparer la con-
» sommation; car l'usage qu'on en feroit pour
» les mines, n'emploieroit certainement qu'une
» partie de celle que nous avons encore : et
» d'ailleurs à quel usage plus important pour-

» roit-on la réserver ? Ne vaudroit-il pas mieux
» s'en s'ervir pour enchaîner les efforts de l'en-
» nemi, que pour le combattre ? Mais ces con-
» sidérations sont superflues, si la crainte de
» voir consommer tout ce qui nous reste de
» poudre est illusoire, et j'ose vous assurer que
» vous en aurez bientôt au-delà de vos besoins,
» si vous voulez me croire et me seconder.

    » Il s'agit d'abord de juger si je suis dans
» l'erreur, en pensant que nous avons dans l'île
» tout ce qu'il faut pour fabriquer de la poudre,
» et, dans le cas où je ne me serois pas trompé,
» d'amasser promptement les matériaux néces-
» saires à sa composition, de les préparer, de
» les mettre en œuvre. Je ne suis pas le seul
» parmi nous qui ait acquis des connoissances
» en chimie. Notre Roi et notre maître en toute
» science doit être versé dans la Pyrotechnie,
» puisqu'elle est une partie essentielle du savoir
» d'un ingénieur ; Henri, Guillaume, et vous-
» même Baptiste, vous avez assez d'étude et de
» lumière pour sentir que la composition de la
» poudre n'est pas une chose qui nous soit im-
» possible. Vous en serez convaincus quand je
» vous aurai fait voir que le principal ingrédient
» ne nous manquera pas.

    » En faisant des recherches et des fouilles au
» pied des montagnes qui avoisinent les mines
» de fer, j'ai trouvé plusieurs fois de petits creux
» remplis de nitre. Les circonstances ne m'ont

» pas permis de pousser plus loin cette décou-
» verte ; mais il est comme indubitable qu'en
» étendant, qu'en augmentant les fouilles dans
» ce canton, nous en trouverons en grande
» quantité.

» Nous avons du soufre : les environs du vol-
» can en recèlent beaucoup, et les bois tendres
» et légers propres à fournir le charbon néces-
» saire, se présentent de toutes parts. Tout ce
» que j'entrevois de difficile dans cette entre-
» prise, c'est la partie de la manipulation dont
» personne d'entre nous ne connoît par lui-
» même la pratique ; mais les livres, les conseils
» de notre Roi, et nos essais, nous mettront
» bientôt au fait de ce travail.

» Je dois observer, avant de finir, que le
» temps et la circonstance présente exigent que
» mon projet soit examiné sur le champ, et
» que la possibilité en étant une fois reconnue,
» on commence les travaux sans délai. Quel que
» puisse être le ressentiment des Nègres, il est
» évident que le sentiment de leurs pertes, et
» l'insuffisance de leurs forces, arrêteront quel-
» que temps leur courage. La prudence nous
» avertit de profiter de cet intervalle pour nous
» mettre désormais à l'abri de tous leurs efforts.
» Ne perdons pas un moment pour nous pré-
» munir contre leurs attaques. Le repos et le
» bonheur de la colonie dépendent peut-être

2. 7

» de notre diligence à prévenir ainsi toute nou-
» velle guerre. »

Le zèle de Philippe pour le bien public étoit
si connu, il avoit rendu tant de services à la
colonie, et l'on avoit une si haute idée de son
génie (1) et de ses lumières, que, quoique le
plan qu'il venoit de présenter eût d'abord paru
fort étrange, l'estime et l'affection particulière
qu'on avoit pour l'auteur, le fit écouter avec
complaisance ; et l'on convint unanimement
qu'on ne pouvoit en proposer un plus utile, si
toutefois il étoit possible de l'exécuter.

En conséquence, le projet fut adopté sous
condition. Le Roi commanda les fouilles nécessaires pour s'assurer de l'existence du nitre, et
pour l'extraire du pied des montagnes ; et Philippe fut nommé directeur de ces travaux. Le
même jour, on se transporta sur les lieux avec
tous les préparatifs qu'exigeoit une entreprise
qui devoit se faire loin des habitations, et sembloit devoir être de longue durée. On ouvrit,

_____

(1) Je voudrois qu'il me fût permis de supprimer de
ces Mémoires, tout ce que la prévention d'un frère trop
tendre a cru pouvoir y dire de moi. Je demande pardon
à mes Lecteurs, de laisser subsister ces louanges que j'ai
peu méritées et que mon caractère désavoue ; mais obligé,
par ordre du Roi, de rapporter ce qui me concerne, tel
que je l'ai trouvé, et cet ordre étant connu, je n'aurois
pu m'y soustraire sans me faire soupçonner d'une fausse
modestie. (*Note de Philippe.*)

on creusa la terre aux endroits indiqués, et l'on reconnut bientôt la vérité des rapports et des conjectures de Philippe. On trouva de très-beau nitre, et en plus grande abondance que Philippe lui-même ne l'avoit espéré. Le Roi, qui fit l'essai de ce nitre le jugea parfait. On trouva pareillement, non loin de la montagne brûlante, du soufre en abondance. Enfin l'on découvrit dans le même canton deux nouvelles mines, une de cuivre et l'autre d'étain ; toutes les deux fort riches, peu profondes, et de la meilleure qualité. L'importance du motif qui avoit déterminé les fouilles, et qui faisoit une loi aux travailleurs de ne pas se distraire de leur premier objet, ne permit pas dans ce moment qu'on s'occupât de leur exploitation ; mais Philippe et Baptiste ne tardèrent pas à y revenir bien accompagnés, pour en extraire des métaux, et l'on verra bientôt l'usage utile qu'on fit de ceux qu'on en tira. Contentons-nous de dire maintenant qu'on recueillit une ample provision de soufre et de salpêtre, et qu'il fallut faire un grand nombre de charrois pour les voiturer jusqu'au bord de la rivière, ainsi que plusieurs voyages avec la chaloupe, pour les transporter de là jusqu'à l'endroit choisi pour les mettre en œuvre.

Afin d'accélérer l'ouvrage, tandis qu'une partie des travailleurs étoit employée à extraire et à transporter le soufre et le nitre, d'autres abat-

toient des bois légers, les coupoient, les rédui-
soient en charbon, et les voituroient à peu de
distance du lieu où l'on devoit les employer;
en sorte que quand on eut achevé de transporter
le nitre et de le purifier, ainsi que le soufre, il
ne fut plus question que d'opérer le mélange de
ces matières dans la juste proportion, et de la
manière convenable pour composer la poudre.

On les mit donc ensemble dans des mortiers
de bois, et on les pila avec des pilons de même
matière, pendant douze heures de suite. On eut
soin d'humecter, de temps en temps, ce mélange avec un peu d'eau, pour empêcher que
trop échauffé par le pilon, il ne vînt à prendre
feu. Quand la trituration fut achevée, on passa
la poudre à demi-sèche dans de grands tamis de
parchemin faits exprès pour la grainer. On fit
sécher les grains à l'ombre sur de grands linges,
et quand ils n'eurent plus d'humidité, la poudre
fut faite. Mais avant d'en venir là, le Roi, qui
surveilloit cette manipulation, que la négligence
ou l'incurie pouvoit rendre périlleuse ou du
moins très-dommageable, avoit eu soin que tous
ceux qui s'en occupoient prissent les précautions les plus scrupuleuses. Il avoit fait plusieurs
essais en petit, avant de permettre de travailler
en grand, et l'on éprouvoit en sa présence la
poudre qu'on tiroit de chaque essai, pour s'assurer des progrès de l'industrie des fabricans,
et de la bonté de leur ouvrage.

Dès que l'expérience eut fait connoître les procédés qui donnoient la poudre la plus inflammable et la plus active, on s'en tint à ceux-là, et on se hâta d'en faire usage pour mettre en œuvre toutes les matières qu'on avoit déjà préparées dans cette vue. La quantité de poudre que produisit cette fabrication fut telle, qu'on eut à peine assez de vaisseaux vides pour la contenir. En même temps, elle se trouva si bonne, que des canons qu'on en chargea pour l'éprouver, portèrent le boulet beaucoup plus loin qu'une charge plus forte de l'ancienne poudre. Ce succès augmenta beaucoup l'estime qu'on avoit pour Philippe : le mérite prenoit sans effort ses droits naturels sur tous les esprits.

Aussitôt que cette provision nécessaire fut achevée, on se mit en devoir de procéder à l'escarpement des endroits accessibles de la côte. On forgea d'abord des outils de mineur, des aiguilles, des pinces, des curettes, des coins, etc. après quoi les travailleurs divisés en deux bandes, sous la conduite de Philippe et de Baptiste, munis de toutes les choses dont ils avoient besoin pour leur entreprise, se rendirent par mer, les uns au nord, les autres au midi, sur les lieux mêmes qui devoient leur servir d'atelier. Ils commencèrent par nétoyer le bas des rochers où s'appuyoit le roide sentier, ou, pour mieux dire, le degré raboteux qui donnoit entrée dans l'île. C'étoit là qu'en venant de la mer on met-

toit pied à terre pour gravir le pendant jusqu'à
la crête. A l'aide des pinces, des leviers, des
masses de fer, on battit, on ébranla, on détacha
toutes les grosses pierres qui n'étoient pas inti-
mement adhérentes au vif du rocher. Ensuite
on appliqua le mineur aux parties saillantes les
plus voisines de l'eau, ne laissant de cette base
qu'un petit espace pour pouvoir se tenir en travaillant.

Guidés par les conseils du Roi, éclairés par
leur génie, les travailleurs chargés de cet ouvrage s'industrièrent pour placer leurs mines de
la manière la plus avantageuse. Ils tentèrent
d'abord plusieurs méthodes; mais après quelques méprises toujours inévitables dans les premiers essais, ils renoncèrent aux mines perpen-
diculaires, trop grandes ou trop profondes, qui
demandent beaucoup de temps et de travail,
et ne produisent souvent que peu ou point d'effet. Ils préférèrent d'employer de petites mines
prises dans la direction des couches du rocher,
parce qu'elles joignoient à l'avantage d'être plus
faciles à faire et plutôt chargées, celui de produire un effet plus certain, et d'accélérer la réus-
site de l'entreprise.

Deux mois d'un travail opiniâtre terminèrent
ce grand et pénible ouvrage, avec tout le succès
qu'on pouvoit desirer; et l'on n'eut qu'à s'en
applaudir, quoiqu'il manquât d'être funeste à
la Colonie, qui se vit au moment d'y perdre

plusieurs de ses membres. Dans cet accident,
Philippe se montra supérieur à lui-même ; plein
d'attachement pour ses frères, et cédant aux
mouvemens d'un cœur magnanime, il exposa
sa vie ; il se dévoua généreusement pour sauver
Joseph du danger imminent de périr. La justice
et la reconnoissance qu'on doit à cette action
héroïque, nous obligent à en consacrer la mémoire : ce genre de récompense est toujours en
notre pouvoir, et c'est une des plus flatteuses
pour celui qui la mérite.

L'escarpement dirigé par Philippe touchoit
presque à son terme. Depuis le tiers de sa hauteur jusqu'à sa base, la côte, profondément entamée par l'effort de la poudre, n'offroit déjà
qu'un précipice, et l'on commençoit à se convaincre que l'ennemi le plus audacieux perdroit
désormais tout espoir de se frayer un passage
dans l'île par cette voie. C'étoit pour hâter la
fin de cet ouvrage, que Philippe avoit divisé la
troupe des travailleurs. Il se tenoit avec Guillaume dans la chaloupe, pour examiner d'une
certaine distance les progrès de l'entreprise, et
pour indiquer ce qu'il convenoit de faire encore.
Il se rapprochoit au besoin, pour débarrasser
le pied de la côte du débris des rochers qui s'y
amonceloient, tandis que le plus grand nombre
des travailleurs, placé au-dessus du précipice,
s'occupoit du service des mines. Les uns et les
autres, prudemment attentifs à en prévenir

l'explosion, se mettoient à l'abri de la grêle de pierres qu'elles lançoient, en se cachant derrière la pointe des rochers de la crête, ou en approchant la chaloupe tout près de la côte.

Les choses étoient en cet état, et l'on venoit de prendre les précautions ordinaires contre ce danger, lorsqu'une nouvelle mine, à laquelle on avoit mis le feu, tardant à partir, Joseph, qui l'avoit chargée, impatienté de son mauvais succès, voulut en connoître la cause, et s'assurer par lui-même si la mêche ne s'étoit pas éteinte. Dans ce dessein, il revint sur le foyer de la mine pour changer la mêche ou la rallumer; mais cette hardiesse imprudente le mit dans le plus grand péril. Arrivé au rocher miné, qui pendoit sur le précipice, soudain la poudre prend, la mine part. Une partie du rocher vole en éclats, et celle qui supporte Joseph se fend et se détache. Joseph, blessé à une jambe, chancelle sur cette masse qui s'écroule, et il ne peut se retenir. Il n'a que le temps de se jeter un peu de côté, pour tenter de s'accrocher, en tombant, à une pointe de rocher qui déborde l'escarpement. Il la saisit, s'y arrête avec un effort incroyable, et demeure suspendu sur l'abîme.

A ce spectacle terrible, chacun, glacé d'effroi, pousse des cris douloureux. On court, on s'agite au-dessus de lui pour le secourir; mais du bord de l'escarpement il est impossible d'at-

teindre jusqu'à lui. On essaye en vain de lui
tendre des perches, de lui jeter des cordes; il
ne peut les saisir, parce que la situation cruelle
où il se trouve, ne lui permet pas de lâcher un
moment le rocher qu'il tient embrassé. Il ne
sauroit recevoir du secours d'en bas, parce qu'il
est trop élevé au-dessus de ceux qui sont au
pied de la côte. Cependant ses forces s'épuisent;
ses bras défaillans ne peuvent plus le soutenir,
il va tomber et périr aux yeux de ses frères.

Alors Philippe prenant une résolution hardie, se place au-dessous de Joseph, et méprisant
le danger d'être écrasé, il lui tend les bras, et
lui crie de se laisser aller sur lui, en prenant
bien ses mesures pour tomber juste. Joseph,
qui n'a pas le temps de délibérer, et qui, pour
se sauver, ne voit d'autre ressource que celle
qu'on lui présente, lâche le rocher en trem-
blant, et tombe lourdement sur son frère. Celui-ci lui fait rempart de son corps, et rompt
le coup qui l'eût brisé sur la pierre. Joseph,
étourdi de sa chute, demeure étendu sur la
plate-forme, tandis que par la violence du choc
qu'il éprouve, Philippe est non seulement froissé
et meurtri, mais précipité dans la mer, à demi-
mort. Ainsi, lorsque le premier échappe au péril imminent qui faisoit craindre pour sa vie, on
tremble que le second ne soit la victime de son
dévouement généreux.

Dans ce moment, Guillaume, qui gardoit la

7*

barque, se trouvoit heureusement tout près de
là. Témoin de l'accident de Philippe, il se jette
sur-le-champ à l'eau pour l'en retirer, et plongeant dans l'endroit où il l'avoit vu disparoître,
il saisit son frère par l'habit, et le ramène bientôt à l'air; mais ce ne fut pas sans bien des efforts qu'il vint à bout de le mettre dans la chaloupe.

Cependant l'état de Philippe exigeoit de
prompts secours. Celui de Joseph, quoique
moins alarmant, en demandoit aussi. Il falloit
en même temps un conducteur à la chaloupe
qu'on ne pouvoit amarrer au pied de la côte, et
Guillaume, qui se trouvoit seul pour suffire à
tout cela, étoit fort embarrassé. Afin de remplir
plus facilement tous ses soins, il crut devoir en
réunir d'abord les objets auprès de lui. En conséquence, il poussa la chaloupe jusqu'à la plate-
forme, pour recueillir Joseph, qui ayant repris
ses sens, et voyant ce qui se passoit, se désoloit
du malheur de Philippe, sans songer au mal
qu'il souffroit lui-même.

« Hâtez-vous, mon frère, disoit-il à Guil-
» laume, pour que je puisse vous aider. Je suis
» blessé, mais j'ai encore de la force, et mes
» blessures ne sont pas mortelles. »

Dès que Joseph fut auprès de son frère, il
trouva le moyen d'arrêter la chaloupe, en l'attachant avec une corde à une pointe de rocher
qui sortoit de l'eau. Après quoi, libre de secon-

der Guillaume, il ne songea plus, à son exemple, qu'à secourir Philippe. Etendu dans le
fond du bateau, ce dernier étoit toujours sans
connoissance et sans mouvement. Il respiroit
encore; mais le sang qu'on voyoit sur ses lèvres,
dans ses cheveux et sur ses habits, faisoit trembler pour sa vie. On avoit lieu de craindre en
effet qu'il n'eût le corps fracassé; que quelques
vaisseaux ne se fussent rompus dans la poitrine,
ou tout au moins qu'il ne fût blessé dangereusement. Cependant, quand, pour s'en convaincre, on l'eut dépouillé et visité partout scrupuleusement, on ne découvrit rien qui parût
justifier ces alarmes. On remarqua seulement au
côté de la tête, une blessure peu profonde qu'il
s'étoit faite en tombant dans la mer. Le sang dont
ses lèvres étoient couvertes, ne venoit que de la
bouche, et celui qui paroissoit sur ses habits,
sortoit des blessures de Joseph.

Un peu rassurés par ces observations, les
deux frères mirent tout en usage pour faire revenir Philippe, et ils eurent la satisfaction d'é-
tancher son sang et de lui rendre la connoissance. En ouvrant les yeux, il vit et reconnut
Joseph. Cette vue le ranima et servit beaucoup
à le fortifier : bientôt il se mit sur son séant, et
prit plaisir à le considérer des pieds jusqu'à la
tête, comme pour s'assurer si c'étoit lui, et
pour jouir du plaisir de le voir après l'avoir cru
perdu. La joie de son cœur se montra sur son

visage; mais s'apercevant enfin des blessures de
Joseph et remarquant qu'on n'avoit pas encore
pris soin de les panser, il regarda Guillaume
d'un air attendri; puis faisant effort pour parler, il le pria de le laisser pour s'occuper de
son frère.

La mine avoit fortement entamé le gras de
la jambe de celui-ci. Son mal ne faisoit pas
craindre des suites dangereuses; mais le mouvement et la chaleur du jour ayant irrité la plaie,
elle étoit devenue infiniment sensible, et Joseph ne se soutenoit, en quelque sorte, que
sur un pied. Cela fit que cédant au besoin de
son état et à la recommandation de Philippe,
il s'assit pour se prêter aux soins qu'on vouloit
prendre de lui. Guillaume lava la blessure de
Joseph, y mit une compresse et l'enveloppa
d'un linge. Ensuite, détachant la chaloupe, il
prit le chemin de la baie, où il se hâtoit d'arriver
pour remettre aussitôt les blessés dans le sein de
leurs familles; mais il n'étoit pas à la moitié de
la route, qu'il lui arriva du secours.

C'étoit le Roi qui, plein d'inquiétude du malheur de ses fils, venoit lui-même s'assurer de
leur état, les soulager et les ramener. La nouvelle de ce double accident lui avoit été portée
par un travailleur compagnon de Joseph, qui
avoit couru à la citadelle pour demander du
secours. De peur d'alarmer Eléonore et les
femmes des deux frères, le Roi avoit d'abord

défendu de parler de ce désastre; ensuite il s'é-
toit embarqué dans une chaloupe qu'il avoit
pourvue des choses nécessaires au soulagement
des blessés.

En abordant ses deux fils, il ne vit pas leur
air souffrant sans une vive émotion. Il les embrassa, les consola; et s'étant fait découvrir
leurs plaies, les bassina lui-même; après quoi,
les ayant fait coucher sur des matelas qu'il avoit
portés tout exprès, il les ramena jusqu'au rivage
de la baie, le plus voisin de la citadelle.

Il étoit nuit quand on y arriva. Les blessés,
à la faveur de l'obscurité, pouvoient se rendre
chez eux sans être aperçus; mais leur apparition
subite et inattendue auroit pu causer une révolution dangereuse dans le cœur sensible de
leur mère et de leurs épouses. Cette considération engagea le Roi à faire halte en cet endroit.
Il prescrivit à ses gens de rester là jusqu'à ce
qu'il les fît avertir. Pour lui, il les devança à la
citadelle, afin de préparer les esprits à la nouvelle de leur accident, et d'adoucir par la manière de l'annoncer, l'impression vive et douloureuse qu'auroit pu faire, sans cela, la vue
subite de leur état. Ainsi, dans le récit qu'il fit
à Eléonore et à ses filles, de la chute des deux
frères, il cacha l'excès du péril qu'ils avoient
couru; il présenta leurs blessures comme peu
considérables par leurs suites; il parla de leur
retour comme d'une circonstance amenée par

la fin de leurs travaux ; et cette attention délicate fut heureuse. Quoique très-affligée de ce
malheur, Eléonore ne sentit pas toute la peine
qu'elle eût éprouvée, si elle l'avoit appris sans
être prévenue. D'ailleurs, elle crut devoir se
contenir, pour rassurer ses filles, qui, pour les
mêmes raisons, retinrent au fond de leur cœur
les expressions de leur vive douleur.

Cependant les soins qu'on prit des blessés
eurent tout le succès qu'on en pouvoit attendre.
Au bout d'un certain temps, les chairs revinrent,
les plaies se fermèrent et guérirent. Les deux
frères se rétablirent parfaitement. Toute la Colonie sembla recouvrer la santé avec eux. On
s'attendrissoit sur Joseph ; on fut plein de respect et de reconnoissance pour Philippe. A la
satisfaction qu'on sentoit en voyant les blessés
échappés du péril et rendus à tous les vœux,
se joignoit celle d'être enfin à l'abri des invasions de la part des Nègres. Les travaux de l'escarpement étoient achevés. Le Roi les visita et
les approuva. L'île étoit désormais absolument
fermée, et tous ses habitans, après de longues
peines, respiroient en sûreté dans leurs foyers.

C'est beaucoup pour une société naissante,
comme pour un citoyen nouvellement établi,
de pouvoir vivre tranquille dans ses foyers, à
l'abri d'une autorité et d'une force tutélaires ;
mais ce n'est pas assez, si cette force ne va pas
plus loin, et ne peut protéger toutes les pro-

priétés publiques et particulières, partout où
elles s'étendent. Les ouvrages faits pour fortifier
l'enceinte de l'île, suffisoient pour la défense
des Insulaires, mais ce n'étoit qu'autant qu'ils
se tiendroient renfermés dans ses remparts; car
s'ils tentoient d'en sortir pour aller visiter les
mers voisines, qu'ils ne connoissoient pas encore; s'ils entreprenoient seulement de passer
du bas de l'île à la partie opposée; si, cherchant
à profiter des avantages que leur offroient des
côtes poissonneuses, ils s'éloignoient de la baie
pour pêcher sur ces côtes, ils s'exposoient dès-
lors à rencontrer l'ennemi et à le combattre
avec une infériorité qui pouvoit leur devenir
funeste, dans le cas où les Nègres sauroient
combiner leurs forces et tirer parti du nombre
de leurs combattans.

En effet, les barques, ou pour mieux dire,
la chaloupe des Insulaires, trop petite et sans
couverte, ne mettoit pas ceux qui la montoient à l'abri des traits de l'ennemi. Les Nègres
bien conduits pouvoient l'aborder, l'enlever de
vive force, et la couler à fond. Si une seule
chaloupe avoit pu dissiper autrefois une armée
de canots, c'étoit autant l'effet de la circonstance cruelle où se trouvoient alors les Sauvages,
que celui des deux canons dont cette chaloupe
étoit armée. Cette petite artillerie n'y étoit pas
établie d'une manière solide. On ne pouvoit la
faire jouer qu'avec beaucoup de difficultés, et

dans un gros temps elle n'auroit pu servir. Il falloit donc ne sortir de l'île qu'à la dérobée, s'y tenir même absolument renfermé (ce qui répugnoit à tous les insulaires, vivement pénétrés du sentiment de la liberté), ou s'embarquer sur des bâtimens plus grands, mieux armés et plus en état de combattre avec avantage des flottes nombreuses de Nègres; et ce dernier parti soumettoit la Colonie aux travaux longs et pénibles de la construction et de l'armement de ces vaisseaux.

Dans cette alternative, le Roi, qui ne vouloit rien faire légèrement, tint conseil avec ses fils, pour se décider d'après les opinions les plus sensées. On délibéra quelque temps, et il y eût différens avis; mais le noble orgueil que fait naître dans l'homme la conscience intime de sa liberté naturelle, et ce qu'on devoit à la dignité de la Colonie, comme Société politique, ne permirent pas d'écouter les conseils d'une prudence trop timide. Tous les avis se réunirent en ce point, de mettre tout en œuvre pour se maintenir dans la jouissance des droits et des avantages qu'ils tenoient de la nature et de leur position.

On résolut de construire une barque pontée, dont la hauteur de bord, la force et la grandeur pussent mettre l'équipage hors de toute insulte de la part de l'ennemi. Henri proposa de donner à ce bâtiment les dimensions et la

force requises pour porter huit canons en batterie, et cette proposition fut accueillie. Plusieurs croyoient qu'on pourroit l'armer facilement, en se servant des canons qu'on avoit déjà ;
mais quelqu'un ayant fait observer que ces
canons étoient en petit nombre et d'un petit
calibre ; que pour armer la nouvelle barque, il
falloit dégarnir la citadelle et les redoutes de
leur artillerie ; et que dans le cas où la chaloupe seroit obligée de faire de longues courses,
l'île resteroit privée, en grande partie, de ses
armes les plus puissantes, on crut devoir chercher les moyens de parer à ces inconvéniens,
et chacun indiqua celui qui lui paroissoit le
plus efficace. L'un vouloit diminuer le nombre
des canons que l'on prétendoit mettre sur la
barque ; l'autre ne s'inquiétoit point que l'île
en restât dépourvue. Baptiste imagina de fondre
des canons de fer pour armer le vaisseau, et l'on
applaudit à cette idée ; mais tous les suffrages
furent pour Philippe, qui proposa d'en faire
de bronze.

« J'ai lu, dit-il, dans plusieurs de nos livres,
que ce métal, plus fusible que le fer, et plus
susceptible de prendre au moule toutes les
formes qu'on veut lui donner, est en même-
temps capable d'une plus grande résistance. On
n'a donc pas à délibérer sur le choix. Nous
avons découvert récemment des mines de cuivre
et d'étain très-abondantes. Ces deux métaux

sont les principaux ingrédiens et souvent les
seules matières qu'on fait entrer dans la composition du bronze. Si nous ne connoissons pas
la quantité proportionnelle dans laquelle ils
doivent être employés dans cet alliage, notre
premier maître le sait; il nous en instruira.
Nous recevrons de lui cette nouvelle leçon,
comme nous en avons reçu tant d'autres. Abondamment pourvus de poudre, il ne nous manquoit que des machines plus puissantes que les
nôtres, pour donner à notre état de défense
toute la force qu'il peut recevoir. Dès que notre
Roi voudra nous diriger, rien n'empêchera
que nous n'ayons une belle et nombreuse artillerie, et que désormais la citadelle, les redoutes
et nos vaisseaux ne soient garnis de tous les
canons dont ils auront besoin ».

Le Roi avoit eu la même idée, mais il n'en
avoit rien dit, pour laisser prendre plus d'essor
à l'industrie de ses enfans. Charmé de les voir
ainsi répondre à ses intentions, et d'être ap-
plaudi dans la personne de Philippe, il en approuva le projet, dont il se plut à étendre les
détails et à développer les avantages. Il ordonna
qu'il fût exécuté dans tous ses points, et la
saison pluvieuse se passa toute entière dans les
travaux divers de la fonte de l'artillerie. Quand
le beau temps fut revenu, l'intérêt pressant de
la société et la suite des plans arrêtés par le
Roi firent songer à d'autres occupations. On ne

pouvoit, sans se livrer volontairement à la misère, se dispenser de remettre en activité la
culture des champs. Il falloit réparer le tort
qu'avoit fait à la Colonie la suspension des soins
et des travaux nourriciers. Il falloit même, en
attendant les récoltes futures, suppléer à l'insuffisance des vivres qu'on avoit encore, par
les produits de la pêche et de la chasse ; et ce
qu'on devoit de protection à la liberté de cette
pêche et de la navigation , faisoit en même-
temps une loi de se donner une force maritime
qui fît respecter les côtes de l'île. Le dessein
en étoit déjà pris , et le Roi , avec sa prévoyance, avoit fait amasser et préparer de longue
main , tous les bois nécessaires à la construction
d'un petit vaisseau.

Cependant l'exécution de ce dernier ouvrage
sembloit, au premier coup-d'œil , devoir nuire
à la culture des terres, en lui enlevant une partie des travailleurs; et ce motif, s'il eût été bien
fondé , auroit suffi pour arrêter l'entreprise :
mais le Roi l'ayant mûrement considéré , et
faisant réflexion que l'agriculture n'emploieroit
jamais à la fois tous les bras de la Colonie en
état de travailler; qu'il n'y avoit guère que les
plus jeunes ménages où le chef ne pût être sup-
pléé par quelqu'un de ses enfans, et que les
labours des terres de l'île devant être légers, ne
demandoient pas des travaux bien longs ni ab-

solument pénibles : il décida qu'un certain
nombre de travailleurs, choisis parmi les plus
experts, seroient incessamment employés à la
construction de la barque projetée, et que le
reste de la Colonie prendroit soin de cultiver,
les champs.

En conséquence de cette décision, Baptiste,
Guillaume, Philippe, Guy, Etienne, et plusieurs
autres dirigés par le Roi, posèrent sur le chan-
tier la quille du petit vaisseau. Ils mirent la
main à l'œuvre avec tant de courage, ils y tra-
vaillèrent avec tant d'ardeur, qu'ils vinrent à
bout de le construire, de le mâter et de le
gréer en moins de six mois. On le nomma *le
Vigilant*. Nous ne rapporterons pas ici les détails de cette construction, quoiqu'on puisse la
regarder comme un prodige d'industrie et d'activité dans une société comme la nôtre. Les
vaisseaux plus considérables qu'on y a bâtis depuis, et l'exemple de ce qu'a fait à cet égard
une seule famille, nous dispense d'en parler.
Il nous suffira de dire que cette barque ou brigantin, de soixante-deux pieds de longueur et
de vingt de largeur, portoit deux mâts et le
beaupré; qu'il avoit la poupe large, et qu'il se
trouva fin voilier et très-propre pour la marche.
Nos gens réussirent parfaitement dans leur entreprise; et au moyen de ce bâtiment armé de
huit canons, le gouvernement de l'île fut en état

de défendre au dehors la propriété des Insulaires, comme les précautions déjà prises les
protégeoient au dedans.

~~~~~~~~~~~~~~~~~~~~~~~~~~~~~~~~~~~~~~~

CHAPITRE XXXVI.

*Activité nouvelle qu'on donne à l'agricul-
ture ; pêche générale ; grande chasse ;
Joseph, à la tête de quelques chasseurs,
pénètre dans la partie de l'île la plus
reculée ; événemens extraordinaires qui
sont la suite de cette entreprise.*

Rien ne gênoit plus désormais l'industrie et
la liberté des Insulaires. Tranquilles sur les
desseins et sur les entreprises de l'ennemi, ils
songèrent à profiter de l'état paisible où ils
étoient, pour étendre et améliorer leur patrimoine, augmenter leurs richesses et leurs jouissances, se rendre enfin aussi heureux qu'il leur
étoit possible de le devenir. Toute l'activité de
la colonie se tourna vers l'agriculture avec un
empressement d'autant plus vif, qu'elle avoit
été plus long-temps privée de la douceur de
s'y livrer sans contrainte, et que le besoin
pressant de subsistances commençoit à se faire
vivement sentir ; mais elle s'appliqua surtout à

faire produire aux champs des moissons abondantes. Les vignes et les vergers, quoique bien
chers aux propriétaires, n'attiroient leurs soins
que quand les champs ne les retenoient plus,
et les arts se bornoient au nécessaire le plus
absolu. Le premier besoin commandoit impé-
rieusement ; les autres ne se faisoient écouter
que lorsqu'on l'avoit satisfait. Ainsi, dès la première année, toutes les anciennes terres en état
de produire furent remises en valeur, et presque
tous les ménages firent des défrichemens dans
les terres incultes de leur patrimoine. On ne se
détourna de ces travaux, et on ne les interrom-
pit qu'à courts intervalles et seulement dans la
vue de se procurer les avances indispensables
pour les continuer.

L'on avoit pour cela différentes ressources;
les fruits et les racines que la terre produisoit
naturellement ; le gibier répandu dans l'île, et
les productions des eaux : la première étoit peu
de chose ; on n'y employa que les enfans hors
d'état, par leur âge, de s'occuper à des travaux
pénibles. Ils recueillirent une certaine quantité
de cocos, de dattes, de mangoustes, et de plantes
bulbeuses et nutritives qu'on leur avoit appris
à connoître. La chasse, exercée par nos jeunes
gens les plus vigoureux, fournit une assez bonne
provision de gibier ; l'on n'auroit eu qu'à s'en
applaudir, si elle n'avoit été la cause d'un événement fâcheux pour la colonie, comme on le

verra dans un moment; mais les succès de la pêche suppléèrent plus largement à ce qui manquoit de vivres.

Pour rendre la pêche plus profitable, le Roi l'annonça solennellement, en fixa l'ordre et l'époque, en ordonna les préparatifs, et voulut que chaque famille y envoyât tous les sujets qu'elle pouvoit employer. Les femmes n'en furent point exclues. Toute maison où le soin des enfans n'exigeoit pas leur présence, fournit au moins une pêcheuse. Elles suivirent et secondèrent leurs maris où leurs frères, et leurs soins ne furent pas inutiles. L'amour du bien commun, l'exemple et la compagnie des personnes qui leur étoient chères, excitoient leur courage et leur émulation, et prêtoient à leurs mains délicates, mais exercées aux travaux domestiques, une adresse et une force que ce sexe aimable et timide, rendu plus foible par l'inaction, ne fait guère voir ailleurs.

Le Roi divisa ses pêcheurs en plusieurs troupes, et prescrivit à chacune sa station. La première fut composée de ceux qu'une longue expérience avoit rendus plus habiles dans l'art de la pêche, qui manœuvroient plus adroitement la chaloupe et connoissoient mieux tous les parages de l'île. Elle sortit de la baie, s'éloigna de la côte pour éviter les écueils qui la bordoient, et ne s'arrêta qu'à une hauteur où la mer, libre et assez profonde, ne laissoit

pas craindre le danger de se briser sur les roches.
Elle montoit le vaisseau neuf et la grande chaloupe ; le Père les commandoit : Eléonore l'avoit
suivi, ne voulant s'en rapporter qu'à elle-même
du soin de surveiller une tête si chère et si nécessaire en même-temps à toute la société.

La seconde troupe étoit destinée à pêcher
dans la rivière et dans la baie avec les ·petits
bateaux. Quelques femmes faisoient partie de
celle-ci. La troisième ne devoit pas quitter le
rivage. Elle étoit moins nombreuse en hommes.
Chacun se rendit ponctuellement avec les autres à sa destination, et concourut de son mieux
au succès de l'entreprise. On y employa diverses sortes de filets, suivant les endroits où
l'on se portoit, et le poisson que l'on vouloit
prendre. En mer et dans la baie, c'étoient les
dragues, la seine, le trémail et les hameçons,
placés autour des barques : sur le rivage, c'é-
toient les nasses, la ligne et l'épervier. La première en vouloit aux harengs, aux cabliaux,
aux morues, les autres cherchoient et poursuivoient les poissons de mer et d'eau-douce
qui se trouvoient dans la rivière.

La pêche dura six jours de suite ; pendant
lesquels les pêcheurs furent toujours en mouvement, soit pour prendre ou préparer le poisson, et cette suite d'opérations longues et mul-
tipliées, ne parut pas les avoir fatigués. La
gaîté animoit, soutenoit, adoucissoit le tra-

vail : le travail fait en commun , en famille ,
le travail bien ordonné , un peu varié, encou-
ragé par des succès , est agréable et gai. Cette
pêche fut une fête.

Le Roi avoit choisi la saison et le moment
les plus favorables pour son dessein ; ce qu'on
prit de poisson surpassa de beaucoup l'espoir
qu'on en avoit conçu. La rivière paya libéralement son tribut à l'industrie des pêcheurs ; la
mer se montra prodigue. La quantité de morues, et surtout de harengs , qu'on prit en peu
de jours, fut prodigieuse. Il fallut plus de temps
pour les préparer ; mais dès qu'ils furent salés,
séchés , enfumés , on en fit une distribution par
famille, en proportion du nombre de ceux qui
la composoient. Ces provisions jointes dans la
suite au gibier que produisit la chasse, et qu'on
eut soin de boucaner, fournirent à tous les ménages une nourriture plus que suffisante pour
leur ôter toute inquiétude sur leurs besoins ,
jusqu'aux secondes moissons.

Rien n'avoit troublé les plaisirs de la pêche ;
mais il n'en fut pas de même de la chasse, ordonnée quelques jours après. La troupe chargée
de cette commission , s'étant divisée en deux
bandes, pour battre en même temps les deux
côtés du vallon , poussa ses courses jusqu'aux
montagnes. Emules d'industrie et de courage,
ces deux bandes s'efforçoient, à l'envi, de se
surpasser l'une l'autre , et de pénétrer dans les

2.   8

lieux les plus difficiles ; mais ceux qui côtoyoient la gauche de la rivière, furent obligés de s'arrêter à la cataracte, tandis que les autres, conduits par Joseph, suivirent les crêtes du midi, et baissant le pont-levis, ils passèrent dans la partie montagneuse, après avoir envoyé leur gibier à la barque.

Le hardi Joseph ne se contenta pas de parcourir le pays entre la cataracte et le volcan ; il projeta d'aller chasser dans le canton de l'île où Baptiste et Guillaume s'étoient autrefois réfugiés. Fier de franchir la haute chaîne des montagnes, il trouva dans ses compagnons l'ardeur et l'audace qui l'inspiroient ; sa proposition est accueillie avec transport. On se met en marche ; on avance, les obstacles sont surmontés ou forcés : les hauteurs s'abaissent, on arrive au but.

Leur heureuse hardiesse fut récompensée par une grande abondance de gibier. Dans leurs premières courses, ayant retrouvé la grotte, ancien asile de Baptiste, ils en avoient fait leur gîte et le dépôt de leur gibier. Chaque soir ils s'y retiroient pour passer la nuit à couvert. Tout sembloit ainsi favoriser leur entreprise ; mais la fin démentit ces heureux commencemens.

Le dernier jour de la chasse, ils s'étoient éloignés plus qu'à l'ordinaire ; et ils revenoient gaîment sur le déclin du jour, lorsque, passant dans un bois au sommet d'une colline, Joseph,

qui marchoit devant, aperçut avec surprise, à
travers les arbres du côté de la rivière un grand
feu, à la lueur duquel il crut distinguer des
hommes en mouvement. Il attendit ses compagnons, qui, émus à cet aspect, et se rappelant
l'aventure de Baptiste, jugèrent que quelque
troupe de Nègres devoit être descendue dans
l'île, et qu'ils avoient allumé ce feu pour préparer leur repas, ou pour passer la nuit plus
commodément.

Que faire dans cette occurrence ? On résolut
de se retirer doucement dans la grotte, pour
s'y tenir enfermé jusqu'après le départ des Nègres. Deux chemins pouvoient y mener. Le premier exigeoit qu'on fît un long détour; le second conduisoit à travers les bois jusqu'au bout
d'une colline qui dominoit sur la troupe sauvage. Celui-ci, plus court, paroissoit moins sûr
que l'autre; mais comme la nuit devenoit toujours plus obscure, et que d'ailleurs, à la faveur
de son ombre et en s'avançant avec précaution,
on pouvoit, sans être vu, voir ces Sauvages, en
observer le nombre et la contenance, en deviner peut-être les intentions, ils se déterminèrent
à prendre cette route.

En conséquence, dès que la nuit fut noire,
ils continuèrent leur chemin à petits pas à travers les bois, et parvinrent à l'endroit de la
colline le plus voisin des Nègres. Ceux-ci occupoient le milieu d'un petit vallon, borné d'un

côté par la rivière, et large d'environ deux portées de fusil. Nos gens s'approchèrent des feux, autant que la prudence le permettoit; et cependant, pour ne rien donner au hasard et observer avec plus de sûreté, ils se placèrent derrière des arbres et des broussailles, d'où ils discernoient tous les mouvemens des Sauvages.

On remarqua d'abord qu'ils étoient en grand nombre. L'agitation continuelle où ils étoient ne permit pas de les compter; mais on crut pouvoir juger qu'il y en avoit au moins une centaine. Les uns entretenoient le feu; d'autres préparoient tout près de là un terrain autour duquel ils creusoient un fossé, pour s'asseoir ensuite sur le bord, comme sur un banc; d'autres alloient et venoient du rivage au feu, et du feu au rivage, et tous paroissoient fort occupés et comme dans l'attente d'un événement extraordinaire. Le silence régnoit parmi eux, et l'on n'entendoit qu'un murmure sourd, signe non équivoque de leur impatience, lorsqu'à l'approche de plusieurs groupes de Nègres qui revenoient de leurs canots portant quelques-uns de leurs caramades blessés, des voix confuses s'élevèrent, et l'on crut distinguer, dans leurs accens, des plaintes et des gémissemens qui cessoient et recommençoient par intervalles, tandis qu'on déposoit les malades sur le gazon et qu'on pansoit leurs plaies avec des simples; mais à l'aspect d'une troupe plus nombreuse qui con-

Les Negres se préparent à faire mourir des prisonniers blancs,
pour se repaître de leur chair.

duisoit cinq personnes, dont les bras étoient
liés derrière le dos, les Sauvages se mirent à
pousser des cris épouvantables. Ils se formèrent
en cercle autour des prisonniers, et l'on reconnut bientôt que c'étoient de malheureuses victimes que les barbares se disposoient à immoler
pour se repaître de leur chair.

L'horreur et la pitié allument l'indignation
dans l'ame de nos chasseurs. Ils sont tout prêts
à fondre sur les bourreaux, pour arracher de
leurs mains ces victimes. Plus de dangers à leurs
yeux : ils ne voient plus que des malheureux à
sauver et des barbares à punir. Joseph, le généreux Joseph : « Arrêtez, leur dit-il d'une voix
forte, arrêtez, mes frères ; quelle furie est la
vôtre ! Exposez votre vie pour sauver des inno-
cens, je vous devance ; mais ne la sacrifiez pas
sans espoir de les sauver. Tous les Nègres sont
en armes ; s'ils vous aperçoivent, vous êtes écrasés par un déluge de flèches avant d'être arrivés
jusqu'à eux. Echappez, s'il est possible, à ce
danger ; le nombre vous accable au milieu même
du carnage que vous ferez de ces barbares ; vous
périssez, et vous ne sauvez pas ces malheureux
blancs. Vous ne les sauvez pas, vous hâtez même
leur mort, en irritant contre eux la fureur de
leurs bourreaux. Arrêtez, Joseph éprouve la
même ardeur que vous, il est à votre tête, et il
s'arrête pour prendre conseil de la prudence, et
attendre les inspirations du ciel. »

Pendant que Joseph contenoit ainsi sa petite
troupe, les Nègres faisoient souffrir mille tour-
mens, mille morts à un prisonnier noir. L'un
lui enfonce dans le corps des morceaux de bois
pointus, qu'il laisse dans la plaie : un autre ap-
plique sur ses membres des tisons ardens : un
troisième lui taillade le visage et la tête avec
une arme tranchante : tous cherchent à l'envi
de nouveaux supplices qui augmentent et pro-
longent ses douleurs. Mais, ô surprise! le patient, au milieu de ces tortures, est immobile :
s'il ouvre la voix, s'il jette un regard, c'est pour
défier ses bourreaux; sa constance épuise leur
industrieuse barbarie, ils l'assomment.

Nos chasseurs souffrent avec plus d'impatience que cet infortuné. Mais ils ne se possèdent
plus, lorsqu'ils voient amener sur le théâtre
d'horreur un jeune blanc, beau et bien fait, qui
va servir de jouet à la férocité exaltée par ses
premières atrocités.

Déjà les Nègres attachoient à un pieu cet infortuné, lorsqu'un de ses compagnons, qu'à sa
voix on reconnoît pour une femme éperdue,
s'élance comme un trait jusqu'au lieu fatal où
on lioit l'objet cher à son cœur. Elle couvre de
son corps celui de son amant, l'entoure de ses
bras, et le serrant de toutes ses forces, comme
pour ne plus s'en séparer, fait retentir tout le
vallon de ses cris. Elle voudroit le dérober aux
coups des meurtriers, ou mourir avec lui. Ses

larmes, ses plaintes, son action si tendre et si
passionnée, et ce courage héroïque qui lui faisoit braver tous les périls pour sauver ce qu'elle
aimoit, ou plutôt pour ne pas lui survivre, tout
en elle auroit touché des bêtes féroces ; elle
n'émut pas ces noirs. Ils portèrent des mains
brutales sur cette femme désolée, l'arrachèrent
ensanglantée et mourante d'auprès de son amant,
et la remirent, privée de connoissance et de sentiment, aux gardiens auxquels elle avoit eu la
force ou l'art de se soustraire.

Joseph, vaincu par l'impatience des siens, et
plus encore par sa propre générosité, dispose
alors sa troupe par divisions, de manière à faire
sur les Nègres un feu roulant. Tout à coup des
cris effroyables partent de l'autre côté du vallon ;
une grêle de flèches tombent sur ces barbares.
Nos gens ne doutent point que ces nouveaux Sauvages, défaits dans un premier combat, ne
viennent se venger de leur disgrace et arracher
à l'ennemi sa proie. En effet, une partie de leur
flotte ayant été dispersée par l'autre nation, ils
avoient profité de la nuit et de la retraite du
vainqueur pour rallier leurs canots ; et instruits
du lieu où il alloit jouir inhumainement de son
triomphe, ils avoient suivi la même route, et ils
étoient descendus dans l'île sans bruit. Ils se
mettoient en embuscade derrière des arbres et
des broussailles, lorsqu'ils virent assommer le

prisonnier noir, leur frère; la rage accéléra leur vengeance.

Ils avoient à peine lancé leurs traits, qu'ils fondirent sur l'ennemi étonné. La troupe assaillie, en désordre, mais en armes, passa vîte le ruisseau qui traversoit le vallon, se rallia, se forma, et fit bientôt une vigoureuse résistance. Nos chasseurs avoient suspendu leurs coups, dans l'espérance de tirer un grand avantage de cet événement, et restoient attentifs à épier l'occasion de remplir leur principal dessein, celui de délivrer les prisonniers blancs.

Mais l'obscurité de la nuit foiblement éclairée par la lueur des feux, dont un vent assez fort agitoit et renversoit la flamme, répandoit sur tous les objets une clarté douteuse, qui ne permettoit pas à la vue d'en discerner les formes ni les couleurs. Cependant, quand la lune, qui se levoit, eut dépassé le sommet des arbres, les chasseurs remarquèrent que la troupe attaquée avoit appuyé sa droite au pied de la colline, et la gauche à la rivière; disposition excellente qui partageoit la lumière de la lune, et empêchoit que la troupe ne fût tournée ou entamée par les flancs. Ils virent les assaillans faire tous leurs efforts pour pénétrer par le centre jusqu'aux prisonniers, rangés sur les derrières. L'ardeur, l'énergie et le nombre étant à peu près égaux des deux côtés, il en résultoit les chocs les plus terribles. Sans essayer de retracer les actes de valeur, d'audace, de cruauté que les combattans firent de part et d'autre, il nous suffira d'observer que la guerre chez les nations policées, n'est, en quelque sorte, qu'un jeu, en comparaison de celles des nations sauvages. Chez les premières, elle se fait seulement de nation à nation; les particuliers n'ont point de motifs personnels pour se détruire les uns les autres : chez les Sauvages, au contraire, chaque individu est en guerre avec tout individu d'un peuple ennemi, et met contre lui, s'il peut le combattre, l'animosité la plus vive et l'acharnement le plus opiniâtre.

Les deux troupes opposées employoient en même temps, pour se détruire, les armes factices et naturelles dont ils pouvoient se servir; la javeline, la zagaye, la massue, le sabre armé d'un tranchant de pierre, le poignard, les tisons allumés. On se battoit main à main, corps à corps, avec une fureur inexprimable. La rage des tigres et des serpens irrités n'égale pas celle de ces hommes féroces, brûlant de courroux et de vengeance.

La victoire parut long-temps incertaine. Tantôt les Nègres assaillans étoient arrêtés par leurs adversaires et forcés de reculer; tantôt ces derniers reculoient à leur tour. Dans une de ces crises où les Nègres attaqués perdoient beaucoup de terrain, et où la victoire sembloit pencher pour les autres, les premiers craignirent

8*

sans doute d'être enfin rompus et de perdre
leurs prisonniers, l'honneur, et en quelque
sorte la raison du combat. Le chef donna des
ordres en conséquence, et les gardes qui les
retenoient, et qui apparemment connoissoient
bien les lieux voisins du champ de bataille, les
entraînèrent vers la petite vallée, au fond de
laquelle se trouvoit la grotte que nos gens habitoient, dans le dessein manifeste de les y cacher et de dérober ainsi cette proie à l'ennemi.
Nos chasseurs, qui avoient toujours l'œil tourné
vers les gardes, ayant remarqué qu'ils s'éloignoient avec les prisonniers, et sur cette démarche soupçonnant leur dessein, se hâtèrent
de les devancer au terme de leur course. Ils
traversèrent le bois qu'ils avoient à dos, et re-
gagnèrent leur gîte sans être découverts.

L'entrée et le devant de la grotte étoient encore dans l'ombre; mais la lune éclairoit le fond
de la vallée; en sorte que les chasseurs, tapis
dans le creux du rocher, pouvoient voir venir
d'assez loin les Sauvages qui conduisoient les
prisonniers, sans que ce groupe pût les apercevoir. Les Nègres avancèrent donc vers la
grotte avec la plus grande confiance, et nos
gens, qui s'étoient concertés sur ce qu'ils devoient faire, les laissèrent approcher jusqu'à la
demi-portée de leurs armes, afin de pouvoir
bien ajuster leurs coups, et sans aucun risque
pour les malheureux blancs qu'ils vouloient dé-

livrer. Par un heureux hasard, l'ordre dans lequel s'offroient les ennemis, favorisoit cette intention. Les prisonniers, les mains toujours liées derrière le dos, et attachés l'un à l'autre, marchoient de front, forcés par leurs gardes d'avancer. Ceux-ci se tenoient aux deux côtés, un peu en avant. Un seul que nos gens ne voyoient pas, venoit immédiatement derrière, pour pousser ceux des prisonniers qui refuseroient de marcher. La troupe se présentant dans cette disposition, il n'étoit pas difficile de choisir pour victimes les Nègres qui formoient les ailes. Le contraste de leur couleur sombre les faisoit aisément remarquer auprès des blancs. Ainsi les chasseurs divisés en deux pelotons, prenant pour but les Sauvages qui leur étoient opposés, et tirant tous ensemble, ces misérables, au nombre de quatre, tombèrent morts sur la place. Celui qui faisoit l'arrière-garde fut renversé de frayeur ; mais n'ayant aucun mal, et reprenant bientôt ses esprits, il se leva et se déroba par une fuite précipitée au sort de ses camarades.

Les prisonniers étoient immobiles d'étonnement, comme s'ils avoient été frappés d'un prodige. D'où leur vient ce secours ? oseront-ils concevoir quelque espérance ? Des blancs dans ces contrées ! et ces blancs coupent leurs liens, en leur disant en anglois et en françois, que le ciel les protège, qu'il leur envoie des

amis pour les défendre, et qu'avec son aide et
du courage, ils seront sauvés. Ils se proster-
nent, sans voix, aux pieds de leurs libérateurs.
A la fin ils s'écrient, l'un en anglois, l'autre
en françois : *O nos-anges tutélaires !* La femme
prononce quelques mots entrecoupés, qu'on
devine plutôt qu'on ne les entend. Elle ne put
que presser tendrement et couvrir de pleurs la
main de Joseph.

Nos gens, tout attendris, pleurent de joie et
de pitié, en leur disant des paroles de consolation, et en les menant à la grotte.... Mais
le danger n'est point dissipé; il n'est encore
que légèrement écarté et suspendu. On craint
le retour ou la poursuite des noirs : on craint
la troupe la plus voisine, si elle triomphe; si
elle est vaincue, on craint l'autre. Quel que soit
le vainqueur, on pense qu'il est ennemi, qu'il
cherchera sa proie. Quel parti prendre ? Combattre à découvert ? il faudra céder au nombre.
S'enfermer dans la grotte ? comment en sortir,
si l'ennemi s'obstine ? Fuir et regagner bien vîte
les montagnes ? l'ennemi est alerte, il connoît
les passages et les détours; et les prisonniers
sont foibles et harassés; et la femme (c'est une
Espagnole) se soutient à peine : qui pourroit
l'abandonner ?

Cette importante considération fit adopter le
parti de rester dans la grotte, jusqu'à ce qu'on
vît jour à se retirer en sûreté; et l'on s'en tint

à cette résolution, en observant qu'en cas d'attaque, ils pouvoient y résister à tous les efforts de l'ennemi : en effet la grotte étoit profonde, et l'ouverture étroite et basse. Il étoit bien difficile de les assaillir dans cette position, rendue plus respectable par le feu de la mousqueterie.

Pour tranquilliser ses hôtes, Joseph leur fit remarquer cet avantage, et pour les refaire de leur fatigue, il leur fit prendre de la nourriture, ainsi qu'au reste de sa troupe; puis il les invita à se reposer sur des tas de mousse qui servoient de lit aux chasseurs; la femme seule se rendit à cette invitation. L'Anglois et le François voulurent partager la peine et le péril de la défense commune. « Nous sommes, dirent-ils, plus intéressés que vous, s'il est possible, à faire échouer le projet des Barbares et à les repousser, puisque c'est nous qui vous suscitons cet ennemi, et que notre conservation dépend maintenant de la vôtre ». On accepta leurs services, et comme il n'y avoit pas moyen de les armer, ils furent destinés à fournir des munitions aux tireurs.

Après cet accord, Joseph fit préparer les armes, distribua les munitions, et marqua la place que chacun devoit occuper, en indiquant à chacun ce qu'il devoit faire, afin qu'il n'y eût ni trouble ni confusion. Ces précautions prudentes produisirent un bon effet. Le léger repas

qu'on venoit de prendre, rendit à la troupe des
forces qu'une longue abstinence avoit affoiblies ;
et les préparatifs militaires ranimèrent les esprits
et fortifièrent les courages.

Cependant les cris affreux des sauvages commençoient à devenir plus sourds et sembloient
indiquer que l'ennemi s'éloignoit. Mais l'on ne
savoit qu'en penser, et l'on éprouvoit une vive
impatience de connoître ce qui se passoit du
côté du champ de bataille. D'une autre part,
les plaintes continuelles de la femme éplorée
qui gémissoit au fond de la grotte, en appelant
sans cesse le malheureux jeune homme qu'elle
avoit vu lier au pieu fatal, augmentoient cette
impatience, en inspirant à tous nos jeunes gens
le desir de savoir ce qu'il étoit devenu.

Deux d'entre eux, Victor fils de Baptiste, et
Pascal fils d'Etienne, qu'une amitié particulière
rendoit inséparables, plus sensibles que les
autres aux accens douloureux d'une amante désolée, ne s'en tinrent pas à un desir stérile, ils
proposèrent d'aller à la découverte des Nègres,
pour s'instruire, s'il étoit possible, du sort du
prisonnier. Comme Joseph n'approuvoit pas
leur dessein, et redoutoit pour eux les dangers
de cette entreprise, ils lui représentèrent que
l'ennemi étoit loin, et qu'ils n'iroient qu'avec
précaution, en suivant la lisière du bois, toujours prêts a rétrograder, s'il prenoit le chemin
de la vallée.

« Ne craignez point, ajoutèrent-ils; nous nous devons à nos frères; nous ne nous exposerons pas. Parvenus à l'endroit où nous étions cachés, nous verrons tout sans aucun risque, et reviendrons de même. Si les sauvages s'éloignent et s'embarquent, vous serez pleinement assurés; s'ils viennent vous attaquer, nous aurons le temps de vous avertir, et vous aurez celui de prendre vos mesures; ainsi, qu'ils partent ou qu'ils demeurent, nous vous rapporterons des nouvelles intéressantes. Notre démarche n'est point une témérité; elle sera utile; elle est peut-être nécessaire. Seroit-il moins prudent de s'assurer de l'intention des sauvages, que de rester dans l'incertitude sur ce qu'ils veulent tenter? »

Joseph crut devoir céder aux raisons de ses neveux. Il consentit à leur excursion hardie; mais il leur recommanda la plus grande circonspection, et leur fit promettre de revenir, dès qu'ils verroient, par les mouvemens des Nègres, quel étoit leur vrai projet. Il sortit avec eux et les accompagna jusqu'au bois, pour leur donner, chemin faisant, les conseils particuliers qu'il croyoit leur être nécessaires dans l'entreprise délicate dont ils s'étoient chargés. Il vouloit aussi considérer un moment les environs de la grotte, pour reconnoître s'il ne seroit pas possible d'en fortifier l'entrée et d'augmenter ainsi ses moyens de défense.

Joseph trouva bientôt ce qu'il cherchoit. De grandes pierres éparses, qu'il vit tout près de là, lui inspirèrent l'idée de s'en servir, pour masquer l'entrée de la caverne et la rendre impraticable à tout autre qu'à ceux qu'il voudroit y recevoir. Ces pierres, placées devant l'ouverture, alloient opposer une barrière inébranlable aux approches des Nègres, en laissant néanmoins à ceux qui s'y trouvoient une voie pour sortir et diriger au dehors le feu de leur mousqueterie. Joseph appela ses compagnons et leur expliqua son projet. On mit sur le champ la main à l'œuvre; on roula les pierres jusqu'à l'endroit où l'on vouloit les placer; on creusa le sol avec quelques pioches, qu'autrefois Baptiste avoit laissées dans la grotte; et les pierres qu'on fit entrer dans les creux, dressées devant l'entrée de la caverne comme de grandes bornes, remplirent très-bien les vues de l'ingénieur.

Cet ouvrage fait en peu de temps, étoit à peine achevé, que Victor et Pascal débouchèrent du bois, courant à toutes jambes, pour rentrer dans la caverne. Ils furent surpris en arrivant, de voir tout ce qu'on avoit fait depuis leur départ; en applaudissant à cette nouvelle précaution, ils assurèrent qu'on ne pouvoit la prendre plus à propos; que toute l'armée des Nègres attaqués, demeurée maîtresse du champ de bataille, étoit en marche vers la vallée; qu'elle ne tarderoit pas à tourner la colline et

à paroître pour attaquer. «Nous avons fait,
ajoutèrent-ils, notre course sans accident. En
arrivant au bord de la forêt qui domine le champ
de bataille, nous avons vu distinctement les
Nègres assaillans se retirer en bon ordre, em-
menant avec eux l'homme blanc que leurs ennemis destinoient à la mort.

Le combat s'est renouvelé pour la possession
de ce prisonnier, mais sans autre succès pour
les Nègres qui vouloient l'immoler, que de
rester sur leur terrain. Leurs adversaires, ne
voyant aucun espoir de recouvrer les prisonniers qu'ils avoient perdus, et se trouvant dé-
dommagés de cette perte par quelques Nègres
qu'ils ont pris sur l'ennemi, n'ont pas cru devoir s'arrêter plus long-temps à combattre. Ils
ont pris fièrement le chemin de leurs canots,
en réprimant dans leur retraite les audacieux
qui les poursuivoient. Le gros des Nègres restés
sur le champ de bataille, retenu sans doute par
le desir d'une vengeance plus chère, les a laissés
partir; on a même rappelé ceux qui les suivoient, et quand ils ont été tous réunis, ils ont
fait volte-face pour venir vers nous, en secouant
leurs javelines d'une manière menaçante ».

Sur cette nouvelle, l'Espagnole se leva, remercia nos jeunes gens en joignant les mains
et pleurant de joie. « Il n'est pas mort, dit-elle;
il est chez une nation sauvage, mais hospita-
lière, il vivra; je pourrai le revoir! Que Dieu

vous paye le service que vous venez de me rendre ! » Mais nos gens ne perdoient pas le temps en propos. Ils faisoient toutes les dispositions convenables pour recevoir l'ennemi ; ils se mettoient à leurs postes, et s'excitoient mutuellement, desirant en quelque sorte de voir arriver les Nègres. Leur impatience ne fut pas longue. Les Sauvages parurent au bas de la vallée ; mais avec une prudence dont on ne les jugeoit pas capables ; ils se divisèrent en trois corps, pour s'approcher de la grotte avec plus de sûreté, et pour empêcher toute évasion de la part des blancs.

La troupe qui suivit le fond de la vallée, en s'avançant avec précaution, vint se poster vis-à-vis de la grotte, hors de la portée du fusil. Les deux autres divisions marchèrent des deux côtés sur le penchant des collines, et parvinrent ainsi à la hauteur de la grotte, sans que les nôtres se montrassent et fissent aucun mouvement pour s'y opposer. Parvenus en cet endroit, les Sauvages s'arrêtèrent un moment. Ils commençoient à voir de près la difficulté de leur entreprise ; cependant, animés par le ressentiment que la vue des cadavres de leurs frères leur inspira, ils se mirent à pousser des cris horribles, et s'approchant à la fois des deux côtés, ils essayèrent d'en débarrasser l'entrée, et lancèrent à travers les ouvertures une grêle de flèches, tandis que la troupe du milieu, qui

croyoit le moment favorable, se portoit à grands
pas vers la grotte, faisant mine de vouloir percer, la javeline à la main.

Mais toutes ces tentatives ne produisirent
aucun effet, ou, pour mieux dire, elles n'en
eurent qu'un funeste pour les Nègres. Tant que
ceux-ci avoient lancé leurs traits, nos gens
s'étoient tenus à l'abri, contre les parois de la
grotte. D'ailleurs très-peu de flèches y avoient
pénétré, parce que les Nègres tiroient au hasard, et que leurs traits rencontroient souvent
les pierres nouvellement plantées, ou les bords
du rocher. Mais lorsqu'enhardis par la patience
des nôtres, ils se présentèrent devant l'ouverture de la caverne, alors les blancs se remirent
à leurs postes; et voyant les Sauvages à la faveur
de la lune qui éclairoit les environs, ils firent
presqu'à bout portant sur ces misérables, un
feu roulant qui en renversa un grand nombre
et contraignit bientôt le reste de reculer en désordre. Trois fois ceux-ci tentèrent de forcer
le passage, et trois fois ils furent répoussés aussi
vivement.

Il étoit naturel de croire, après cela, que les
Sauvages humiliés abandonneroient leur entreprise et sortiroient de l'île; et cependant leurs
pertes, au lieu de les abattre, ne firent qu'ai-
grir leur ressentiment. Ils ne s'obstinèrent plus
à vouloir forcer la caverne, mais ils s'avisèrent
d'un expédient qui, sans les exposer davantage,

sembloit devoir les venger des affronts qu'ils
avoient reçus. Persuadés avec raison que nos
gens ne sortiroient point de leur retraite, tant
qu'ils verroient leurs ennemis en posture de les
attaquer, ils placèrent à la vue des nôtres, mais
hors de la portée du trait, une partie de leur
monde, au bas des deux collines et sur la lisière
du bois. Ils vouloient, par cette disposition,
leur laisser croire que toute la troupe sauvage
étoit là, et qu'elle étoit résolue de les bloquer
jusqu'à ce que le besoin les fît sortir de leur
asile; mais c'étoit un stratagème. Ils n'avoient
mis à ces postes qu'un petit nombre des leurs;
tout le reste, caché dans la forêt, s'occupoit à
ramasser du bois mort, et les arbres tombés
de vétusté, pour les entasser devant la grotte
et en embarrasser l'entrée. Pour accomplir leur
dessein, quand ils crurent avoir la quantité de
bois nécessaire, ils le portèrent sur le rocher
de la grotte qui formoit une espèce de plate-
forme, d'où il leur fut aisé de le jeter sans
risque, et de l'amonceler devant l'ouverture.

Cette ruse eut du succès. Nos gens, qui avoient
à craindre d'être écrasés par la chute des troncs
et des branches d'arbres, ne jugèrent par d'a-
bord qu'il fût prudent de sortir; et quand ils
le voulurent ensuite, il ne fut plus possible de
le tenter sans s'exposer à une mort certaine. Ils
prirent donc le parti forcé d'attendre la fin de
l'entreprise des Nègres, dont ils n'étoient pas

d'ailleurs fort inquiets, parce qu'ils n'en voyoient
pas le but. Ils s'imaginèrent que tout cet embarras n'étoit que momentané ; que l'ennemi,
qui n'avoit point de provisions, se lasseroit
bientôt d'assiéger des gens qui n'en manquoient
pas ; et que quand il se retireroit, ils pourroient
se faire jour à travers l'abatis qui les couvroit :
mais ils changèrent d'idée, et furent bien
étonnés lorsqu'ils virent l'effet de l'invention
des Nègres.

En effet, tandis que le plus grand nombre
des sauvages entassoit ainsi le bois devant la caverne, quelques-uns d'entre eux amassoient de
menues branches, des plantes et des feuilles
sèches, et quand ils en eurent la quantité convenable, ils les placèrent sous ce bois et y
mirent le feu. En vain les chasseurs, alarmés
de cette manœuvre, tentèrent-ils, dès qu'ils s'en
apperçurent, de s'opposer à son exécution : les
coups de fusil qu'ils tiroient au hasard à travers l'abatis, n'empêchèrent pas l'ennemi de
venir à bout de son projet. Le feu fit des progrès rapides, et la flamme, excitée par le vent
et poussée dans la caverne, força nos gens de
quitter l'ouverture et de s'enfoncer plus avant.

Bientôt leur position se trouva fort critique.
La flamme portée contre le rocher, toujours
plus vive et plus ardente, et la fumée augmentant sans cesse dans la caverne, la chaleur et le
mal-aise y devinrent si insupportables, que nos

gens craignirent d'en être suffoqués. Dans cette cruelle détresse, chacun suivant les parois du rocher, cherchoit, à tâtons, à s'éloigner de l'entrée le plus qu'il pouvoit. On ne connoissoit pas la profondeur de la caverne, parce qu'on n'avoit pas eu le temps de la bien examiner. Le retentissement des voix faisoit croire à la vérité qu'elle étoit spacieuse, et l'on se flattoit d'y trouver quelque coin où l'on pourroit respirer plus librement, mais inutilement, et chacun se vit réduit à se coucher la face contre terre, pour se dérober au danger qui augmentoit sans cesse. Enfin l'on étoit prêt à tomber dans le désespoir, lorsque Joseph, ainsi couché, tâtant le bas du rocher, sentit à la main une espèce de fraîcheur, d'après laquelle il conjectura qu'il y avoit près de là un petit courant d'air, et par conséquent quelque ouverture au niveau du sol de la grotte.

Il avança, suivant cette indication, et se convainquit en effet qu'il avoit pensé juste. Un trou d'environ un pied de hauteur sur un pied et demi de largeur, donnoit passage à ce petit vent, qui n'étoit pas sensible à deux pieds de terre. L'air de la grotte raréfié par le feu, s'écouloit par cette ouverture. Joseph eut le courage d'y entrer, et ce ne fut pas sans la plus vive satisfaction, qu'après avoir rampé quinze à vingt pas, il reconnut que cette sorte de conduit s'élargissoit et formoit des voûtes très-vastes et très-étendues. Il en jugea ainsi, parce qu'ayant appelé ses camarades pour leur apprendre sa découverte, et leur dire de venir le joindre, il avoit entendu les échos de la caverne répéter fort au loin ses paroles. La chaleur qu'il fuyoit ne se faisoit pas sentir en cet endroit, et la fumée y étoit supportable.

Aussitôt il recommande à ses compagnons de porter ce qu'ils trouveroient autour d'eux de provisions et de gibier. Ceux-ci, ranimés par l'espérance, s'empressent de suivre cet avis. Ils se coulent, à son exemple, dans l'issue étroite du rocher, et parviennent tous heureusement à l'endroit où il les attendoit, apportant leurs armes, une partie du gibier, et le reste de leurs provisions. On se félicitoit d'une délivrance inopinée, cependant deux des jeunes gens les plus hardis vouloient retourner sur leurs pas, pour ne rien laisser à l'ennemi de ce qui leur appartenoit; mais Joseph blâma leur folle témérité, et ne voulut pas le permettre. « Rendons graces à Dieu, leur dit-il, de nous avoir tirés du plus grand péril que nous ayons jamais couru, et gardons-nous bien, pour des motifs si futiles, de nous y replonger volontairement. Ce que nous avons de mieux à faire, c'est de tâcher de sortir de ces voûtes souterraines, tandis qu'il est encore nuit, et que les Sauvages, qui ne doutent pas de notre perte, veillent autour de la grotte du côté de la vallée, et ne songent pas à s'en écarter pour s'assurer plutôt de leur triomphe.

« — Mais comment, lui dit-on, trouver notre chemin dans l'obscurité profonde qui nous environne : comment éviter les périls qui se trouvent sous nos pas. Nous aurions besoin, pour nous conduire, de la clarté favorable de quelque lumière, et nous n'avons rien pour y suppléer.

» — Vous devez vous rappeler, répondit Joseph, que dans les provisions que nous avions prises pour la chasse, il y avoit plusieurs flambeaux de mélèze. Nous n'y avons point pensé, parce que chaque soir, à l'exception d'hier, toujours revenus de bonne heure de nos courses, nous avons fait notre soupé et cherché le repos avant le déclin du jour. Si quelqu'un de vous apporte de la grotte le sac où sont les restes de ces provisions, qu'il y fouille, et il les y trouvera ».

Aussitôt celui qui tenoit le sac y chercha ce qu'on demandoit, et l'ayant enfin trouvé, porta la joie dans le cœur de toute la troupe en l'annonçant. On fit du feu, on alluma les flambeaux, et l'on se mit en marche vers le côté de la caverne qu'on soupçonnoit avoir une issue.

Le cours de la fumée, et sur-tout la direction de la flamme des flambeaux, mue par le courant d'air qui traversoit le souterrain, sem-

bloit en montrer la route. L'on suivit à pas
mesurés et avec circonspection cette indication
remarquable, et l'on se trouva fort heureux de
voir autour de soi; car l'on évita, par ce moyen,
des crevasses ou précipices intérieurs, où l'on
seroit infailliblement tombé sans ce nouveau
secours.

La fumée n'empêcha pas de remarquer en
passant que la nature prodigue avoit enrichi
ces demeures sombres de mille raretés précieuses. Les stalactiques, les cristaux qu'elle
avoit formés et comme enchâssés dans les parois des voûtes et des rochers, réfléchissant
la lumière de toutes parts, présentoient aux
yeux surpris toutes les couleurs du prisme,
et laissoient douter si ce n'étoient pas des
rubis ou des diamans qui brilloient ainsi; spectacle que nos gens auroient contemplé avec
admiration, si l'on n'avoit été occupé de soins
plus importans.

Tantôt ces voûtes élevoient hardiment leurs
superbes lambris; tantôt elles s'abaissoient
au point de faire craindre qu'elles ne refu-
sassent tout passage. Plus d'une fois nos gens
furent obligés de se courber et de marcher
sur leurs mains; d'autres fois, de faire d'assez
longs circuits pour éviter les creux profonds
qui s'offroient devant eux. Enfin, après avoir
marché de la sorte pendant près d'une heure,

Joseph , qui servoit de guide à toute la troupe, aperçut de loin l'ouverture de la caverne , que les rayons de la lune éclairoient dans ce moment.

Jamais la lumière du soleil n'avoit été aussi agréable à ses yeux , ni à ceux de ses compagnons , que celle de la lune le fut alors. Toute la troupe s'empressa de sortir de la caverne à travers des rochers et des broussailles qui en embarrassoient l'ouverture , et l'on se trouva sur le bord d'une forêt , au bas d'une profonde vallée. A la vue des étoiles , nos gens reconnurent que la route souterraine qu'ils avoient faite , les avoit heureusement dirigés vers le point où ils devoient aller. L'orient qui commençoit à blanchir , les avertissoit de hâter leur fuite, s'ils vouloient profiter de quelques momens d'obscurité. On se mit en marche à l'instant du côté des montagnes.

Les circonstances et le repos avoient ranimé l'espagnole : elle vouloit faire plus qu'elle ne pouvoit en allant aussi vîte que nos gens; mais ceux-ci ne le souffrirent pas. Il falloit la sauver. On la suivit : on la soutint ; à l'endroit le plus difficile des montagnes, on la porta sur un brancard qu'on fit sur le champ avec des branches entrelacées. Son salut étoit leur triomphe et leur récompense.]

Le soleil étoit déjà fort haut, et l'on comptoit

près de dix heures, quand on fut parvenu au
long sommet des montagnes qui séparent en
deux ces terres supérieures ; on s'arrêta, pour
se délasser un moment de l'extrême fatigue qu'on
venoit de souffrir ; mais en regardant en arrière,
combien on eut lieu de se féliciter d'avoir pu
faire retraite ! Nos gens aperçurent sur le penchant d'une colline éloignée, la troupe sauvage
qui couroit avec vîtesse après eux. Heureusement elle étoit encore loin, elle avoit aussi de
grands obstacles à vaincre pour les atteindre,
et elle ne connoissoit pas le pays comme les
blancs. Il est vrai que la course des uns étoit
rapide, et que les autres, chargés d'un fardeau,
ne faisoient qu'un marche assez lente.

Ils marchèrent ainsi vers le pont-levis, avançant, malgré leur charge et l'aspérité du sol,
beaucoup plus vîte qu'ils ne l'auroient pu faire
si leur compagne eût fait ce chemin à pied. Ils
laissèrent la rivière à gauche, et suivirent le
bas des montagnes et des collines, dont la hauteur et la position pouvoient les dérober aux
regards de l'ennemi.

Ces sages précautions ne furent pas inutiles ;
car les Sauvages ayant surmonté les obstacles
plutôt qu'on ne l'avoit cru, ne virent plus en
arrivant sur les crêtes les hommes qu'ils poursuivoient, et ne purent juger de quel côté ils
avoient pris leur route. Dans cette incertitude,

ils se répandirent d'abord vers la rivière, pendant que nos gens s'approchoient toujours davantage du terme où ils aspiroient.

Mais après de vaines recherches, les Nègres se doutant bientôt qu'ils s'étoient mal dirigés, ou peut-être ayant appris de quelques-uns de leurs coureurs la route que tenoient les blancs, ils tournèrent subitement de ce côté-là, et découvrirent enfin ceux qu'ils regardoient comme leur proie. Cette vue ranima leur courage et leur fureur. Ils se mirent à hurler et à courir comme des forcenés; et peut-être seroient-ils parvenus à joindre la petite troupe, si, arrivés au bord du noir abîme, reste d'un ancien volcan, ils n'avoient été forcés de faire un grand détour. Ce délai permit à nos gens de gagner le pont-levis, de le passer et de le lever avant que l'ennemi fût à portée d'empêcher le passage et d'en profiter lui-même.

Cependant les Sauvages en étoient déjà si près lorsque la bascule fut levée, que par la seule impulsion de leur course, ils vinrent sur le bord de la brèche profonde que le pont servoit à couvrir, et que quelques-uns des premiers, qui ne virent le péril d'y tomber qu'au moment où ils ne pouvoient l'éviter, poussés par ceux qui les suivoient, y furent précipités.

Les autres, frappés de cet accident, étonnés de l'obstacle imprévu qui les arrêtoit, et ne voyant aucun moyen de suivre la proie que leur avide cruauté dévoroit en espérance, demeurèrent d'abord dans un engourdissement qui tenoit de la stupidité ; mais lorsque revenus de cette espèce de léthargie, ils eurent un moment considéré leur disgrace, ils donnèrent toutes les marques du désespoir, et firent retentir au loin les échos de hurlemens affreux, tandis que nos gens, témoins de cette rage impuissante, rendoient grace à Dieu, et se félicitoient mutuellement de ce qu'il les avoit si heureusement délivrés.

Pénétrés d'admiration et de reconnoissance, l'espagnole se mit à genoux ; puis levant les yeux et les mains au ciel, et versant beaucoup de larmes, elle dit, d'une voix attendrie, ces mots que le français traduisit à nos gens :

« O Providence, qui nous as sauvés de tant de périls, vois dans nos cœurs les sentimens que nous conservons de ton secours divin ! Comment l'homme peut-il s'aveugler jusqu'à méconnoître les bienfaits de ta bonté libérale ? Comment devient-il assez ingrat pour en perdre le souvenir ? Ah ! souvent, lorsqu'il t'oublie, tu veilles autour de lui ; tu le défends, tu le protèges avec la sollicitude d'une mère qui tremble pour les jours de son enfant. Non, jamais tu n'oublies celui qui met en toi sa confiance. Fût-il entouré d'ennemis, ou sous le glaive des assassins, fût-il jeté par la tempête au fond de l'Océan, ta main puissante le soutient et le dérobe à la mort. O Providence divine, sois à jamais bénie par tout ce qui respire ! »

A cet élans de ferveur pieuse et de gratitude ; à ces accens et à ces gestes tendres et touchans, le français parut ému, et tous nos gens, l'œil humide, applaudirent du fond du cœur; mais l'anglais ne mêla pas sa voix à ce concert de louanges. Il regarda l'espagnole d'un air de pitié, et sourit dédaigneusement aux autres, comme s'il se moquoit de leur simplicité ; ce qui fut remarqué par quelques-uns d'entre eux, et leur fit juger peu avantageusement de la façon de penser et du caractère de cet homme, dont la Colonie a eu depuis sujet, en diverses occasions, de se plaindre.

Nos gens, foibles de besoin et accablés de lassitude, s'arrêtèrent dans le lieu de sûreté où ils se trouvoient alors, pour y prendre de la nourriture et du repos; et quand ils eurent recouvré les forces qui leur étoient nécessaires, ils descendirent dans le vallon, et marchèrent vers la rivière, fâchés de n'avoir pas dans ce moment la chaloupe qui les avoit amenés quand ils alloient chasser dans les montagnes; mais ce regret ne dura pas long-temps ; car ils n'avoient fait que peu de chemin, lorsqu'ils aperçurent de loin une chaloupe à la voile, qui remontoit le fleuve, et qui, poussée par un vent favo-

rable, vint bientôt aborder à la rive la plus
prochaine.

C'étoient Henri, Baptiste et Guillaume, accompagnés de quelques-uns de leurs fils, qui,
de l'ordre expèrs du Roi, venoient reconnoître par eux-mêmes, ce qui retenoit si long-
temps les chasseurs dans le haut de l'île. Inquiet
de ce retard extraordinaire, après le retour de
leurs compagnons, le Roi avoit cru devoir leur
envoyer la chaloupe pour leur porter du secours, s'il en étoit besoin, ou pour les rappeler, s'ils n'y étoient que pour s'occuper de la
chasse.

Cette rencontre inespérée fut infiniment agréable aux deux détachemens; mais celui de Henri
parut bien étonné de voir la troupe de Joseph
augmentée de trois personnes étrangères, et ne
le fut pas moins de l'histoire succincte de leur
délivrance. Les gens de la chaloupe leur firent
l'accueil le plus humain, entrèrent dans leurs
peines, et tâchèrent de les consoler, en les assurant que toute la Colonie les verroit avec le
plus grand intérêt, et mettroit en œuvre tous les
moyens pour leur faire oublier leurs disgraces.
L'anglais leur fit un remerciement froid et con-
traint; mais le français et l'espagnole répondirent d'un air pénétré à ces témoignages de
bienveillance.

Après ces assurances réciproques de satisfac-

tion et d'attachement, les deux troupes s'embarquèrent et suivirent le cours du fleuve en
ramant avec vigueur. L'on fit tant de diligence,
qu'on arriva le même soir au bord de la prairie
au-dessous de l'esplanade. Le Roi, qui guettoit
le retour de ses enfans, étoit accouru au-devant
d'eux pour les recevoir. Sa joie et sa surprise
furent extrêmes de voir les nouveaux venus, et
d'apprendre par quel miracle ses gens les avoient
dérobés à la mort, et s'étoient sauvés eux-
mêmes. Il frémit des dangers qu'ils avoient
courus ; puis les embrassant avec tendresse, il
leur recommanda la discrétion sur leur aventure, et se chargea d'en apprendre la nouvelle
à Eléonore et à ses filles, de crainte que tout
autre, en leur faisant ce récit, ne ménageât pas
assez leur extrême délicatesse.

La passion de Baptiste et son évasion de l'île,
en y attirant les Nègres, avoit donné lieu à la
première guerre ; l'imprudence de Joseph, en
s'écartant des limites que le repos commun et sa
propre sûreté lui défendoient de passer, devint
l'occasion d'une guerre nouvelle, et jeta dans
quelques esprits une semence de trouble et de
discorde, qui germant sourdement et venant
ensuite à s'étendre par les malheurs publics,
fut sur le point de bouleverser la Colonie et d'en
opérer la ruine.

C'est ainsi qu'il arrive qu'en s'éloignant de
l'ordre et de la raison, ou excite les passions,

on dégrade les mœurs, et que l'on contribue souvent, sans le vouloir et quelquefois sans s'en douter, à l'altération et à la décadence d'une société paisible et heureuse. L'aventure de Joseph eut cela de bon, qu'elle sauva trois infortunés de la mort la plus cruelle, qu'elle étendit les lumières et les connoissances dans la Colonie; mais on paya bien cher ces avantages, par l'esprit de cupidité, de jalousie et d'insubordination qu'un des trois y fit naître, et par les événemens plus ou moins funestes qui en furent la suite.

~~~~~~

CHAPITRE XXXVII.

Réception qu'on fait aux Européens déli-
vrés; un Français raconte comment ils
étoient tombés au pouvoir des Sauvages;
on prend la résolution d'employer la
barque armée en guerre pour attaquer
la flotte des Nègres, lorsqu'elle s'éloi-
gnera de l'île.

Le Roi ayant devancé la troupe des chasseurs,
les annonça à Eléonore et à ses filles, comme
il l'avoit résolu, en taisant de leur aventure tout
ce qui auroit pu causer une trop vive émotion
à des cœurs si sensibles. Il ne put néanmoins
leur cacher que les trois Européens qu'ils amenoient, n'eussent été délivrés de la main des
Nègres; et quelque soin qu'il prît pour adoucir
cette nouvelle, elles ne l'entendirent point sans
en être vivement affectées. Elles virent dans ce
récit plus que le Roi ne leur disoit, et, subitement frappées de l'idée des périls que les chasseurs avoient dû courir, elles laissèrent paroître
sur leurs visages et dans leurs discours, le trouble
et la crainte dont elles étoient agitées.

Cependant, comme tous nos gens revenoient sains et saufs, qu'ils alloient se retrouver dans le sein de leurs familles, ces alarmes involontaires firent place à la douce joie que l'annonce de leur retour devoit naturellement inspirer. En même temps, la surprise mêlée d'admiration que causoit la merveilleuse délivrance des trois Européens, et la pensée consolante que ce qu'ils devoient à leurs libérateurs les attacheroit inviolablement à la Colonie, affoiblirent encore les impressions de crainte que la rencontre des Nègres avoit faite sur les esprits.

L'on étoit dans ces dispositions, quand la troupe parut. Henri précédoit les Européens qu'escortoient tous les chasseurs. Ceux-ci venoient, non-seulement pour voir leur mère et la rassurer sur leur retour, mais pour faire honneur aux nouveaux venus, empressés de rendre leurs hommages aux chefs de la colonie. Henri, qui leur avoit fait succinctement l'histoire de l'île, leur avoit donné la plus haute idée de ces deux personnes respectables; mais lorsqu'ils aperçurent la bonté majestueuse qui brilloit sur leur visage, et la tendre vénération dont tous ceux qui les approchoient paroissoient pénétrés; enfin lorsqu'ils se virent accueillis par Eléonore avec toutes les marques et tous les égards de l'humanité la plus compatissante ils ne purent s'empêcher d'être émus jusqu'aux larmes, et ils vouloient se prosterner à ses

pieds ; mais elle s'y opposa, puis elle regarda
la jeune Espagnole avec des yeux humides,
l'embrassa tendrement, en la nommant sa chère
fille :

« Je bénis le ciel, lui dit-elle, du secours
propice qu'il vous a donné par la main de mes
enfans. Vous n'avez plus rien à craindre où vous
êtes. Vous vivrez tranquille auprès de moi. Je
veux vous servir de mère, et s'il dépend de
nous de vous faire oublier ce que vous avez
perdu, ni vous, ni vos compagnons d'infortune, vous n'aurez rien à regretter ».

« Ah ! Madame, lui répondit la jeune personne en mauvais Anglais, et en lui prenant
les mains, qu'elle arrosa de pleurs, qui ne seroit touché jusqu'au fond de l'ame des attentions bienfaisantes d'une bonté si rare ? Je suis
bien malheureuse ; mais dans mon désastre, je
dois rendre à la providence des graces infinies
pour le soin qu'elle a pris de me conduire jusqu'ici. Hélas ! et pardonnez-moi ce souvenir,
la mort m'avoit enlevé ce que la nature et la
reconnoissance me faisoient un devoir de chérir
et de respecter. Il me restoit un époux (car je
dois nommer ainsi l'homme vertueux et tendre
à qui je destinois ma main, et qui bientôt devoit m'être uni par le plus saint des nœuds),
il me restoit un époux, et le ciel, qui m'a sau-
vée de la main des Barbares, l'a laissé parmi
d'autres Sauvages, leurs ennemis. J'ignore le

sort qu'on lui destine. Je ne puis que gémir du malheur cruel qui nous a séparés, et votre bonté même augmente mes regrets. Reçus et protégés dans cette île heureuse, nous y jouirions comme vous du plus parfait bonheur. Ah! que ne puis-je espérer de le revoir encore! Que ne m'est-il permis de croire qu'il me sera rendu! »

La nature sembloit avoir formé la jeune étrangère avec complaisance. Un teint brun, mais animé; de grands yeux noirs et pleins de feu; un son de voix touchant; une taille svelte et légère; un air de modestie et de noblesse, en faisoient une beauté qui, quoique différente de celle de nos femmes, avoit tout ce qu'il falloit pour charmer. Elle étoit dans la fleur de l'âge; elle étoit affligée; ses pleurs et ses soupirs parloient éloquemment; elle attendrit tous les cœurs. Tous les assistans souhaitèrent de pouvoir lui rendre le service qu'elle sembloit implorer de la colonie, et quelques jeunes gens parurent se passionner pour ses intérêts.

Le Roi l'assura qu'on feroit toutes les démarches nécessaires pour retrouver celui qu'elle pleuroit, et pour le ramener dans l'île; mais comme il ne fixoit point l'époque de cette entreprise, et que personne ne s'en informoit, Pascal, jeune chasseur de la famille d'Etienne, demanda la permission de parler, et dit: « Je vous supplie, mon Père, de considérer qu'il

n'y a point de temps à perdre pour exécuter
votre résolution généreuse. Sans vouloir pénétrer vos desseins, je pense qu'on ne différera
pas à envoyer la chaloupe armée contre les
Nègres. La raison de notre sûreté, les droits
d'une juste vengeance, et surtout la certitude
où nous sommes que les Nègres sont encore dans
le haut de l'île, nous avertissent de ne pas perdre l'occasion d'attaquer leur flotte avant qu'elle
s'éloigne de ces parages. Soit que notre barque
surprenne nos ennemis et détruise leurs canots,
soit qu'ils fuient devant nous, qui peut nous
empêcher ensuite d'aller mouiller sur les côtes
des Sauvages qui retiennent l'homme blanc si
cher à Madame ? Nous pourrons en payer la
rançon en leur donnant des marchandises, ou
quelques prisonniers sauvages, s'il en tombe
entre nos mains. L'Anglais ou le Français, qui
sont revenus avec nous et qui connoissent cette
Nation, pourront nous servir d'interprètes ».

Eléonore, à ce discours, ne put cacher son
inquiétude, et pâlit. « Quoi ! toujours la guerre,
dit-elle ? Faut-il que je tremble sans cesse pour
la vie de mes enfans ? » Le Roi regarda Pascal
d'un air sévère. « Jeune homme, lui dit-il, votre
âge auroit dû vous prescrire plus de modestie.
Votre proposition est bonne, peut-être; mais
vous deviez mieux présumer des lumières de
vos anciens, et laisser parler ceux qui ont plus
d'expérience que vous. Lorsqu'ils se taisent par

prudence, est-ce à vous de nous montrer une
téméraire indiscrétion ? »

Mais la parole étoit lâchée, Eléonore avertie;
et comme l'expédition proposée étoit comman-
dée en quelque sorte par la circonstance, et
pouvoit, par ses succès, enlever à jamais toute
occasion de guerre, le Roi ne crut pas devoir
rejeter cet avis. Il proposa lui-même la chose
à l'assemblée, et le résultat de la délibération
fut qu'il falloit, sans tarder, profiter de la conjoncture pour attaquer les Nègres déconcertés,
et dans la position où ils étoient encore, afin
que leur défaite et le sentiment de leurs pertes
les éloignât pour toujours de l'île.

Eléonore et ses filles en gémirent profondément; et cependant le Roi ordonna d'approvi-
sionner la barque des vivres et des munitions
nécessaires pour cette expédition. Il nomma
ceux qui devoient en être, et il vouloit la conduire lui-même; mais sur les représentations de
toute la famille, il en remit la direction à son
fils aîné. Baptiste, Guy, Vincent, Guillaume,
Charles, Philippe, Etienne, et quelques-uns de
leurs enfans, auxquels plusieurs des chasseurs,
et entre autres Victor et Pascal, demandèrent
la permission de se joindre, furent désignés
pour monter le nouveau bâtiment. Le Français
et l'Anglais prièrent aussi le Roi de ne pas les
priver de l'occasion favorable qui se présentoit
d'être utiles à la colonie. Ils s'offrirent de si

bonne grace et avec tant d'instances, que le Roi
ne crut pas devoir les refuser.

Toutes ces choses ainsi arrêtées, chacun alla
dans sa maison, pour embrasser sa famille et
prendre de la nourriture avant de partir. Les
Européens restèrent à souper dans la maison
du Roi, où ils devoient demeurer désormais.
Pendant le repas, on se renouvela de part et
d'autre l'assurance des sentimens réciproques
qu'on éprouvoit ; mais les nouveaux venus mangèrent peu, malgré les invitations réitérées de
la famille ; et l'Espagnole, dont le cœur sensible et tendre avoit été successivement agité
par tant de passions contraires, émue et attendrie de tout ce qu'on faisoit pour elle, ne savoit
que dire dans son embarras.

Le Roi, dont l'œil attentif veilloit sur ses
hôtes, et qui avoit fait mettre le Français à son
côté, lui dit alors : « Pardonnez, je vous prie,
à l'intérêt que vous m'inspirez, le desir de savoir à qui nous avons le bonheur de donner un
asile, et ne me laissez pas ignorer par quel événement vous vous trouvez dans des mers si
éloignées de votre pays. Je ne vous demande
pas en ce moment votre histoire ; le temps et
la circonstance ne sont pas propres à ce récit ;
mais en cherchant à vous faire oublier vos infortunes, ne serois-je pas excusable de vouloir connoître celles qui vous ont conduit ici ? Je suis
chrétien et Européen, comme vous et vos com-

pagnons, et, si l'on ne m'a point flatté mal à propos, je suis encore votre compatriote. J'a été malheureux comme vous; que de motifs de vous être attaché! que de titres à votre confiance! »

Le Français lui répondit: « Tout vous donne sur nos cœurs les droits les plus légitimes. C'est à nous à mériter la bienveillance que vous nous témoignez. Vos desirs doivent être pour moi des ordres respectables. Je vais donc tâcher de vous satisfaire sur ce que vous demandez.

» Je suis Français, comme on vous l'a dit. Mon compagnon est Anglais. Cette jeune personne, qui partage notre destinée, a pris naissance en Amérique, de parens Espagnols. Elle se nomme Dona Rosa de Quevedo; l'Anglais s'appelle Wilson, et mon nom est de Martine. Je suis né dans la Vicomté de Turenne en Limousin, d'une famille noble, mais peu riche ». A ces mots, le Roi se leva, et faisant des exclamations de surprise et de joie : « Dieu soit loué, dit-il, je retrouve en vous un de mes parens. Que j'ai à me féliciter d'une rencontre si extraordinaire! Je suis de la Maison de Lervignac, alliée depuis long-temps à la vôtre.... Mais continuez, je vous prie, et dites-moi d'abord des nouvelles de mes frères, le Comte de .... et le Baron de ....; sont-ils encore en vie? ont-ils joui du bonheur auquel ils devoient s'attendre, et qu'ils méritoient si bien par leur caractère et par leurs vertus? Depuis tant d'années que j'en suis séparé, leur image ne s'est point effacée de mon cœur. Ma tendresse pour eux y vit encore toute entière..... — Ils n'ont pas été, reprit M. de Martine, aussi heureux qu'ils devoient l'être. Le Baron n'étoit plus quand je suis parti de France, et son aîné, à qui la guerre avoit enlevé ses deux fils, jeunes gens d'une grande espérance, venoit d'éprouver un déchet considérable dans sa fortune, par la perte d'un procès; mais dans cet état et déjà sur l'âge, il n'en étoit que plus respectable par la manière dont il supportoit ses malheurs. — Hélas! dit le Roi attristé, j'aurai donc hérité de tout le bonheur de la famille!.... — J'avois un oncle, continua de Martine, qui ayant passé jeune en Espagne, y avoit fait une grande fortune. La langue et les mœurs du pays lui étoient devenues si familières, qu'il étoit regardé comme Espagnol par les Espagnols eux-mêmes; et il y avoit acquis tant de crédit, qu'un poste considérable étant venu à vaquer dans l'audience royale de Lima, la Cour le lui accorda. Le Signor Martinos, qui n'avoit pas d'enfans, m'appela de France auprès de lui pour lui en tenir lieu. Il rassembla sur moi toute sa tendresse, et je le suivis au Pérou; mais après deux ans de séjour dans cette contrée, il mourut me laissant l'héritier de tous ses biens. Quelque temps après sa mort, je m'embarquai avec

mes richesses sur le galion qui part tous les
ans du port d'Acapulco pour les Philippines,
dans le dessein de passer de là en Europe. J'a-
vois lieu de me flatter que de retour en France,
je pourrois y jouir de tout le bonheur qu'un
cœur honnête et bienfaisant peut goûter au
milieu des siens, dans la possession d'une fortune considérable. Nous touchions presque au
port de Manille, lorsque le galion qui nous
portoit, attaqué par un Commodore anglais
qui croisoit dans ces mers, fut obligé de se
rendre, après un combat sanglant et opiniâtre.
Je fus dépouillé, par le cruel droit de la guerre,
de presque toutes mes richesses, et mes compagnons d'infortune ne furent pas mieux traités
que moi.

» L'équipage du vaisseau pris étoit plus nombreux que celui du vainqueur. L'Anglais ayant
brûlé le galion, ne retint de prisonniers que
ceux qu'il pouvoit garder sur son bord sans
incommodité. Le reste fut mis à terre sur les
côtes de Manille. Je fus un de ceux qu'on y
débarqua, ainsi que Dona Rosa, Don Pedro
Léal, son amant, et M. Wilson, qui, après
une vive querelle avec son capitaine, avoit jugé
à propos de le quitter secrètement et déguisé,
pour nous suivre.

» Nous avions demeuré six mois à Manille,
où les Espagnols nous avoient traités avec beaucoup d'humanité, lorsque nous nous embar-

quâmes sur un navire qui partoit pour l'Espagne. Huit jours après notre départ, on eut
connoissance d'une voie d'eau considérable dans
notre vaisseau, et dans ce moment même il
survint une grande tempête, qui, augmentant
sans cesse le péril de couler bas, nous força de
nous mettre dans les chaloupes, pour gagner
des côtes qu'on voyoit. Une de ces chaloupes
fut submergée avec le capitaine et la plupart
des matelots. Celle où j'étois, ainsi que M. Wilson, Dona Rosa et Don Pedro, fut poussée sur
la côte. Secourus à propos par les habitans du
pays, nous échappâmes, comme par miracle, à
ce double naufrage, avec deux autres espagnols
qui sont morts depuis.

« Ce fut un coup bien heureux de la Providence, que nous eussions été jetés sur cette
côte, car les habitans, quoique sauvages, ne
sont pas antropophages comme d'autres peuples nègres leurs voisins, avec lesquels ils sont
en guerre continuelle. Si le sort nous eût jetés
sur les terres de ces derniers, nous aurions
été immanquablement dévorés. Les nègres qui
nous avoient sauvés de la mer, eurent pour
nous, dans leur simplicité sauvage et disette-
teuse, tous les égards qu'ils pouvoient nous témoigner ; mais remarquant bientôt que nous
avions plus d'industrie et plus de connoissances
qu'eux, et se trouvant dans le cas de faire une
campagne maritime contre leurs ennemis, ils

exigèrent de nous que nous fussions de leur expédition, ne doutant pas que nos conseils et notre secours ne leur donnassent la supériorité.

« Nous ne pûmes nous refuser à ce qu'ils exigeoient de nous comme une preuve de notre attachement. Nous nous embarquâmes sur un de leurs canots, qui, faisant partie de l'avant-garde, devoit aller à la découverte, et diriger ensuite leur flotte. Dona Rosa, qui n'avoit pas voulu se séparer de Don Pedro, étoit avec nous, lorsque surpris par la flotte entière des nègres ennemis, nous fûmes battus et faits prisonniers. C'est à la suite de cette rencontre malheureuse que nous avons été conduits dans le haut de votre île, où nous devions être sacrifiés à la barbarie de nos vainqueurs, si vos généreux fils ne nous avoient tirés de leurs mains féroces. Vous savez comment nous leur avons échappé. Je ne vous en dirai pas davantage ».

Le Roi remercia M. de Martine de sa complaisance, et, lui ayant témoigné combien il étoit touché de ses malheurs et de ceux de ses compagnons, l'assura de nouveau du vif desir qu'il avoit de les leur faire oublier. Il lui recommanda Don Pedro, et le pria, par le sensible intérêt qu'il prenoit au sort de l'Espagnol et à celui de Dona Rosa, de mettre tout en œuvre auprès des nègres ses libérateurs pour les faire consentir à le céder aux navigateurs.

Sur ces entrefaites, les gens qui devoient être de l'expédition s'étant rendus chez le roi pour prendre ses derniers ordres, et tout ce qui étoit nécessaire à l'embarquement se trouvant prêt (1), Henri et ses compagnons prirent congé. Le Roi les exhorta à se conduire avec prudence, et Eléonore ne put les voir s'éloigner sans soupirer, sans verser des larmes. Ils profitèrent du lever de la lune pour partir.

(1) Nous ne prîmes pas seulement les munitions de guerre et de bouche nécessaires pour cette expédition; mais un certain nombre de bestiaux, du fer en barre et travaillé, des grains, des légumes et une quantité de marchandises, tant pour faire des présens à la peuplade des Nègres qui avoient accueilli les Européens, et chez lesquels étoit encore Don Pedro, que pour établir quelques échanges avec d'autres peuples, si nous en découvrions dans notre voyage et si nous pouvions nous lier avec eux.

CHAPITRE XXXVIII.

Arrangemens intérieurs ; distribution de
travaux champêtres ; réglemens nou-
veaux ; institutions et ouvrages publics ;
abondance surprenante de denrées, com-
merce , circulation , etc .

Obligés de tenir registre de tout ce qui s'est
fait en divers temps pour l'avancement et le bonheur de la société , nous croyons devoir rapporter ici les précautions et les arrangemens relatifs
à cet objet important, qui, depuis la seconde
attaque des Sauvages , ont eu lieu à diverses
époques sous le gouvernement du Roi.

Le compte que nous avons rendu de nos derniers préparatifs de défense , et le récit que nous
venons de faire de l'arrivée des Européens parmi nous, ne nous ont pas permis de nous interrompre pour passer à d'autres objets. Mais en
ce moment qu'il est question de parler des soins
pacifiques de l'administration , nous allons reprendre ce que nous avons laissé en arrière; et
pour présenter sous le même point de vue tout
ce qui a trait à cette matière, nous joindrons les

réglemens et les institutions que le Roi continua
de faire jusqu'à sa mort.

L'aisance et la paix provenant de l'abondance
des productions , et celle-ci de la terre , le Roi,
toujours attentif à faire fructifier l'agriculture,
employoit tout ce qu'il avoit de connoissances à
la rendre toujours plus florissante dans son île.
Les préceptes , les secours , la liberté , l'exemple,
l'émulation , les conseils , avoient été mis par lui
successivement en œuvre pour faire de ses enfans un peuple vraiment agricole. Nous avons
déjà vu les heureux succès de cette attention paternelle et économique. La Colonie avoit fait à
cet égard tous les progrès qu'il étoit naturel de
lui souhaiter et qu'elle pouvoit faire depuis sa
naissance ; mais pour soutenir ces heureux commencemens et pour en accroître l'influence, il
étoit non seulement nécessaire d'étendre les travaux champêtres , mais d'en varier les procédés
et de les proportionner au nombre des individus
de chaque famille , et aux nouveaux besoins de
la population croissante.

Si l'industrie agricole se fût bornée à la production des blés , l'île eût regorgé de grains;
mais elle eût manqué d'autres productions essentielles ou agréables ; et si tous les membres
d'une famille se fussent uniquement occupés de
la culture de la terre , les arts les plus indispensables eussent été négligés. La sorte d'abondance
dont la Colonie auroit joui , ne l'eût pas em-

pêchée de sentir bien des privations, et ses membres n'auroient pas été aussi heureux qu'ils pouvoient le devenir. D'un autre côté, si chaque ménage n'avoit travaillé que pour sa subsistance et pour son bien être, chaque famille eût, pour ainsi dire, demeuré isolée dans la société. La communication de secours, de services et de richesses, n'auroit pas eu lieu. Il n'y auroit pas eu d'échanges, de commerce, de circulation, et le vrai lien de la Société n'existant point, la Colonie n'auroit jamais été assise sur la base d'une prospérité durable.

C'est surtout dans une société commençante, qu'on sent plus particulièrement l'importance de la diversité des talens et des occupations parmi ses membres, pour le bien et la commodité de tous.

Le chef et les principaux de la Colonie, qui voyoient toutes les règles du Gouvernement dans le sein de la nature, ne prescrivirent rien qui pût contrarier ses vues, et n'empêchèrent point leurs enfans de préférer une culture à une autre, de s'adonner aux travaux des arts plutôt qu'à ceux de la terre, ni d'embrasser le métier ou la profession pour laquelle ils avoient le plus de penchant. Il n'y avoit rien de noble pour eux que le travail, et tout travail utile étoit noble; ils savoient qu'il étoit du bien de la société, de laisser à tous ses membres la plus grande liberté de s'appliquer aux travaux qui leur convenoient,

et que chacun pouvoit mieux que tout autre,
juger de l'emploi de ses talens et du bon usage
de ses propriétés. Ils ne songèrent donc pas à
ordonner, ni à défendre. Ils employèrent seulement les conseils et l'instruction, pour les diriger dans la voie qui leur offroit le plus d'at-
trait et qu'ils se destinoient à parcourir.

Déjà certaines familles, conduites par leur
goût, et éclairées par l'expérience, avoient acquis plus de lumières que les autres dans quelques arts, dans quelques branches de culture.
En s'y appliquant de préférence et continue-
ment, leur travail devenu plus facile, tournoit
au profit général. Le Roi applaudit à la sagesse
de leurs vues et de leurs entreprises, fondé sur
ces raisons simples et naturelles, qu'en se faisant ouvriers universels, ils étoient obligés de
se pourvoir de tous les instrumens et de tous
les outils; et s'ils en manquoient de les fabriquer eux-mêmes; que forcés de passer sans cesse
d'un procédé à un autre, ils perdoient un temps
considérable dans ces changemens; enfin, que
comme ceux qui ne font qu'une chose ou qu'un
métier, le font toujours beaucoup mieux et toujours plus vîte que s'ils ne s'en occupoient que
par occasion, ils se rendroient plus utiles au
public et à eux-mêmes, s'ils s'en tenoient à celui qu'ils avoient choisi. Dès-lors le maréchal,
le meûnier, le charron, le charpentier de profession, etc., qui bornoient précédemment la

spéculation de leurs travaux à leurs besoins personnels, ou tout au plus à ceux de leur famille, la proportionneroient aux besoins croissans d'une grande partie de la société; dès-lors ils donneroient au berger, au vigneron, au laboureur, etc., la liberté de vaquer sans distraction à leurs fonctions importantes ! liberté qui les mettroit à même de tirer double et triple produit de la terre, et de nourrir par ce moyen un grand nombre de familles, qui n'auroient plus besoin de s'attacher aux travaux des champs pour subsister, parce qu'elles auroient de quoi payer en service de main-d'œuvre tout ce qui leur seroit nécessaire. C'est ainsi, disoit le Roi, que les divers états de la société se classeront d'eux-mêmes, et qu'en se prêtant des facilités et des secours mutuels, ils donneront lieu aux échanges, au commerce, et formeront les ressorts et le jeu de la machine sociale.

Ce que le Roi prévoyoit à cet égard, ne tarda pas à se vérifier. Des familles entières embrassèrent exclusivement certaines professions; d'autres ne le firent que par parties; c'est-à-dire, que quelques membres seulement, se distinguant des autres par un talent particulier, s'attachèrent à le cultiver, et s'en firent une occupation journalière, qui devint par habitude leur principal emploi. Alors toutes les professions, tous les métiers essentiels à une société furent expressément exercés par quelqu'un de la Co-

lonie, et quelquefois même par des familles. La
classe la plus nombreuse comme la plus nécessaire, fut celle des agriculteurs ; mais dans celle-
ci même il se fit des divisions heureuses.

Quelques-unes de ces familles agricoles, qui
se faisoient remarquer par leur industrie et leur
activité dans le travail des vignes, et qui, de
plus, possédoient des terrains dont les qualités
et les aspects étoient favorables à cette culture,
encouragées par les avis du Roi, s'en occupèrent
uniquement, et firent de leurs possessions de
superbes vignobles entremêlés d'agréables vergers. D'autres familles, dont les terres pouvoient
être facilement arrosées, s'adonnèrent à la culture des prés, à la nourriture du bétail, et à la
multiplication des grands et des petits troupeaux.

C'est alors proprement qu'on vit naître les
échanges, que le commerce en nature commença, que les biens devinrent richesses, et
que la pleine liberté, dont jouissoient tous les
membres de la Colonie, de faire valoir à leur
gré leur industrie et leurs propriétés, perfec-
tionna les talens et les cultures, augmenta les
rapports et les secours, et faisant couler dans
toutes les branches et dans tous les rameaux
de la société une sève plus active et plus abondante, répandit de plus en plus l'aisance et le
bien-être sur l'île entière.

Pour donner plus de facilité à ce commerce

ĥaissant, et pour en accélérer le mouvement et
l'action, le Roi le favorisa de toute la protection et de tous les bienfaits que lui devoit le
gouvernement. Cela ne veut pas dire, comme
on pourroit l'entendre dans la langue de certains pays, qu'il s'occupa du soin de le régle-
menter, de lui prescrire certaines formes, ou
qu'il préféra certaines parties à d'autres, qu'il
leur accorda des priviléges exclusifs; il étoit trop
expérimenté pour adopter de semblables idées.
Toute son attention eut pour but au contraire
de faire jouir chacun du droit de disposer de
ses propriétés naturelles et acquises par l'usage
le plus libre, sous la sanction des lois, tant qu'il
ne blesseroit point l'intérêt et la liberté d'un
tiers.

En bon administrateur du patrimoine public,
et jaloux de s'acquitter des devoirs de chef social, il fit faire des chemins pour la commodité
des transports, et les étendit à mesure que la
Colonie se multiplioit et se dispersoit sur le
territoire. Il fit construire des ponts sur les ruisseaux, et une grande barque stationnaire à un
côté de la rivière, pour servir au passage jour-
nalier de ceux que les besoins du commerce ou
de la culture obligeoient de se transporter au
bord opposé. L'on bâtit encore, par son ordre,
plusieurs salles où devoient s'assembler les divers départemens de l'administration; enfin,
tous les établissemens qui entroient dans les des-

seins paternels du chef, pour le bien et la commodité du public, et qu'il avoit prescrits, et en
quelque sorte préparés dans les lois promulguées,
furent non seulement formées par ses soins,
mais prirent de la consistance et de la solidité.

Pour exécuter les différens travaux qu'exigeoient nécessairement tous ces ouvrages d'utilité
publique, chaque membre en état d'y coopérer,
y contribua d'abord de sa personne et de ses
facultés, en raison de ses moyens, sans autre
salaire ni compensation, que d'être alors sup-
pléé dans la culture de ses terres par quelques
jeunes membres des familles les plus nombreuses, plus instruits des travaux des champs que
de ceux des arts.

Mais quand la société, croissant en richesse
et en population dans une progression éton-
nante, se trouva dans une grande abondance
de denrées et d'objets de premier besoin, ce qui
arriva bientôt ; lorsqu'elle jouit d'un superflu ;
que ce superflu faisant desirer les commodités
de la vie, eut animé les arts et étendu le commerce, et que le revenu net des terres put fournir une subvention fixe et suffisante pour les
dépenses et le maintien de l'administration (subvention qu'on acquitta d'abord en nature, et
dans la suite en argent), la monnoie fut employée et reçue comme signe convenu et représentatif des échanges. Elle devint le salaire des
travaux, la solde des services, et l'agent général

de la circulation et du commerce, dont elle augmenta beaucoup l'activité.

Si l'on n'a pas perdu de vue les premiers faits de ces Mémoires, l'on se souviendra qu'après le naufrage de nos respectables parens sur les côtes de l'île, parmi les choses qui furent tirées du vaisseau, se trouvoient plusieurs caisses de piastres chargées à Cadix pour le commerce de l'Inde. Placées dans un coin du magasin de la maison du Roi, elles y restoient depuis tant d'années, tout aussi inutiles que le trésor d'un avare l'est à son maître; mais loin d'être regardées d'un œil d'envie et de vénération comme celui-ci, elles n'attiroient l'attention ni les desirs de personne. Cet argent, étranger aux besoins de la Colonie naissante, n'étoit considéré que comme un objet de curiosité, ou tout au plus comme une masse de métal propre à entrer dans la fabrication de certains bijoux de fantaisie, ou à faire de la vaisselle de table; et cette destination, dans l'état des choses, ne pouvant paroître qu'un luxe fort contraire à la décence et à la simplicité des mœurs actuelles, on ne faisoit aucun cas de ce trésor.

Le Roi, ayant égard au changement des circonstances, résolut de donner à l'argent la valeur nécessaire pour en former le gage commun des échanges. En conséquence, il en mit peu à peu dans le commerce tout ce qu'il en falloit pour solder les marchandises et les denrées, selon les besoins courans de la société, à mesure que les ventes et les travaux fourniroient de quoi l'acquitter. Il ne crut pas devoir employer une plus grande quantité de numéraire, non-seulement parce que s'il devenoit trop commun il perdroit de son prix relatif; mais encore par la considération que la quantité surabondante d'espèces, rassemblée dans certaines mains, ne serviroit qu'à favoriser la paresse et à exciter l'avarice.

Pour donner à l'argent une valeur vénale, et le faire recevoir comme signe représentatif des richesses et gage intermédiaire des échanges, le Roi ne se contenta pas de faire remarquer à tous les chefs de famille, l'importance dont il étoit par ses qualités intrinsèques, par les facilités qu'il alloit procurer aux marchés et aux ventes, en dispensant les vendeurs de faire des transports que les échanges en nature nécessitoient ci-devant, et en devenant dans la main de l'acheteur l'équivalent de la chose achetée dans la proportion de sa valeur convenue; mais il le mit en circulation en le donnant et en le recevant d'après cette convention, pour prix des choses commercées; et la valeur de l'argent fut fixée d'après la quantité qu'il étoit possible d'en mettre en circulation dans l'île, et suivant l'abondance des matières qui pouvoient entrer actuellement dans le commerce.

L'admission de l'argent dans les échanges se

fit ainsi de gré à gré, sans qu'il fallût d'injonction ni d'ordonnance pour l'établir; et l'usage s'en étendit insensiblement dans toute la Colonie, qui se trouva bientôt à cet égard au niveau des nations les plus civilisées. Plus heureuse même que celles-ci, elle profita des avantages de la circulation du numéraire, sans éprouver les abus ni les inconvéniens qu'ailleurs ce gage des échanges entraîne souvent après lui.

Ce fut alors que les individus de la société, plus rapprochés par les besoins et par la facilité du commerce, se voyant et se fréquentant tous les jours, commencèrent à se donner mutuellement des surnoms, et à désigner ainsi chaque individu dans la conversation ou dans le rapport des affaires. La néccssité et le désir de faire connoître sans ambiguité les personnes dont on parloit, furent les moteurs de cette invention. Ces surnoms acquirent peu à peu le crédit et la valeur des noms propres.

Nul n'avoit été appelé et connu jusque-là, que par son nom de baptême, et cette seule dénomination avoit suffi dans une société commençante et peu nombreuse; mais à mesure que la population croissoit, que le nombre des individus augmentoit, cette simplicité devenoit embarrassante par la difficulté où elle mettoit souvent celui qui parloit d'un tiers, de faire comprendre quelle étoit la personne dont il s'agissoit; car si le nom de baptême qu'elle

10*

portoit se trouvoit le même que celui d'un
autre, il étoit obligé de désigner la première par
des caractères particuliers, ou d'indiquer le lieu
de son habitation, le nom de son père, celui
de sa mère, ou de faire remarquer qu'il étoit
l'aîné ou le cadet de sa maison, etc.

On s'accoutuma donc à désigner et à distinguer les différens individus par des noms tirés
de leurs qualités naturelles ou acquises, ou de
la position et des circonstances dans lesquelles
ils se trouvoient. Ainsi chaque chef de famille
reçut de la voix publique un nom distinctif, qui
devint le nom patronimique de sa race; et chacun, outre son nom de baptême, eut en même-
temps un nom propre qui ne permit plus de
le confondre avec tout autre membre de la société. Les onze chefs des premières familles,
comme autrefois les fils de Jacob, donnèrent
leurs noms aux onze tribus, dont la population
compose l'ensemble de la Colonie.

La première tribu, formée de la famille de
Henri, fut appelée de l'*Aîné*; la seconde ou la
famille de Baptiste, reçut le nom de l'*Ardent*;
la troisième ou celle de Guillaume, porta celui
du *Sérieux*; la quatrième ou celle de Vincent,
fut nommée du *Jovial*; la cinquième ou celle
de Charles, prit le nom de *Beauchamp*; la
sixième ou celle de Philippe, fut distinguée par
celui de *Lebon*; la septième, qui descendoit de
Guy, fut reconnue sous le nom de *Lefort*; la

huitième ou la famille d'Etienne, s'appela de *l'Avisé;* la neuvième ou la famille de Joseph, se nomma du *Hardi;* la dixième ou celle de Martial, eut le nom du *Questionneur,* et par syncope, du *Questeur;* enfin la onzième ou celle de Félix, fut appelée du *Maudoux,* etc.

C'est la première époque de la distinction des individus et des familles dans la Colonie, par des noms propres et patronimiques; distinction qui, relativement à son objet, mit de pair la société de l'île avec tous les peuples de la terre.

Le Roi créa un Directeur des améliorations, pour perfectionner les productions naturelles de l'île, et pour y rassembler et tirer le meilleur parti de celles qu'on pourroit se procurer d'ailleurs.

Il institua une Société de gens instruits pour écrire l'histoire, parce que les annales comme les lois doivent être exposées aux yeux du public.

Nous ne devons pas oublier ici les réglemens qui furent faits pour l'éducation et l'instruction de la jeunesse. Ces objets étoient trop importans par eux mêmes et par leur influence; ils étoient trop présens au cœur paternel du Chef de la Colonie, pour que le soin de les maintenir et de les surveiller ne fît pas un de ses premiers devoirs.

On ne confond pas dans notre île, comme dans certains pays de l'Europe, où l'on croit

être parvenu à toute la hauteur de la science,
on ne confond pas l'instruction avec l'éducation. Celle-ci, parmi nous, regarde proprement
le père et la mère : les soins de leur vigilance
précèdent même la naissance des enfans.

Eléonore avoit déjà enseigné et prescrit aux
mères tout ce qu'elles ont à faire pendant leur
grossesse, pour donner le jour à des enfans
bien constitués, et pour que l'ame de ces enfans
ne reçoive dans le sein maternel aucune influence
contraire à la vertu. Elle avoit recommandé,
dans le cas où la mère ne pourroit pas nourrir
son enfant, de lui chercher une nourrice saine,
tendre, attentive, complaisante. Elle avoit indiqué la méthode qu'il falloit suivre pour lui
former une santé robuste, pour étendre sa force
et sa vigueur, le dérober aux impressions dangereuses, et le soustraire aux mauvaises habi-
tudes et aux fantaisies.

Le Roi avoit fait connoître, dans le plus grand
détail, tout ce qu'il étoit nécessaire d'apprendre
et de faire pratiquer aux enfans, dans le premier âge. Il voulut, à cet effet, qu'on les habi-
tuât d'abord au plus grand respect pour les
parens, les supérieurs et les vieillards, afin que
ce sentiment, qu'il regardoit comme la base
des mœurs et de l'union sociale, devînt la première habitude de l'enfant, la première loi de
sa conscience, et qu'il trouvât son bonheur dans
l'accomplissement des devoirs de la piété filiale.

Il exigeoit que les parens instruisissent les enfans jusqu'à l'âge de six ans, et leur apprissent les règles de la politesse; que l'éducation domestique leur inspirât de l'amour pour tous les hommes, du respect pour la vertu, de la haine pour la méchanceté, du mépris et de l'aversion pour tous les vices; qu'on les prémunît contre la volupté, l'intempérance, la paresse, l'ambition, le desir des louanges, la frivolité, etc., etc.

D'après ces règles d'éducation, les parens doivent former eux-mêmes, autant qu'il leur est possible, le corps, le caractère et les mœurs de leurs enfans, par des soins attentifs et continus, et par leurs exemples encore plus que par des leçons; car c'est à eux à leur apprendre à supporter les maux attachés à la vie, à se soumettre à la volonté du ciel et aux lois de la nature; à être bons fils, bons frères, bons parens, bons amis, bons voisins, etc.

La jurisdiction des parens est plus étendue que celle du Souverain. Celle-ci n'a d'inspection que sur les actes qui blessent les droits d'autrui. Les parens ont le droit de punir les omissions, et celui de prévoir et de prévenir les actes nuisibles.

Le but de l'éducation est chez nous de faire un homme sensible, robuste, sociable; celui de l'instruction de former un citoyen utile, équitable, expérimenté, qui connoisse les vrais principes des droits et des devoirs sociaux, et les rapports heureux et nécessaires qui lient entre eux le chef et les membres de la société.

L'éducation est privée, c'est-à-dire, circonscrite dans la maison paternelle; mais l'instruction doit être publique, comme faisant partie des fonctions de la souveraineté, établie sous son autorité et donnée à ses frais. Elle doit être uniforme, constante, universelle; car tous les individus de la société sans exception, ont besoin de connoître ce qu'ils peuvent sur les autres, et ce que les autres peuvent sur eux; ce qu'ils doivent aux autres, et ce que les autres leur doivent, et cette instruction doit l'apprendre à tous et tous les jours.

Il faut donc que l'instruction soit populaire, et ne soit refusée à aucun enfant, de quelque état qu'il puisse être; par conséquent, qu'elle soit simple, précise, sommaire, et se réduise à un petit nombre de points capitaux propres à frapper l'entendement le plus grossier.

Le Roi, qui étoit convaincu que l'homme n'est rien et ne peut rien être sans l'instruction; que le plus petit et le plus pauvre des hommes a droit à ce bien commun (parce que nul n'est fait plus qu'un autre pour le néant, ni pour ce qui en approche, et que l'instruction, qui a pour but et pour fin de façonner d'abord et

disposer les hommes à entrer en société, c'est-
à-dire, en rapports les uns avec les autres,
doit les tenir ensuite constamment unis en étendant ses influences bienfaisantes jusqu'aux générations les plus éloignées) : le Roi voulant
pourvoir à l'institution et à la perpétuité de
l'enseignement public (1), ordonna que désormais l'homme le plus instruit, le plus doux, le
plus patient de chaque quartier (composé de
vingt maisons), seroit chargé d'enseigner tous
les enfans mâles de ce quartier, âgés de six ans;
qu'il les formeroit d'abord à la lecture, à l'écri-
ture, aux premiers principes de l'arithmétique,
de la géométrie, de la morale, et que les enfans
demeureroient sous ce maître jusqu'à neuf ans.

Qu'en sortant de cette école, les enfans de
cinquante maisons passeroient sous un autre

___

(1) Nous ne pouvons assez le dire ; sans l'enseignement
général et constant des lois naturelles de l'ordre social,
il est impossible qu'une société parvienne à une prospérité réelle et durable. Un tel enseignement répandu sur
tous, peut seul empêcher le gouvernement de devenir
arbitraire, parce que chez un peuple où les préjugés de
l'enfance sont tous fondés en raison, où l'instruction générale affermit ces préjugés, tout le monde doit connoître les principes et l'objet de la société, et demeurer
éclairé sur les devoirs de l'homme, et qu'alors les préjugés, l'intelligence et la raison de tous, composent une
force irrésistible, qui fait la loi suprême de tous, que
l'erreur ne sauroit vaincre, que le désordre ne peut altérer. (*Note de l'Editeur.*)

maître, qui s'appliqueroit à étendre ces connoissances et à leur en donner de nouvelles,
parmi lesquelles on peut compter celle de l'histoire.

Qu'une troisième classe recevroit les enfans
de deux cents maisons, qui auroient atteint
leur douzième année, et qu'ils y seroient instruits, jusqu'à la quinzième, des règles de la
grammaire, de la philosophie, de la rhéto-
rique.

Enfin que dans une quatrième et dernière
classe, les jeunes gens suffisamment instruits
dans les précédentes, prendroient les dernières
leçons de morale, de jurisprudence et de politique.

Pour ne pas nous répéter, nous ne nous
étendrons pas davantage sur ce sujet, après en
avoir déjà parlé dans le chapitre des Lois; mais
nous pensons ne devoir pas omettre ce que fit
le Législateur pour donner le complément et
la perfection à l'instruction sociale. Il ordonna
à trois de ses fils, Henri, Philippe et Guillaume,
de faire de concert un Ouvrage classique, en
forme de Catéchisme, sur la morale et sur la
politique, pour servir à l'instruction plénière
de tous les jeunes gens qui feroient leurs derniers cours, et défendit par une loi expresse,
d'en admettre aucun non-seulement aux emplois
civils et militaires de la société; mais encore

au nombre des citoyens, qu'il n'eût prouvé, dans un examen rigoureux, qu'il possédoit parfaitement toute la doctrine du Catéchisme, et n'eût juré solennellement d'en observer les préceptes. Le Roi ne vit pas la fin de cet ouvrage, dont le résultat fut aussi heureux qu'il devoit l'être pour tous les membres de la Colonie.

Le dernier réglement, dont nous devons rapporter les dispositions, est celui qu'il fit pour prévenir le danger des inhumations précipitées. Il défend d'enterrer le corps de tout homme censé mort, sans l'avoir gardé deux fois vingt-quatre heures la face découverte, et avant que sa mort ait été dûment constatée par un procès-verbal en règle.

CHAPITRE XXXIX.

La barque armée en guerre rencontre la flotte des Nègres antropophages, la combat, la disperse, et la poursuit jusque sur leurs côtes ; signes d'humiliation et de soumission de la part des Sauvages ; peines qu'on leur impose.

La barque expédiée contre nos ennemis fut à peine sortie de la baie, qu'un vent très-favorable du sud-ouest enfla ses voiles. Nous profitâmes de cet avantage pour accélérer notre marche et nous élever au nord , et nous fîmes tant de diligence, que nous n'employâmes pas plus de douze heures pour doubler la pointe septentrionale de l'île, et parvenir à l'embouchure de la rivière où nous supposions que les nègres étoient encore.

Mais nous nous trompâmes dans notre conjecture. Quelque diligence que nous eussions faite , nous arrivâmes trop tard. Les sauvages étoient partis. L'on ne trouva pas un seul de leurs canots ; cependant , en supputant ce que les nègres avoient dû mettre de temps pour revenir du pont-levis à leur bateau , et faire les arrange-

mens de leur départ, l'on jugea qu'ils n'avoient
quitté l'île qu'assez tard, et qu'ils ne pouvoient
être assez éloignés, pour qu'en se hâtant l'on ne
parvînt pas à les atteindre avant qu'ils eussent
gagné leurs côtes.

En conséquence, la barque vira de bord,
et déployant toutes les voiles, on cingla vers
le nord - ouest, que les nègres prisonniers
avoient autrefois indiqué au Roi, comme le
côté de l'horizon où se trouvoit leur pays. Vers
le coucher du soleil, Philippe, monté sur la
hune du grand perroquet, découvrit du haut
des mâts une partie de la flotte ennemie; suivant exactement la route que nous supposions
qu'elle avoit prise. Nous tînmes conseil là-dessus, pour savoir si durant la nuit nous devions
continuer de donner chasse aux Nègres, ou s'il
convenoit de diminuer de voiles pour proportionner la marche du vaisseau à celle de leur
flotte.

Nous ne connoissions pas la distance de notre
île au pays des Sauvages, et nous ne pouvions
faire à ce sujet que des conjectures plus ou moins
approchantes de la vérité. En diminuant la marche du vaisseau, il étoit possible que les Nègres,
qui devoient connoître ces mers, eussent le
temps de regagner leurs parages pendant la nuit.
D'un autre côté, l'on avoit à craindre de dépasser les canots sans les voir, tandis que les Nègres
découvrant peut-être le vaisseau, beaucoup plus

apparent par sa grosseur et la blancheur des
voiles, changeroient de route, descendroient
sur quelque île déserte, ou se diviseroient de manière à nous déconcerter avec notre bâtiment
unique.

La probabilité de ces événemens ayant été
pesée, la majorité des opinions fut de mettre
en panne jusqu'à la nuit close, pour se tenir à
l'arrière des ennemis, puis d'employer une partie des voiles à les suivre d'assez près pour les
retrouver le lendemain.

D'après cette résolution, l'on prit, pour se
remettre en route, toutes les précautions que la
prudence la plus vigilante pouvoit suggérer.
Henri donna l'ordre de la marche, et prescrivit
de sonder fréquemment, de se tenir sans lumière sur le vaisseau, et d'observer le plus grand
silence. Ceux que le devoir du service obligeoit
d'être sur le pont, devoient y demeurer couchés
ou immobiles. Si quelque bruit ou quelque lumière leur annonçoit l'ennemi, ils devoient en
avertir doucement le pilote, qui avoit ordre de
se détourner un peu de sa route, pour dérober
la barque aux regards des Sauvages; mais si vers
le point du jour on ne les apercevoit point, et
qu'on les eût dépassés, il devoit revenir sur
ses pas et courir des bordées pour les atteindre.

Les ordres de Henri furent ponctuellement
exécutés. On ralentit la marche du vaisseau. La
sécurité des Nègres ne fut point troublée, et

nous ne découvrîmes pas les Sauvages, qui, se relayant sans doute pour ramer, ne cessèrent d'avancer dans leur route. Mais lorsque le jour fut assez grand pour voir au loin sur la mer, on aperçut leurs canots à la même distance à peu près où on les avoit vus la veille, et ils ne tardèrent pas eux-mêmes à découvrir le vaisseau, comme nous le connûmes bientôt aux mouvemens de leur flotte. Ils ne pouvoient guère imaginer par qui cette barque étoit montée. Peut-être n'en avoient-ils jamais vu de semblable; mais la nouveauté du spectacle, ou plutôt la férocité de leurs mœurs sanguinaires, qui les rendoit ennemis de tous les hommes, et fomentoit dans leurs cœurs le desir de faire des prisonniers pour se rassasier de leur chair, les engagea d'abord à se rassembler, et à venir ensuite vers la barque pour l'attaquer de tous côtés, s'ils en trouvoient le moyen.

Nous ne tardâmes pas à nous apercevoir de l'intention des Sauvages, qui, s'approchant peu à peu du vaisseau, en brandissant, d'un air insolent, leurs lances et leurs zagaies, sembloient nous défier au combat. En conséquence nous nous disposâmes non seulement à les recevoir, mais, si nous n'étions prévenus, à les attaquer nous-mêmes, pour disperser et détruire ces hommes cruels, ennemis implacables de toute société. Cependant, pour tirer tout le parti possible des fautes que l'orgueil et l'inexpérience

de l'ennemi lui faisoit faire dans ses mouvemens et dans ses dispositions, pour augmenter
sa confiance et lui causer une surprise d'autant
plus effrayante qu'elle seroit moins prévue, nous
affectâmes une sorte de circonspection timide,
que les Nègres devoient prendre pour un sentiment de crainte ou d'infériorité de notre
part.

Il ne paroissoit sur le pont que cinq personnes, qui sembloient seules conduire la barque et qui étoient sans armes, sans avoir l'air
de faire aucun préparatif de défense ; les Nègres
s'approchoient des deux côtés avec beaucoup
de diligence, comme s'ils n'avoient qu'à mettre
la main sur leur proie.

Quand nous les vîmes à peu près à la portée
du fusil, le capitaine Wilson, qui avoit appris
quelques mots de la langue de ces barbares chez
les Nègres leurs ennemis, se montra sur la
proue, leur demanda, avec un porte-voix, ce
qu'ils vouloient, et leur fit signe avec la main
de s'arrêter. Les Nègres répondirent avec de
grands cris. Cependant, comme ils parloient tu-
multueusement et d'assez loin, on n'entendit
que des voix confuses ; mais leurs gestes et leur
action ne laissèrent aucune ambiguité sur le sens
de leurs paroles. Croyant inutile de cacher les
dispositions qui les amenoient, ils faisoient signe
à nos gens qu'ils vouloient leur scier le ventre,
opération qu'ils pratiquent sur les prisonniers

qu'ils tuent avant de les préparer pour leurs horribles festins.

Ces barbares continuoient ainsi d'avancer, toujours pleins de leur affreux projet et d'une aveugle confiance, fondée sur leur nombre et sur l'apparence de notre foiblesse. Ils n'étoient déjà plus qu'à dix brasses de nous, lorsque tout à coup les manœuvres changent, les canons sont démasqués (1), le feu et le bruit de nos armes frappent les sens et l'ame des Sauvages, de surprise et de terreur. Plusieurs de leurs pirogues sont brisées et renversées dans la mer, et les hommes qui les montoient sont tués ou précipités dans les flots.

Quoique très-étonnés d'une attaque si vigoureuse et si peu prévue, les Nègres soutiennent quelque temps le feu de la barque. Il s'efforcent de venir jusqu'au vaisseau et lancent leurs traits avec fureur, mais sans succès. Le courage est peut-être égal des deux parts, mais les moyens et l'industrie ne sont pas les mêmes. L'artillerie du vaisseau ne cesse de tirer sur la flotte et de la foudroyer d'une manière terrible. Les Nègres,

---

(1) Quoique le vaisseau des Insulaires fût une espèce de brigantin, comme on le voit dans cette narration, il paroît que les canons qu'il portoit ne pouvant être que sur le pont, n'avoient que des sabords sans mantelets, On avoit donc été obligé de les masquer, pour en dérober la vue aux yeux des Sauvages. (*Note de l'Editeur.*)

qui n'ont rien à lui opposer, ne savent comment échapper à son effet destructeur. La confusion se met parmi eux, l'épouvante en gagne une partie; les plus timides reculent, s'éloignent, se divisent et fuient de divers côtés, sans être retenus par les cris des blessés, ou par la considération du péril qui menace le reste de leurs camarades.

Mais ceux-ci ne cèdent point à cet exemple décourageant; quoique lâchement délaissés, ils n'en montrent que plus de fureur. Ils recueillent les nageurs dans leurs pirogues, et ne prenant conseil que de leur désespoir, ils bravent tous les dangers qui les entourent, affrontent la mort avec audace, et n'ont aucun regret de périr, pourvu qu'ils puissent aborder le vaisseau et faire tomber sous leurs coups quelques-uns des nôtres. Le canon et la mousqueterie ont beau tonner sur eux, ils arrivent sur quatre pirogues jusque sous le bâtiment. Là ils font tout ce qui leur est possible pour y entrer; ils s'entr'aident mutuellement pour atteindre le pont, ils s'accrochent aux chaînes des galaubans pour s'y élever; mais indignés de l'incroyable témérité des Nègres, pressés par cette attaque, nous n'oublions rien de notre côté pour la rendre inutile; on coupe les mains de ceux qui s'attachent au plabord; on assomme avec des anspecs, on repousse avec des graffes tous ceux qui se présentent. La plupart des Nègres sont tués; les autres,

Dernière défaite des Negres Antropophages et leur
entière soumission.

Cossier del.   A. Thomas Sculp.

blessés ou mutilés, sont rejetés dans la mer.
Un seul des ennemis, par un prodigieux effort,
monte jusque sur la poupe, où, avant qu'il puisse
faire usage de ses armes, il est égorgé. Ils ont
tous péri, et ils nous laissent dans l'admiration
de leur courage et de leur constance, qualités
destinées pour la défense de la justice et de l'humanité.

C'étoit beaucoup pour nous d'avoir ainsi détruit une partie de nos ennemis, sans avoir fait
la moindre perte ni reçu la moindre blessure ;
mais ce n'étoit pas assez. Il falloit poursuivre
les fuyards pour achever notre ouvrage, et du
moins éteindre en eux le desir d'approcher
jamais de notre île ; il falloit surtout les assu-
jétir, s'il étoit possible, à force de bons traitemens et de bienfaits, à la condition expresse
de ne plus immoler de victimes humaines, et
sous peine de la destruction totale de leur peuplade. L'intérêt et l'honneur de l'humanité,
ceux de la justice naturelle et de la colonie,
nous en faisoient une loi précise, et demandoient que, sans perdre un moment, nous nous
hâtassions de l'exécuter. Nous déployâmes donc
toutes les voiles, pour courir de nouveau sur
les traces de l'ennemi, et rendant graces à la
providence de ce premier avantage, nous la
priâmes de bénir la suite de cette entreprise et
de la couronner par le plus heureux succès,

c'est-à-dire, par le repentir et la soumission
des Barbares.

Cependant les canots qui avoient quitté le
combat fuyoient avec une grande vîtesse, hors
de la route qu'ils suivoient auparavant ; mais
quoique nous fussions aux mains avec les autres
Nègres lorsque ceux-ci s'éloignoient, nous n'a-
vions pas été si fort occupés du soin de notre
défense, que nous n'eussions observé leur
marche. Nous avions remarqué que quoique
divisées, toutes les pirogues prenoient la même
direction, et nous avions jugé que les Nègres,
craignant d'être atteints par le vaisseau avant
d'arriver sur leurs parages, avoient dessein de
débarquer sur quelque île peu éloignée, dont
ils connoissoient le gisement, pour se sauver
dans les terres, et se dérober par ce moyen à
nos poursuites.

D'après ces considérations, la barque mit le
cap à l'ouest-nord-ouest, et tenant le vent au
plus près pour profiter d'une jolie brise qui
souffloit du sud, vogua légèrement vers sa destination. Elle n'eut pas ainsi marché plus d'une
heure, qu'on aperçut les pirogues des Nègres,
et qu'on découvrit au-delà, comme on l'avoit
bien prévu, une terre sur laquelle ils portoient
de toutes leurs forces. La barque gagnoit insensiblement du chemin sur les canots, et vrai-
semblablement elle les eût rattrapés, s'ils eussent
eu à parcourir un espace plus considérable;

mais la distance de ces derniers à la terre n'étoit pas assez grande pour qu'on pût se flatter de les joindre avant qu'ils fussent arrivés, comme on s'en aperçut bientôt.

Quelque rapide que fût la course du vaisseau, les Nègres furent descendus sur le rivage, et eurent chargé sur leurs épaules leurs pirogues d'écorce, que la barque n'étoit pas encore à portée de tirer sur eux. D'autres circonstances défavorables s'opposoient à notre débarquement. La terre couroit est et ouest aussi loin que la vue pouvoit s'étendre. Il ventoit frais, et le vent nous portoit dans ce moment directement à la côte. Elle étoit entourée d'un ressif presque à fleur d'eau, contre lequel la mer écumante venoit briser et formoit un ressac dangereux. La vue du péril n'avoit pas arrêté les Nègres, parce qu'ils n'avoient rien à ménager, que leurs pirogues étoient légères, et qu'ils avoient heureusement trouvé un intervalle étroit dans le ressif, où la mer plus profonde et moins agitée leur avoit donné passage; mais la barque ne pouvoit prendre cette route, ni hasarder de franchir le ressif, sans courir les plus grands risques de s'y briser et d'y périr.

L'impossibilité reconnue de débarquer sur cette côte, nous fit résoudre à reprendre le large, non-seulement pour éviter de donner contre les écueils, mais pour tourner la terre, s'il étoit possible, dans le cas où elle seroit une île. Nous

avions dessein de descendre sur la côte opposée, si elle étoit abordable, et si nous trouvions les Nègres, de les attaquer. L'on changea
donc les amures pour s'éloigner et s'élever à
l'est, et l'on n'eut pas vogué long-temps, qu'on
vit distinctement cette terre se rétrécir et se
terminer par une pointe. Nous manœuvrâmes
pour la doubler, et le vent étant bon, nous
l'eûmes bientôt dépassée. Alors on vit claire-
ment qu'on ne s'étoit pas trompé en pensant
que c'étoit une île, et l'on ne douta point qu'elle
ne fût déserte. Rien n'indiquoit qu'elle fût habitée; longue, mais étroite et peu boisée, elle
n'avoit qu'une chaîne de collines dans le milieu,
en sorte qu'en l'approchant successivement au
sud et au nord, on la voyoit toute entière.

Les Nègres n'y étoient pas descendus pour
s'y arrêter ou s'y cacher. Ils savoient bien que
cet asile n'étoit pas sûr; ils n'avoient fait que
traverser l'île dans sa largeur ; ainsi, tandis que
le vaisseau la tournoit, ils s'étoient rembarqués
dans leurs canots, et avoient repris leur chemin en toute diligence, se flattant d'autant plus
de l'espoir de se sauver, qu'ils étoient plus près
de leur pays.

En effet, du rivage de l'île déserte, on découvroit les côtes les plus élevées de celle des
Sauvages. Les pirogues avoient déjà fait une
bonne partie du trajet qui séparoit ces deux
terres, lorsque l'équipage de la barque aperçut

les ennemis, et que l'on fut à même de leur
donner chasse. Ils paroissoient alors si éloignés
du vaisseau et si près des côtes, que nous commençâmes à douter si nous pourrions les rejoindre. Cependant nous ne cessâmes pas de
les poursuivre, et nous les atteignîmes enfin
à peu de distance du rivage.

Dès que nous fûmes à portée de l'ennemi,
le canon tira sur les pirogues. La barque les
serra de près, et par des évolutions habiles et
rapides, se multipliant, pour ainsi dire, et les
attaquant toutes les unes après les autres, les
maltraita si cruellement, que la plupart furent
mises en pièces. Aucun des canots, aucun même
des hommes qui les montoient, n'auroit échappé
au feu meurtrier et soutenu du vaisseau, si le
rivage eût été plus éloigné; mais la proximité
de la côte, la connoissance qu'en avoient les
Nègres, l'attention qu'ils eurent de se diviser,
et l'abandon qu'ils firent de quelques pirogues
pour gagner la terre à la nage, en sauvèrent
un petit nombre. Les Sauvages qui n'étoient
pas de leur expédition maritime, et qui avoient
leurs habitations voisines de la mer, attirés en
foule sur le rivage par le bruit de l'artillerie,
ne furent pas d'un grand secours pour leurs
compagnons, ni des spectateurs bien tranquilles
du combat. Le vaisseau leur tira quelques volées
qui en éclaircirent les rangs. Plusieurs restèrent

sur la place ; le reste se sauva par une fuite précipitée.

Cette race d'hommes barbares et féroces étoit ainsi bien punie de son audace et de sa méchanceté. Nous en avions tiré toute la vengeance qu'un peuple juste et bon pouvoit se permettre, contre un ennemi féroce, pour une défense légitime ; mais nous n'avions pas rempli toute l'étendue de nos desseins, si nous ne forcions les Sauvages à renoncer à leurs coutumes atroces, et à devenir des êtres plus paisibles et plus humains. C'étoit le principal motif de l'expédition, et ce qui nous avoit déterminé, pendant le combat, à tâcher de faire des prisonniers.

L'heureux succès de nos armes nous en assura le moyen. Plusieurs des ennemis, renversés dans les flots avec leurs pirogues, par les dernières décharges du canon, blessés ou étourdis de leur chute, n'avoient pu fuir vers la côte aussi vîte que quelques-uns de leurs camarades. Ils demeuroient en arrière à la merci de nos coups, et n'auroient pu les éviter ; mais nous les suspendîmes, déjà bien affligés d'avoir répandu tant de sang, et résolus de sauver ces misérables ; pour les faire servir au bien de leurs frères. Pour cet effet, nous mîmes promptement la chaloupe à la mer, avec huit hommes qui coururent sur les traîneurs et en prirent cinq ; l'on fut obligé de les garrotter et de les tenir couchés dans la chaloupe pour les réduire et les transporter au vaisseau.

On peindroit difficilement la surprise stupide de ces Barbares, en se voyant au milieu de nous. Leur abattement et leur terreur étoient inexprimables. Dans la main d'un ennemi aussi puissant que terrible, ils ne s'attendoient à rien moins qu'à être dévorés, comme on le connut par leurs gestes ; malgré cela pourtant ils se jetèrent à nos pieds d'une manière suppliante, en murmurant quelques mots qu'on n'entendit pas, mais sur le sens desquels on ne put se méprendre. Ils demandoient miséricorde de tout leur pouvoir.

On les fit relever, et on mit un appareil sur les blessures de deux d'entre eux qui en avoient besoin. Ensuite M. Wilson, qui nous servoit d'interprète, leur fit entendre, comme il le put, quelles étoient nos intentions, et tâcha de les rassurer. Il leur témoigna par signes, l'horreur invincible que nous avions pour les repas de chair humaine ; mais en leur faisant perdre l'idée que nous voulions nous repaître de leur chair, il s'efforça d'augmenter encore dans leur esprit l'opinion qu'ils s'étoient faite de notre pouvoir. Il leur dit que nous voulions donner la paix à leur peuplade, mais sous deux conditions expresses : la première, que tous les Nègres qui la composoient, s'abstiendroient désormais de naviguer vers notre île ; la se-

conde, qu'ils renonceroient pour toujours à
manger leurs prisonniers. Il ajouta que s'ils
promettoient d'observer ces conditions, et les
gardoient fidèlement, nous ne jetterions plus
sur eux le feu meurtrier; mais qu'absolument
maîtres d'en disposer à notre gré, s'ils trans-
gressoient jamais la loi qu'on leur imposoit,
nous lancerions les foudres sur leurs terres et
sur leurs eaux jusqu'à l'entière destruction du
pays.

Pour donner à nos prisonniers, étonnés de
ces menaces, une preuve certaine de notre
puissance sur le plus fier des élémens, et les
effrayer d'avantage, Wilson fit porter devant
eux une jatte pleine d'esprit-de-vin; quelques pétards et deux grosses fusées. Il alluma
un bout de papier, puis l'approchant de la liqueur spiritueuse, que les Sauvages prenoient
pour de l'eau, il ordonna au feu de la brûler,
et aussitôt une flamme vive voltigea sur le vase.
Il commanda aux fusées et aux pétards de s'é-
lancer et de partir, et à l'approche du papier,
les unes jaillirent en sifflant à une grande hauteur, et les autres serpentant parmi les Nègres,
comme auroit pu faire la foudre, finirent par
éclater entre leurs jambes.

La frayeur subite dont ce merveilleux spectacle frappa les Nègres, augmentée encore par
le bruit du canon que l'on tiroit en ce moment, fit une telle impression sur leurs sens,

qu'ils en tombèrent à la renverse, et demeurèrent quelque temps sur le pont, comme s'ils
étoient privés de sentiment et de vie.

Cette ruse eut un effet très-favorable à nos
desseins, et cependant nous n'y applaudîmes
point. Elle tenoit de trop près à la supercherie,
pour plaire à des ames franches et vraies. Non-
seulement on trompoit les Nègres en leur donnant à plaisir des idées fausses sur notre compte,
mais on les jetoit dans la superstition, et si
c'est un mal de tromper les hommes en quoi
que ce soit, c'en est un bien grand que de les
induire en erreur sur des objets qui tiennent
à des vérités importantes. Henri ne put s'empêcher de blâmer l'imprudence de l'Anglais.
Mais la chose étoit faite, et celui-ci, qui se savoit gré de son artifice, se contenta de répondre froidement par cet axiome latin d'une politique peu scrupuleuse : *Dolus an virtus, quis
in hoste requirat* (1) ?

Revenus à eux et relevés, les Sauvages,
voyant l'esprit-de-vin brûler jusqu'à la dernière goutte, nous regardèrent comme des
êtres surnaturels ; et ne doutant point que nous
ne pussions exécuter les menaces qu'on venoit
de leur faire, ils se prosternèrent de nouveau
devant nous, et frappèrent le plancher de leur

---

(1) Ruse ou force, qu'importe à l'égard d'un ennemi ?

11*

front , pour marque de leur soumission , et d'une entière dépendance.

Alors Wilson dit à deux des Sauvages qui paroissoient le plus effrayés , qu'on alloit les mettre à terre et leur rendre la liberté , afin qu'ils pussent rapporter aux leurs ce qu'ils venoient de voir et d'entendre , et les engager sans délai à s'humilier et à se soumettre. « Nous garderons, ajouta-t-il , vos trois compagnons pour ôtages. Si vous manquez à vos promesses, ils seront nos premières victimes ; mais si votre Nation se soumet de bonne foi , nous vous donnons notre parole de relâcher les prisonniers ». Tous les guerriers de la barque firent serment en levant la main droite , d'observer cette promesse religieusement. On conduisit ensuite les deux Nègres à terre , et on les déposa sur le rivage, d'où ils s'empressèrent d'aller joindre les leurs.

Après ce qui venoit de se passer , et dans la consternation où devoient être les Sauvages, nous avions tout lieu d'espérer que les propositions de paix qu'on leur portoit de notre part, seroient favorablement écoutées. En conséquence nous nous tînmes quelque temps près de la côte, pour être plutôt instruits de l'effet de la négociation : mais comme les Sauvages s'étoient retirés dans l'intérieur du pays, que les députés devoient s'assurer du consentement général , et ramener les chefs de la peuplade

sur le rivage, pour nous témoigner leur soumission ; que tout cela demandoit du temps, et
que le jour baissoit, nous nous éloignâmes de
la terre, pour prévenir les dangers qu'on pouvoit courir la nuit, et persuadés que le lendemain, de bonne heure, nous aurions des nouvelles des Nègres.

L'événement justifia nos espérances. Le soleil
se montroit à peine sur l'horizon, qu'on vit
sortir des bois et descendre des montagnes,
une foule de Nègres des deux sexes. Le gros
de la troupe s'arrêta sur une colline à sept ou
huit cents pas de la mer. Le reste, composé
d'une vingtaine d'hommes qui portoit des rameaux en signe de paix, s'avança vers nous à
petits pas, mais d'un air timide et mal assuré.

Dès que nous les avions apperçus, nous nous
étions rapprochés du rivage, en leur faisant toutes les démonstrations qui pouvoient leur annoncer des intentions pacifiques. La barque étoit
pavoisée ; nous avions arboré un pavillon blanc
au grand mât, à la poupe et au beaupré, et
toutes nos démarches tendoient à leur inspirer
une ferme confiance.

Quand les Nègres furent à portée de la voix,
Wilson confirma, par quelques mots, l'espérance que nous leur donnions. Alors ils s'inclinèrent jusqu'à terre, et poussèrent trois cris
plaintifs, qui furent répétés par les plus éloignés ; ensuite s'étant relevés, ils mirent leurs

rameaux sur leurs têtes, et nous firent entendre, par leurs attitudes et leurs gestes qu'ils ne voyageroient plus vers notre île, et ne mangeroient plus leurs prisonniers. Enfin, à genoux et les mains étendues d'une manière suppliante, ils nous conjurèrent de relâcher les trois prisonniers que nous retenions.

Nous les leur renvoyâmes aussitôt avec un petit présent composé de deux chiens, mâle et femelle, et de quelques morceaux de fer et de cuivre jaune, dont ils parurent fort contens. Quelque barbares que fussent ces Peuples, disposés par une inspiration naturelle à rendre le bien pour le bien, ils nous avoient d'avance destiné un tribut libre de reconnoissance. Ils nous offrirent des oiseaux rares et remarquables, soit par leur beauté, soit par leur grosseur, quantité de plumes rouges qu'ils paroissoient fort estimer, deux arcs et des flèches d'une industrie admirable chez un Peuple sauvage, mais assez naturelle chez un Peuple chasseur et guerrier, enfin ce qu'ils avoient de plus précieux. La vraie gratitude est généreuse. Ils posèrent à terre ces présens et se retirèrent. Nous allâmes les prendre, et ils poussèrent des cris de joie. Ils paroissoient heureux comme nous par les vertus qu'ils exerçoient.

———

CHAPITRE XL.

*Les Navigateurs vont chez les Nègres en-
nemis de ceux qu'ils avoient soumis. Ils
y trouvent Don Pedro dans un fâcheux
état. Ils le prennent sur leur vaisseau
pour le ramener à l'île. Ce qui leur arrive en revenant de cette expédition.*

NOTRE expédition contre les Nègres antropophages ainsi terminée, nous fîmes route vers
l'île habitée par les Nègres leurs ennemis, et
comme Wilson et de Martine en connoissoient
la situation, nous y arrivâmes le lendemain au
lever du soleil.

Dès que nous approchâmes de la côte, un
grand nombre de pirogues vint à notre rencontre. Un simple motif de curiosité les ame-
noit, mais bientôt un sentiment plus noble les
intéressa pour nous. A l'aspect des deux Européens qui étoient sur le tillac, les Nègres témoignèrent, par leurs cris et par leurs gestes,
le plaisir qu'ils avoient de les revoir, et avec
un air de confiance qui nous honoroit mutuellement, ils demandèrent par signes la permis-

sion de monter à bord. Comme nous ne pouvions la donner à tous, ni en admettre dans le
vaisseau un si grand nombre, nous désignâmes
ceux que nous voulions recevoir ; et la préférence tomba sur ceux qui étoient plus particulièrement connus des Européens. Ceux - ci
les accueillirent avec une vive reconnoissance,
ils nous les présentèrent, et nous les reçûmes
avec cordialité.

Nous leur apprîmes notre dessein de les visiter, et le succès de notre expédition. Ils s'empressèrent de communiquer ces nouvelles à
leurs canots, et ils en étoient si charmés, qu'ils
en sautoient de joie. Ils nous prenoient les
mains, sur lesquels ils baissoient leur front
d'une manière à la fois respectueuse et tendre.
Leurs propos étoient interrompus. Ils ne parloient que par exclamations, et ne savoient
comment nous exprimer ce qu'ils éprouvoient.
Cette scène, vraiment touchante, confirma ce
qu'on nous avoit dit de ces hommes simples
et bons, et nous fit prendre de leurs sentimens
et de leurs mœurs une idée très-favorable.

Ils nous fournirent bientôt de nouvelles preuves de la bonté de leur caractère, par la manière affectueuse dont ils nous reçurent chez
eux, et par tout ce qu'ils avoient fait pour Don
Pedro. En les recevant à bord, nous leur avions
demandé ce qu'il étoit devenu. Ils nous avoient
répondu qu'il étoit malade depuis son retour,

qu'ils l'avoient traité comme un de leurs enfans, mais que tous leurs soins pour lui étoient inutiles, et que plongé dans une profonde tristesse, il ne faisoit que se plaindre et soupirer. La cause de son mal et de sa mélancolie nous étoit connue : nous nous hâtâmes de descendre à terre pour l'aller trouver et lui donner une consolation d'autant plus douce, que son cœur, cédant à l'infortune, s'abandonnoit au désespoir.

Nous ne laissâmes sur le vaisseau que ce qu'il falloit de monde pour le garder. Le reste s'étant embarqué dans la chaloupe et dans les canots, alla descendre sur le rivage. Quelques pirogues des plus légères avoient déjà annoncé notre arrivée et notre victoire. Tous les Nègres des environs accoururent pour recevoir leurs anciennes connoissances, et les amis de leurs amis. Notre entrée dans l'île fut une fête et un triomphe.

Sous la conduite d'un des Sauvages, nous marchâmes vers la cabane qu'habitoit Don Pedro, armés de nos fusils et de nos baïonnettes, mais plutôt par une précaution d'appareil que par un sentiment de méfiance. Nous ne pouvions douter de l'affection des Nègres : à quoi bon des armes chez un peuple dont on a le cœur ? Ces bons Sauvages, grands et petits, nous suivoient, nous entouroient, nous pressoient en quelque sorte, et par des démons-

trations naïves, par des acclamations répétées
nous montroient leur satisfaction et célébroien
cet heureux jour.

Mais qui pourroit peindre la surprise
l'extase où notre vue jeta Don Pedro? Il étoi
couché sur une natte au fond de sa cabane,
où sa tristesse et son abattement le retenoient.
Là, livré tout entier au ressentiment de ses
maux, rien ne l'intéressoit que sa douleur. Il
n'étoit point affecté de ce qui se passoit autour
de lui. Le tumulte et les cris des Nègres avoient
frappé son oreille, sans émouvoir sa curiosité.
Nous étions tout près de lui, qu'il ne nous
voyoit pas; il ne tournoit pas même la tête
pour voir qui étoit entré. Mais de Martine
l'ayant appelé par son nom, le son de cette
voix amie retentit jusqu'à son cœur, et le fit
sortir comme en sursaut de sa profonde léthargie. Il se plaça sur son séant, se tourna
vers nous, et promenant des yeux avides sur
tous les spectateurs, il se mit à nous considérer avec un étonnement inexprimable. Il de-
meura un instant immobile et la bouche ouverte, sans proférer un seul mot, comme s'il
cherchoit à s'assurer que ce qu'il voyoit n'é-
toit pas une illusion. Enfin, reconnoissant Wilson et de Martine, il se leva, malgré sa foiblesse, et se jetant au cou de ce dernier.
— Quoi? c'est vous, lui dit-il d'une voix
attendrie, par quel bienfait du ciel vous re-

vois-je ici ?..... Qui vous a donc sauvé de la main de nos bourreaux ?... De Martine et Wilson, chers amis, vous tous qui les accompagnez, tirez-moi de l'horrible peine qui me tue : apprenez-moi si Dona Rosa a eu le bonheur d'échapper à ses meurtriers, et si elle vit encore. Rassurez-vous, lui répondit de Martine ; elle vit pour vous ; elle vous attend, et n'a rien à desirer que votre présence. Ah! s'écria Don Pedro, vous me rendez la vie; mais où est-elle? Puis-je espérer de la revoir?..... Je connois son bon cœur et son attachement pour moi : elle doit être dans une affreuse inquiétude sur mon sort. Hâtons-nous, chers amis, de l'aller rejoindre. Je suis bien malade et bien foible, mais l'espoir de la retrouver me rendra des forces et dissipera mon mal..... O Dieu! comment réparer tous les maux que je lui cause, tous les chagrins que je lui ai donnés ?....

De Martine lui raconta toute l'histoire de sa délivrance; l'accueil que nous leur avions fait, les soins et les attentions d'Eléonore pour Dona Rosa, et les succès de notre expédition. Il nous présenta ensuite à Don Pedro comme ses libérateurs, et parla de nous avec l'effusion d'un cœur généreux et plein de gratitude. Don Pedro nous embrassa, nous remercia tous les larmes aux yeux; et prenant le ciel à témoin de la vérité des sentimens qu'il nous vouoit, et qu'il devoit, disoit-il, à tant de bontés et de services,

il le pria de le conserver assez long-temps pour
pouvoir s'acquitter envers nous. Il fit aussi beaucoup d'amitié à Wilson ; mais celui-ci ne répondit pas à ces témoignages d'attachement d'un
ton si amical, ni d'une manière si franche. Il ne
montra point cet intérêt tendre qu'il devoit sentir pour son campagnon d'infortune, et que
Don Pedro laissoit voir pour lui. Quoiqu'il s'ef-
forçât de paroître sensible, on remarquoit à
travers ses démontrations d'amitié, que le cœur
n'y étoit pour rien, et qu'il désavouoit au contraire tout ce que disoit sa bouche.

Les Nègres, témoins de cette reconnoissance
parurent touchés de nos mutuelles caresses, et
particulièrement joyeux de l'effet que notre présence avoit produit sur Don Pedro. Ils étoient
tous étonnés de l'heureuse et subite révolution
qui s'étoit faite dans son humeur et dans sa santé.
Nous profitâmes de la circonstance et de leur
disposition, pour leur demander la permission
d'emmener leur hôte avec nous. Nous leur ex-
posâmes succinctement les inconvéniens de son
séjour parmi eux, le desir ardent qu'il avoit de
rejoindre l'objet de sa tendresse, et tous les avantages qu'il trouveroit dans notre île ; et pour
donner à nos raisons une force plus décisive,
nous envoyâmes chercher au vaisseau, et nous
leur offrîmes des présens que nous leur avions
apportés, comme une marque de reconnoissance des bons traitemens et des services que

don Pedro et ses camarades avoient reçus d'eux.

Ces présens, magnifiques pour des hommes tels que ces Nègres, consistoient principalement en bestiaux, en volailles, en diverses sortes de graines et de légumes, en instrumens de labourage, une petite charrette, des haches et des couteaux, des marteaux et une enclume, des clous, et du fer en barre. Tous ces choses furent débarquées sur le rivage au bruit du canon et des instrumens, et conduites ou portées avec une sorte de pompe, jusqu'à l'endroit où les Nègres étoient assemblés..

Les Sauvages furent d'abord effrayés du bruit de l'artillerie; mais ils revinrent bientôt de leur effroi, et se trouvèrent frappés d'une surprise bien agréable en entendant notre musique et en voyant approcher ce qu'on leur destinoit. La vue de ces objets, nouveaux pour des hommes simples et ignorans, l'ordre qu'on avoit mis dans la marche, l'appareil du cortége, formoient à leurs yeux étonnés un spectacle imposant et enchanteur à la fois.

Des hautbois marchoient en tête, en jouant des airs gais; après eux et à quelque distance, venoient les quadrupèdes, conduits deux à deux à la suite les uns des autres, et laissant entre eux des intervalles. Ils étoient suivis de six hommes portant des poules, des pintades, des pigeons, et ceux-ci en précédoient plusieurs autres qui étoient chargés des graines, des outils,

des instrumens aratoires. Enfin, deux hommes
qui voituroient sur un brancard l'enclume pe-
sante, fermoient cette marche.

Il y avoit quatre animaux de chaque espèce,
mâles et femelles, deux taureaux et deux vaches,
deux cochons et deux truies, deux ânes et deux
ânesses, deux chiens et deux chiennes, deux be-
liers et deux brebis, deux coqs et deux poules,
etc., et toutes les femelles des quadrupèdes
étoient pleines.

Nous montrâmes d'abord aux Sauvages, qui
avoient peur des gros animaux et qui n'osoient
en approcher, qu'ils n'en avoient rien à craindre, et que ces bêtes étoient aussi dociles que
privées. Nous les touchâmes en leur présence;
nous liâmes les bœufs et les ânes, nous les at-
telâmes au chariot et à la charrue, et nous leur
fîmes voiturer des masses pesantes et tracer
quelques sillons. Nous instruisîmes ensuite, autant que nous le pûmes, les principaux de l'assemblée, de l'utilité et de la manière de se servir de tout ce que nous leur portions. Nous
leur apprîmes comment ils pouvoient nourrir
et soigner les animaux, conserver et réparer
les instrumens, amollir et travailler le fer; comment ils pouvoient rendre la terre féconde et se
nourrir largement des fruits de leur culture.
Ces Nègres, qui ne vivoient que précairement
et du jour au jour, sensibles à l'espoir de se
faire un sort plus heureux, reçurent avide-

ment nos leçons, et promirent de ne rien négliger pour les mettre en pratique. Ils nous
dirent de plus, que nous étions les maîtres d'emmener Don Pedro, et que, quoiqu'ils le vissent
partir avec regret, ils ne vouloient pas s'opposer à son bonheur.

Alors nous partageâmes nos présens, et les
distribuâmes ainsi : nous donnâmes un taureau et
une vache, avec leur harnois, ainsi qu'une hache
et des clous, à *Epoo*, homme intelligent et ac-
crédité dans sa peuplade, qui avoit reçu chez
lui Don Pedro et Dona Rosa, et avoit eu pour
eux les attentions d'un père. Nous fîmes un
semblable présent à *Weitéoï*, hôte de M. de
Martine, qui n'avoit pas eu moins d'égards pour
celui-ci. Nous disposâmes d'une couple d'ânes
en faveur de *Feskotoon*, chez lequel Wilson
avoit demeuré, quoique ce dernier n'en dît pas
beaucoup de bien. L'autre couple fut accordée
aux parens du malheureux Nègre dévoré dans
notre île par les Nègres antropophages. Nous
crûmes leur devoir cette préférence, pour les
consoler de ce malheur. Les cochons et les brebis, les poules et les pintades, furent également
distribués par couples à différens chefs de famille, que la voix publique nous indiqua comme
des hommes recommandables par leur mérite
personnel, par leur bon ménage, et par les
services qu'ils avoient rendus à leur pays. L'enclume, les marteaux et quelques barres de fer,

devinrent le partage d'un Nègre qui passoit
pour un homme d'une rare industrie. Enfin, le
reste des instrumens, des outils, des clous, fut
distribué de manière qu'il n'y eut pas un chef
de famille qui n'en eût sa part.

Les Nègres reçurent nos dons avec transport,
et nous pouvons dire en passant, que la joie
extrême qu'ils en avoient, étoit doublement mo-
tivée et très-bien fondée. Nous étions dans le
dessein de revenir tous les ans pour continuer
de les instruire et de les civiliser, et nous leur
avions fait part de ce projet; nous l'avons exécuté depuis, et nous avons vu par nous-mêmes
que nos présens et nos instructions sont devenus pour eux des bienfaits inestimables. Ils leur
ont fourni des secours et des moyens de subsistance, qui ont augmenté leur population et
les ont mis sur le chemin du bonheur. Ils ont
acquis peu à peu l'usage de l'agriculture, et des
arts qu'elle nécessite et qu'elle entretient; et
quoique ces arts par excellence n'aient pas fait
encore de grands progrès chez eux, il n'en est
pas moins vrai qu'ils les ont fait sortir de leur
état sauvage, pour les faire passer un jour à
l'aisance et au bien-être des nations agricoles.
De notre côté, nous avons la douce satisfaction
d'en avoir fait des hommes, des amis, des voisins industrieux et utiles, un peuple, enfin,
constitué suivant l'ordre de la nature, qui tient
de nous son bien, ses lois, son ame en quelque

sorte, avec qui nous pouvons commercer, à
l'avantage réciproque des deux sociétés, et dont
l'affection et la reconnoissance nous assurent des
secours et des défenseurs, si nous nous trouvons jamais dans le cas d'en avoir besoin. Ajoutons que les Nègres antropophages ayant su ce
que nous avions fait en faveur de leurs ennemis,
et la protection décidée que nous accordions à
ce peuple, voyant les changemens heureux qui
s'opéroient chez lui, ainsi que les commencemens de sa prospérité, renoncèrent non seulement à l'attaquer désormais, mais vinrent à desirer de bien vivre avec lui, et d'obtenir notre
bienveillance, pour participer, à son exemple,
au bonheur qu'il tenoit de nous. Ils se hasar-
dèrent même à rechercher l'amitié des uns et
la protection des autres. Lors du troisième
voyage que nous fîmes à l'île des Nègres amis,
que ses habitans appellent *Emoï*, ils y envoyèrent des députés pour leur demander la paix, et
solliciter en même temps auprès de nous l'assistance des bienfaits et de l'instruction, dont
ils vouloient faire, nous dirent-ils, un bon
usage. La demande de ces pauvres gens étoit
trop louable pour être refusée. Nous saisîmes
avidement cette occasion de les transformer de
brutes en hommes raisonnables, paisibles et laborieux. Les longues querelles des deux peuples
furent terminées par une paix jurée solennellement, dont nous prîmes sur nous la garantie,

et nous accordâmes aux supplians tous les secours et les leçons qui leur étoient nécessaires
et qu'ils réclamoient de notre bienfaisance. Nous
portâmes nous-mêmes à leur île, qu'ils nomment
Koorokoo, les bestiaux, les outils et les grains,
avances indispensables pour cultiver la terre et
fonder les arts. Les deux peuples ont vécu depuis, sinon amis, du moins tranquilles. Ils se
sont occupés chacun chez eux des travaux pro-
ductifs. Ils nous ont demandé des Législateurs,
que nous leur avons donnés, qui les gouvernent
et les rendent heureux. Que de biens une charité (1) vive et éclairée ne peut-elle pas faire
parmi les hommes!

Nous demeurâmes deux jours chez les Nègres
amis, tant pour laisser prendre de nouvelles
forces à Don Pedro, que pour contenter ces
bons Sauvages, jaloux de profiter le plus qu'ils

---

(1) Remarquons, en passant, que ce mot presque
inusité, hors du style de la chaire et de la religion, est
bien plus expressif que ceux de *bienfaisance* et d'humanité qu'on lui a substitués. Non seulement il en réunit la valeur, mais il y ajoute encore. *Charité*, en latin
charitas, en grec χάρις, signifie amour ardent pour le prochain, desir véhément de témoigner son affection aux
hommes, tous fils d'un même père, par des services
réels et utiles. J'ai regret qu'on borne ce mot, en quelque sorte, à la signification d'aumône, qui ne donne
qu'une idée étroite et souvent fausse de la véritable charité. (*Note de l'Editeur.*)

pourroient de notre présence et de nous fêter.
Ils étoient venus de toutes parts, en grand
nombre, pour nous connoître et nous féliciter.
Il n'y eut pas un chef de famille qui ne nous fît
un présent, et qui n'ajoutât du prix à ce qu'il
donnoit, par la cordialité franche avec laquelle
il nous l'offroit. C'étoit du gibier, des plumes,
des coquillages, des poissons, des oiseaux rares,
des tortues, des fourrures, etc.

Tant que nous fûmes dans l'île, les principaux nous prièrent à manger, et nous traitèrent
de leur mieux. Leurs repas, quoique simples,
n'étoient pas sans délicatesse. On y servit d'abord
des fruits et des coquillages, ensuite des poissons, des racines, du gibier, cuits dans un trou
fait en terre, enveloppés dans des feuilles de
bananier, et ces mets, ainsi préparés, nous parurent excellens.

Nous avions apporté du vaisseau, du pain,
de la bière et du vin, pour ajouter à la bonne
chère et pour régaler nos hôtes. Ils mangèrent
du pain et le trouvèrent bon. Le vin ne les flatta
pas ; ils firent la grimace en buvant la bière. Ils
préférèrent à ces liqueurs, une boisson faite
avec des racines mâchées et jetées dans de l'eau,
qu'ils avoient laissé fermenter quelques heures.
Une telle préparation ne nous invitoit pas à
boire ; cependant nous en goûtâmes pour leur
faire plaisir ; mais indépendamment de la répu-
gnance qu'elle nous inspiroit, cette boisson,

que nous trouvâmes forte et enivrante, nous parut désagréable.

Les différens services de ces festins furent interrompus par de longs intervalles, durant lesquels plusieurs Nègres des deux sexes exécutèrent des danses au son de quelques flûtes de canne peu sonores, dont les Nègres jouoient avec le nez; d'autres luttoient deux contre deux, ou faisoient seuls des gestes et des tours d'adresse que l'assemblée trouvoit fort plaisans. Les hommes et les femmes, acteurs ou figurans de ces intermèdes, montrèrent beaucoup d'agilité, de légèreté et de justesse d'oreille, et quelques-uns, surtout les femmes, avoient du naturel et de la grace dans leurs mouvemens; mais en général leurs contorsions et leurs postures étoient bizarres et ridicules. Leur musique monotone et sourde, ne donnoit qu'une pauvre idée de leurs progrès en ce genre. Il faut néanmoins convenir que tout ce qu'ils firent dans ces divers exercices, passa de beaucoup l'opinion que nous nous étions faite de leurs connoissances et de leurs talens.

Nous voulûmes à notre tour divertir les Nègres par différens exercices. Nous nous mîmes sous les armes, et, commandés par Henri, nous fîmes en leur présence plusieurs évolutions militaires. Nous nous divisâmes ensuite en deux partis, qui, s'attaquant avec vivacité et se défendant avec précaution en faisant feu l'un

contre l'autre, leur donnèrent une idée assez
juste de la guerre des blancs. Cette espèce de
combat alarma d'abord les Sauvages, qui semblèrent oublier un moment que ce n'étoit qu'un
jeu. Les femmes en furent très-effrayées; elles
poussèrent des cris et se couvrirent le visage
avec leurs mains; quelques-unes commençoient
même à prendre la fuite; mais tout le monde
se rassura, quand on vit que les combattans ne
se faisoient aucun mal, et que cette guerre si
terrible n'étoit que simulée. Les deux troupes
ayant quitté les armes, nous passâmes à des
jeux plus paisibles. Nos jeunes gens figurèrent
plusieurs contredanses, et exécutèrent un ballet.
Souples, lestes, et façonnés de bonne heure à
toutes les attitudes et à tous les pas qu'exige
l'art agréable de se mouvoir en cadence, ils y
avoient acquis une grace et une légéreté peu
communes. Les Nègres en savoient trop peu
pour bien apprécier nos danses; cependant l'air
de satisfaction qui se peignoit sur leurs visages,
et des cris de joie qui leur échappoient fréquemment, faisoient connoître d'une manière
assez marquée le plaisir qu'ils en recevoient.

Nous finîmes par un petit concert mêlé de
chants et de symphonie, où nous eûmes lieu
de remarquer ce que nous avions précédemment
observé, que les Nègres ne saisissoient pas l'accord et l'ensemble de nos divertissemens, et
que la complication et le rapport des mouve-

mens et des·sons, d'où résultoient pour nous
l'agrément et l'harmonie, n'étoient rien pour
eux; au lieu qu'une danse comme la bourrée,
ou un air simple à deux temps, joué sans accords, leur faisoit un plaisir extrême, et qu'ils
ne se lassoient point alors de voir, d'entendre
et d'admirer.

La santé de Don Pedro, comme nous l'avions
espéré, se rétablit assez, pendant ces deux jours,
pour lui permettre de s'embarquer. Il brûloit
d'impatience de partir. Il ne put cependant
prendre congé des Nègres sans s'attendrir, et
ces bonnes gens se montrèrent sensibles à cette
séparation. Epoo son hôte versa des larmes en
l'embrassant. Des amis généreux qui s'estiment,
pourroient-ils se quitter sans éprouver quelque
peine, lors même que le bonheur les appelle
ailleurs? Nous ne fûmes pas nous-mêmes indifférens aux regrets ingénus des Nègres, quand
nous leur fîmes nos adieux. Leurs derniers mots
furent des expressions naïves de sensibilité, et
des témoignages non équivoques de dévouement et de reconnoissance. Ils auroient bien
voulu nous garder chez eux plus long-temps;
mais cela n'étoit pas possible. De puissans motifs nous rappeloient dans notre île; et les Sauvages étoient trop pauvres et vivoient trop précairement, pour pouvoir nourrir encore des
hôtes aussi nombreux. Il n'y a que les peuples
riches par une bonne culture, qui puissent four-

nir constamment à une grande consommation, et auxquels il soit permis de se montrer magnifiques.

Nous partîmes le lendemain de bonne heure, ainsi que nous l'avions résolu. Tout sembloit nous promettre une heureuse navigation. La mer étoit belle, le vent favorable; notre barque avançoit rapidement dans sa route. Nous n'étions déjà plus, le deuxième jour, qu'à demi-journée de notre île. Déjà l'on commençoit à voir sur l'horizon les sommets fumeux du volcan, et nous espérions mouiller dans la baie avant la nuit, lorsque le temps change tout à coup. Le ciel, si serein dans ces climats, se couvre de sombres nuages. Une obscurité profonde s'étend sur la nature. Les vents déchaînés soufflent avec fureur de tous les points. La mer est agitée jusqu'au fond des abîmes, et ses vagues écumantes, hautes comme des montagnes, roulent et se succèdent impétueusement, et vont se briser au loin sur les rochers avec un horrible bruit. De longs et pâles éclairs qui fendent les nuées et nous font voir un moment tous les objets d'effroi qui nous entourent, les éclats répétés du tonnerre, la pluie tombant par torrens, et les gémissemens sourds et lugubres de la mer, augmentent l'horreur de la tempête et la crainte des perils qui nous menacent de toutes parts.

Dans un danger si subit et si pressant, à

peine avons-nous le temps de serrer les voiles.
Frappé de la foudre, le gouvernail est endom-
magé jusqu'à la flottaison, de manière à ne
pouvoir servir ni être réparé que la mer ne
soit calme. Le vaisseau n'ayant plus aucun moyen
de direction, est emporté loin de sa route au
gré des vents, tantôt élevé sur le dos des vagues
furieuses, tantôt précipité dans les profondes
vallées qu'elles laissent entre elles.

Nous voguâmes ainsi trois jours entre la vie
et la mort, sans connoissance des mers que
nous parcourions, ne pouvant prévoir la fin
de notre aventure, et ne mettant notre espérance que dans les secours de la providence et
dans notre courage; mais ni l'un ni l'autre ne
nous manquèrent au besoin. Henri rassembla
tout son monde, leur parla en homme ferme
et en chrétien résigné aux décrets de la volonté
suprême. Chacun prit la plus forte résolution
de montrer autant de fermeté que Henri, et
s'il falloit périr, de périr en homme courageux
comme lui. Ainsi, quoique nous vissions à tout
moment la mort de très-près, personne ne donna
un signe de foiblesse.

Nous n'eûmes qu'à nous féliciter de cet accident passager. Le ciel ne voulut nous éprouver
que pour nous confirmer dans des sentimens
dignes de l'homme, et nous rendre le malheur
utile. Nous passâmes souvent devant des écueils
que la mer découvroit quelquefois jusqu'à leur

base, et contre lesquels elle venoit ensuite se briser en mugissant. Souvent nous crûmes que nous allions être jetés sur ces rochers. Le troisième jour de la tempête surtout, la rencontre de plusieurs écueils et de plusieurs petites îles escarpées et désertes, devint si fréquente, que nous ne pensions pas pouvoir, sans miracle, échapper à tant de périls ; mais il s'en fit un pour nous. Une main invisible et puissante sembla toujours conduire la barque à travers tous ces brisans. Enfin, les vents se calmèrent, la mer s'appaisa, le soleil brilla d'un éclat nouveau. La confiance revint dans tous les cœurs. L'on répara le gouvernail, et nous rendîmes graces à Dieu de notre heureuse délivrance.

S'il est des hommes sensibles qui se soient trouvés dans une situation comme la nôtre, ils pourront seuls se faire quelque idée des sentimens qui nous animoient alors ; mais pour bien juger de notre satisfaction ; il faudroit qu'ils fussent en même-temps aussi aimans et aussi aimés que nous l'étions. Peu d'entre nous étoient âgés, et la vie devoit nous paroître un trésor bien précieux. Nous n'avions rien à nous reprocher, et l'existence est bien douce pour des cœurs droits et honnêtes : mais la vie ne nous intéressoit pas uniquement par elle-même ; c'étoit par rapport à nos chers et respectables parens, à nos femmes, nos enfans, nos frères bien-aimés, que nous y étions si attachés ;

c'étoit surtout la certitude de la douleur mortelle qu'ils auroient de notre perte, qui nous
faisoit trouver tant de joie dans notre conservation.

Un événement inattendu vint ajouter encore
à cette joie, en nous donnant l'occasion de sauver des malheureux qui sans nous auroient péri,
et nous fournit celle de former des liaisons utiles
pour la colonie. Une jonque montée par des
Indiens, habitans d'une île voisine des Moluques, avoit été poussée par la tempête au milieu
des écueils que nous avions évités. Elle s'étoit
affalée et totalement brisée sur des rochers. La
plus grande partie de l'équipage avoit trouvé
la mort dans ce désastre. Deux hommes seuls
avoient échappé au malheur commun, en grimpant sur le haut des rochers que les vagues
n'atteignoient point ; mais là, dans une position gênante, trop éloignés des côtes pour pouvoir les atteindre à la nage, sans vivres et sans
ressources, ils ne pouvoient manquer de mourir de faim.

Ils étoient dans cet état cruel depuis deux
jours, lorsque notre barque s'étant remise en
route, passa, par un heureux hasard, à la vue
de ces infortunés. Dès qu'ils aperçurent le bâtiment, ils donnèrent des signes de détresse, en
faisant voltiger en l'air une longue tunique
blanche. Nous ne la vîmes pas d'abord ; mais
comme nous approchions toujours davantage,

et que nous portions autour de nous des regards observateurs, nous l'aperçûmes enfin, et l'ayant considérée quelque temps avec une lunette d'approche, nous remarquâmes les deux hommes et tous les efforts qu'ils faisoient pour réclamer notre secours.

A cet aspect, aussi intéressant qu'imprévu, nous nous doutâmes de leur triste aventure et de leur fâcheuse position ; et quand nous fûmes à peu de distance, nous mîmes la chaloupe à la mer pour les aller recueillir. Nous n'avons pas besoin de dire ici la réception que nous leur fîmes, ni les démonstrations qu'ils employèrent pour nous témoigner leur gratitude et leur sensibilité. Ils étoient malheureux : nous les sauvions d'une mort assurée ; et c'étoient des hommes policés qui, aux sentimens naturels à des cœurs non dépravés, joignoient des qualités estimables acquises par l'éducation. Elevés dans l'habitude des vertus sociales, ils étoient doux et paisibles, justes et obligeans.

Privés de nourriture et de sommeil depuis plusieurs jours, ils avoient besoin de restaurans et de repos. Nous nous empressâmes de leur fournir ce qui leur étoit nécessaire. Nous leur servîmes un assez bon repas ; nous les fîmes coucher ensuite sur nos lits, et après qu'ils eurent repris des forces, nous leur témoignâmes le desir que nous avions de connoître leur aventure, et comment ils se trouvoient dans des

mers qui nous paroissoient si éloignées de leur
pays. Ils comprirent très-bien notre intention ,
et ils nous répondirent, moins de la voix que
par leurs gestes, que leur pays n'étoit pas si
éloigné que nous le pensions; qu'ils alloient ,
pour raison de commerce, à une île distante
de deux journées de celle qu'ils habitoient; que
poussés hors de leur route par la tempête, ils
avoient fait naufrage sur les rochers où nous
les avions trouvés , et que leurs compagnons ,
ainsi que leur bâtiment, avoient péri dans cet
accident funeste. Ils ajoutèrent qu'ils croyoient
s'apercevoir que la route de la barque les éloignoit toujours davantage de leur patrie, et ils
nous supplièrent d'une manière tendre et les
larmes aux yeux , de vouloir les y ramener ,
nous assurant que ce nouveau service nous ren-
droit pour toujours les amis de leur nation ,
qui nous feroit de nombreux présens pour nous
témoigner sa reconnoissance.

Une pareille demande méritoit d'être pesée.
Nous délibérâmes sur le champ , pour aviser
sur le parti que nous prendrions. Henri pouvoit ordonner , mais il ne voulut rien décider
de lui-même (on avoit ainsi besoin de nous inculquer que le plus sage est celui qui est le
plus attentif à prendre conseil). Des raisons
assez fortes sembloient s'opposer aux vœux des
Indiens. Nous étions sortis de notre île depuis
huit jours. L'on devoit y être fort inquiet sur

notre compte. En différant encore notre retour, nous jetions la Colonie dans de vives alarmes, et nous allions causer une grande peine à Don Pedro, qui mouroit d'impatience de revoir ce qu'il aimoit : mais des raisons non moins puissantes, contre-balançoient celles-ci. Il ne paroissoit pas prudent de mener dans notre île ces Etrangers, que nous ne pouvions y retenir. Il faudroit toujours les ramener chez eux, et ils pouvoient faire connoître notre position, qu'une sage politique devoit tenir cachée. D'ailleurs le service important que nous venions de leur rendre, exigeoit qu'on se prêtât à leurs desirs : il falloit, pour y donner tout son prix, combler leur satisfaction : la vraie bienfaisance ne s'arrête point au milieu du bienfait, si elle n'y est forcée. Enfin, en cédant à leurs instances, nous n'alongions notre voyage que de quelques jours, et nous pouvions en tirer de grands avantages. Telles furent les considérations que le Chef de l'entreprise soumit à nos opinions.

Baptiste fut d'avis de satisfaire les Indiens. Il espéroit que la démarche que nous ferions pour cela, et les liaisons qui en seroient la suite, donneroient un grand essor à notre industrie. Charles y vit l'accroissement de l'agriculture ; Wilson, l'établissement du commerce extérieur. Charmé sur-tout de contrarier Don Pedro, dont il étoit secrètement jaloux, et de retarder

son arrivée auprès de Dona Rosa, il appuya
fortement l'avis de Baptiste, il s'étendit beaucoup sur les commodités que nous procureroit
le commerce que nous allions fonder, et sur le
plaisir que donneroient à la Colonie les objets
nouveaux que nous porterions du pays des
Indiens. Plusieurs se rangèrent à cette opinion,
mais d'autres n'écoutant que leur tendresse pour
leur famille et pour nos chers parens, insis-
toient pour le retour. Ils vouloient calmer l'inquiétude où l'on étoit à notre égard. Ne pour-
roit-on pas ensuite plus commodément ramener les Indiens dans leur patrie? Pourquoi se
méfier de leurs intentions? Si l'on vouloit faire
un commerce avec leur Nation, ne devoit-on
pas se pourvoir des objets d'échange que notre
île pouvoit fournir? Voici la substance de l'avis
de Philippe.

« J'ose croire, nous dit-il, que nous ne
serons pas généreux à demi. Quel mérite aurions d'avoir sauvé ces pauvres Indiens, si nous
n'avions fait pour eux dans leur malheur que
ce qu'auroient fait à notre place les hommes
les plus barbares? Ramenons les Indiens chez
eux, sans différer, pour leur rendre service
autant que nous pourrons, mais non pour profiter des avantages que vous vous promettez de
cette complaisance. Qu'elle en soit l'occasion,
à la bonne heure, mais qu'elle n'ait point de tels
motifs. Il seroit peu digne de nous d'agir, dans

cette occurence , par des vues intéressées. La bienfaisance qui nous inspire, veut que nous achevions avec honneur ce que nous avons si bien commencé. La prudence et la raison ne le demandent pas moins. En amenant les Indiens à l'île inconnue, nous nous mettons dans la nécessité de les transporter de-là dans leur pays, et de faire ainsi un double voyage. Nous évitons la fatigue et les dangers de cette nouvelle course, si nous allons d'ici directement chez les Indiens. Ils nous en sauront plus de gré, et nous n'aurons rien à craindre de leurs rapports. Nos parens et nos femmes nous attendent. Ils desirent tous, sans doute, de nous voir revenir ; mais ils ne savent point au juste le moment de notre retour, et quelques jours de retard ne sauroient les alarmer. Ils sont trop bons et trop généreux pour désapprouver notre conduite. Leurs sentimens nous assurent de leur approbation. Nous pouvons en dire autant de Don Pedro. Quelque impatience qu'il ait de rejoindre Dona Rosa, il ne voudroit point lui sacrifier l'honneur et la satisfaction d'exercer un acte de bienfaisance, et nous priver du doux plaisir de tirer de peine des malheureux ».

La chaleur avec laquelle il parloit, et le sentiment qui régnoit dans son discours, réunirent tous les suffrages. Chacun revint à cette opinion, comme la plus juste et la plus généreuse. Henri ne put s'empêcher d'y applaudir ;

et il le fit d'autant plus volontiers , que c'étoit la sienne. L'on prit en conséquence la résolution d'aller directement au pays des Indiens. Don Pedro nous dit, en soupirant, que nous lui faisions bien de l'honneur, mais qu'il devoit vouloir tout ce que nous voulions. Il approuvoit notre dessein , c'étoit tout ce qu'il pouvoit faire : les Indiens , à qui on en fit part aussitôt , nous en témoignèrent leur joie par les plus vives démonstrations.

CHAPITRE XLI.

Les Navigateurs de l'Ile inconnue , transportent à l'île de Samea les Indiens qu'ils ont sauvés. Réception que le Souverain et le Peuple de Samea font aux Navigateurs. Ils leur demandent des secours et des conseils. Le Roi leur permet un commerce d'échange avec ses sujets.

LES Indiens nous montrèrent le côté de l'horizon vers lequel nous devions nous diriger, et sur leurs indications nous changeâmes de route, en portant le cap au nord. Ils connoissoient la boussole, et avoient souvent parcouru les mers où nous voguions. Il ne leur fut pas difficile de

nous guider d'une manière assez juste. Nous
marchâmes tout le reste du jour et toute la nuit
suivante, avec un bon vent, dans une mer libre
et profonde, où nous n'avions à craindre ni les
bas-fonds ni les écueils.

Le lendemain matin, vers les dix heures, les
Indiens aperçurent les premiers le sommet des
montagnes de leur île, qui se montrent de fort
loin. Nous les apercevions à peine avec la lunette; mais, soit l'habitude d'observer les objets
à une grande distance, soit que leur vue fût
plus perçante que la nôtre, soit que les objets
qui nous sont chers nous frappent comme par
instinct, les Indiens découvrirent leur terre
natale avant nous, et nous la firent remarquer avec l'expression d'un sentiment qui nous
charma.

A midi nous étions à trois lieues des côtes,
et une heure après nous entrâmes dans une
baie, au fond de laquelle est le village que nos
Indiens habitoient. Les gens de quelques ba-
teaux que nous rencontrâmes sur le rivage, et
ceux qui se trouvoient dans la baie quand nous
y arrivâmes, parurent d'abord effrayés en voyant
notre vaisseau (nous en dirons bientôt la raison). Déjà même ils se disposoient à prendre la
fuite pour nous éviter, lorsque nos deux Indiens
paroissant sur le tillac et appelant leurs compatriotes à haute voix, leur dirent de se rassurer;
qu'ils leur amenoient des amis, et qu'ils nous

.devoient la vie. Ce peu de mots suffit pour les calmer, et pour leur inspirer des sentimens favorables.

Aussitôt cette nouvelle est portée de bouche en bouche jusqu'au village; et avant que nous ayons mis la chaloupe à la mer, nous sommes entourés d'embarcations qui viennent nous voir, nous reconnoître, et féliciter leurs compagnons sur leur retour. Ceux-ci racontent leur triste aventure, les traitemens qu'ils avoient reçus de nous; ils vantent notre générosité et tous les secours dont ils nous sont redevables. Les Insulaires, attendris de ce récit, nous invitent et nous pressent de descendre. Nous nous embarquons en partie dans la chaloupe, en partie dans les bateaux des Indiens, et nous allons mettre pied à terre sur le rivage, où nous sommes accueillis par un peuple nombreux, au bruit de mille acclamations répétées.

Dès que nous fûmes descendus, les principaux du lieu vinrent nous recevoir, de la part de Mékaous, roi de l'île, et nous dire en son nom, que nous étions les bien-venus, et qu'il desiroit nous voir, pour nous témoigner lui-même le plaisir qu'il avoit de notre arrivée.

On nous conduisit à son palais, qui n'étoit qu'une maison un peu plus apparente que les autres. Nous fûmes introduits dans une salle basse, tapissée de nattes très-fines, d'un assez beau travail. Le Prince étoit assis, les jambes croisées sur la natte qui couvroit le plancher. Plusieurs personnes de sa maison, et d'autres grands de la nation, assis de la même manière, formoient deux rangs à droite et à gauche, au milieu desquels nous fûmes menés jusqu'à ses pieds.

Henri, qui marchoit à notre tête, d'après l'avis du Maître des cérémonies, s'approcha de très-près du Roi, pour le saluer; puis s'inclina profondément, et lui fit entendre comme il put, que nous nous estimions heureux d'avoir fait quelque chose qui lui fût agréable, et de pouvoir l'assurer de nos respects. Avant de lui répondre, le Prince lui prit la main, et le tirant à lui, l'obligea d'approcher son visage du sien, de manière que les deux nez se touchèrent et se croisèrent. Après cette cérémonie, qui, de la part du Prince, est une grande faveur, il nous témoigna tout ce qu'une reconnoisance aussi vive que sincère pouvoit inspirer, et nous dit de nous regarder dans son île non comme des étrangers, mais comme des hommes qui avoient droit au respect et à l'amitié de toutes les familles. Il ajouta, qu'en sauvant deux de ses sujets, et les ramenant chez eux avec tant d'humanité, nous étions devenus les pères bienfaiteurs de tous les autres; que nous pouvions disposer à notre gré de tout ce qu'ils possédoient, et qu'il desiroit infiniment, ainsi que son peuple, de pouvoir nous donner des preuves efficaces des sentimens qu'ils nous devoient. Il finit par nous prier de demeurer dans leur île le plus long-temps que nour pourrions.

Henri répondit d'un ton modeste et affectueux, que nous n'avions été que les instrumens de la Providence, qui s'étoit servie de nous pour tirer deux infortunés du péril; que nous n'avions qu'à la remercier de nous avoir choisis pour cette bonne œuvre, dont tout autre se fût fait comme nous un devoir; et à nous féliciter d'être venus dans cette île, puisque nous y trouvions des hommes si humains et si bienveillans, qui méritoient par eux-mêmes et nos services et notre amitié. Il ajouta, que nous ne pouvions faire un long séjour parmi eux, parce que des affaires pressées nous appeloient dans notre patrie; mais que nous avions trop de satisfaction de les voir et de les connoître, pour ne pas profiter, en tout temps, de tous les momens que nous pourrions leur donner.

Nous avions eu d'abord, de part et d'autre, beaucoup de difficulté pour exprimer nos idées et pour comprendre ce qu'on nous disoit. Le premier langage des hommes, celui des signes, avoit été, pour ainsi dire, le seul interprète de nos pensées et de nos sentimens; mais nous eûmes bientôt un autre moyen de nous expliquer et de nous entendre, qui nous fut, des deux parts, bien utile et bien agréable.

Dans le nombre des Indiens qui étoient accourus pour nous voir, et qui nous avoient accompagnés jusqu'au palais du Roi, il y en avoit un qui ayant long-temps voyagé, avoit été aux Moluques, à Macao et à Batavia. Il avoit demeuré plusieurs années dans les établissemens hollandais et portugais, et il parloit la langue de ces Européens assez passablement pour se faire entendre, et pour traduire, d'une manière exacte, les discours de ceux qui les parloient. Cet homme, que l'on nommoit Hiu-pen, ayant paru à la porte de la salle, le Prince, qui le connoissoit, lui fit dire d'approcher, et, s'il étoit possible, de nous servir de truchement. L'Indien nous mit aussitôt en communication avec le Roi, et nous donna la facilité de lier ensuite avec les Insulaires des conversations suivies ; car Wilson parloit fort bien le hollandais et le portugais, et de Martine pouvoit s'expliquer facilement dans cette dernière langue.

Le Roi fit demander à Henri, par l'organe de Hiu pen, mais avec beaucoup de ménagemens, qui nous étions et d'où nous venions. Henri lui répondit que nous étions des Français qui voyagions d'île en île, pour en visiter les nations, et pour établir entre elles et nous un commerce réciproque de marchandises et de denrées. « Vous pardonnerez à cette curiosité, lui dit Hiu-pen, quand vous en saurez le motif. Nous sommes trop voisins, pour notre repos, des établissemens d'un peuple de votre Europe. La

nature a vainement séparé nos deux pays par
un intervalle immense. L'ambition et la soif de
l'or, qui ne connoissent point de barrières, les
ont rapprochés. Les Hollandais, cette nation
perfide, qui d'abord a navigué dans les Indes,
sous prétexte de faire un commerce utile à tous
les peuples, mais en effet pour s'emparer de
tout ce qu'elle trouveroit à sa bienséance, les
Hollandais sont non seulement parvenus à dé-
pouiller à main armée et à chasser de leurs
conquêtes les Portugais superstitieux et cruels
(et plût à Dieu que les Indes n'eussent pas d'autres crimes à leur reprocher !), mais à force
d'intrigues et en semant la division parmi les
nations foibles et innocentes qui les entourent,
ils sont venus à bout d'en asservir la plus grande
partie. Ils font tous les jours de nouvelles tentatives pour étendre avec leur puissance leur
tyrannie dans ces mers.

» Nous sommes à plusieurs journées de chemin des dernières îles où règnent ces despotes
monopoleurs ; mais cet éloignement ne nous
met point à l'abri de leur insatiable avarice.
Notre île produit naturellement tout ce qui peut
les tenter. En faut-il davantage pour les exciter
à nous envahir ? Ni la justice, ni la crainte du
ciel n'arrêtent leurs desseins coupables. Ils ont
plusieurs fois entrepris de nous surprendre, et
quoique jusqu'à ce jour ils n'aient point eu de
succès, nous ne pouvons douter qu'ils ne tentent

de nouveaux efforts pour mettre Samea, cette île heureuse, au rang de leurs possessions, et nous compter un jour au nombre de leurs esclaves.

» La crainte qu'ils nous inspirent nous fait tenir sur nos gardes, et voilà d'où vient l'espèce de frayeur que l'on a montrée à l'approche de votre bâtiment. Vous nous prouvez trop bien vos intentions amicales, pour qu'il nous reste contre vous le plus léger soupçon; d'ailleurs vous êtes des Français. Ce peuple doux et sociable ne s'est fait que des amis parmi les Indiens. Mais vous voyagez dans ce vaste Archipel, et vous êtes peut-être en liaison de commerce avec les Hollandais. Si vous vous êtes arrêtés à Batavia, centre de leur puissance en Asie, vous pouvez avoir eu connoissance de leurs desseins hostiles, et nous donner des avis importans à notre sûreté. Ne les refusez point à un peuple juste et paisible qui ne les réclame que pour sa défense; ne lui refusez pas votre secours contre ces dangereux ennemis ».

Henri, sensible à cette confiance noble et touchante, répondit à Mékaous, que nous ne connoissions les Hollandais que de nom; que nous venions du midi, et que nous n'avions aucun dessein de voir Batavia ni les Moluques. « Humains et pacifiques, ajouta-t-il, nous détestons du fond du cœur toutes les injustices de l'ambition et de la cupidité. Nous savons que tous les hommes, tous les peuples sont frères, et que la saine raison comme la loi du Dieu suprême, défend d'attenter à leurs droits et à leurs propriétés. Nous nous empresserions de vous instruire des desseins des Hollandais, s'ils nous étoient connus. Nous voyageons autant pour l'utilité des autres sociétés, que pour la nôtre, et nous regardons comme un devoir les services que nous pouvons leur rendre. Que ne nous est-il permis de contribuer à vous garantir des entreprises de ces voisins inquiets, ou du moins de leur inspirer des sentimens plus pacifiques ! Mais des ordres précis et respectables nous appellent ailleurs, et nous ne pouvons vous offrir dans ce moment que des conseils, et les matières de notre commerce ».

Mékaous n'insista point sur les demandes qu'il nous avoit faites. Il nous remercia de l'intérêt que nous prenions au bonheur de ses sujets, et il accepta de grand cœur les offres de Henri. « Je vous ferai connoître, lui dit-il, quelles sont les forces de l'île, et je profiterai volontiers des lumières de votre expérience. Quant au commerce que vous proposez, vous serez libre de porter ici toutes les productions de votre pays, et de les vendre à mes sujets, ou de les échanger de gré à gré contre les leurs, aussi souvent et aussi long-temps qu'il vous plaira. Mais remettons à nous entretenir de ces objets, après que nous aurons fait plus ample connoissance, dans un repas que je vous ai fait préparer ».

Ce repas étoit un grand festin, dont le Roi lui-même fit les honneurs et où nous fûmes tous admis. On dressa le couvert, c'est-à-dire, une très-grande natte, sous quelques arbres touffus, et sur une pelouse qui s'étendoit devant le palais. Le prince s'assit au haut bout de la natte, et nous fit asseoir tout autour. Les Indiens les plus distingués se placèrent sur plusieurs rangs, à droite et à gauche, autour de plusieurs nattes dressées pour eux. Le peuple spectateur de la fête, à genoux ou accroupi, étoit à une certaine distance des convives, en face du Roi. Personne ne se mit et ne passa même derrière Sa Majesté, que les gens employés pour la commodité du repas. Plusieurs services, presque tous composés d'un seul plat, où, pour mieux dire, d'un grand vase ou bassin, dans lequel les mets étoient entassés en pyramide, se suivirent à longs intervalles. L'on commença par les fruits, qu'on avait portés en quantité, et dont nous admirâmes la diversité, la beauté et surtout la délicatesse. Vinrent ensuite les légumes et les racines, du riz parfaitement assaisonné, et qui nous parut exquis; enfin, les grosses viandes et le gibier. Nous remarquâmes dans ces derniers services, des cochons, des gazelles et un chevreuil rôtis. Nous les trouvâmes excellens.

Un écuyer tranchant coupoit les viandes; un second les dépeçoit, et quelques serviteurs les distribuoient aux convives, d'après les ordres du Roi, et selon qu'il le prescrivoit. Le prince eut la politesse de nous faire servir avant tous les grands de sa cour, et l'attention de nous envoyer de préférence ce qu'il y avoit de meilleur dans chaque plat. Des échansons versoient à la ronde une liqueur forte et agréable, faite avec le riz; et sur la fin du repas, l'on nous servit de l'arak. Nous avions fait porter du vaisseau, du pain, du vin, des confitures et des liqueurs fortes de notre façon, telle que l'eau des Barbades, la crème d'anis, la citronnelle, etc., que nous présentâmes à Sa Majesté, et qu'elle reçut avec bonté. Elle goûta de tout, fit l'éloge de chaque chose, et en fit donner à chacun des grands qui l'entouroient.

Le premier échanson ne versoit à boire qu'à Sa Majesté. Toutes les fois qu'elle buvoit, une symphonie, qui se faisoit entendre dans les intermèdes du repas, l'annonçoit aux convives et aux spectateurs, qui se prosternoient alors la face contre terre, parce que dans cette île où le souverain est très-respecté, l'usage ne permet point aux sujets de porter les yeux sur le prince lorsqu'il boit, et que ce seroit en quelque sorte lui manquer de respect que d ne pas s'incliner de manière qu'on ne puisse le voir dans ce moment. Comme étrangers, nous fûmes dispensés de ce céremonial, aussi gênant que peu fait pour des hommes libres.

Les assiettes sur lesquelles nous mangeâmes étoient de porcelaine, le reste des convives en avoient de coco. Au lieu de fourchettes, qui ne sont point connues dans ce pays, on se sert, pour porter les morceaux à la bouche, de deux petites baguettes plates, qu'on emploie comme des pincettes. Pour ajouter au plaisir du festin et le rendre plus magnifique, l'on faisoit brûler, près de nous, des parfums qui embaumoient toute l'assemblée des plus suaves odeurs.

Le repas fini, le Roi donna différens ordres à deux de ses courtisans, que nous prîmes pour ses ministres. Ceux-ci s'inclinèrent profondément, et s'en allèrent où les ordres du prince les appeloient : un instant après, nous vîmes arriver un grand nombre de chevaux richement harnachés, conduits par un écuyer, et amenés par plusieurs palefreniers. Nous ne connoissions ces animaux que par des peintures. Nous fûmes charmés d'en voir, non-seulement parce que ceux du Roi étoient très-beaux, mais par l'espérance que nous avions d'en transporter quelques-uns dans notre île, et de nous procurer ainsi de nouveaux secours dans nos travaux les plus importans. Le Roi nous proposa une partie de promenade à che-

val, et il invita particulièrement Henri, Baptiste, Guillaume et Philippe à l'accompagner.
Il ne prit pour sa suite que trois de ses gens
et l'interprète Hiu-pen, qui nous devenoit absolument nécessaire. Les quatre frères furent
les seuls des nôtres qui profitèrent de l'invitation du Roi ; le reste , conduit par des Indiens , alla visiter le village et ses environs,
ou relever ceux qui étoient de garde sur la
barque.

Quoique nous fussions des cavaliers sans
expérience , nous montâmes sur nos chevaux
d'un air leste, et nous nous y tînmes passablement. Ceux qu'on nous avoit donnés étoient
doux et tranquilles, quoique vifs. Ils étoient
bien dressés ; et l'on ne s'aperçut pas que nous
montions à cheval pour la première fois.

Nous traversâmes un canton de l'île , qui
nous donna une fort bonne idée du gouvernement de ce pays et du bonheur de ses habitans. La nature avoit beaucoup fait pour lui,
et l'industrie des insulaires y avoit infiniment
ajouté. Aussi loin que la vue pouvoit s'étendre,
la campagne présentoit autour de nous un tableau riche, varié, pittoresque , qui sembloit
fait à souhait pour le plaisir des yeux. Au devant et à l'horizon, l'on voyoit les cîmes bleuâ-
tres des montagnes, et à la distance où la vue
pouvoit saisir les objets, elle se reposoit agréa-
blement sur un amphithéâtre de collines iné-

gales, dont le sommet étoit couronné de grands arbres. Les regards se promenoient avec délices dans les plaines et dans les vallons, où cou= loient en serpentant de petites rivières ou des ruisseaux d'une eau très-claire. Partout la main laborieuse du cultivateur donnoit à cette partie de l'île l'aspect le plus riant et le plus animé. La diversité des champs, des prés, des vergers, le nombre des habitations séparées et répandues sur le territoire, celui des laboureurs occupés à fertiliser leurs possessions, et des bergers qui chantoient gaîment en gardant leurs troupeaux, en faisoient une scène pleine de vie et de mouvement. Nous trouvions une foule d'Indiens sur tous les lieux de notre passage. Tous se prosternoient devant le Roi; mais quoiqu'ils montrassent beaucoup de plaisir à le voir, personne ne le suivit. Chacun alloit à ses affaires, ou retournoit à son travail.

Nous marchâmes ainsi jusqu'au haut d'une colline fort élevée, d'où l'on pouvoit découvrir une grande partie de l'île, qui ne paroissoit pas moins agréable ni moins bien cultivée que celle que nous venions de traverser. Le prince s'arrêta sur cette espèce de belveder, pour nous donner le loisir de contempler les scènes champêtres et variées qui s'offroient à nos regards; puis il nous fit remarquer les objets qui méritoient le plus d'attention.

« Ces montagnes que vous voyez dans le

lointain, nous dit-il, renferment l'idole de vos
Européens. On trouve communément à leur
surface des mines d'or et d'argent, qui, d'après
l'apparence, doivent être fort riches dans l'intérieur de la terre. Elle ne sont point exploi-
tées, et j'ai défendu qu'on les ouvrît. L'avarice
et la cupidité sortiroient de ces mines avec les
métaux qu'on en tireroit. Mes sujets quitte-
roient le travail par excellence, pour acquérir
des richesses trompeuses. La paresse, les fantaisies et le luxe seroient les fruits inévitables
de ce malheureux changement, et les vices
qu'ils mèneroient à leur suite corromproient
les mœurs, exciteroient le désordre dans l'île,
et y appelleroient les étrangers, qui accour-
roient pour nous détruire.

» Regardez ces belles campagnes. Elles donnent toutes les productions dont la nature libérale se plaît à enrichir les doux climats de l'Inde,
et qu'elle semble avoir partagées à ses diverses
contrées. Elle les réunit ici comme dans le lieu
de la terre qu'elle chérit de préférence. Les
grains, les fruits délicieux, les épiceries les
plus fines croissent en abondance dans cette île
heureuse, où les habitans n'auroient rien à dé-
sirer ni à craindre, s'ils ne devoient se prémunir
contre les embûches d'un ennemi perfide. Mon
peuple est nombreux; il vit dans l'aisance. Les
hommes en sont robustes, paisibles, laborieux;
mais comme ils ont toujours vécu dans la paix

et dans l'innocence, qu'ils se sont bornés à cultiver la terre pour leurs besoins, et qu'ils ignorent les commodités et les superfluités des autres peuples, ils ont peu de commerce et d'industrie, et ils sont peut-être moins aguerris qu'ils pourroient et qu'ils doivent l'être. Ce n'est pas que nous n'ayons des moyens de défense. Outre les armes communes à tous les peuples voisins, telles que les flèches, la zagayè, la lance, nous sommes parvenus à nous procurer à Macao celles mêmes qu'emploient nos ennemis. Nous avons de la poudre, des fusils, des canons, des épées ; mais, il faut l'avouer, nous manquons de l'expérience nécessaire pour nous en servir utilement. Nous avons peu d'ouvriers pour les réparer, et conséquemment pour en faire de nouvelles. Enfin, la nature qui nous a prodigué l'or, nous a refusé le fer, qui ne nous parvient ici que par des échanges, et qui est rare parmi nous. Pourriez-vous nous procurer ce métal vraiment précieux par son immense utilité? Vous nous avez promis, outre vos conseils, les choses utiles dont nous sommes privés et que produit votre pays. Je compte sur les secours de votre amitié, comme vous pouvez vous attendre à toutes les marques de ma reconnoissance ».

Henri répondit au Roi : « Nous vous fournirons tout le fer et la poudre à tirer dont vous pouvez avoir besoin. Nous vous procurerons

également d'autres métaux, tels que le cuivre
et l'étain, qui, quoique moins utiles, sont toujours nécessaires dans une société. Nous vous
apprendrons avec le temps, la manière de les
fondre et d'en faire usage ; mais dans ce moment, la chose la plus pressée et la plus importante pour vous, est de savoir employer convenablement ce que vous avez dans votre île
d'armes et de bras, propres à votre défense et
à repousser l'ennemi. Avec quelles forces peut-il vous attaquer ? Combien de combattans avez-vous à lui opposer ? Quelles sont les défenses
naturelles de l'île, et dans quel endroit trouve-roit-il la facilité d'y faire une descente ? »

« J'ignore, lui dit Mékaous, avec quelle force
les Hollandais peuvent venir ici ; mais je puis
vous satisfaire aisément sur tout le reste. J'ai
six mille hommes de pied et deux mille chevaux
destinés à notre défense, et je pourrois en augmenter beaucoup le nombre ; mais ces nouveaux
soldats ne connoissant aucunement les évolutions militaires, et n'étant pas dressés au maniement des armes, je craindrois qu'ils ne servissent plutôt à embarrasser et à mettre le désordre
dans nos troupes, qu'à les seconder. L'île est
par-tout entourée de ressifs et d'écueils à fleur
d'eau, qui en défendent l'approche, et il n'y
a proprement que deux endroits où l'on puisse
aborder sans s'exposer au danger d'échouer et
de périr ».

« Eh bien , répondit Henri, vous êtes en état,
dans votre position, de faire face à des forces
très-supérieures , et de repousser même avec
succès les attaques de votre ennemi ; mais vous
avez des précautions à prendre pour n'avoir
jamais rien à craindre de ses entreprises, et
rendre inutiles tous ses efforts. La première ,
c'est d'exercer au maniement des armes et aux
évolutions militaires, non-seulement les soldats
que vous avez maintenant , mais tous les habitans de votre île , en âge et en état de servir
leur patrie de leur personne dans les combats.
Quand tous vos hommes seront soldats , quelle
puissance sera capable de vous soumettre, disons mieux , de vous attaquer ? C'est une erreur
de la plupart des gouvernemens, ou plutôt une
invention de l'esprit inquiet et ambitieux qui
les agite, d'entretenir à grands frais des armées
nombreuses et toujours subsistantes , pour com-
mander chez eux l'obéissance ou porter la guerre
au loin au gré de leurs caprices. Un Roi qui
gouverne sagement , n'a pas besoin de grandes
armées pour se faire obéir. Il ne lui faut point
de contrainte pour faire exécuter des lois justes.
Toutes les volontés vont au-devant de lui. Un
prince qui n'a pas la manie des conquêtes, qui
ne s'occupe que du bonheur et de la protection de ses sujets , se gardera bien de consumer
le revenu public à soudoyer des troupes nombreuses. La guerre défensive lui paroîtra seule

légitime. Il ne prendra jamais les armes que
pour repousser l'ennemi ; mais alors si ses sujets
sont exercés à les manier, ils seront tous en
état de le combattre, et chaque province fournira un plus grand nombre de combattans, que
n'auroit fait ci-devant tout le royaume. Employés sur leur territoire, et pour un temps seulement, leur solde et leur entretien coûteront
beaucoup moins. Une petite armée suffira pour
donner des chefs et des exemples à ces troupes
nationales, qui, toujours recrutées facilement
et faisant la guerre sur leurs foyers, seront
naturellement invincibles. C'est ainsi, Mékaous,
que vous devez en agir. Que les combattans destinés à vous défendre fassent le fonds de vos troupes réglées, mais que tout le reste des insulaires
soit en état de combattre avec eux ; vous n'aurez plus d'ennemis que vous deviez redouter.

» Il est encore nécessaire de fortifier les deux
endroits de l'île où l'ennemi peut aborder, pour
éviter par ce moyen la nécessité d'en venir aux
mains. La baie où nous sommes entrés, serrée
à son embouchure par des collines élevées, est
très-facile à défendre. S'il en est ainsi de l'autre, vous pouvez, en quelque sorte, rendre
votre pays inabordable ». Mékaous dit à Henri,
que l'autre port n'étoit pas plus difficile à fortifier. « Dans ce cas, lui répondit celui-ci, em-
barrassez l'entrée des deux ports, en coulant
à fond quelques jonques chargées de pierres ;

de manière qu'on n'y puisse passer qu'avec difficulté, et sans être conduit par des pilotes qui,
en connoissent le fond et les dangers. Portez
ensuite vos canons sur les collines qui com-
mandent le passage. Faites-y construire des batteries; on n'entrera plus sur vos terres sans
votre permission ».

Le Roi reçut ces conseils avec une joie remarquable, et résolut d'en profiter; dès qu'il
fut revenu de la promenade, il donna ordre
de rassembler une partie de ses troupes, pour
les passer en revue le lendemain devant nous,
et nous montrer ce qu'elles savoient faire. Il voulut, en attendant, qu'on fît les préparatifs nécessaires pour transporter des canons sur les
collines qui dominoient le port, et pour dresser
les batteries qui devoient les défendre. Il nous
pria de vouloir bien diriger cet ouvrage, et de
faire le lendemain, devant ses troupes, l'exercice des armes et les manœuvres militaires qu'il
étoit important de leur apprendre. Il nous fit
demander ensuite quelles étoient les marchandises dont nous voulions nous défaire, et quelles
seroient les productions de son île qui pourroient nous convenir.

Henri fit aux demandes du prince une réponse satisfaisante. Il l'assura que nous tâche-
rions de répondre à sa confiance, et d'exécuter
ce qu'il attendoit de nous. Il lui dit de plus,
qu'il feroit mettre à terre les marchandises que

13*

nous avions sur la barque, pour les lui présenter; qu'il le supplioit d'avance d'accepter ce
que nous nous proposions de lui en offrir; au
surplus, que si les insulaires vouloient en prendre en échange de celles qu'ils avoient dessein
de débiter, ils n'avoient qu'à en apporter sur
le rivage, où les marchés se feroient à l'amiable,
que nous ne pouvions dire jusqu'alors ce que
nous étions dans le cas de prendre, et que nous
n'aurions que peu de choses à commercer pour
le moment; mais que dans un autre voyage, et
lorsque nous connoîtrions mieux ce que nous
pouvions fournir à leurs besoins, nous le leur
apporterions en assez grande quantité. Le Roi
le remercia d'un air de bonté, et fit publier sur
le champ que chacun pouvoit venir traiter avec
nous à sa fantaisie. Baptiste et Philippe furent
chargés du soin de veiller à la construction des
batteries. Le reste de nos gens fut prévenu de
ce que nous aurions à faire le jour suivant. C'est
ainsi que se passa cette première journée.

Le lendemain, avant le lever du soleil, le
bruit des instrumens guerriers nous annonça
l'arrivée des troupes indiennes. Nous étions tous
en armes sur le rivage. Nous nous rendîmes en
bon ordre au palais du Roi, où nous trouvâmes
ce prince déja levé et qui nous attendoit. Dès
que nous l'eûmes salué, il nous pria de l'accompagner jusqu'à l'endroit où ses troupes étoient
rassemblées. Nous partîmes aussitôt, suivis d'un

peuple nombreux des deux sexes, curieux de
voir le spectacle qui se préparoit.

Les troupes avoient fait halte dans une petite
plaine voisine. Elles s'y étoient rangées dans
l'ordre accoutumé. Il y avoit deux mille hommes de pied et sept à huit cents chevaux. Tous
ces soldats nous parurent beaux et robustes,
mais sans grace, sans adresse, et avec l'air peu
martial. Les deux premières lignes de l'infanterie étoient armées de fusils et de baïonnettes.
Le reste, sur quatre lignes, portoit des arcs,
des lances de douze pieds, et des poignards. La
cavalerie avoit pour arme la lance et un sabre
recourbé. Fantassins et cavaliers, tous étoient
couverts d'une cuirasse faite de plusieurs toiles
d'écorce ou de coton, cousues et piquées l'une
sur l'autre. Leurs habits, qui, comme tous ceux
des peuples de l'Asie, sont longs et amples,
étoient retroussés pour la manœuvre.

A l'approche du Roi, toute cette milice poussa
de grands cris de joie.

D'après les ordres du Prince, qui les passa
en revue, les troupes firent l'exercice, et différentes évolutions; mais, comme nous l'avions
présumé, ces exercices étoient mal conçus et
furent plus mal exécutés. Il n'y avoit ni justesse, ni légéreté, ni ensemble dans les mouvemens. Les Chefs manquoient de capacité, et
les soldats d'expérience. Ils paroissoient surtout fort peu au fait du maniement des armes à

feu. Leur tactique étoit à son enfance; mais
ces défauts pouvoient être réparés. Les officiers et les soldats avoient de l'intelligence et
de la bonne volonté; il ne leur falloit que de
l'instruction.

Nous ne devions pas flatter Mékaous : lui déguiser le mauvais état et l'inexpérience de ses
soldats, c'eût été lui rendre un très-mauvais service. D'ailleurs ce Prince, vraiment digne d'é-
loge par son amour pour la vérité, méritoit qu'on
l'éclairât. Il vouloit connoître ce qui manquoit
à ses troupes, et il nous pria de ne lui rien taire
de nos observations.

Henri ne se refusa point au desir du prince.
Il lui fit part de nos remarques sur la tenue,
l'ordre, les mouvemens de ses troupes, sur
leur tactique, sur leur manière d'attaquer et
de se défendre. Il lui exposa les moyens qu'il
croyoit propres à les former, à les dresser,
à les exercer aux armes, aux combats. Il lui
fit comprendre que les fusiliers ne devoient
pas se mêler aux piquiers; que la cavalerie devoit protéger les ailes de son infanterie, s'attacher à prendre en flanc l'ennemi, où à le
tourner par des mouvemens prompts et rapides,
et les charger au galop, pour enfoncer par ce
choc impétueux, et rompre ainsi les corps qui
feroient le plus de résistance (1); enfin, pour

_____

(1) Henri tenoit sans doute du chevalier des Gastines.

donner une pleine démonstration de la bonté
de ses principes, et joindre l'exemple aux préceptes, il nous fit faire toutes les manœuvres
que des troupes disciplinées doivent connoître
et exécuter. Ce fut lui qui commanda l'exercice. Notre troupe, rangée sur deux lignes,
exécuta d'abord le maniement des armes dans
le plus grand détail; elle chargea le fusil, plaça
la baïonnette, tira, puis marcha au petit pas et
au pas redoublé, se divisa par pelotons, qui
avancèrent, tournèrent, se replièrent, se rejoignirent.

Nous nous partageâmes ensuite en deux troupes, qui, s'attaquant et se défendant tour à
tour, en faisant un feu vif l'une contre l'autre,
en manœuvrant tantôt avec précaution, tantôt
avec rapidité, mais toujours d'une manière
habile et ferme, en se retirant à propos, en
revenant à la charge, présentoient une image
assez juste des combats européens. Tous nos

___

toutes ces connoissances sur la manière de placer et de
faire combattre la cavalerie. C'étoit de l'expérience de
son père qu'il s'appuyoit ici. Il n'en avoit point par lui-
même ; mais il paroît qu'il avoit su mettre à profit les leçons et les conseils qu'il avoit reçus, et l'instruction qu'il
avoit puisée dans les livres ; semblable en cela à Lucul-
lus, qui, par l'étude des livres militaires, devint un habile général, et remporta des victoires par le bon usage
qu'il en sut faire, avant d'avoir vu l'ennemi, et, pour
ainsi dire, fréquenté les armées. (*Note de l'Editeur.*)

mouvemens furent exécutés dans le plus grand
silence , avec un ordre et une précision qui
étonnèrent et charmèrent également le prince
et les spectateurs. Le feu vif de la mousqueterie et celui de deux petites pièces de canon
que nous avions amenées , nos attaques brus-
ques et soutenues , notre air d'audace et de
fierté, donnèrent la plus haute idée de notre
bravoure et de nos talens militaires , et servi-
rent beaucoup à augmenter le respect que les
Indiens avoient déjà pour nous.

Le roi nous témoigna la plus grande satisfaction , et nous dit d'une manière flatteuse ,
que si ses troupes étoient composées de soldats
comme nous , il ne craindroit pas l'attaque des
Nations les plus formidables. Ensuite il nous
pria de vouloir bien exercer , pendant le court
séjour que nous devions faire dans son pays ,
quelques - uns de ses officiers les plus intelligens aux mouvemens que nous venions d'exécuter, afin que ceux - ci pussent à leur tour
exercer les soldats , et successivement tous ses
sujets en état de porter les armes. Il nous pressa
surtout de revenir au plutôt dans son île , pour
achever , dit - il , d'en être les bienfaiteurs ,
en continuant de donner aux Insulaires les connoissances qui leur manquoient. Nous lui pro-
mîmes de grand cœur tout ce qu'il pouvoit
attendre de nous.

Pour cet effet nous partageâmes les occupations

que nous pouvions embrasser momentanément.
Baptiste et Philippe firent dresser les batteries.
Joseph se chargea d'enseigner aux troupes Sa-
méennes les premiers principes de l'art militaire. Henri, avec la plupart des nôtres, se
rendit sur le rivage, où il avoit ordonné d'apporter toutes les marchandises brutes ou tra-
vaillées dont nous pouvions nous passer, et
qu'il nous étoit avantageux de mettre dans le
commerce. Le roi voulut aller avec Henri jusqu'à la baie, pour être témoin lui-même de
notre manière de traiter avec ses sujets, et
pour s'assurer s'ils montreroient dans les échanges, les égards et la bonne foi qu'un peuple
qui se respecte aura toujours pour un autre
peuple, et que des cœurs sensibles doivent surtout à des étrangers honnêtes qui ont bien mé-
rité par leurs services et par leurs sentimens.

Nous avions déjà débarqué et placé sur la
grève tout ce que le vaisseau pouvoit fournir;
et les Saméens, que le besoin ou la curiosité
invitoit à commercer, avoient déposé toutes
les choses qu'ils jugeoient devoir être à notre
bienséance. De notre côté, l'on voyoit du fer
en barre ou travaillé en outils, en instrumens,
en armes: du cuivre en feuille ou mis en œuvre,
de l'étain et du plomb en masse, du salpêtre,
des graines de jardin, des légumes, des étoffes,
des toiles, quelques bestiaux et volailles d'une
espèce plus grande et plus belle que celles des

insulaires , ou même qu'ils n'avoient pas,
comme des ânes et des pintades , deux montres
et une pendule à secondes , ouvrages de Baptiste.

Du côté des insulaires , outre la plupart des
fruits et des grains que l'île produisoit, parmi
lesquels Hiu-pen nous fit remarquer du riz sec
ou riz de montagne (1), on trouvoit des étoffes
de soie, de coton, d'écorce, de leur fabrique;
des pièces de feutres à longs poils , lustrées
et très-légères ; des animaux domestiques ou
farouches, des chèvres, des brebis différentes
des nôtres, des cochons plus petits que ceux
de la colonie, des singes fort jolis, plusieurs
sortes d'oiseaux, entre lesquels on peut noter
des dindons ; des chameaux, des chevaux, et
diverses marchandises qu'on avoit portées de
Macao , et qui venoient de Chine ou même
d'Europe, telles que des bottes, des chapeaux,
des bas, des souliers, des taffetas, des mous-
selines , etc.

Le Roi n'avoit pas vu l'étalage de nos marchandises sans un singulier plaisir. Les métaux , surtout le fer, étoient pour lui des objets
très-précieux. La pendule et les montres fixèrent
long-temps ses regards. Il nous demanda ce
que c'étoit que ces jolies machines qui se mou-

_____

(1) Dont la plante n'a pas besoin d'être arrosée comme
le riz ordinaire , pour donner d'abondantes récoltes.

voient d'elles-mêmes, et quelle pouvoit en être
l'utilité. On lui répondit qu'elles servoient à
mesurer le temps; et on lui expliqua la manière
d'en faire usage. Le prince admira ces inventions et loua beaucoup notre industrie. Nous
prîmes cette occasion d'offrir la pendule à Sa
Majesté, ainsi que du fer, tant en barre que
travaillé, et quelques couples d'animaux, en
lui témoignant le regret de n'avoir pas dans
ce moment des choses d'un plus grand prix à
lui présenter. Nous donnâmes, avec sa permission, les deux montres aux deux personnes
de sa cour le plus en crédit. Hiu-pen reçut
aussi de nous une pièce d'étoffe de laine rouge,
des instrumens de fer poli, et quelques ouvrages de cuivre qu'il paroissoit desirer.

Ces présens furent acceptés avec une cordialité franche, ou, pour mieux dire, généreuse;
car il y a quelquefois autant de générosité à
recevoir qu'à donner. Quoique la reconnoissance du prince, comme celle des deux courtisans et de l'interprète, se manifestât bientôt
après dans les présens qu'ils nous firent à leur
tour, ils se montroient si sensibles à notre li-
béralité, qu'ils se regardoient encore comme
infiniment redevables envers nous. Mékaous
nous fit amener six beaux chevaux et autant de
jumens de ses haras, un dromadaire et sa femelle, et nous gratifia de trente sacs de riz des
montagnes, que Hiu-pen lui avoit dit n'être

pas cultivé dans notre pays. Les deux seigneurs
Indiens nous donnèrent plusieurs pièces d'é-
toffes de soie, unies et à fleurs, et de mous-
selines des Indes, beaucoup de fruits et de
sucre, une troupe de dindons et plusieurs petits
singes. Hiu-pen, quoique simple particulier,
ne fut pas moins magnifique; on nous apporta
de sa part deux caisses d'un excellent thé, un
petit cabinet de laque, d'un travail exquis,
dont les tiroirs contenoient plusieurs boîtes
pleines de bâtons d'encre de la Chine, de couleurs, de poudres odorantes, ou des vernis les
plus rares. Il joignit à cela quelques pieds d'arbres en caisse, utiles ou agréables, qui n'étoient
cultivés qu'à la Chine ou au Japon. Il avoit
rapporté de ses voyages ces différens objets, et
il nous les donna comme une preuve de l'estime
et de l'amitié qu'il avoit pour nous. Enfin, les
Indiens que nous avions ramenés dans l'île, et
leurs parens, nous envoyèrent au vaisseau,
plein une chaloupe de provisions de bouche,
qui consistoient en bestiaux, en fruits, en oiseaux, en grains, accompagnés de beaucoup
de plantes rares, d'aromates, d'épiceries, d'un
grand service de table de porcelaine, de toiles
de coton et de quelques fourrures très-belles,
qui venoient d'un pays fort éloigné. Nous faisions difficulté de recevoir tant de choses; mais
voyant que nous les affligerions sensiblement
par un refus, nous consentîmes enfin à les ac-

cepter, et nous augmentâmes, par cette complaisance, les obligations qu'ils nous avoient
et le sentiment de leur gratitude. On est toujours bien payé des services qu'on rend aux
hommes. Un bienfait ne se perd jamais; mais
c'est surtout dans un cœur sensible et reconnoissant qu'on est assuré d'en trouver la véritable récompense.

Je ne m'arrêterai pas sur le détail de nos
échanges avec les insulaires. Il me suffira de
dire qu'en faisant des marchés où ceux-ci ga-
gnoient beaucoup, nous n'en trouvâmes aucun
qui ne nous fût infiniment avantageux. Nous ne
donnâmes rien au luxe ni aux superfluités. Les
besoins ou la commodité guidèrent nos choix
et fixèrent nos emplettes. Tout le monde fut
content, ét desira par la suite la continuation
et l'extension de ce commerce. La confiance et
la bonne foi feront toujours chérir et prospérer
celui qu'elles établissent.

Tous ces arrangemens terminés, comme nous
n'avions plus rien qui nous retînt dans l'île,
nous prîmes congé de Mékaous, qui nous fit
promettre de revenir le plutôt qu'il nous seroit possible. Il nous témoigna beaucoup de
regret de nous voir partir. Il ne reçut pas nos
adieux sans toucher, des deux côtés de son nez,
le nez de Henri.

Nos amis nous accompagnèrent jusqu'au
vaisseau, y montèrent avec nous, et ne se rem-

barquèrent pour retourner chez eux, qu'à que ques milles de la baie, après nous avoir renou velé les assurances de l'estime, de l'amitié e de la reconnoissance la plus parfaite.

C'est ainsi qu'un service rendu par le seul mouvement d'une charité naturelle, nous con cilia l'affection des Saméens, et nous donna l'occasion d'établir entre ce peuple et nous, des liaisons de commerce et de services, dont nous pouvions des deux parts nous promettre un égal avantage.

CHAPITRE XLII.

Retour des Navigateurs à l'Ile inconnue.
Préparatifs du mariage de Dona Rosa
et de Don Pedro ; celui-ci tombe malade.

Nous quittâmes l'île de Saméa, partagés entre deux sentimens contraires; la joie de revenir dans le sein de nos familles alarmées, après avoir accompli nos desseins au-delà de tout es poir, et le regret que des cœurs sensibles éprou vent toujours en se séparant de ceux qui leur sont attachés par le lien des bienfaits; mais ce dernier sentiment céda bientôt à la vivacité de l'autre, qui prenoit de nouvelles forces à mesure que nous avancions.

Tous ceux qui montoient le vaisseau, à l'exception de l'Anglais, laissoient voir la plus grande impatience d'arriver à l'Ile inconnue. Tous se flattoient d'être accueillis avec transport des personnes qu'ils aimoient le plus. Le seul Wilson paroissoit indifférent à la commune joie. L'on voyoit même qu'il étoit profondément affligé de celle qui brilloit sur le visage de Don Pedro. Il se montroit plus sérieux et plus sombre, lorsque l'Espagnol, emporté par la force de son amour, et plein de l'enthousiasme que lui inspiroit l'approche de son bonheur, s'abandonnoit sans retenue à l'effusion de ses sentimens. L'Anglais ne pouvoit cacher alors le dépit et la jalousie dont son cœur étoit dévoré. Il avoit essayé vainement de nous déterminer à prolonger notre séjour dans l'île de Saméa, et s'il en faut juger par la conduite qu'il a tenue depuis, il auroit bien voulu qu'un nouvel obstacle nous écartant de notre route, eût ainsi trompé l'espoir de Don Pedro; mais le ciel sembloit vouloir confondre l'injustice de ses prétentions, en nous accordant le temps et les vents les plus favorables. La tempête que nous avions essuyée en quittant l'île des Nègres amis, et la course que nous avions faite à l'île des Saméens, nous avoient beaucoup éloignés de notre patrie; cependant nous jouissions constamment d'un vent si frais et si bon, que nous arrivâmes en trois jours au terme de notre voyage.

Il y en avoit dix-huit que nous en étions
partis. Toute la Colonie, prévenue que notre
expédition ne devoit pas durer plus d'une se
maine, étoit dans les plus vives alarmes à notre
sujet. L'inquiétude de nos chers parens s'étoit
si fort accrue, qu'ils ne pouvoient plus prendre
aucun repos. Ils tenoient sans cesse à l'observa
toire quelques-uns de nos frères ou de nos enfans, pour épier notre retour. Il ne se passoit
pas de jour qu'ils n'y montassent eux-mêmes,
pour jouir plutôt du plaisir de nous apercevoir
Tous les yeux se fixoient sur le côté de la mer
par où nous devions arriver. Chacun étoit à son
poste avant l'aurore; on ne le quittoit que quand
l'obscurité de la nuit ne permettoit plus de voir
autour de soi. Cependant nous entrâmes dans
la baie et nous débarquâmes sans être vus de
personne, parce que, surpris par la nuit, quand
nous commencions à peine à distinguer l'observatoire, nous n'avions approché qu'avec pré
caution, tenant toujours la chaloupe en avant, et
que ces mesures prudentes avoient ralenti notre
marche.

Après avoir refermé la chaîne du port et
amarré la barque, nous montâmes en troupe,
mais doucement et en silence, à la maison du
Roi. L'on y avoit soupé fort tard, comme on le
faisoit depuis quinze jours, parce que s'attendant sans cesse à nous voir paroître, l'on recu-
loit l'heure des repas et celle du sommeil, afin

de ne rien perdre du plaisir qu'on se promettoit de partager avec nous à notre retour. La porte de l'enceinte étoit ouverte. Nous entrâmes sans bruit dans la cour, et nous vîmes à travers les fenêtres du sallon, que l'on étoit encore à table. Nous touchions au moment de serrer dans nos bras tout ce que nous avions de plus cher, et notre impatience étoit d'autant plus vive, que nous en étions plus près.

Cependant, lorsque nous fûmes sur le point d'entrer, nous hésitâmes, dans la crainte assez bien fondée que notre apparition subite causant une trop vive joie au cœur sensible de notre bonne mère, d'Adélaïde et de Dona Rosa, ne produisît quelque accident fâcheux. Le souvenir de ceux qu'Eléonore avoit éprouvés dans de pareilles circonstances, nous faisoit une loi d'être circonspects. Nous attendîmes donc que le hasard nous amenât quelqu'un de la maison à qui nous pussions d'abord nous annoncer, et qui pût préparer les esprits à nous recevoir; et fort heureusement cette attente ne fut pas longue.

Robert, fils cadet de Henri, ayant quitté la table pour aller dans la cour, Henri s'offrit à lui, et s'étant fait connoître aussitôt, en lui disant de se taire, l'embrassa tendrement et l'instruisit de ce qu'il avoit à dire au Roi de notre part. Robert rentra; et bientôt le Roi sortit lui-même et vint à nous. Il nous embrassa sans rien

dire, mais ses larmes qui mouilloient nos joue
nous en disoient assez. Puis il nous amena hor
de la cour pour nous parler un moment, san
être entendu de ceux qui étoient dans le salon
Nous reconnûmes, dans ses paroles et dans ses
caresses, le père tendre et sage qui n'avoit jamais cessé de nous donner des preuves de son
affection, et dont le cœur et les pensées n'a-
voient d'objet que le bonheur de sa famille.
Nous lui dîmes, en deux mots, le succès de
notre voyage, et lui présentâmes Don Pedro,
qu'il accueillit avec la joie franche et cordiale de
l'hôte le plus généreux. Il nous ordonna de demeurer là jusqu'à ce qu'il nous fît avertir. Ensuite ayant passé dans le jardin, il rejoignit sa
compagnie, à laquelle il dit qu'il venoit d'entendre un bruit et des voix, qui lui faisoient
croire que la barque étoit arrivée, et que ses fils
étoient dans l'île. Il recommanda à Eléonore et
à l'Espagnole, de contenir la vivacité de leurs
sentimens, non seulement parce qu'il pourroit
s'être trompé dans ses conjectures, mais parce
qu'en se livrant aux mouvemens rapides d'une
joie immodérée, elles seroient dans le cas d'é-
prouver un saisissement qui pourroit mettre
leur vie en danger, et qui, à coup sûr, porte-
roit le trouble et la désolation dans toute la
famille.

Après avoir pris cette précaution, il dit à
Robert d'aller dans le jardin, afin de s'assurer

si les arrivans passoient de ce côté, pour venir à la maison. « Je vais au devant d'eux, ajouta-t-il, par le chemin ordinaire. Si je ne m'abuse point dans mon espoir, nous ne tarderons pas, l'un ou l'autre, à vous annoncer nos voyageurs et à les amener dans vos bras. « Sans attendre la réponse de ces femmes étonnées et incertaines, il vint nous chercher et nous amena dans le salon.

Au bruit que nous fîmes en entrant, notre mère se leva de table, accourut au-devant de nous, et sans plus se souvenir des conseils du Roi, vint se jeter au cou de Henri, qui parut le premier, avec tant d'émotion et de sensibilité, que toute chancelante, elle seroit tombée, s'il ne l'eût retenue, et qu'elle put à peine faire entendre quelques mots entre-coupés. Henri la plaça promptement sur une chaise, où elle fut quelques momens comme en défaillance; mais ayant reçu de prompts secours et ses larmes coulant bientôt, elle reprit peu à peu ses esprits et revint à son premier état. Le trouble de tous les assistans étoit extrême; car dans ce même moment Adélaïde et Dona Rosa n'étoient guère plus tranquilles, et ne méritoient pas moins de soins de leur part, qu'Eléonore. Adélaïde ne put se lever de son siége, et l'Espagnole montroit un tel égarement de raison, que qui n'eût pas connu la sagesse de son esprit et la décence de ses manières, l'auroit prise pour une folle.

2. 14

La maigreur et l'abattement de Don Pedro en étoient peut-être autant la cause, que la joie qu'elle avoit sentie de son retour inopiné. Don Pedro sembloit n'agir que machinalement. Pour des cœurs trop sensibles et trop aimans, l'excès de la joie et du bonheur est plus difficile à supporter que celui de l'infortune.

Le seul Wilson paroissoit garder une sorte de tranquillité. Je dis une sorte de tranquillité; car avec les passions qu'il portoit au fond du cœur, il ne pouvoit être indifférent à cette scène vraiment touchante. S'il laissoit voir moins d'agitation sur son visage, c'est qu'il prenoit soin depuis long-temps de déguiser autant qu'il le pouvoit des sentimens qu'il n'osoit avouer, et qu'il avoit surtout l'attention d'en cacher les motifs et les mouvemens. D'ailleurs, dans la confusion générale que causoit l'état des femmes, l'on n'avoit ni le temps ni la volonté de fixer un œil observateur sur cet étranger. Il n'y avoit que ceux qui étoient moins affectés de cet événement, tel que de Martine, qui pussent remarquer ce qui se passoit alors dans l'ame de l'Anglais. Quant au Roi, ému, attendri, affligé, il se trouvoit dans un extrême embarras. Cependant, maître de lui et de ses mouvemens, il montra beaucoup de présence d'esprit, prit soin lui-même d'Eléonore, et donna les ordres convenables pour qu'on portât sur-le-champ aux autres tous les secours dont ils avoient besoin;

Enfin, le bon effet de nos soins, de nos secours, et celui des réflexions, rendirent assez de calme aux sens de ces personnes troublées, pour qu'elles pussent se voir et s'entendre sans un nouveau danger.

Après l'effusion des sentimens réciproques dont tous les cœurs étoient pleins, chacun goûta plus tranquillement le plaisir de se trouver auprès de ce qu'il aimoit. Le Roi nous fit servir à souper, et se remit à table avec nous, ainsi que notre mère et sa compagnie; mais on mangea peu : on ne pouvoit goûter que les délices d'une satisfaction entière.

Alors Elénore nous demanda les détails de notre expédition. Henri les lui raconta, mais avec la réserve que sa prudence lui inspiroit. Il fit modestement sentir les avantages qui en devoient résulter; mais il eut soin d'adoucir le tableau des dangers que nous avions courus. Notre mère en fut pourtant effrayée, et ne put s'empêcher de nous dire que nos succès étoient achetés bien cher, et que sans le bonheur que nous avions de ramener Don Pedro, elle n'auroit que des regrets à donner à nos brillantes entreprises. Le Roi fit diversion à cette idée, en nous témoignant toute la satisfaction qu'il éprouvoit de la conduite que nous avions tenue, tant envers les Nègres antropophages qu'envers les Nègres amis et les Saméens. Il loua notre humanité, notre politique généreuse, et nous dit que ce que nous venions de lui apprendre, étoit une des choses les plus agréables qu'il eût entendues de sa vie. Il observa, comme pour consoler Eléonore, que nos liaisons avec ces peuples ne laissoient plus de sujet de guerre entre nous et nos voisins, et que cette seule considération devoit rendre notre expédition à jamais mémorable dans la Colonie, puisque c'étoit le plus grand service qu'on pouvoit lui rendre. « Au reste, ajouta-t-il, vos promesses de retourner au pays des Nègres amis, pour leur porter de nouveaux secours, et travailler à les civiliser, et les paroles que vous avez données aux Saméens de voyager vers leur île, et d'établir avec eux un commerce suivi, ne vous y engagent au fond, qu'autant que vos affaires civiles et domestiques pourront vous le permettre, et ne peuvent lier, en aucune manière, la société ni son chef. Je sais que tout proprié-taire a le droit d'user à son gré de ses proprié-tés, et par conséquent de commercer des choses qui lui appartiennent, et je ne prétends dé-fendre à personne d'établir un commerce avec les Saméens; mais je conseille à ceux qui en auroient envie, d'y porter beaucoup de pru-dence et de modération, et quant à ce qui me regarde, je ne veux pas qu'on aille trafiquer au dehors ni pour moi, ni en mon nom, parce que ce seroit donner à mes successeurs le pré-texte de détacher leurs intérêts de celui de leur peuple, et mettre l'administration sur le chemin du monopole. »

Don Pedro, qui, par discrétion et par respect pour nos vénérables parens, avoit infiniment modéré ses transports et l'expression de sa joie, voyant qu'on alloit bientôt se retirer chacun chez soi, et ne voulant pas se séparer de Dona Rosa et du reste de la compagnie, sans leur avoir fait connoître toute la chaleur et la force des sentimens dont son cœur étoit pénétré, demanda la permission au Roi et à Eléonore d'en parler un moment. Il les remercia d'abord de l'asile, de la protection et des bontés si tendres et si soutenues qu'ils avoient accordés à sa chère Dona Rosa, des secours inespérés que nous lui avions portés à lui-même, et de l'accueil qu'il recevoit de tous ; et il le fit avec un air si touché, des gestes si expressifs, qu'il augmenta beaucoup la bonne opinion que nous avions de son caractère, et l'inclination qu'il nous avoit inspirée. Il témoigna particulièrement à chacun de ceux qui avoient été de l'expédition, la gratitude qu'il conservoit de tous les services qu'il en avoit reçus, et fit le plus grand éloge de leur conduite à son égard. Ensuite s'adressant à Dona Rosa :

« Ma chère amie, lui dit-il, ce n'est pas le moment de vous peindre ce qu'a eu d'affreux pour moi notre séparation, ni l'incertitude mortelle où j'ai été depuis sur votre sort. Vous en

êtes trop bien convaincue par ce que vous avez
éprouvé vous-même. Votre bonheur (je puis le
dire d'après vous) tient si étroitement au mien,
que mes peines deviennent les vôtres, comme
les vôtres sont les miennes. L'expérience que
nous en avons déjà faite, doit nous engager à
prévenir de plus grands malheurs. Nous allions
en Europe pour y être unis par le plus doux
lien, pour y vivre dans l'aisance, et employer
nos richesses à faire des heureux. Le ciel a con-
damné ces desseins flatteurs. Nous avons perdu
nos parens, nos biens, et jusqu'à l'espoir de revoir notre patrie : elle est ici; voilà notre famille, si nos sauveurs daignent nous adopter
pour leurs enfans. Ma santé est trop altérée,
mon salut est trop incertain, pour que j'aille
encore courir des dangers, s'il ne faut exposer
ma vie pour une épouse et pour des amis. Per-
mettez donc, chère Rosa, que je vous rappelle
les promesses que vous m'avez faites de me
donner votre main, et que je vous presse d'en
hâter le moment, afin que je goûte au moins
quelques jours tout le bonheur que je puis
desirer.

» Si généreusement accueillis dans cette Colonie, à laquelle le sort et nos vœux nous attachent, fixons-nous ici, en acquérant tous les
titres qui peuvent lier nos intérêts aux siens, de-
mandons au vénérable chef qui la gouverne,
qu'il veuille bien nous recevoir au nombre de

ses sujets ; qu'il nous donne à ce titre des terres
dans son île, et les moyens nécessaires pour les
mettre en valeur, et qu'il consente que nous
formions, en sa présence, des nœuds légitimes,
pour y vivre sous son autorité, dans la jouissance des droits authentiques de citoyen. Nous
ne pouvons pas employer, pour nous unir les
secours ordinaires de la religion ; mais, comme
nos premiers parens, mais, de même que nos
respectables hôtes, nous pourrons contracter
un mariage valide, en face du ciel et de toute
la Colonie. Votre conscience s'alarmeroit-elle
d'une telle union, quand nos cœurs, les circonstances, et j'ose dire mon état, nous en font
une loi ; quand il ne reste aucune espérance de
la rendre plus sacrée par le ministère d'un
prêtre ?.... Parlez, ma chère, ma tendre amie.
Voudriez-vous, en me refusant, accourcir encore mes jours et les terminer par la douleur.
Un refus de votre part..... Ah ! je n'y survivrois
pas.... Mais non. Vous êtes toujours la même,
et douter de votre cœur, seroit vous faire la plus
sensible injure. »

Tous les spectateurs furent touchés du discours de Don Pedro, mais Dona Rosa fondit
en larmes en entendant ce qu'un noir pressentiment sembloit lui inspirer de sinistre. Elle
ne put d'abord lui répondre que par des soupirs et des paroles entrecoupées ; cependant,
faisant effort sur elle-même pour modérer l'excès

du sentiment qui la pénétroit : « Cher Don
Pedro, lui dit-elle, n'altérez pas le plaisir que
nous avons de nous rejoindre dans ce séjour,
par des alarmes tout au moins inutiles, et qui
ne peuvent que m'effrayer. Nous avons trouvé
des protecteurs et des amis tendres, dont l'affection et les bontés continues doivent nous
consoler de nos maux passés. Ne pensons plus
à l'Amérique ni à l'Europe. Nous n'y avons plus
rien que nous devions regretter. Cette île heureuse sera désormais notre patrie. Elle nous
offre la perspective du sort le plus fortuné. Ne
songez, pour en jouir long-temps, qu'à dissiper
les inquiétudes qui vous troublent. Mon cœur
ne change pas, il ne changera pas. Je vous ai
fait la promesse de vous donner ma main dès
que nous serions en Espagne. S'il ne faut, pour
vous rendre le calme et la santé, que vous assurer de nouveau d'être à vous pour toujours, et
de ne pas attendre d'en jurer l'engagement, me
voilà prête à souscrire à ce que vous desirez. Je
remplirai ma promesse d'unir ma destinée à la
vôtre. Que le Chef de la société veuille former
solennellement les nœuds de notre mariage; je
vous engagerai ma foi devant lui. Vivez donc,
cher Don Pedro; vivez pour être le plus heureux des hommes, si votre vie et votre bonheur
peuvent dépendre de moi ».

Elle eut à peine achevé de parler, qu'Eléonore, les yeux humides, se leva de son siége,

embrassa Dona Rosa, et l'appelant sa chère fille, lui dit tout ce qu'un cœur infiniment sensible et généreux pouvoit inspirer de flatteur et de tendre. Puis se tournant vers Don Pedro : « Ne doutez aucunement, lui dit-elle, que nous ne prenions tous ici le plus vif intérêt au sentiment de vos peines passées , ainsi qu'à l'espoir du bonheur véritable que vous promet votre union. La seule connoissance de vos infortunes nous eût inspiré de la bienveillance pour vous, et les soins les plus zélés pour adoucir votre sort ; mais l'attachement que nous devons à l'aimable Dona Rosa, et ce que nous savons des sentimens mutuels et inaltérables qui vous lient l'un à l'autre, nous en font un devoir sacré. Elle est toute disposée à couronner vos vœux ; nous voulons également contribuer de tout notre pouvoir à remplir vos espérances. Ne vous occupez donc plus qu'à rétablir votre santé, pour vous trouver bientôt au comble de vos desirs ».

Le Roi confirma tout ce que venoit de dire Eléonore. Il assura Don Pedro qu'il feroit non-seulement la cérémonie de son mariage avec Dona Rosa, mais qu'en faveur de cette union, il les traiteroit comme ses enfans ; qu'il leur donneroit une propriété avec tout ce qui leur seroit nécessaire pour leur établissement, et fourniroit à leur subsistance et à leur entretien jusqu'à ce qu'ils fussent en état d'y suffire par eux-mêmes. Il finit par lui demander quel jour il fixoit pour

14*

la noce, afin qu'on pût prendre d'avance les mesures convenables, pour la faire avec tout l'appareil qu'il seroit possible de lui donner.

Don Pedro, pouvant à peine suffire aux sentimens qu'il éprouvoit, s'approcha du Roi, et
fléchissant le genou, lui prit la main, qu'il baisa
respectueusement en la mouillant de larmes de
tendresse et de reconnoissance, et lui dit : « O
vous ! homme respectable, qui tenez ici la place
d'un Dieu bienfaisant, que le ciel vous récompense de tant de bontés ! qu'il daigne en même-
temps me rendre la santé et me continuer le
présent de la vie, afin que par une suite non
interrompue d'actions de graces et de services,
je puisse m'acquitter envers lui comme envers
vous, de tous les bienfaits que j'ai reçus ! Hélas !
je n'ose me flatter de cette dernière faveur, et
lorsque je touche au bonheur suprême, je crains
de n'y pas atteindre, ou de n'en pas jouir long-
temps. Ce que j'éprouve en ce moment est.....
inexplicable.... incompréhensible.... Je ne puis
supporter.... ni ma douleur.... ni ma joie.... Je
ne sais quelle sera la suite d'une crise si extraordinaire et si violente ; mais la crainte qu'elle
m'inspire est un nouveau motif pour avancer
l'instant du mariage. Veuillez donc, je vous en
conjure, recevoir dans deux jours nos mutuels
sermens, et nous servir dans cette occasion de
père et de pontife. La pompe ni l'éclat ne sont
pas nécessaires. Les apprêts de la fête ne pour-

roient que le retarder , et les circonstances exigent que noũs en hâtions le moment. Fasse le Ciel que je puisse en profiter comme je le desire ! »

Dona Rosa, plus alarmée encore des dernières paroles de Don Pedro, le conjura, les larmes aux yeux, de ne point se laisser aller à de pareilles frayeurs. « Faut-il, hélas! lui dit-elle, quand je vous revois, que je tremble de nouveau pour vos jours? Ah! reprenez plus de courage, si vous ne voulez abréger ma propre vie. Allez vous reposer, cher ami ; la nuit calmera le trouble et l'agitation de vos sens, et le sommeil vous rendra la force et la confiance qui vous manquent. En attendant, souvenez-vous que c'est être peu sage de chercher à lire dans l'avenir. La prévoyance des malheurs, fût-elle bien fondée, ne pouvant rien changer au cours des événemens, ne serviroit qu'à vous faire sentir d'avance tout le poids et l'amertume de ceux que vous redoutez. Souvenez-vous aussi, je vous prie, que toutes vos peines me devenant communes, ma vie est attachée à la vôtre ».

Le Roi, Eléonore, ainsi que leurs enfans et de Martine, exhortèrent tour à tour l'Espagnol et son amante à s'armer de résolution et à montrer plus de fermeté, ne fût-ce que pour éviter de s'affliger mutuellement. Ils promirent l'un et l'autre de se conformer à ce qu'on exigeoit d'eux. L'Anglais garda le silence. Chacun prit

enfin le parti de se retirer. Eléonore et sa fille
emmenèrent Dona Rosa, tandis que le Roi,
avec Henri et de Martine, conduisirent l'Espagnol à la chambre qu'on lui avoit préparée.

Le Roi ne vouloit pas seulement faire honneur à son hôte par cette démarche, il étoit
encore bien aise d'examiner par lui-même l'état
de Don Pedro, et d'aviser avec le Français,
qu'on disoit expert en médecine, sur ce qu'il
y avoit à faire dans la circonstance. Il avoit
remarqué que l'imagination de l'Espagnol étoit
vivement frappée d'un pressentiment funeste,
et persuadé que la crainte qui perçoit dans ses
discours avoit quelque fondement, il en avoit
tiré un mauvais augure ; mais il s'étoit bien
gardé de laisser rien paroître de ce qu'il pensoit à cet égard. Par ménagement pour Dona
Rosa, il n'avoit fait aucune question à Don Pedro
sur son état actuel. Il s'étoit réservé de s'en
informer, lorsqu'il ne seroit plus gêné par la
présence des femmes.

Dès que Don Pedro fut dans sa chambre, le
Roi lui témoigna plus particulièrement l'intérêt
qu'il prenoit à lui, et le pria de ne lui rien déguiser de ce qui pouvoit servir à faire connoître
son mal, afin qu'on pût lui donner les secours
et les soins les plus convenables. Don Pedro
répondit que depuis sa maladie dans l'île des
Nègres amis, un mal-aise intérieur l'avoit jeté
dans la langueur et l'abattement ; que l'espoir

de se réunir à ce qu'il aimoit, lui avoit rendu des forces et l'avoit soutenu ; mais que dans l'instant même où il se livroit à la joie de revoir Dona Rosa, où il la prioit d'accomplir sa promesse, il s'étoit fait au dedans de lui une si subite et si grande révolution, qu'un feu brûlant sembloit s'être allumé dans ses entrailles, et consumer les foibles liens qui l'attachoient encore à la vie : tourment qu'il ne lui avoit pas été possible de dissimuler.

Le Roi, Henri et de Martine, s'efforcèrent de lui ôter cette idée sinistre ; mais quand ils eurent observé l'altération de son visage ; quand, après lui avoir tâté le pouls, ils se furent aperçus que les pulsations avoient une grande intercadence, que la respiration du malade étoit gênée, sa langue sèche et noire, ils commencèrent à s'étonner et à craindre pour ses jours. Ils le firent coucher, et passant ensuite dans une chambre voisine, ils tinrent conseil entre eux pour savoir ce qu'ils devoient penser d'un tel événement, et ce qu'il convenoit de faire dans cette occurrence critique, tant pour lui qu'à l'égard de Dona Rosa.

Le résultat de leurs délibérations fut que les pronostics de la maladie paroissoient être de l'espèce la plus alarmante ; que la longue interruption des battemens du pouls étoit surtout le signe le moins équivoque de l'extrême affoiblissement des organes de la vie et des prin-

cipes du mouvement, et que s'il ne survenoit
un changement prompt et favorable dans l'état
du malade, on ne pouvoit pas se flatter de le
sauver ; toutefois, que la nature avoit des ressources inconnues, et que l'on devoit employer
tout ce que l'on avoit de moyens pour en faci-
liter l'action ; qu'il étoit d'abord nécessaire de
mettre deux personnes auprès de Don Pedro,
pour le veiller et le soigner durant la nuit, et
qu'elles devoient tenter de le faire vomir, pour
débarrasser les premières voies des humeurs
corrompues qui les engorgeoient, et pour donner du ton aux solides; enfin, que s'il ne se
trouvoit pas mieux le lendemain, l'on caché-
roit, autant qu'il se pourroit, son état à Doña
Rosa, et que, sous prétexte qu'il prenoit du
repos, l'on auroit soin de la tenir éloignée de
la chambre du malade.

Henri et de Martine demandèrent à passer
cette nuit auprès de lui, et le Roi fut obligé
d'y consentir. Le premier n'avoit pas été détourné de cette résolution, par la crainte de
s'attirer des reproches de la part de sa chère
épouse. Le desir de se rendre utile à l'humanité
foible et souffrante, dans la personne de Don
Pedro; celui de décharger ses vénérables parens du soin de le veiller eux-mêmes ; les égards
qu'on devoit aux femmes, la considération du
repos que la plupart des gens de la maison commençoient à goûter; le danger d'abandonner le

malade à l'inexpérience de quelques jeunes
hommes ; tous ces motifs déterminèrent Henri
à cette œuvre de charité, dont on ne peut se
dispenser, en pareil cas, que par une lâcheté
cruelle, et dont on prétend vainement se dispenser par des soins mercenaires et calculés,
qu'on substitue à ses propres soins. Quant à de
Martine, compagnon et ami particulier de Don
Pedro, et dont l'expérience et les secours pouvoient être plus efficaces, il ne devoit ni ne
vouloit s'exempter de le veiller et de le secourir ; et c'eût été le désobliger infiniment, que
de mettre quelqu'un à sa place auprès du malade.

Avant que le Roi se retirât, de Martine s'informa de lui, s'il n'avoit pas les drogues mé-
dicinales nécessaires dans la circonstance. Le
Roi lui répondit qu'il étoit pourvu d'une petite
pharmacie, composée de remèdes qu'il avoit
tirés du vaisseau, lors de son naufrage, et
grossie depuis d'une quantité de substances et
de simples du cru de l'île, dans la vertu des-
quelles il avoit plus de confiance que dans celles
des premiers, parce que l'estime qu'on faisoit
de ceux-ci étoit plutôt due à leur rareté, et à
ce qu'ils venoient de loin, qu'à leur efficacité,
et qu'il croyoit d'ailleurs que ceux qu'il gardoit depuis un si long temps, devoit avoir fort
peu conservé de leur force.

« C'est une manie, ajouta-t-il, de la plupart

des médecins de l'Europe, de vanter comme
spécifiques des drogues et des plantes de contrées et de climats forts éloignés, et de les faire
venir à grands frais, pour le traitement de leurs
malades, quand ils ne peuvent se dissimuler
que la nature bienfaisante, toujours attentive à
la conservation des êtres vivans, et qui a mis
une si grande convenance entre les productions
de chaque pays et les différens besoins des animaux qui l'habitent, a libéralement pourvu le
pays de ces malades, de drogues et de plantes
propres à leur rétablissement. Ces remèdes
communs, plus efficaces, moins chers, méritent donc qu'on les emploie de préférence,
ou, pour mieux dire, qu'on n'en emploie pas
d'autres. J'ai cru devoir faire ici ce que tant
de médecins dédaignent de faire ailleurs. J'ai
mis à profit cette réflexion simple, en amas-
sant avec soin, et en éprouvant par des expé-
riences, non-seulement les fruits, les simples,
les racines; mais les mousses, les bois, les
écorces, les graines de l'île que j'ai soupçonnés
devoir être utiles contre les maladies des co-
lons; et s'ils en ont fait peu d'usage, c'est qu'il
est rare qu'ils soient malades, ou qu'ils soient
même incommodés.

» Je vais vous envoyer les feuilles d'une
plante dont la décoction purgera suffisamment
Don Pedro, si vous croyez qu'il soit à propos
de le purger; et j'y joindrai un paquet de pou-

dres vomitives, extraites d'une racine d'un gris brun, grosse comme le chalumeau d'une plume, que je regarde comme fort précieuse, parce qu'elle opère beaucoup d'effet sans trop fatiguer l'estomac. Henri vous fournira de plus les boissons et les autres choses dont vous pourrez avoir besoin ».

De Martine rentra dans la chambre de Don Pedro, pendant que Henri passa un moment dans celle d'Adélaïde, pour l'engager à ne pas l'attendre et à se coucher. L'amour tendre que cette femme vertueuse avoit pour son mari, la fit soupirer du contre-temps qui les séparoit encore, et lui en fit trouver la cause plus affligeante, mais sans la porter à combattre son intention. Elle eut au contraire la force d'imposer silence à ses sentimens, et de lui dire : « Allez, mon cher ami, faites ce que l'honneur et la charité vous ordonnent. Je ne dois pas murmurer de vous voir remplir un devoir qui ne vous rend que plus digne de mon estime et de mon cœur ».

L'on n'avoit quitté Don Pedro qu'un moment, et cependant, lorsque Henri et de Martine revinrent auprès de lui, ils trouvèrent que sa situation avoit visiblement empiré. Plus affaissé, il sentoit un soulèvement de cœur et un tel mal-aise, sans pouvoir rejeter ce qu'il avoit sur l'estomac, qu'il sembloit éprouver les angoisses de l'agonie. De Martine se hâta de lui faire avaler, dans un verre d'eau, la poudre

que le Roi venoit de lui envoyer, et bientôt un
grand vomissement, qui cessoit et recommen-
çoit par intervalles avec de violens efforts, fit
rendre au malade une prodigieuse quantité de
bile noire et fétide ; ce qui parut le soulager,
après l'avoir excessivement fatigué.

Il étoit déjà grand jour quand Don Pedro,
cédant à sa lassitude, s'endormit d'un sommeil
en apparence assez tranquille. Le Roi, qui avoit
toujours coutume de se lever matin, ne tarda
pas à venir s'informer comment le malade avoit
passé la nuit ; et l'Espagnole, que la décence
seule avoit retenue, vint un moment après, suivie de Wilson et de presque toute la famille. De
Martine sortit au devant d'eux, pour leur dire
que Don Pedro reposoit, et les pria de ne pas
entrer, de peur qu'on ne l'éveillât. Dona Rosa,
qui craignoit que ce ne fût qu'un prétexte pour
lui cacher l'état de son amant, demanda la permission de le voir, et il fallut la contenter.
Admise dans la chambre avec le Roi, et voyant
par elle-même qu'on ne l'avoit pas trompée,
elle vouloit encore demeurer auprès de Don
Pedro, pour lui parler à son reveil ; mais le
Roi, à qui de Martine dit un mot à l'oreille
sur ce qui s'étoit passé depuis le soir, et sur
ce qu'on avoit à craindre au sujet du malade,
représenta à Dona Rosa que cette attention de
sa part seroit peut-être inquiétante pour son
amant, parce qu'elle pourroit donner lieu de

croire qu'on avoit un juste motif de s'alarmer à son égard ; que le souvenir de leurs malheurs, les suites de sa maladie, les fatigues d'un long voyage, avoient dû nécessairement abattre les forces du corps et de l'esprit d'un homme extrêmement sensible, dont il falloit ménager la foiblesse pour lui rendre la santé ; « en conséquence, ajouta-t-il, je crois qu'il n'est pas prudent de montrer à Don Pedro des attentions plus marquées que celles qu'on auroit pour lui dans toute autre occasion ; je vais envoyer auprès de lui quelqu'un de nos jeunes gens, pour qu'il puisse l'informer, à son réveil, de la visite que nous lui avons faite, et nous appeler ensuite, dans le cas où Don Pedro voudroit nous parler, ou pourroit avoir besoin de nous. Demeurez ici, mon fils, jusqu'à ce qu'on vienne vous relever. Pour vous, mademoiselle, descendez, je vous prie, avec M. de Martine, au sallon, où l'on servira bientôt le déjeûner, et où mon épouse et moi ne tarderons pas à vous joindre ».

Doná Rosa ne répondit point, et sortit avec de Martine. Le Roi sortit aussi ; et quelques momens après, Louis, fils aîné de Henri, vint prendre la place de son père auprès du malade. Libre alors de vaquer à ses affaires, Henri passa chez lui pour voir son épouse et ses enfans, puis il se rendit au village pour dire à ses frères de débarquer les marchandises et les animaux qui

étoient sur le vaisseau, et de les transporter à
la citadelle, où ils les présenteroient à leurs
parens; mais Guillaume, Philippe, Joseph, et
la plupart de ceux qui étoient de l'expédition,
parmi lesquels on doit noter Baptiste, ayant
déjà pris cette résolution, étoient partis pour
l'exécuter. Flattés de mettre sous les yeux de
leur père et de leur mère, des objets nouveaux
non moins utiles qu'agréables, et de leur offrir
en même temps ce qu'il y avoit de plus précieux,
ils avoient prévenu l'avertissement de Henri.
Celui-ci ne jugea pas à propos de les aller
joindre, et revint auprès du Roi. Il le trouva
dans le salon avec Eléonore, Dona Rosa, Wilson et de Martine, ainsi qu'une partie de la famille, et leur fit part de ce qu'il avoit voulu
faire et de ce qu'il venoit d'apprendre. A cette
nouvelle, les deux étrangers se mirent à même
de sortir pour aider à descendre les effets du
navire; mais Henri les pria de rentrer, attendu
que ses frères ne pouvoient tarder à revenir;
et le Roi les retint en leur disant que le déjeûner
étoit prêt, et qu'on alloit le servir.

CHAPITRE XLIII.

Don Pedro succombe à sa maladie ; désolation de Dona Rosa ; divers voyages faits à l'île de Saméa ; événemens qui en sont la suite.

LE déjeûner étoit à peine fini, lorsque Louis, qu'on avoit laissé auprès de Don Pedro, entrant dans le salon d'un air embarrassé, dit à Eléonore et à Dona Rosa, que l'Espagnol les prioit de passer sur-le-champ dans sa chambre avec le Roi et de Martine; qu'il paroissoit fort abattu, et qu'il vouloit leur parler.

Ces paroles troublèrent et firent pâlir Dona Rosa; Eléonore en parut fort émue, et le Roi en fut affligé, quoiqu'il s'attendît, en quelque sorte, à ces mauvaises nouvelles et qu'il ne laissât voir sur son visage aucune apparence d'émotion. Il auroit desiré pouvoir retenir encore un moment Dona Rosa, pour la préparer, par ses discours, au spectacle douloureux de son ami souffrant, et il essaya de lui parler; mais toute entière à sa frayeur, l'Espagnole n'entendit pas ce qu'il commençoit à lui dire. Elle se leva de son siége en faisant de grandes exclamations, ouvrit la porte de la salle, et, sans faire attention si on l'accompagnoit, se rendit promptement à la chambre du malade. Le Roi, Eléonore, de Martine et Henri, qui s'empressèrent de la suivre, lui recommandèrent vainement de se modérer. Elle entra chez Don Pédro comme une personne hors de sens, se précipita jusqu'à son lit, et le voyant prodigieusement changé depuis la veille et dans le plus grand accablement, elle se mit à se lamenter et à verser un torrent de larmes.

« Ma chère amie (lui dit son amant d'une voix affoiblie et d'un ton pénétré), votre douleur me touche et m'afflige jusqu'au fond de l'ame. Je me résigne à la volonté de Dieu qui m'appelle à lui ; mais je n'ai pas assez de force pour supporter l'idée des peines où je plonge votre cœur. Il faut pourtant vous armer de courage contre la dernière que je vous causerai. Dans l'état où je me trouve, je ne dois pas laisser de fausses espérances. Bientôt, hélas ! détrompée, vous n'en seriez que plus inconsolable. Mon temps est fini, je le sens, il faut nous séparer, puisque le Ciel l'ordonne. Nous ne pouvons que nous soumettre à sa sainte volonté. Il le faut ; et cependant ne vous abandonnez point à l'excès de votre douleur. Elle seroit inutile, et j'ose dire condamnable. Nous nous rejoindrons un jour pour ne plus nous désunir. La religion nous le dit, et tout mon cœur me l'assure. Que cet espoir soit pour vous, comme il est pour moi, la plus douce conso- lation. Mais il nous reste encore un autre moyen d'adoucir l'amertume du malheur qui se pré- pare. Je ne suis pas votre époux, mais il ne tient qu'à vous que je n'aie, avant de mourir, ce titre tant souhaité. Le chef de la Colonie, pontife de la religion dans cette île, est ici. Déposons nos vœux et nos sermens dans ses mains, en présence des témoins qui l'accom- pagnent, et qu'il nous unisse au nom du sou- verain Etre.

Dona Rosa lui répondit, à travers mille san- glots, qu'il étoit toujours maître de sa desti- née, et qu'elle étoit prête à faire tout ce qu'il desiroit; mais qu'elle le supplioit de ne pas désespérer de sa vie, dont la sienne dépendoit entièrement. Ensuite prenant la main de Don Pedro, et se tournant vers le Roi, elle le pria de les unir, et de leur donner sa bénédiction. Tous les assistans, l'œil humide et retenant l'expression de la pitié dont ils étoient pénétrés, s'efforcèrent de calmer, par leurs discours, le désespoir des deux amans; mais ils applau- dirent à leur résolution. « Cet auguste nœud, leur dit le Roi en adoucissant les peines de l'ame, peut contribuer au bien du corps ». En même temps il s'approcha du lit, reçut leurs promesses mutuelles et consacra leur enga- gement.

La cérémonie étoit à peine achevée, que Don Pedro, poussant un grand soupir, roula les yeux d'une manière effrayante, et perdit tout-à-fait connoissance. Dona Rosa, qui le crut mort, s'évanouit et tomba sur le parquet. On s'empressa de la relever et de secourir le malade; et comme on avoit lieu de craindre qu'il ne revînt à lui que pour passer aussitôt, et que la trop sensible Dona Rosa le voyant peut-être expirer, ne perdît elle-même la vie de saisissement et de douleur, l'on emporta celle-ci dans son appartement, et on la mit au lit. Eléonore, qui l'avoit suivie, fit appeler Adélaïde, et renvoya de Martine et Henri dans la chambre de Don Pedro, auprès duquel le Roi étoit resté seul. La défaillance de Don Pedro fut très-longue, mais dès qu'il revit la lumière, il chercha des yeux Dona Rosa, et ne la voyant pas:

« Vous l'avez éloignée, dit-il au Roi.... Hélas! quelle douleur de n'avoir pas l'espérance de la revoir... mais je vous remercie de cette nouvelle attention. Il convient de lui dérober le spectacle de ma mort. Un feu dévorant me brûle la gorge et les entrailles. Mes forces tombent et je touche à ma fin. Je vous laisse entre les mains tout ce que j'ai de plus cher, et je ne crois pas devoir vous le recommander. Vos bontés pour mon épouse me rassurent sur ses besoins; et la juste confiance que j'ai en vous, dans la respectable Eléonore, et dans toute votre famille, me laisse mourir tranquille. Il ne me reste plus qu'à vous demander une dernière grace. Vous venez de m'unir à tout ce que j'aime ; mais ce lien se brise à l'instant qu'on le forme. Il n'y aura rien après moi qui puisse en rappeler le souvenir, si vous n'en constatez la mémoire. Je vous supplie donc d'inscrire l'acte de la célébration de notre mariage sur vos registres publics, afin que la société de l'île et sa postérité sachent que j'ai eu le bonheur et la gloire de mourir l'époux de Dona Rosa ». Le Roi lui répondit : » Soit que Dieu vous laisse la vie ou vous en prive , l'engagement que vous venez de contracter sera consigné sur nos registres ». Don Pedro prit alors la main du Roi, et la lui serra d'un air attendri, pour lui marquer sa gratitude. Puis se tournant vers de Martine : « Cher ami, lui dit-il, je vous quitte. Vous ne m'oublierez pas.... J'ai bien à me plaindre de Wilson, et je crains bien que ce ne soit à lui que je dois.... ». Il ne put achever ce qu'il vouloit dire. Il tomba dans de violentes convulsions, et bientôt dans une seconde défaillance dont il ne revint point.

Témoins de la triste fin de Don Pedro, le Roi, de Martine et Henri en furent vivement affligés. Ils regrettoient ce beau jeune homme, moissonné à la fleur de son âge, au moment où après de longues traverses, il alloit jouir en paix

du bonheur le plus desiré; mais ils étoient encore plus touchés de sa perte par rapport à
Dona Rosa, dont l'extrême sensibilité leur faisoit craindre un nouveau malheur; et les dernières paroles de Don Pedro ajoutoient à l'amertume de ces regrets, par les inculpations qu'elles
sembloient porter contre Wilson. Le Roi, qui
n'y voyoit pourtant que des soupçons, et qui
ne pouvant juger de leur mérite, craignoit que
s'ils venoient à être connus, ils ne donnassent
à la colonie la plus mauvaise idée de l'Anglais,
crut de sa prudence de recommander à son
fils et à de Martine de taire ce qu'ils venoient
d'entendre. Il leur fit sentir aussi la nécessité
d'engager la famille et l'Anglais même à être
discrets sur la mort de Don Pedro, afin qu'on
pût la tenir cachée à Dona Rosa, jusqu'à ce
qu'elle fût en état d'en supporter la nouvelle.

Il ordonna de plus, que le corps du défunt
restât le visage découvert deux jours et deux
nuits, et qu'avant de le rendre à la terre, on
l'examinât très-soigneusement, pour s'assurer,
autant qu'il se pouvoit, s'il étoit entièrement
privé de vie. Le Roi avoit déjà fait un réglement général pour obvier dans son île au danger, ailleurs trop fréquent, d'enterrer un homme
vivant. Mais cette loi n'avoit pas eu encore d'exécution, parce que l'Espagnol étoit la première
personne de la société qui fût morte depuis qu'on
avoit fait ce réglement. Enfin, il décida que les

obsèques de Don Pedro se feroient sans pompe
et à petit bruit, de peur que la rumeur de la
foule, qui ne manqueroit pas d'accourir à la
cérémonie, n'apprît à Dona Rosa ce qu'on desiroit lui cacher. Tous ces divers ordres furent
suivis exactement.

Nous n'essayerons pas ici de peindre ce que
sentit Dona Rosa, lorsqu'elle vint à savoir la
perte qu'elle avoit faite. Il nous suffira de dire
que l'excès de sa douleur la mit sur le bord du
tombeau, et que pendant plus d'un mois cette
infortunée fut dans les transports du délire, ou
dans l'accablement du désespoir. Sa jeunesse,
sa piété, les consolations et les secours qu'elle
reçut de ses hôtes, la tirèrent enfin de ce cruel
état, et la firent consentir à supporter la vie;
mais elle resta foible et languissante. Le temps
et la reconnoissance purent seuls fermer la
blessure profonde dont son cœur étoit navré.

Lorsqu'elle put sortir de la maison, elle voulut
aller pleurer sur la tombe de Don Pedro, et l'on
essaya vainement de la retenir. Ce fut un spectacle bien triste et bien attendrissant pour ceux
qui l'accompagnoient. Dès qu'elle vit le lieu où
reposoit le corps de son époux, elle fit des
plaintes et des gémissemens qui déchiroient
l'ame; puis elle se mit à genoux, et se pros-
ternant sur le gazon, qu'elle arrosa d'un torrent de larmes, elle s'écria : « O mon cher Don
Pedro! je ne t'ai donc retrouvé que pour te

perdre avec plus de douleur!.... L'amour
l'hymen venoient de nous unir, et la mort nou
a séparés pour toujours..... Mais non....; mon
cœur est avec toi; tu vivras sans cesse dans ma
pensée..... Ombre à jamais chère et fidèle! je
viendrai tous les jours ici t'offrir le tribut de
mes pleurs; et mon affliction me tiendra lieu
de tout, jusqu'à ce que le ciel bienfaisant consente enfin à nous rejoindre ». On eut peine à
l'arracher de ce lieu funèbre, également cher
et terrible à sa tendresse.

L'amour de Wilson pour Dona Rosa avoit
pris de nouvelles forces dans le malheur qu'elle
venoit d'éprouver; mais comme elle avoit, depuis long-temps, pénétré son caractère, qu'elle
ne doutoit pas qu'il ne se félicitât de la mort
de son rival, et qu'elle apprit peut-être qu'il
laissoit voir quelquefois ce qu'il avoit au fond
du cœur, elle conçut pour lui une haine
mortelle. Lorsqu'il lui fit sa première visite,
elle ne put dissimuler les mouvemens qu'elle
éprouvoit à sa vue. Elle ne lui dit pas un mot;
mais ses yeux ne lui laissèrent pas ignorer ce
qu'elle pensoit de lui. Wilson s'efforça vainement de chercher les moyens et les occasions
de l'appaiser et d'obtenir ses bonnes graces; il
n'en reçut que des témoignages de haine et de
mépris, qui, blessant profondément l'orgueil
intraitable de cet homme dur, lui firent tramer
sourdement de noirs projets de vengeance.

Pour ne pas interrompre le récit de la mort de Don Pedro et de ses tristes suites, nous n'avons fait qu'annoncer les divers objets que les navigateurs rapportoient de leur voyage. Nous devons en parler maintenant; car cela mérite d'être noté dans l'histoire de l'île, tant parce que l'extension du commerce auquel ces objets ont donné lieu, a fort augmenté les jouissances et les commodités des Insulaires, que parce qu'ayant fait naître dans plusieurs familles le desir d'une sorte de luxe, elles ont beaucoup influé sur leurs mœurs, et fomenté dans l'une des plus considérables, l'esprit d'ambition et de cupidité, qui l'ont dépravée et perdue.

Tout le chargement du vaisseau fut conduit ou voituré sur la place du fort. Le Roi et son épouse en examinèrent à loisir toutes les parties, et témoignèrent à leurs fils leur contentement de la plupart de leurs acquisitions. Henri remit aux chefs de la Colonie, les présens du Roi de Saméa, et ceux qu'il avoit reçus de Hiu-pen; chacun des voyageurs les pria d'accepter ce qu'il avoit de plus précieux dans les effets qu'il rapportoit. Ils reçurent les premiers, mais ils ne prirent des autres que fort peu de choses. Le Roi fut charmé de voir les chevaux et les dromadaires, qui n'avoient point souffert du transport et se trouvoient en bon état. La vue des autres bestiaux, des plantes, des oiseaux domestiques, des arbres et des diverses sortes de grains,

lui fit aussi beaucoup de plaisir. Juste ap-
préciateur des choses, il sentoit tout le prix
dont celles-ci devoient être pour la Colonié:
augmentation de secours et de services, multiplication et variété de productions et de revenus; tous ces nouveaux objets alloient faire de
son île un des plus riches pays de la terre. Quel
autre pays, en effet, quel peuple avoit jamais
réuni tant d'avantages dans un si petit espace de
temps et de territoire? Quel autre père s'étoit
jamais trouvé à la tête d'une famille, je ne dis
pas aussi nombreuse, mais ausi belle, aussi instruite, aussi riche des vrais biens, aussi unie
et aussi heureuse que celle du Chevalier des
Gastines.

Mais tout est sujet ici-bas à des vicissitudes;
et le Roi, en voyant la prospérité de ses enfans, pouvoit et devoit craindre que ce qui sembloit, dans ce moment, devoir augmenter leurs
jouissances, ne servît quelque jour à troubler
leur repos et leur bonheur. Aussi, après avoir
loué les attentions des voyageurs à se procurer
tant d'objets utiles, il ne put s'empêcher de les
blâmer d'avoir reçu des Saméens ces étoffes
riches, ces fourrures, ces parfums, etc., plus
convenables à des peuples efféminés et corrompus, qu'aux membres d'une société naissante,
dévoués en quelque sorte aux arts de premier
besoin, et aux travaux de l'agriculture, et qui

doivent dédaigner tout ce qui peut les amollir, en affoiblissant leur force et leur modestie.

Aucun des Insulaires ne fit à ce sujet des re-présentations ; mais Wilson, qui ne pensoit pas comme le Roi, crut pouvoir lui dire que les na-vigateurs n'avoient pu refuser les présens des Saméens ; qu'il y avoit peut-être de la sévérité à condamner l'usage de ces choses, dont toutes les nations riches et polies se servoient, et que ne pas les admettre dans l'île, c'étoit de fait borner le commerce, qui, selon le Roi même, devoit être parfaitement libre.

Le Roi ne s'offensa point de cette remon-trance inconsidérée, faite par un étranger. Il n'en fut point ému ; il ne prit point le ton d'un homme qui veut faire prévaloir son sentiment par l'autorité ; mais, s'adressant à ses fils : « Je parois trop sévère à M. Wilson, leur dit-il, quand je désapprouve l'introduction de quelques objets de luxe dans cette île. Apprenez, mes enfans, que de tout temps le luxe a corrompu les mœurs, et que la corruption des mœurs mine les sociétés et renverse les Empires. Si quelques nations polies ont oublié ces vérités, nous de-vons bien nous garder de suivre cet exemple. Que les objets de ma crainte soient par eux-mêmes indifférens, on peut le croire ainsi quand on juge sans réflexion ; mais ils plaisent à la vue ou flattent l'odorat, et ceux qui en feront usage en tireront d'autant plus de vanité, que ces ob-

jets seront plus rares. Le commerce en fera
son profit, et s'empressera de porter ici des
marchandises de ce genre. Bientôt le goût s'en
répandra dans toutes les familles, et, pour satisfaire ce goût futile et ruineux, l'on perdra
celui des vraies jouissances et des vrais travaux.
La simplicité rustique deviendra ridicule et méprisée, et l'on ne fera plus à la terre les avances
qui lui sont dues, et qui seules donnant d'abondantes moissons, peuvent fournir largement à
nos dépenses.

» Ce sont-là, mes chers amis, les réflexions
d'un père, plutôt qu'une défense faite par votre
chef. Les mœurs ni le commerce ne veulent
point d'ordonnances prohibitives, et je ne dois
en cela que l'exemple et l'instruction. Je ne vous
interdirai donc point ce qu'on a voulu justifier; je m'écarterois des vrais principes déjà
consacrés dans nos lois; mais je vous déclare
que je ne donnerai jamais de secours ni d'approbation à des entreprises que je regarde comme nuisibles. »

La modération qui brilloit dans cette réponse
du Roi, ne se montra pas moins dans l'usage
qu'il fit des présens qu'il avoit reçus. Il n'en
garda qu'une partie. Il distribua le reste à quelques-uns des Insulaires qui n'étoient pas du
voyage, ou qui n'en rapportoient que peu de
choses; et comme il se trouvoit encore des familles qui n'avoient pas eu de part à ces dis-

tributions; qu'il vouloit entretenir autant qu'il
se pouvoit, l'égalité entre ses enfans, et leur
ôter tout sujet de jalousie; que d'ailleurs Henri
s'étoit comme engagé à porter des secours et des
instructions aux Nègres amis et aux Saméens,
et que non seulement ses fils, mais la politique
et la charité réclamoient l'exécution de ces promesses, il résolut d'ordonner un autre voyage à
l'île des Nègres et à Saméa, pour étendre de
plus en plus les liaisons de son peuple à l'a-
vantage réciproque de la Colonie et de ses
voisins.

Un autre motif de cette résolution, et que le
Roi fit surtout valoir à Eléonore pour arrêter
ses plaintes, étoit la modicité de la récolte et la
facilité de tirer des grains de chez les Saméens.
Le commerce devoit prévenir la disette, et dissiper toute inquiétude à cet égard.

En faisant connoître sa volonté, le Roi ré-
gla d'avance tout ce qui regardoit ce voyage. La
barque lui appartenoit. Il y admit de préférence
les personnes et les marchandises des maisons
les moins pourvues de vivres, ou qui n'avoient
rien eu du chargement du vaisseau. Celles qui
en avoient le plus profité, telles que la maison
de Baptiste, ne furent point nommées pour être
de cette expédition, et cette espèce d'exception
occasionna deux autres voyages entrepris par
cette seule famille.

Fidèle à son caractère, Baptiste fut vivement
15*

piqué de n'être pas mis au nombre des voyageurs, et ne cacha point son dépit. Il fit plus ; sur
les conseils de Wilson, qui se croyoit également
offensé de n'en être pas, et qui avoit acquis sur
cet esprit ardent un très-grand crédit, il osa
faire l'entreprise de construire pour son compte
une barque pontée, et trouva dans son activité,
dans les bras de ses enfans, et dans ses richesses,
les moyens suffisans pour en venir à bout. Libre
ensuite de voyager et de commercer où il voudroit, et séduit par l'Anglais dont il épousoit
les passions, il tenta de se rendre le plus riche
et le plus puissant de l'île ; mais il en fut la victime, et il ouvrit encore un chemin de malheur
à ses enfans. Cupidité, jalousie, ambition, c'est
ainsi que vous perdez les hommes qui suivent
aveuglément vos dangereux conseils.

Nous n'entrerons pas dans tous les détails de
ces expéditions maritimes. Les préparatifs de la
nôtre furent faits avec l'intelligence la plus soi-
gneuse et la plus prévoyante. Tous ceux qui en
étoient, avoient leur leçon et leur emploi ; et
nous pouvons remarquer à cette occasion jusqu'où s'étendoit l'attention du Roi. Pour tirer
tout le parti possible de ce voyage et de ceux
qu'on feroit dans la suite, et pour qu'on ne
bornât pas l'utilité qui pouvoit en revenir, à
des intérêts de politique et de commerce, il
voulut qu'un de ses enfans fût particulièrement
chargé du soin de chercher et de se procurer

tous les objets intéressans d'histoire naturelle
que les pays où les voyageurs devoient toucher
pourroient leur offrir, et qui ne se trouvoient
pas dans la Colonie. Il donna cette fonction à
Charles, physicien savant et botaniste habile, et
le créa *Directeur des améliorations*. Il lui recommanda surtout de rapporter tous les arbres
et les végétaux qui, par leurs fruits et leurs qualités connues, pouvoient augmenter parmi nous
les subsistances et les commodités. Sage institution, qui doit réunir dans notre île toutes les
productions de choix des plus heureux climats.

Tout ce qu'on imagina devoir être nécessaire
ou agréable aux peuples qu'on alloit visiter,
entra dans le chargement du navire. Le fer,
l'étain, le cuivre en masse ou travaillé, des canons, des boulets, des fusils, de la poudre, des
toiles, de la bière, du vin, des liqueurs, des
bestiaux, et une quantité considérable de productions naturelles, particulières au territoire
de notre pays, y furent embarqués. Le Roi y
ajouta des présens pour le Roi de Saméa, pour
quelques Indiens et pour les Nègres, en reconnoissance de ceux qu'il en avoit reçus. Les présens qu'il envoyoit à Mékaous, étoient un beau
service de table de vaisselle d'argent, qu'il avoit
anciennement retiré du vaisseau naufragé; des
tableaux faits de la main d'Eléonore et de Vincent, dont le portrait du Roi faisoit partie, une
paire de pistolets montés fort proprement, beau-

coup de fer en barre, deux petits canons et une
quantité de boulets; enfin, un recueil manuscrit
des lois de l'île, traduites en portugais par de
Martine. Ceux destinés aux deux principaux Seigneurs de sa cour, consistoient en bijoux d'or
et d'argent, qui avoient autrefois appartenu à
M. Davison, en quelques pièces de toile fine, et
en arbres fruitiers d'Europe mis en caisse. Le
bon Hiu-pen, qui avoit montré une grande affection aux voyageurs, et particulièrement à
Henri, devoit recevoir une somme de cent piastres, une bonne boussole marine, et un quart
de cercle de trois pieds de rayon. L'on envoyoit
aux Nègres beaucoup d'outils et d'instrumens
propres à l'agriculture et aux arts de premier
besoin, du fer, des clous, des bestiaux, et quelques pièces d'étoffe de coton et d'écorce.

Henri fut encore chargé du commandement
du navire. Il fit admettre au nombre des voyageurs Robert son fils cadet, et de Martine, pour
lequel il avoit beaucoup d'estime, et qui d'ailleurs lui étoit nécessaire pour lui servir d'interprète auprès des Nègres amis et des Saméens.
Le voyage devoit être d'un mois ou de six semaines.

Le navire eut, pour faire ses courses, les vents
les plus favorables. Il arriva en deux jours à
l'île des Nègres. Les navigateurs y furent reçus
comme des Dieux bienfaiteurs. Ils venoient encore augmenter les droits qu'ils avoient à la

gratitude de ce peuple simple. Chaque individu, chaque famille s'empressa de leur témoigner sa joie, son attachement et son respect, et de leur présenter ce que le pays avoit de plus rare et de meilleur. Quelle vive satisfaction pour ces bonnes gens, de nous voir revenir pour étendre sur eux la protection des secours et des lumières! Quelle douce récompense pour nous, que leur sensibilité naïve, et les heureux commencemens d'aisance et d'émulation qu'ils nous offroient!

Notre relâche chez les Nègres fut de trois jours, que nous employâmes à nous instruire de l'usage qu'ils avoient fait des choses et des leçons que nous leur avions données lors de notre première visite; à leur expliquer le meilleur emploi de celles que nous leur portions, et à connoître leur pays et ses productions naturelles. Mais comme il n'étoit pas possible, dans un si court espace de temps, de leur inculquer ce que nous voulions leur apprendre, ni de nous procurer tous les renseignemens dont nous avions besoin, nous laissâmes auprès d'eux Guillaume, l'un de nos insulaires les plus instruits, pour y rester jusqu'à notre retour, et pour suppléer de son mieux à ce que nous ne pouvions faire. Cette nouvelle faveur, qu'ils recevoient de nous, adoucit un peu le regret que leur causoit notre départ.

Un vent frais de sud-ouest nous porta dans trois jours à l'île de Saméa. Les Indiens ne nous reçurent pas avec moins de joie et d'amitié que les Nègres nous en avoient montré. Mékaóus nous accueillit avec une satisfaction et une effusion de sentimens bien honorable pour nous et pour son cœur. Hiu-pen et toutes nos connoissances furent enchantés de nous revoir. Le Roi, pour témoigner à Henri le cas qu'il faisoit de lui, le logea dans son palais et près de son appartement, afin qu'ils pussent s'entretenir plus souvent ensemble. Ils eurent en effet de fréquentes conférences sur les matières les plus intéressantes de la politique et de l'administration, où le prince se pénétra de la vérité des principes que Henri lui expliquoit. Hiu-pen lui avoit donné la plus haute opinion des connoissances de celui-ci. Le Roi s'étoit empressé de s'en assurer par lui même.

Les présens que Henri lui remit, ceux qu'il fit aux Seigneurs de sa cour et à Hiu-pen, lui parurent vraiment magnifiques et dignes d'un Souverain. Les tableaux peints de la main d'Eléonore, et surtout le portrait du vénérable Chef de la colonie, lui furent infiniment agréables; mais il crut nous devoir encore plus de reconnoissance du secours d'instruction et de lumières que nous lui portions, et il n'oublia rien pour nous le prouver.

Il prit pour règle de gouvernement et d'administration, le code de nos lois, que Hiu-pen traduisit en langue saméenne. En conséquence,

par une déclaration authentique qu'il fit publier solennellement, il reconnut de la manière
la plus'expresse, que tout citoyen étoit maître
absolu de ses droits et de ses propriétés, et
comme tel, qu'il pouvoit seul en disposer; que
s'il ne le faisoit pas de son vivant, ses enfans,
et, à leur défaut, ses proches en héritoient de
droit; que le gouvernement, dont le premier
devoir est de protéger les propriétés, alloit
contre son institution s'il s'en emparoit, et s'il
permettoit même qu'elles fussent lésées; que le
souverain ne pouvoit, en cette qualité, former
aucune prétention sur l'hérédité de ses sujets;
que les propriétaires ne lui devoient qu'une con-
tribution modérée et proportionnelle à leurs
revenus liquides, pour l'entretien de la force
publique et du patrimoine commun; enfin, que
l'imposition territoriale et unique ne devoit être
aucunement arbitraire, mais réglée et répartie
d'après l'avis des principaux tenanciers, sur le
relevé bien vérifié du produit de chaque terre,
les frais de culture prélevés pour la renouveler.

Il réforma la justice, et ordonna l'établissement des tribunaux subordonnés les uns aux
autres, pour la rendre promptement et gratui-
tement. Il fonda des écoles destinées à l'enseignement public des droits et des devoirs du
citoyen, et il institua une force militaire toujours en pied, composée de troupes peu nombreuses, mais qui, bien payées et bien discipli-

nées, devoient faire le fonds de l'armée natio-
nale, où tous les citoyens en état de servir la
patrie de leur personne, seroient exercés au
maniement des armes et employés à la défense
de leurs foyers. Il déclara de plus tout commerce et toute industrie non-seulement libre et
immune, mais il promit et assigna des récom-
penses à ceux qui se distingueroient par des
découvertes et des travaux utiles. Ces ordonnances paternelles, qui méritent à Mékaous des
bénédictions infinies de la part des Saméens,
et firent à jamais sa gloire, furent fidèlement
exécutées.

Voilà ce que ce prince établit pour le bonheur de ses sujets, d'après son cœur éclairé par
les conseils de Henri : voici ce qu'il fit pour
nous, de son propre mouvement. Instruit que
notre pays craignoit de manquer de grains par
la modicité de la récolte, et que la plus grande
partie de notre cargaison devoit être échangée
contre des denrées, il nous fit fournir tous les
grains dont nous pouvions nous charger, et les
paya libéralement de son trésor ; ce qui nous
donna le moyen d'employer nos marchandises à
d'autres échanges, et de faire ainsi double profit de tout ce que nous portions. Lorsqu'il eut
appris que Charles devoit aller visiter l'intérieur
de l'île et qu'il en sut le motif, il lui donna des
chevaux et des guides, et le fit accompagner par
deux Indiens savans dans la connoissance des

plantes et de l'histoire naturelle, non-seulement pour aider le voyageur dans ses recherches, mais pour lui procurer les objets les plus rares et les plus précieux qui seroient au pouvoir des insulaires, pour les payer et les faire transporter jusqu'au port, aux dépens du Roi.

Mékaous crut devoir ajouter encore à ces marques de sa munificence. Il nous envoya de sa ménagerie un axis, espèce de cerf, avec sa femelle, deux grands buffles, deux bisons ou bœufs à bosse, qui marchoient très-vîte, et qu'on pouvoit monter comme des chevaux, deux jeunes éléphans, et différentes espèces d'oiseaux, tels que le noktho, le tavon, l'oiseau à répétition, des paons et des cailles plus petites que celles d'Europe, avec le bec et les pieds rouges. Il nous fit aussi porter de ses jardins différens jeunes arbres et arbrisseaux, et plusieurs plantes rares : le bonga, qui produit l'aréca ; le betleira, le camphrier, le zerumbet, l'arbre au benjoin, le mangoreira ou le jasmin d'Arabie, le sagumenda, le plantain des Indes et celui de Mindanao, le durion et le gaca de Siam, le savonnier, le panoma des Moluques, le rima des Mariannes, l'ikara mouli, le taylan, des camotes, des glabis, le tabac, la semencine, la molucane, etc.

Tous ces objets, considérables par leur nombre et par leur valeur, formèrent, avec ceux que Charles rapporta de sa tournée, ou que le com-

merce nous procura, une collection de richess
d'autant plus précieuses pour nous, qu'ell
augmentoient infiniment nos ressources.

De notre côté, nous remplîmes parfaitemen
les vues et les espérances de Mékaous ; car no
seulement nous fournîmes son pays d'armes
de métaux et de quantités de choses utiles et
commodes qui lui manquoient encore, et nous
dressâmes ses soldats, nous instruisîmes ses officiers, nous formâmes son armée, nous rendîmes les endroits où l'on pouvoit descendre,
plus forts et plus respectables ; mais nous répan-
dîmes dans l'île une foule de connoissances et
de procédés importans, relatifs à l'administration, à l'agriculture, aux arts et au commerce:
communication qui fit le bien des deux peuples,
et servit plus particulièrement au bonheur des
Saméens. Enfin, nous gagnâmes si bien l'affection et l'estime du Prince et de la nation, qu'a-
près avoir demeuré avec eux un mois entier,
nous emportâmes tous leurs regrets, quoique
nous leur eussions promis de revenir les voir
aussi souvent et de rester aussi long-temps qu'il
nous seroit possible.

Nous n'éprouvâmes aucun accident à notre
retour, et nous arrivâmes à notre île pleins de
joie et de santé, ramenant avec nous Guillaume,
que nous avions repris, en passant chez les
Nègres amis, où il n'avoit pas eu moins de

succès et de satisfaction que nous en avions eu
nous-mêmes à l'île de Saméa.

Le premier voyage de Baptiste n'eut lieu que
dix mois après le nôtre. Il fut également heureux et lucratif; mais son second voyage, entrepris six mois après celui-là, malgré les conseils du Roi et d'Eléonore, lui devint personnellement fatal. Nous ne dirons plus rien du
premier, et nous ne parlerons que brièvement
de l'autre, pour passer au récit d'un accident
dont le souvenir ne s'effacera jamais du cœur
des Insulaires.

Baptiste fut à peine arrivé chez les Saméens,
que cet homme imprudent et obstiné tomba
malade, comme on l'avoit prévu. Il voulut en
vain braver son mal. Bientôt une fièvre violente
et du plus mauvais caractère, rendit son état si
critique, que ses enfans alarmés, après lui
avoir donné tous les soins et les remèdes qu'ils
pouvoient employer, se virent réduits à implorer le secours d'un étranger, qu'on leur dit
être fort versé dans la médecine. C'étoit un
Hollandais que les Saméens avoit fait prisonnier, dans une expédition tentée contre l'île
par une flotte envoyée de Batavia, expédition
qui n'avoit pas réussi. Renfermé avec trois de
ses compatriotes, dans une prison étroite, il y
avoit trouvé le moyen de faire connoître sa capacité; car son geolier, homme de considération, étant tombé dangereusement malade, le

prisonnier avoit eu occasion de le traiter, et
l'avoit guéri contre toute espérance. Le bruit
de cette cure l'avoit fait appeler à la Cour
pour donner ses soins à un officier du palais,
qu'une maladie grave conduisoit au tombeau,
il l'avoit également tiré du danger ; double service qui lui avoit acquis plus de liberté et beaucoup d'estime. Ce fut d'après sa réputation que
nos voyageurs eurent recours à lui.

    M. Van-der-mur, c'étoit le nom du Hollan-
dais, écouta d'autant plus volontiers leur prière,
que desirant savoir qui étoient ces voyageurs
et d'où ils venoient, il trouvoit, en les servant dans la personne de leur Chef, et en les
voyant familièrement, l'occasion la plus favorable de satisfaire sa curiosité. Il alla voir Baptiste, et il lui parla de son mal en homme
éclairé. Il le flatta de l'espoir de le guérir s'il
vouloit suivre ses conseils, et gagna si bien sa
confiance, que, l'ayant assuré qu'il seroit mieux
à terre que sur la barque, et lui ayant offert
un lit dans sa propre chambre, où il pourroit,
lui dit-il, l'avoir sans cesse sous les yeux, et
lui donner tous ses soins, le malade accepta
sa proposition avec reconnoissace, fit ce que
le médecin desiroit de lui, et se remit entièrement entre ses mains.

    Baptiste ne s'en tint pas là. Honteux d'avoir
résisté à la voix de ses parens, attendant, pour
revenir auprès d'eux, qu'il fût entièrement ré-

tabli, sentant aussi peut-être que sa maladie seroit longue ou funeste, et, dans le cas où il succomberoit, ne voulant pas que ses enfans fussent témoins de sa mort, il prit la résolution étrange de faire repartir la barque, et de rester seul à Saméa. En conséquence il les fit appeler auprès de lui. Il leur annonça sa volonté, et leur enjoignit de s'en retourner directement à la Colonie.

« Partez, mes enfans, leur dit-il, nos affaires de commerce sont à peu près terminées. Vos soins me sont inutiles ici ; ceux de M. Vander-mur me suffisent. Je m'en promets d'heureux effets ; mais la maladie qui m'afflige, ou du moins ma convalescence, peut avoir un terme éloigné, et je ne saurois espérer de m'embarquer de long-temps. Cependant une trop longue absence ne manqueroit pas d'alarmer nos chers parens et votre mère. Allez donc les dérober à ces cruelles inquiétudes ; et, sans leur parler de l'état où je suis, dites-leur que mes affaires me retiennent à Saméa, où vous ne devez pas tarder à venir me reprendre pour me ramener dans ma famille ».

En vain ses enfans, désolés et baignés de larmes, lui firent des représentations sur les dangers qui pouvoient suivre l'ordre qu'il leur donnoit. Il avoit pris son parti. Son caractère inflexible ne lui permettoit pas de changer de résolution. Ses enfans furent forcés d'obéir, après avoir instamment prié M. Van-der-mur de veiller assidûment sur une tête si chère, et porté dans sa maison ce que leur tendresse inquiète avoit jugé plus convenable à la situation du malade.

Quand les enfans de Baptiste se présentèrent sans lui devant le Roi et Eléonore, nos parens déjà fort inquiets à son sujet, furent alarmés de ne le pas voir; mais ils le furent encore plus, lorsqu'on leur dit qu'il étoit resté seul des siens à l'île de Saméa. Notre mère ne put cacher son trouble ni retenir ses larmes. « Quelle raison assez forte, dit-elle, a pu l'arrêter loin de nous, lorsque ses enfans revenoient ? Pourquoi l'avez-vous quitté » ? Et quand on lui répondit qu'il restoit pour terminer certaines affaires, et que la barque n'étoit partie que sur ses ordres exprès et répétés, elle se plaignit douloureusement de l'insensibilité de son fils; puis regardant les voyageurs : « Ah ! dit-elle, si j'en crois mon cœur, ce n'est pas là la vraie cause de son séjour à Saméa ». Le roi pensoit comme elle, et n'étoit pas moins affligé; mais comme il savoit se modérer, et qu'il craignoit d'augmenter la peine de son épouse en laissant voir son émotion, il fit semblant de prendre le rapport des voyageurs dans le sens naturel qu'il offroit. Pour éloigner même les soupçons d'Eléonore, il s'empressa d'arrêter adroitement les interrogations embarrassantes qu'elle leur faisoit, en attribuant tout haut le séjour de Baptiste chez

les Indiens, au desir trop ardent d'augmenter
sa fortune; motif qui paroissoit peu décent et
peu réfléchi; et pour prévenir toute explication,
il renvoya les arrivans dans leur famille.

Mais en les éloignant de la présence d'Eléonore, satisfait en apparence de leurs réponses,
il n'en étoit pas moins résolu de les interroger
secrètement; et c'est ce qu'il fit le soir du même
jour, après les avoir rassemblés. « Mes amis ,
dit-il (en les abordant, et en leur voyant un
air de tristesse et d'embarras qui perçoit dans
leur maintien), mes amis, je viens vous demander les raisons positives du séjour de votre père à Saméa. Vous nous avez dit que c'é-
toit pour y finir des affaires; mais quelles sont
ces affaires, c'est ce que vous ne nous expli-
quez point, et ce que je suis bien aise de savoir ». Les voyageurs, plus embarrassés, hési-
tèrent à lui répondre. Obligés par l'ordre de
Baptiste, de taire sa maladie, et dès leur enfance habitués à respecter la vérité, ils ne savoient ce qu'ils devoient dire, ni même s'ils
devoient parler. Le Roi insista sur ce qu'il
demandoit, et s'adressant particulièrement à
Victor, l'aîné de la famille :« C'est de vous,
dit-il, que j'attends la réponse que je dé-
sire. Pourquoi balancez-vous, mon fils, à
m'apprendre ce que vous savez. — Pardonnez, je vous supplie, lui répondit Victor,
si nous gardons encore le silence sur une ques-

tion aussi simple; mais vous savez ce que n
devons à notre père. Il nous a ordonné le secre
et nous lui avons promis de le garder. — J
louerois votre discrétion, répliqua le Roi, s
c'étoit un autre que moi qui vous fît cette de
mande; mais je suis en même temps le père et
le chef de la société, et à ce double titre, j'ai
droit à votre obéissance, puisque votre père
lui-même n'est pas dispensé de me la rendre.
Vous avez pu, par ménagement, vous taire devant Eléonore, vous ne le devez pas avec moi.
Alors Victor, forcé de parler, lui fit le récit de
la maladie de Baptiste et de l'état où ils l'avoient
laissé.

Cette nouvelle, que le Roi craignoit d'apprendre, fit sur son cœur une vive impression.
Il blâma fortement l'imprudence de Baptiste,
et recommanda la discrétion à ses enfans. » Je
vous ferois repartir dès demain, leur dit-il, et
j'irois moi-même à Saméa, si je ne craignois
d'augmenter les soupçons et les alarmes de mon
épouse et de votre mère; mais vous devez y retourner dès que vous pourrez le faire sans af
fectation. Un séjour de trois semaines ici vou
sera, je pense, bien suffisant. Préparez-vous
partir à la fin de ce délai. Si la bonté céleste
nous a conservé votre père, et s'il osoit s'offe
ser d'un si prompt retour, vous lui direz qu'im
patiens de le revoir, sa mère et moi l'avons
ainsi voulu. »

Lorsque le jour fixé pour le départ fut arrivé, et que les fils de Baptiste prirent congé, le Roi les accompagna jusqu'à la barque, pour leur recommander très-expressément de ne s'arrêter à Saméa que le temps nécessaire pour remercier les hôtes et les amis de Baptiste, et pour le prendre à bord. « Pensez bien, leur dit-il, que nous allons compter les jours et les momens jusqu'à votre retour, et que vous acheveriez de nous plonger dans la plus affreuse inquiétude, si vous tardiez à reparoître. «

CHAPITRE XLIV.

Accident qui arrive au Chevalier des Gas-
tines; sa mort, suivie de celle d'Eléo-
nore.

La plus douce félicité régnoit dans l'île. Les Insulaires alloient de temps en temps visiter les Nègres d'Emoï. Un soir le Roi, dont la vue s'étoit fatiguée à regarder long-temps le côté de la mer par où ses fils, absens depuis neuf jours, devoient revenir, prit un petit nuage qui parut sur l'horizon, pour les voiles de la barque. Comme il ne pouvoit pas discerner ce qu'il voyoit à cette distance, même avec la lunette, il crut qu'il le verroit mieux en montant sur

nne crête plus élevée, qui l'approchoit de son
objet. Le jour baissoit; il n'y avoit pas de temps
à perdre. Il se hâta d'y monter malgré les re-
présentations de Philippe et de Henri qui l'accompagnoient. Il parvint au haut de la crête;
mais le nuage s'étant élevé, il reconnut son erreur, et plein de tristesse, il se mit à même de
redescendre. Cependant la lumière devenant
toujours foible et le chemin du retour étant
plus difficile, ses deux fils voulurent le soutenir
dans la descente, et il les refusa. Hélas! que
n'avoit-il moins de confiance en ses forces!

A peine a-t-il fait quelques pas, que dans un
endroit scabreux et roide, ayant mis le pied
sur une grosse pierre qui ne tenoit plus que par
son poids au noyau de la montagne, cette pierre
roule, et manquant d'appui, il tombe tout à
coup la tête la première, à plus de trente pieds
au-dessous, contre une pointe de rocher qui
l'arrête dans sa chute.

Philippe et Henri, glacés de crainte et poussant à la fois des cris de douleur, se précipitent
jusqu'à lui pour le secourir. Ils le trouvent couvert de sang, sans mouvement et sans connoissance. Que feront-ils dans cet horrible malheur?
s'arrêteront-ils où ils sont, pour lui donner les
premiers soins qu'exige son état? Mais ils
manquent de tout ce qui pourroit lui être nécessaire, et la nuit s'obscurcit de plus en plus.
Le porteront-ils dans sa maison? mais il peut

mourir en chemin, et d'ailleurs comment se présenter devant Eléonore? Ils prennent le parti d'arrêter le sang en lui enveloppant la tête de quelques linges, et de l'emporter ensuite comme ils pourront. Ils déchirent leurs chemises pour en faire des compresses et des bandes, et lui mettant au plus vîte le premier appareil, ils le prennent entre leurs bras, et le voiturent ainsi doucement, mais en se hâtant néanmoins autant qu'ils peuvent.

Qu'on se peigne l'embarras et la douleur de ces deux tendres fils du plus respectable et du meilleur des pères. Il n'étoit pas possible, il eût été même téméraire et dangereux de vouloir tenir caché l'accident funeste qu'il venoit d'éprouver. Et quelle désolation cependant ils alloient répandre dans toute la famille en le divulguant! quel coup affreux ils portoient au cœur sensible de leur mère! Ils ne peuvent que former le dessein d'entrer sans être vus, d'appeler secrètement du secours pour visiter les blessures et les panser; et quand ils l'auront fait revenir à lui, de préparer adroitement Eléonore à recevoir la triste nouvelle. Toutes ces sages mesures furent inutiles.

Eléonore, inquiète de ne pas voir revenir son mari, avoit pris la résolution d'aller, en se promenant, au-devant de lui. Elle avoit prié de Martine de l'accompagner, et ils sortoient ensemble de la maison, comme les deux frères,

chargés de leur précieux fardeau, se présentoient à la porte. En ce moment Adélaïde entroit par hasard dans le salon, avec un flambeau.
Comme la porte extérieure étoit ouverte, la lumière qui éclaira tout à coup une partie de la
cour, rendit les deux frères visibles, et montra
à Eléonore le Roi à demi-mort dans les bras de
ses enfans. A cet aspect terrible et inattendu,
elle pousse un cri perçant, et tombe, comme
frappée de la foudre, après avoir fait un vain
effort pour se jeter sur le corps de son mari.

De Martine et les deux frères ne savent lequel
du Roi ou d'Eléonore ils doivent plutôt secourir.
Le danger est en quelque sorte le même des
deux côtés; ils ne peuvent suffire à les soigner
en même temps; mais Adélaïde et toutes les personnes de la maison, épouvantées du cri d'Eléonore, accourent en un moment, en apportant
des lumières. Chacun est saisi de douleur et de
crainte, en voyant l'état de nos chers parens;
mais il ne suffit pas de les plaindre ni de s'abandonner à de vaines lamentations, il faut leur
donner de prompts secours pour les rappeler à
la vie. C'est ce que de Martine prit soin de représenter à tous les assistans.

Bientôt la nouvelle de ce double désastre se
répand dans la citadelle et dans le village. La
plupart des chefs de famille accourent tremblans
et consternés, et tous se désolent en reconnois-

sant par eux-mêmes ce qu'ils ont à craindre
pour les auteurs de leurs jours.

Cependant l'on porte Eléonore dans son appartement, et le Roi dans un autre ; et tandis
qu'Adélaïde et Dona Rosa s'efforcent de rendre
la connoissance à la mère, Henri et Philippe,
accompagnés de de Martine, s'occupent à visiter les blessures de leur père. Ils ôtent les bandes
dont sa tête est enveloppée ; ils coupent les cheveux ensanglantés, et quand ils ont bassiné les
parties offensées, ils trouvent que les tégumens
sont déchirés en plusieurs endroits, et que le
crâne est entamé au-dessus et à côté de la tempe.
De Martine consulté n'ose dire ce qu'il pense
des suites de cette chute. Il déclare à la vérité
qu'il n'aperçoit rien de mortel dans cette frac-
ture, mais qu'il faut voir lever le second appareil pour pouvoir en parler plus positivement.
L'on mit tous les moyens en usage pour tirer le
Roi de son évanouissement ; mais ce ne fut que
vers le point du jour du lendemain, qu'il revint
à lui. Alors, ayant recouvré ses sens, éprouvant
de vives douleurs, et se voyant dans son lit entouré de toute sa famille, il demanda ce qui
l'avoit mis dans l'état où il étoit ; et pour lui en
rappeler le souvenir, il fallut lui faire le récit
de l'accident de la veille. Il s'informa si son
épouse étoit instruite de ce malheur, et l'on fut
obligé de lui apprendre la crise où l'avoit jetée
la vue affligeante de son état. On lui dit qu'elle

commençoit à reprendre ses esprits, et qu'on
avoit évité de la mettre près de lui, de crainte
d'augmenter le danger de la situation de cette
femme sensible, en lui laissant voir son mari
privé de sentiment, lorsqu'elle reviendroit à elle.
Le Roi pria ses fils de le porter auprès d'Eléonore; mais on lui représenta qu'il étoit plus facile et moins dangereux de la porter elle-même
auprès de lui; et c'est ce que l'on fit sur-le-
champ, pour contenter également Eléonore,
qui, en recouvrant la parole, avoit instamment
demandé qu'on la transportât dans la chambre
de son mari.

Le Roi ne se dissimuloit pas ce qu'on avoit
à redouter des suites de sa chute. Il en sentoit
mieux le danger qu'aucun de ses enfans; il vouloit pourtant avoir son épouse pour témoin de
son mal, non seulement parce qu'on desire toujours d'être auprès de ce qu'on aime, et que
c'est une douce consolation dans les plus vives
souffrances, mais parce que connoissant parfaitement le cœur de cette femme incomparable et
l'excès de sa sensibilité, il n'ignoroit pas que,
séparée de lui, son imagination, qui voyoit au
delà du péril, le lui représenteroit plus imminent qu'il n'étoit. D'ailleurs, comme il n'avoit
rien perdu de son courage, il pensoit que la
fermeté qu'il montreroit, se communiqueroit à
l'ame d'Eléonore. Il se promettoit de lui dérober
de son mal tout ce qu'il en pourroit cacher.

Telles étoient ses dispositions, quand Eléonore entra dans sa chambre, pâle, défaite, abattue, soutenue par deux de ses fils, et suivie d'Adélaïde et de l'Espagnole. Elle avoit appris que son époux étoit sorti de l'état cruel où elle l'avoit vu; qu'il demandoit à la voir; et ces heureuses nouvelles, qui faisoient luire à son cœur un rayon d'espérance, lui avoient donné la force de se rendre auprès du malade. Elle étoit bien résolue de lui déguiser la crainte qu'elle éprouvoit encore à son sujet; mais lorsqu'elle approcha de son lit, et qu'elle vit son visage meurtri, ses yeux plombés et sanglans, et ses traits altérés par une fièvre brûlante, elle ne sut plus se contenir. Toute sa résolution ne put l'empêcher de répandre un torrent de larmes, et de s'abandonner aux cris et aux sanglots.

Le Roi voulut en vain la rassurer par ses discours. Le coup étoit porté. Il avoit pénétré jusqu'au fond du cœur, et attaqué le principe de la vie. Il lui prit soudain un grand tremblement suivi d'une sueur froide. La fièvre se déclara, et dès ce moment Eléonore prévit qu'elle ne survivroit pas à celui qui possédoit sa tendresse, et dont la perte étoit pour elle le plus affreux des malheurs.

Elle se fit dresser un lit tout près de celui du Roi, et en s'y mettant, elle lui dit : « Mon cher ami, je vous ai voué mon existence et mes sentimens jusqu'à la mort. Nous avons vécu toujours unis, toujours inséparables. La mort seule rompra des nœuds que rien n'affoiblit jamais ; mais que dis-je ? la mort même ne nous séparera point. En tranchant votre destinée, elle terminera la mienne. Si le ciel dispose de vos jours, j'espère de sa bonté propice, que nous sortirons ensemble de la vie, et que dans le même jour, la même tombe nous enfermera tous deux. Le ciel entend mes vœux ; c'est le plus ardent de mon cœur. J'ai toujours craint de rester après vous ; mais un pressentiment dont j'accepte l'augure, me fait croire que je n'aurai pas à déplorer votre perte. »

Le Roi crut devoir l'exhorter à se résigner patiemment aux décrets divins. Il lui représenta l'inutilité de sa prévoyance et de son affliction sur ce qui devoit arriver. Du reste, en s'attendrissant sur la dernière preuve d'amour et de dévouement que lui donnoit son épouse, il lui témoigna combien il se trouvoit consolé par sa présence.

« Vous savez bien, ajouta-t-il, ma chère amie, que nous ne sommes pas nés pour ne pas mourir. Soumis à la condition commune de tous les êtres vivans, il faut que nous rendions à la nature ce que nous en avons reçu ; mais en acquittant le tribut que tout mortel doit lui payer, nous n'aurons que des graces à rendre à la Providence. Aucun, peut-être, n'en reçut plus de bienfaits, et l'on en voit fort peu qui parcourent une si longue carrière.

De Martine s'apercevant que l'entrevue et les discours de ces respectables vieillards leur causoient une émotion qui pouvoit être nuisible, les pria de se modérer et de garder le silence. Il fit sentir en même temps à leur nombreuse famille, dont l'affluence remplissoit et embarrassoit la chambre, qu'il convenoit, par la même raison, qu'il n'y restât que les personnes nécessaires pour les soigner; et ces avis prudens, quoique fâcheux, furent exactement suivis. Les enfans qui ne demeuroient pas dans la maison du Roi, sortirent et s'en allèrent pour ne rentrer qu'à leur tour; et Eléonore se faisant violence, se tourna vers le côté de son lit le plus éloigné de celui de son mari, pour éviter de le voir et de lui parler.

Alors de Martine, profitant de la circonstance, avertit à voix basse ceux qui étoient dans la chambre, qu'il alloit lever l'appareil mis la veille sur les blessures du Roi, et prévint en même temps chacun de ce qu'il avoit à faire, tant pour l'aider dans cette opération, que pour distraire en ce moment l'attention d'Eléonore. L'on fit semblant d'arranger le malade pour lui donner une meilleure situation, et sous ce prétexte, on leva l'appareil sans qu'Eléonore sans doutât; mais le Médecin ne fut pas content de l'état des blessures, et il ne put cacher à Henri,

16*

qu'il importoit de prévenir, qu'on n'en pouvoit tirer qu'un funeste présage. La suite des événemens ne justifia que trop ce malheureux pronostic. Malgré tous les soins et les remèdes dont on put faire usage, la fièvre augmenta, l'état du malade empira visiblement, et au bout de six jours il fut sans espérance.

Nous ne devons pas oublier, dans ce triste récit, deux circonstances très-singulières; c'est que la maladie et l'affoiblissement d'Eléonore suivirent exactement les progrès de la maladie du Roi, et qu'après avoir l'un et l'autre passé successivement d'un violent délire à une profonde léthargie, tous ces symptômes disparurent le septième jour, pour faire place à ce calme des sens, à cette raison lumineuse qui caractérisèrent toujours nos respectables parens; mais ce calme et cette raison étoient la dernière lueur d'un feu qui consume, avant de s'éteindre, tout ce qui lui reste d'aliment, et qui ne paroît plus vif alors que pour s'évanouir sans retour.

Nos chers parens ne s'y trompèrent point. Loin de se flatter de quelque espoir sur ce mieux apparent, ils jugèrent qu'il étoit le signe avant-coureur de leur fin prochaine, et après nous l'avoir annoncé avec une sérénité digne de leur grande ame, ils se félicitèrent mutuellement d'être arrivés au terme de leurs jours, et de sortir ensemble de la carrière de la vie. Cependant, vivement touchés de la douleur et de la

désolation que leur perte alloit causer à toute
la famille, ils ne se contentèrent pas de consoler
ceux de leurs enfans qui les entouroient, et de
les exhorter à supporter avec courage et avec
résignation le malheur qui les attendoit , ils
voulurent aussi répandre les mêmes consolations dans le cœur de tous les membres de la
Colonie, et, en leur donnant leur bénédiction,
leur faire leurs tendres adieux. Ils ordonnèrent
en conséquence qu'on les avertît de l'état et de
l'intention de leurs parens , et qu'on amenât auprès d'eux jusqu'aux enfans les plus jeunes. Mais
le Roi faisant réflexion que son appartement ne
pourroit contenir l'affluence de tous les Insulaires, et desirant que personne ne fût privé de
la dernière marque d'attachement qu'il leur vouloit donner, demanda là-dessus l'avis d'Eléonore, et ils résolurent ensemble de se faire
porter hors de la maison, et dans un lieu spacieux et découvert, où tout le monde pourroit
être admis, et où chacun auroit la liberté de les
voir et d'en être vu.

Henri leur représenta tristement le danger de
ce transport dans un moment si critique; mais
ses discours n'eurent point d'influence sur leur
résolution. Après lui avoir répondu qu'il n'y
avoit plus dans ce moment de danger à craindre
pour eux ; et que l'opposition qu'ils trouveroient
à leur volonté ne feroit que les affliger inutilement, Eléonore insista, et on lui obéit.

On les porta donc, avec toute l'attention et tous les ménagemens possibles, sur le préau de la citadelle, qu'ils avoient indiqué comme le lieu le plus voisin et le plus commode. On plaça leurs lits à côté l'un de l'autre, sous le feuillage de quelques arbres touffus, dont on épaissit l'ombre en suspendant un pavillon; et ils y étoient à peine arrangés, qu'on vit arriver successivement toutes les familles de l'île, dont les chefs éplorés menoient par la main ou portoient sur leurs bras leurs petits enfans, tandis que les grands les accompagnoient de l'air le plus triste.

Lorsqu'ils y furent tous réunis, le Roi les fit approcher; puis faisant effort pour parler : « Mes chers enfans, leur dit-il, voici le moment d'une séparation que depuis long-temps vous avez dû prévoir. Elle est dans l'ordre de la nature. Votre mère et moi n'avons reçu la vie que pour la rendre à celui de qui nous la tenons. L'auteur des êtres nous appelle à lui. Nous nous soumettons humblement à sa volonté sainte. Pourrions-nous murmurer de ce décret fatal, après tant de bienfaits dont il nous a gratifiés, et quand, dans ce jour même, il nous donne la plus touchante preuve d'affection ? Vous perdez votre père et votre mère; mais vous ne pouviez pas espérer qu'ils vivroient toujours, ni même si long-temps; mais il vous reste un père qui vous aime avec tendresse, et qui ne mourra point.

Nous-mêmes, doux espoir! nous ne cesserons
pas d'être; nous cesserons seulement d'être visibles à vos yeux; et tandis que notre corps va
retourner à la terre dont il est sorti, notre esprit, dégagé de cette dépouille grossière et pé-
rissable, vivra sans fin, et veillera sur vous. Ne
vous affligez donc pas avec excès d'un événement nécessaire, et qui ne peut nous ôter rien
qui mérite de justes regrets. Nous emporterons
avec nous la consolation de vous laisser aussi
heureux que vous pouvez l'être en ce monde,
et d'avoir assis votre bonheur sur la base la plus
durable. Vous êtes un peuple de frères, une
société d'hommes unis pour vivre sous des lois
justes, dont vous connoissez l'équité et que vous
avez juré d'observer. La seule chose qu'il nous
reste à vous souhaiter, c'est que vous viviez
toujours d'accord, toujours fidèles à ces lois
propices, toujours attachés à votre chef, qui
n'a d'autorité que pour les maintenir. La seule
chose que j'aie à vous demander, c'est que vous
ne vous éleviez point contre cet ordre social qui
vous protège et vous défend, et que vous ne
pensiez jamais en savoir plus que la nature qui
vous l'a prescrit.»

Eléonore, qui s'étoit toujours montrée si
tendre, et qui ne perdoit la vie que par un excès
de sensibilité, parut dans ce dernier moment une
créature céleste. Sa foiblesse avoit disparu. Supérieure à elle-même et maîtresse des mouve-

mens de son cœur, en laissant voir à ses enfans
la tendresse qu'elle avoit pour eux et qui vivoit
encore toute entière dans son ame, elle eut la
force de les encourager à supporter patiemment
la séparation douloureuse qui se préparoit; elle
exhorta surtout ses filles à ne pas se laisser
abattre par ce malheur. « Ah ! gardez-vous, leur
dit-elle, de vous abandonner à une douleur sans
mesure. La raison et la religion vous prescrivent
également de la modérer. Nous vous le deman-
dons aussi comme un effort que vous devez à
nos exemples et à notre mémoire. Nous avons
toujours vécu dans l'exercice de la justice, de
la modération, de la bienfaisance, ne devez-
vous pas espérer que nous en trouverons le prix
dans le sein de la justice et de la bonté suprême?
Ne vous affligez donc pas sur le sort qui nous
attend, puisqu'il est si digne d'envie. Ne vous
affligez donc pas, quand la faveur du ciel me
dérobe au malheur de pleurer mon époux, et
aux infirmités croissantes d'une triste vieillesse.
Nous allons jouir d'une paix et d'un bonheur
sans nuages. Que des gémissemens et des regrets
trop amers ne viennent pas troubler ce doux repos. C'est ici la dernière prière que nous vous
faisons. N'oubliez jamais ces paroles, et souvenez-vous que l'ame de vos parens vivra toujours
et ne cessera point de vous aimer. » .

Le Roi dit à Henri « Mon fils, vous allez être
revêtu du pouvoir souverain. Souvenez - vous

qu'il ne vous est donné que pour faire le bonheur de votre peuple. Faites régner les lois, et vous goûterez la douce joie de le voir heureux. Je ne vous dirai pas d'être bon, mais je vous exhorte à être juste. La justice doit être la bonté des Rois ». Il lui témoigna ensuite le regret de n'avoir pas vu revenir dans l'île les insulaires absens, et lui dit que c'étoit le seul qu'il emportoit dans la tombe. Il lui recommanda les Européens, et le pria de les regarder comme citoyens de l'île, et de les doter d'une propriété pareille à celle des autres. Il exhorta Wilson à se plier aux lois et aux mœurs de la société qui l'avoit reçu dans son sein, sans chercher à lui en faire desirer d'autres. Il assura de Martine de l'estime et de l'affection qu'il lui avoit inspirée, et le pria de demeurer toujours attaché aux vrais intérêts de la Colonie. Enfin il consola Dona Rosa, en lui promettant, de la part de tous ses enfans, et particulièrement de Henri, tous les égards du respect et les services de l'amitié.

Eléonore pressa ses filles de suivre toujours ses exemples et ses leçons. Elle leur recommanda d'aimer leurs frères, leurs maris, leurs enfans, et d'entretenir la paix et l'union dans leurs ménages. Elle dit à l'Espagnole qu'elle l'avoit mise dans son cœur au rang de ses propres filles; qu'elle la laissoit avec elles comme avec ses sœurs, et qu'elle resteroit également

gravée dans son souvenir. Elle finit par lui souhaiter le sort heureux que méritoient ses vertus
et son aimable caractère.

Le Roi et Eléonore se sentant affoiblir de
plus en plus, implorèrent ici l'assistance du
Ciel avec la ferveur la plus pieuse, et toute
la famille se mettant à génoux, joignit ses
prières aux leurs.

« O bonté divine, dirent ces vénérables vieillards, pardonnez-nous les erreurs et les fautes
d'une longue vie, oubliez nos foiblesses et pu-
rifiez-nous par votre grace ».

Après toutes ces assurances, ces tendres exhortations et ces touchantes prières, le Roi
voulut que chacun de ses enfans vînt lui baiser
la main et recevoir ses adieux et sa bénédiction, et ils se présentèrent à la file pour cette
triste et touchante cérémonie. La main défail-
lante de ce respectable vieillard, et celle de la
mère la plus adorée, employèrent encore le peu
de force qui leur restoit à donner à leurs enfans
chéris une dernière marque d'amour. Ces chers
parens leur serrant doucement la main, et les re-
merciant de leur affection et de leur obéissance,
faisoient des vœux pour que le Ciel daignât leur
accorder les vertus les plus nécessaires et le
bonheur qui doit les couronner.

Le Roi se tournant ensuite vers son épouse,
et lui prenant la main, lui dit d'une voix foible : « Chère Eléonore, chère amie de mon

Mort du Ch.r des Gastines et d'Éléonore.

Resier del. V. Thomas Sculp.

cœur, je sens que mon heure approche, et je vois à vos yeux que la vôtre n'est pas loin. Nous voici au dénouement de la scène de la vie, à ce moment si redouté de tous les hommes. Il est touchant, il est lugubre peut-être, mais il n'a rien d'affreux pour nous. Que dis-je? Nous y trouvons une nouvelle preuve de la bonté divine. Combien d'époux tendrement unis ont en vain desiré de ne pas survivre à l'objet de leur amour, et combien est petit le nombre de ceux à qui le Ciel a permis de sortir ensemble de ce monde! Il nous fait aujourd'hui cette rare faveur, comme pour nous détacher, par ce dernier bienfait, de toute affection terrestre; témoignons-lui donc la juste gratitude que nous en avons, et consacrons-lui nos dernières pensées.... ».

« Esprit éternel, ô Dieu puissant et bon, s'écria Eléonore, reçois les expressions et les vœux de nos cœurs!.... reçois nos ames pénétrées de reconnoissance et d'amour dans ton sein paternel, et console ces enfans affligés du malheur qu'ils ont de nous perdre..... ». Fixant alors ses yeux presque éteints sur le Roi, qui pouvoit à peine l'entendre : « Cher ami, lui dit-elle, recevez ici la derniere assurance de ma vive tendresse, et... cher époux! adieu..... je me meurs.... ». Elle lui serra la main, et à l'instant même elle expira, tandis

que le Roi poussant une voix plaintive, rendit
le dernier soupir.

Oh ! qui pourroit faire dignement le tableau
de la désolation où se trouva dans ce moment
toute la Colonie ? Qui pourroit dire ce qui se
passoit dans tous les cœurs ? Jusque-là chacun
s'étoit fait violence autant qu'il l'avoit pu, pour
retenir ses larmes et les accens de sa douleur
profonde ; chacun s'étoit efforcé de cacher une
partie de la peine qui l'accabloit, pour ne pas
troubler par des marques d'affection trop indis-
crètes les derniers momens de parens si chers;
mais dès qu'ils eurent rendu l'ame, on vit les
insulaires, on les entendit de tous côtés, s'a-
bandonner aux pleurs, aux sanglots, aux gémissemens, avec des plaintes si tendres, si
touchantes, que l'homme le plus dur et le plus
féroce n'auroit pu s'empêcher d'y être sensible.
Quelques-uns alloient se prosterner devant les
corps des chefs de la Colonie, et fondant en
larmes, leur adressoient les discours les plus
tendres ; d'autres les regardoient long-temps
avec un mortel saisissement, puis, levant les
yeux et les mains vers le Ciel, se plaignoient
amèrement de la Providence, de ce qu'elle leur
enlevoit à la fois l'honneur et la gloire de la
Colonie, et la consolation de leurs jours ; d'autres, abîmés dans leur douleur, les mains sur
leurs yeux et la tête penchée, demeuroient im-

mobiles et comme privés de sentiment. Les plus
âgés s'écrioient : « O Dieu ! nous avons trop
vécu. Pourquoi ne tranchois-tu pas nos jours
plutôt que ceux de ces personnes incompara-
bles ? Accoutumés depuis tant d'années aux
témoignages de leur bonté, de leur vigilance,
de leur affection, qui nous consolera de les
avoir perdus ? Où trouvera-t-on jamais des amis
si fidèles, des parens si soigneux, des chefs
si capables et si sages ? Malheureuse Colonie !
familles éplorées ! quel coup affreux que celui
qui vous frappe aujourd'hui » !

Les jeunes gens disoient : « Hélas ! le Ciel
n'a fait que nous les montrer. Nos pères ont
eu du moins le bonheur de vivre long-temps
avec eux. Il ne nous restera que le regret d'en
avoir été privés, lorsqu'il nous étoit plus doux
et plus utile de les connoître ».

Toutes les mères, jalouses de graver le
souvenir de ces chers auteurs de la Colonie
dans l'ame tendre de leurs jeunes enfans,
les menoient jusqu'au lit funèbre, et les élé-
vant sur leurs bras, leur crioient d'un ton pénétré : « Mes amis, voilà les restes de notre père
et de notre mère à tous, de ces parens qui furent si bons et si nécessaires à tous ceux qui
les connurent. Vous ne les verrez plus, hélas !
Mais n'oubliez jamais que vous les avez vus ;
et quand vous serez en âge de comprendre ce
qu'on vous dira de leurs vertus, imprimez-les

dans votre mémoire , et faites-vous une étude
constante de les imiter ».

Après que chacun eut ainsi donné un libre
cours aux expressions de sa juste douleur,
Henri, qui succédoit à son père, et qu'on avoit
reconnu pour Chef de la société, donna les ordres nécessaires dans la circonstance. Il falloit
d'abord s'occuper des derniers devoirs à rendre
aux corps de nos chers parens. Henri ne pouvant le faire par lui-même , pria de Martine et
Dona Rosa de vouloir bien se charger de ces
soins officieux; et ces fidèles amis des respectables Chefs , honorés de cette confiance, quoique très-affligés de la perte commune , promirent de s'acquitter de ces fonctions trop pénibles pour des enfans aussi sensibles que malheureux. Ainsi finit cette triste journée , qui
devoit préparer la Colonie à de nouvelles
larmes.

CHAPITRE XLV.

*Enterrement des deux Fondateurs de la
Colonie; leur éloge funèbre; monument
qu'on leur élève. Serment fait par Henri
à son Peuple; serment prêté par le
Peuple à son Chef.*

Les corps des respectables Chefs de la Société
restèrent trois jours exposés, et le visage découvert, sur un lit de parade; et pendant tout
ce temps-là, le concours des Insulaires, qui venoient pleurer et prier auprès d'eux, ne cessa
pas un moment. Henri ne se dispensoit pas plus
que les autres de ce pieux devoir, lorsque des
affaires pressantes ne le retenoient pas ailleurs.
Il ne connoissoit pas l'étiquette; et la représentation, qui n'étoit pas pour lui un dehors em-
prunté, ne l'empêchoit pas d'obéir aux sentimens de la nature, comme ceux-ci ne le déroboient point aux importantes fonctions de
Chef de la Colonie. Il ne rougissoit pas de céder
aux mouvemens de la piété filiale; mais il savoit, lorsqu'il le falloit, la faire céder à son tour
à ses premiers devoirs.

Il consulta de Martine sur l'exécution d'un

dessein qu'il avoit formé. C'étoit de dérober les
restes de nos parens à la corruption, en les em-
baumant. De Martine, instruit des procédés que
les anciens et les modernes ont employés pour
embaumer les corps, lui dit que non seulement
la chose étoit possible, mais qu'il se croyoit en
état de le satisfaire à cet égard ; et cette réponse
flatta le cœur de Henri d'une douce espérance.
Il lui sembloit qu'on alloit lui rendre, en quelque sorte, ceux que la mort venoit de lui enlever. Il s'empressa d'ordonner qu'on portât à de
Martine les choses nécessaires à cette opération.
En conséquence toutes les poudres aromatiques,
les baumes liquides, les différentes drogues que
celui-ci demanda, lui furent abondamment et
promptement fournies ; et l'embaumement, qui
dura six semaines, eut tout le succès que les
soins assidus et l'habileté de l'opérateur pouvoient faire espérer.

Cependant, Henri régloit les préparatifs et
l'ordre des funérailles de nos parens. Il concer-
toit avec Philippe et Vincent, le plan d'un monument funèbre qu'il se proposoit de leur élever. Il indiquoit la solennité de certains jours
de prières publiques. Il prescrivoit un deuil général pour la Colonie, qui ne se bornoit pas à
la forme ni à la couleur des habits ; mais qui
étendoit sa sévérité jusqu'aux repas et aux ré-
créations. Le deuil étoit d'un an ; les habits devoient être d'une étoffe grossière et brune, les

repas, simples et modiques. Tous festins, tous plaisirs bruyans étoient défendus. Le véritable deuil se portoit dans le cœur; mais on ne vouloit pas et il ne convenoit point que rien démentît à l'extérieur cette tristesse profonde. Des enfans tendres et reconnoissans pourroient-ils, hélas! trop manifester les sensibles regrets qu'ils devoient à un bon père et à une digne mère? Les ordres de Henri furent ponctuellement et fidèlement exécutés.

Quand le jour de l'enterrement fut arrivé, tous les Insulaires, avertis du moment de la cérémonie, du rang qu'ils y devoient prendre, et des fonctions que chacun devoit y remplir, se rendirent en habits lugubres, sur le préau de la citadelle, où les corps des deux Fondateurs étoient exposés. Alors ces corps vénérables, placés dans une bière de bois de cèdre, qu'on avoit renfermée dans un cercueil de plomb couvert d'un drap mortuaire noir et blanc, furent mis sur un char tiré par quatre chevaux, également couverts de housses noires et blanches. Les chevaux prirent à pas lents le chemin de l'esplanade. Henri, que soutenoit de Martine, marchoit derrière le char, à quelques pas de distance, d'un air pénétré, la tête baissée et les yeux noyés de pleurs. Toute l'escorte le suivoit dans un silence qui n'étoit interrompu que par des gémissemens.

Parvenu jusqu'au bout de l'esplanade, le char

funèbre s'arrêta devant l'autel, où l'on descen
dit le cercueil. Toute la troupe des Insulaire
l'environna, et l'on commença les prières pou
les défunts. Henri fut encore obligé, par le devoir de sa place, d'exercer, dans ce triste moment, les fonctions de Pontife de la Colonie.
Il devoit l'exemple du courage ; il rappela sa
fermeté, et faisant taire sa douleur, que les
larmes et les sanglots de l'assemblée renouveloient malgré lui, il s'acquitta de son auguste
ministère avec la plus grande décence et la plus
tendre piété. Ce fut lui qui fit l'éloge funèbre
des deux Fondateurs, en ces termes :

« Mes frères, mes concitoyens, mes amis ;
quel touchant, quel triste devoir que celui qui
nous réunit ici ! et qu'il est pénible celui que
j'y remplis en ce moment ! Au lugubre appareil
qui frappe nos regards, et à la profonde affliction qu'on voit sur tous les visages, il n'est aucun de nous qui ne sente plus vivement la perte
qu'il vient de faire, et la cruelle séparation qui
va se consommer. Mais combien peu, j'ose le
dire, ont parfaitement connu toutes les vertus
de ceux qu'ils pleurent, et l'étendue de leur
esprit, et la profondeur de leurs connoissances,
et les trésors inépuisables de leur bonté, et la
hauteur de leurs ames sublimes !

» J'ai eu le bonheur de les voir et de les entendre plus souvent que nul autre, et rien ne
peut ajouter à l'idée que je m'en suis faite.

Hommes, époux, parens, Chefs de société, ils
ont rempli, dans tous ces états, tous les devoirs que la nature, la religion et la politique
leur prescrivoient. Les Mémoires que le Roi
nous a laissés comme un précieux héritage, sont
un monument authentique de leurs vertus civiles et domestiques. Avec quelle soumission et
quelle reconnoissance ils ont reçu les avis et les
conseils de leurs parens! avec quelle exactitude
et quel zèle ils ont suivi leurs volontés! avec
quelle candeur et quelle innocence ils ont passé
leur jeunesse dans une société dépravée! Qui
montra jamais plus de constance dans l'adver-
sité, plus de ressources dans le besoin, et plus
d'ardeur pour le travail? Quels époux furent
jamais plus unis, plus tendres, plus prévenans
et plus soigneux l'un pour l'autre? Où vit-on
des parens plus attentifs, plus vigilans, et qui
aient chéri tous leurs enfans avec tant d'affection? Enfin, où verra-t-on ailleurs des Chefs de
Société plus instruits, plus justes, plus bienfai-
sans, et plus empressés à faire régner l'ordre,
la concorde, la paix parmi leurs sujets, à les
faire jouir de tous leurs droits d'hommes et de
citoyens, à les rendre aussi heureux qu'ils peuvent l'être?

» Et c'est ici, mes frères, que vous devez re
marquer plus particulièrement les talens rares
et le mérite incomparable de notre père, la
raison profonde et éclairée de notre mère. Ils

2.   17

savoient, ils vous l'ont appris, que l'homme es
né pour vivre en société; qu'il ne peut rien, ou
presque rien, sans le secours et la force des autres; que ses lumières, ses droits, ses moyens,
ses jouissances augmentent à mesure qu'il voit
étendre ses relations, et que tout le bonheur
dont il peut jouir sur la terre, il le trouve dans
une société policée, fondée selon les plans de
la nature.

» D'après ces connoissances, ils conçurent le
hardi, le généreux dessein de composer de leur
famille une pareille société, de réunir toutes les
volontés dans la personne d'un Chef, pour le
bien commun et particulier, et en faisant ainsi
le bien de leurs enfans, d'assurer pour les siècles
celui de leur postérité. Ce dessein si magnifique,
si grand, et si important à la fois par les suites
qu'il devoit avoir, ils l'ont exécuté avec une
constance et un courage inébranlable, avec le
succès le plus complet. «

Henri descendit ensuite de l'autel, s'avança
jusqu'auprès du cercueil, et lui tendant les bras,
après s'être incliné profondément devant lui, il
reprit ainsi:

« O! chers et respectables auteurs de nos jours
et de notre prospérité! Chefs inimitables et sans
modèle! que d'obligations vous avez imposées à
nos cœurs reconnoissans; et quels exemples vous
nous laissez! Qui de nous pourroit oublier ce
que vous avez fait pour lui, et se retracer votre

idée sans être ému jusqu'au fond de l'ame? Non,
jamais, jamais nous ne perdrons le souvenir de
vos soins paternels, de vos bienfaits, de cet
amour si tendre que vous aviez pour nous, ni
des sages conseils que vous nous avez donnés.
Point de membres de la Société, qui ne les ait
gravés dans son cœur, qui ne se fasse un devoir
de les transmettre à ses enfans, pour en étendre
la mémoire jusqu'aux dernières générations, et
qui, en leur racontant les événemens de votre
vie et tous les faits mémorables dont elle est
pleine, ne prenne plaisir à les instruire de ce
qu'ils vous devront un jour.

» En nous exhortant à obéir aux lois, vous
m'avez recommandé de les faire exécuter et
d'être toujours juste. Elevés sous vos yeux, formés par vos leçons, pourrions-nous, hélas! nous
en écarter? Pourrions-nous vouloir troubler
cette société qui vous fut si chère, et sur laquelle
vous veillez encore, du séjour heureux que vous
habitez? J'ose croire qu'il n'est aucun de nous
qui ne leur ait voué dans son cœur la plus grande
soumission, qui ne se regardât comme coupable
envers vous et envers le ciel, s'il venoit à les
transgresser. Quant à moi, ô mon père! dont
j'implore ici l'assistance, chargé de la pénible
tàche de gouverner après vous ce nouveau peuple, je me consacre tout entier à faire observer
ces lois qui le protègent, et je fais, en votre
présence, le serment solennel de n'user du pou-

voir qu'elles me donnent, que pour défend
les droits, la propriété, la liberté de chaque c
toyen, que pour maintenir l'ordre, le bonhe
et la paix dans la Colonie. »

Après ce discours de Henri, qui fit coul
de nouveaux pleurs des yeux de l'assemblée
tous les chefs de famille sortirent de leurs place
et vinrent se ranger devant lui, pour lui rendr
un hommage public et lui prêter serment d
fidélité, tant pour eux que pour leurs femme
et leurs enfans. Ils le firent en mettant la mai
gauche sur leur cœur, et en posant la droite su
le code des lois, qu'on avoit eu soin de porte
pour cette cérémonie. Henri prit ensuite place
la tête du cortège, et accompagna les véné
rables corps jusqu'au monument funèbre où il
devoient reposer.

Ce fut là que toutes les plaies du cœur se
rouvrirent, que toutes les douleurs se renouve-
lèrent. Lorsqu'on descendit le cercueil dans le
tombeau, chacun des Insulaires crut perdre encore une fois ces parens si bons et si tendres.
L'on n'entendit de toutes parts que des sanglots
et des gémissemens, et le nouveau Chef, dé-
chiré jusqu'au fond de l'ame par sa propre dou
leur et par celle des assistans, fut obligé de
presser la fin de la cérémonie, pour se dérober à ce spectable désolant, et s'arracher d'un
lieu également cher et terrible à cette famille
éplorée.

Que le triste souvenir de ce cruel moment,
et que les larmes qui coulent encore de nos
yeux en retraçant cette peinture, ne nous empêchent pas de remplir ici les pénibles fonctions
d'historien, et de parler du mausolée qu'on
élevoit aux Fondateurs.

Ce monument, auquel on devoit joindre une
longue suite de monumens semblables, qu'on
se proposoit d'élever à la mémoire de tous les
bienfaiteurs de l'île, et qui n'étoit pas encore
bien avancé quand les corps des Fondateurs y
furent portés, étoit placé en avant et au côté
droit de l'autel et de la pyramide, à cent pas de
celle-ci. Il ne consistoit alors que dans des fondations élevées de quatre pieds au-dessus de
terre : commencement d'un édifice sépulcral,
dont la forme intérieure, demi-circulaire, considérée du milieu de l'esplanade, comprenoit
trois entre-colonnemens du péristile qui le précédoit.

Les dimensions de cet édifice, achevé depuis,
sont, pour le mausolée, trente pieds de hauteur
du sol jusqu'à la voûte, vingt-cinq pieds de
largeur, prise parallèlement à la longueur du
péristile, et seize pieds de profondeur, du seuil
de l'entrée jusqu'au point de l'intérieur du mur
le plus éloigné. Le péristile a vingt-quatre pieds
de largeur, et sa longueur, proportionnée à la
largeur du mausolée, doit s'étendre et devenir

une longue galerie à mesure qu'on bâtira d'autres monumens à côté de celui-ci.

L'entrée du mausolée est décorée de quatre colonnes, ou plutôt de quatre palmiers, accolés deux à deux, et quatre autres colonnes figurées en palmiers, qui répondent aux premières, soutiennent et décorent la partie antérieure du péristile, qui est exhaussé d'un pied et demi au-dessus du sol. On voit au pourtour du mausolée, six autres colonnes semblables aux premières, dont le chapiteau ou plutôt les branches se courbant en cintre vers le milieu de l'édifice, forment naturellement le lambris, et couvrent le tombeau des deux Fondateurs. Le fût des colonnes ou tronc des palmiers, ainsi que les branches, imitent le naturel par la couleur qu'on leur a donnée.

On aperçoit du dehors au centre du demi-cercle intérieur, le tombeau isolé. L'espace que laissent les colonnes entre elles, et celui qui se prolonge et s'étend derrière le tombeau, donnent passage à la vue jusqu'au fond du mausolée, et permettent ainsi de lire les inscriptions gravées sur des tables de marbre blanc, dont les murs sont revêtus dans les entre-colonnes.

Le tombeau imité de l'antique, est de marbre noir. Il a en-dessous la forme ronde d'une nacelle portée sur deux consoles, qui l'embrassent de chaque côté, jusqu'au bord du couvercle. Elles sont ornées de cannelures, et leurs bases, qui ont pour ornement des pieds de lion, posent sur un beau socle de brèche d'Alep (1).

Ce sarcophage, couvert carrément, sert de support au grouppe des figures du père et de la mère. Elles sont de la main de Vincent, et parfaitement ressemblantes. L'artiste les a représentées de bout, tournées du côté du péristile et se tenant par la main, tandis qu'ils semblent tendre l'autre à ceux qui les regardent. On ne peut voir leur attitude et leurs traits, sans reconnoître l'expression de cette bonté majestueuse qui brilloit sur leurs visages, et sans être vivement ému de la tendre affection qu'ils paroisent témoigner encore à leur famille.

Le socle du sarcophage pose sur une espèce de stylobate (2) qui fait un soubassement large à ce tombeau, élevé de trois pieds au-dessus de quatre gradins de marbre blanc; et ce large

---

(1) Vincent et la plupart de ses fils, qui cultivent avec succès tous les Beaux-Arts, en cherchant soigneusement dans tous les cantons de l'île des matières propres à la sculpture, firent la découverte de plusieurs sortes de pierres et de marbres précieux, dont quelques-uns ressemblent parfaitement aux marbres les plus estimés en Europe, et particulièrement à celui qu'on appelle brèche d'Alep, qui vient des environs de cette ville de Syrie.

(2) Terme de Sculpture et d'Architecture, tiré du grec, qui veut dire piédestal. (*Note de l'Editeur.*)

stylobate porte sur ses angles autant de figures allégoriques avec leurs attributs respectifs. Celles qui se présentent du côté de l'entrée , sont la Justice et l'Agriculture , celles qui décorent les angles opposés, sont le Commerce et l'Instruction.

La première tient un niveau d'une main et un sceptre de l'autre. Elle presse du pied droit une hydre , dont les têtes renversées et les langues pendantes annoncent les abois. La Cupidité aux mains crochues , l'Astuce couverte d'une peau de renard , l'Envie décharnée, dont un serpent mord le sein , et la Fureur homicide , l'œil farouche et la bouche écumante, armée d'une poignard et d'un tison ardent, fuient les regards pénétrans de la Déesse.

Autour de la seconde, qui , d'une corne d'abondance, verse les trésors de Cérès et de Pomone , on voit des charrues , des vans , des herses , des bœufs , des chevaux , des brebis, etc. Elle s'appuie sur un olivier , symbole de la paix , qui lui est si nécessaire.

La troisième , portant un caducée et une bourse , emblêmes des traités et des échanges, est assise sur une balle de marchandises , entre une charrue et une ancre , surmontée du chapeau de la liberté. A ses pieds paroissent un chameau chargé et une proue de navire.

La quatrième , telle qu'on nous peint Minerve, instruit un jeune adolescent, qui paroît écouter avec attention les leçons qu'elle lui donne.

Le bas de l'entre - colonnement du fond, derrière le tombeau, offre une large peinture qui montre, dans une suite d'allégories, que l'agriculture est la mère de la population, des arts et des plaisirs, et qu'elle doit elle-même sa naissance aux avances et aux travaux constans de l'homme instruit et laborieux.

On y voit un champ cultivé et séparé par un large fossé d'une lande stérile et déserte, qui s'étend dans le lointain jusqu'à des montagnes arides. D'un coté du champ, les sillons couvrent la terre; de l'autre, la herse les applanit. Un laboureur y sème des grains, et sous ses mains prospères, ces grains, comme les dents du dragon de Cadmus, produisent des hommes qui portent chacun le symbole d'un art, et qui fournissent au cultivateur des compagnons et des secours. Cette nouvelle génération sort du milieu des glèbes écrasées. Derrière le laboureur sont, dans de vastes corbeilles, les grains qu'il doit répandre, et tout auprès les restes d'un repas qu'il vient de faire; des glands, des châtaignes, des noix, etc., productions naturelles et spontanées de la terre vierge, et nourriture précaire de l'homme, avant qu'il eût forcé la terre à se charger de moissons.

17*

A côté et sur le même plan, on découvre une
campagne riante, entremêlée de bois, de prés,
de vignobles, de vergers, et embellie par les
habitations éparses des cultivateurs. Ici l'on voit
flotter au gré du zéphir, sur le dos de la plaine,
les blés déjà mûrs. Des troupes de moissonneurs
armés de faucilles, s'empressent de les couper,
les lient en gerbes dont ils font de grands tas;
et de longs chariots, traînés par des bœufs, les
portent jusqu'à l'aire, où les coups redoublés
du fléau les séparent de la paille. Là, ce sont
des Bergers couchés nonchalamment à l'ombre
des saules sur le bord d'un ruisseau. Ils font ré-
sonner leurs chalumeaux et leurs musettes de
chansons rustiques, tandis que les bœufs, les
taureaux, les génisses qui sont sur leurs gardes,
paissent dans le bas de la prairie, bondissent
ou s'ébattent en mugissant, et que les chèvres
et les moutons bêlans broutent le serpolet et le
thym des collines. Plus loin et sur le penchant
des côteaux, des vendangeurs dépouillent de ses
fruits délicieux la vigne, qui ploie sous le poids
de la grappe ambrée, et lès voiturent au pres-
soir, où coulent des flots de vin. Les ris folâtres
et la joie douce et pure suivent partout ces
hommes paisibles, animent toute la scène, et
se font voir surtout dans les danses qu'ils forment à la fin de la journée au retour de leurs
travaux.

Au dessus de cette peinture et sur une table

Monumens élevés à la mémoire des Bienfaiteurs de la Patrie.

de marbre noir, est gravée en lettres d'or,
l'épitaphe des deux Fondateurs. L'inscription
formée en gros caractères, plus élevée que le
groupe du sarcophage, se voit du milieu de l'esplanade, et ceux qui parcourent la galerie peuvent la lire facilement. Elle est conçue en ces
termes :

De deux époux unis par le sort, par l'amour,
    Au sein de ce tombeau sont les précieux restes.
       Leurs travaux, leurs vertus célestes,
    On fait de ce désert un fortuné séjour.

Fondateurs généreux d'un peuple leur ouvrage,
       Législateurs de leurs enfans,
       Si ce peuple est heureux et sage,
    Il le doit à leurs soins tendres et bienfaisans.

Héritiers de leur nom, imitons leur exemple.
       Vivons pour être vertueux;
       Et pour nous montrer dignes d'eux,
Que ce tombeau pour nous soit désormais un temple.

~~~~~~

CHAPITRE XLVI.

Couronnement de Henri; fête donnée à
cette occasion.

Le temps du deuil se passa dans un profond
sentiment de tristesse. La mort de Baptiste, dont
les fils, de retour dans l'île, avoient apporté la
nouvelle, ajouta encore à la douleur publique.
Henri gouverna la Colonie, suivant les plans du
premier Chef, et la maintint dans l'état de
prospérité; et profitant de ce que la Colonie
n'avoit plus rien à craindre des desseins hostiles, et des irruptions des Peuples voisins,
actuellement amis et civilisés, il chercha à
tirer parti de tous les cantons de l'île, où l'on
pouvoit désormais s'établir sans danger. Le
premier objet étoit de les rendre plus acces-
cibles aux entreprises de l'agriculture, de l'industrie et du commerce, et pour cela il falloit
ouvrir une communication facile entre le nord
et le midi de l'île. A cet effet, Henri fit faire un
grand chemin de vingt-quatre pieds de largeur,
pour aller de la partie basse de l'île à la partie
supérieure, et de là jusqu'à l'embouchure de la
rivière septentrionale. Ce chemin, qu'on vou-

loit rendre commode , et qui devoit être solide
pour résister aux longues pluies de la mauvaise
saison , fut fait avec beaucoup d'art et d'économie. Il commence au côté gauche de la rivière
basse , à l'endroit où se termine celui que le Roi
a fait construire , et forme une chaussée à travers le vallon, jusqu'au pied des collines qui
sont la base des crêtes du midi. Là , il monte
en pente douce et en serpentant jusqu'à la brèche
du pont-levis , à la place duquel on a construit
un pont de pierre; ensuite , gagnant les gorges
des montagnes les plus élevées , qu'il tourne en
plusieurs endroits , il descend vers le nord par
des rampes habilement ménagées. Au lieu d'un
pavé , qui l'eût rendu plus coûteux et moins
doux , il est garni, dans toute sa longueur, d'un
ferré de petites pierres, encaissé dans une tran-
chée de deux pieds de profondeur, et de douze
de largeur. Il est revêtu, du côté des montagnes,
d'un fossé nécessaire à l'écoulement des eaux ;
et deux rangs d'arbres fruitiers, plantés le long
du fossé du côté du chemin , dont ils retiennent
les terres, en font une allée magnifique, où le
voyageur trouve à la fois de l'ombre , du repos, et de quoi se désaltérer ou se nourrir au
besoin.

Cette belle route, à l'entretien de laquelle
on veille soigneusement, dispense désormais
les Insulaires de faire par mer le tour de l'île,
pour aller dans les cantons d'au delà des mon-

tagnes, ou d'affronter les périls qu'ils couroient
à les traverser. Plusieurs citoyens en ont profité
pour reconnoître et visiter souvent cette partie
du territoire, jusqu'alors si peu fréquentée ; et
quelques-uns, invités par l'avantage de sa situation, plus commode que celle du midi pour
les expéditions du commerce extérieur (1), par
la nature du sol, les qualités des végétaux et le
voisinage des mines, y ont transporté leur domicile, et après avoir obtenu des concessions
du Souverain, s'y sont fait de très-beaux dô-
maines, où ils sont, tour à tour et à volonté,
cultivateurs, négocians ou artisans.

Ils portent aux habitans du pays bas, des
légumes et des fruits d'Europe, qui réussissent
beaucoup mieux dans les pays montagneux et
tempérés, et qui, mûrissant plus tard que dans
le vallon, y arrivent après que les autres y ont
passé ; des métaux tout prêts à être façonnés,
et qui nous reviennent moins cher que si nous
les tirions nous-mêmes de la mine, et ils pren-

(1) Les pays avec lesquels la Colonie est en relation
de commerce étant situés au nord de l'île, c'est un grand
avantage pour ceux des Insulaires qui font des expéditions maritimes, de partir de la rivière du nord, ou d'y
arriver ; car ils gagnent au moins deux jours sur ceux
qui partent en même temps de la baie du midi et doivent
y revenir. Ils ne risquent pas d'ailleurs, comme ceux-
ci, d'être poussés sur les rochers et les écueils sans
nombre dont l'île est environnée.

ent en retour les objets de consommation ou
d'industrie dont ils ont besoin. Les relations
intérieures et la circulation en ont acquis plus
d'étendue et d'activité, à l'avantage réciproque
des deux parties de l'île, et au profit général
de la Société.

A l'occasion des nouveaux défrichemens et de
l'extension de l'agricultnre, Henri, en administrateur habile et soigneux, a publié une loi
de précaution, qui défend de couper les bois
dont les crêtes et les penchans roides et élevés
des collines sont couverts, pour empêcher non
seulement l'éboulement des terres et la dénu-
dation des rochers, mais pour prévenir la diminution de l'humidité dans le pays (1); car

---

(1) L'expérience de tous les pays de la terre habités
depuis long-temps, prouve la sagesse de cette loi. On y a
partout coupé les bois sans prévoyance et sans économie,
et la disette de cette importante production est le moindre
inconvénient qui en soit résulté. Une grande partie de
l'Asie n'offre plus que des déserts arides dans les contrées autrefois les plus fertiles et les plus agréables,
parce qu'elles n'ont plus de bois, que les terres des montagnes se sont éboulées dans les plaines, et que les fontaines et les ruisseaux y ont tari.

L'Europe, habitée plus tard, n'est pas encore parve-
nue à ce point de dégradation; mais si on continue à y
couper les bois avec aussi peu de ménagement qu'on l'a
fait depuis quelques siècles, si on n'y a pas l'attention
d'en semer et d'en planter de nouveaux, on y sentira
bientôt les pernicieux effets de cette imprudence. Déjà

le pied des arbres, le gazon et la pelouse don
ils sont entourés, affermissent et retiennent le
terres sur les penchans des lieux élevés ; et le
vapeurs humides qui nagent dispersées dan
l'atmosphère, portées par les vents contre l
cime de ces arbres, sont forcées de s'y arrêter.
Là, retenus par l'épaisseur du feuillage, et
condensées par la fraîcheur de l'ombre, elles
tombent comme un brouillard sur les plantes
et le gazon qui tapissent le sol, s'attirent, se
réunissent en petites gouttes, qui s'insinuent
dans la terre jusqu'à la glaise et aux rochers,
dont les creux et les cavités sont pour elles autant de réservoirs. Ces eaux, venant ensuite à
remplir la capacité des lieux qui les contiennent,

---

l'Italie, l'Espagne, l'Angleterre, sont presque entièrement dégarnies de grands bois et de forêts ; et les deux
premières, sous un soleil plus ardent, présentent de
vastes landes inhabitées et inhabitables, parce que la
terre brûlée et privée d'ombrages, n'y a plus l'humidité
nécessaire pour désaltérer les hommes et nourrir les
végétaux ; l'on s'aperçoit qu'en France les bois de charpente et de chauffage commencent à devenir rares. Les
grandes forêts de l'Allemagne et du nord s'éclaircissent
considérablement, et cependant la consommation de bois
pour le chauffage, pour les besoins de la marine et des
arts, augmentent chaque jour d'une manière incroyable.
On abat partout les futaies, et l'on fait peu de semis et
de plantations.

Il n'est pas difficile de prévoir ce qui doit en résulter un
jour, si les Gouvernemens ne songent enfin à y mettre
ordre.

débordent, et s'échappent par la première issue
qu'elles trouvent. Enfin, l'épanchement de ces
eaux, toujours entretenu par les vapeurs et par
la fraîcheur des bois, produit les fontaines et
les ruisseaux, qui arrosent les lieux voisins de
leurs cours, et entretiennent la sève et l'abondance des végétaux nécessaires à la vie des animaux et aux besoins de l'homme.

S'il est important pour des régions tempérées
de prévenir la destruction des bois, la dégradation des montagnes et là perte des sources,
c'est une attention plus nécessaire encore dans
un pays tel que notre île, située sous un climat
très-chaud, et dont la fertilité est en raison des
eaux qui l'arrosent.

La colonie ayant pris naissance dans un pays
isolé, et ne pouvant, dans sa foiblesse, établir
de communications avec les Peuples chrétiens,
trop éloignés d'elle, n'avoit pu se procurer jusques
alors les secours spirituels dont ceux-ci jouis-
sent, et manquoit particulièrement de Ministres
de la religion. Le Souverain, il est vrai, en faisoit les fonctions. Il étoit devenu Pontife par
nécessité ; mais les Insulaires, élevés dans les
principes du Christianisme, desiroient tous ardemment d'en voir établir le culte parmi eux, tel
que doivent le suivre des sociétés chrétiennes.
Henri voulant les satisfaire, considérant que la
Société venant à s'étendre et à se disperser de
plus en plus sur le territoire de l'île, le Sou-

verain, en sa qualité de Pontife, ne pourroit
pas suffire seul aux besoins spirituels de tous
ses sujets; qu'il ne s'en occuperoit pas même
sans perdre le temps nécessaire, et sans nuire
aux fonctions du gouvernement temporel, résolut de remettre l'encensoir et l'administration
du culte religieux à des hommes approuvés et
consacrés pour ces fonctions.

En conséquence, il fit partir son fils Louis
pour la Chine, et le chargea, pour le Chef des
missions envoyées d'Europe dans ce pays-là,
d'une lettre de sa part, où il lui demandoit un
ministre apostolique, revêtu non seulement du
pouvoir d'en consacrer d'autres, mais du caractère suffisant pour leur transmettre ce pouvoir. Louis réussit parfaitement dans sa négociation. Il amena dans l'île un Missionnaire
français, muni de tous les pouvoirs qu'on lui
desiroit, et qui, se dévouant tout entier au service des Insulaires, étoit résolu d'y finir ses
jours. Cet homme, plein de zèle, mais sage
et modéré, n'a fait en quelque sorte que s'y
montrer. Il n'a eu que le temps de consacrer
trois Ministres des autels, choisis parmi les
jeunes gens les plus vertueux et les plus estimables; et il est mort peu de mois après son
arrivée, avec le regret de n'avoir pu porter ses
travaux aussi loin qu'il le projetoit, mais avec
la satisfaction d'avoir trouvé dans l'île la société

la plus unie et la mieux instruite des vérités essentielles qu'il eût jamais connues.

Lorsque l'année du deuil fut révolue , les principaux de l'île asssemblés prièrent Henri d'ordonner la cérémonie de son couronnement, de fixer le jour de l'inauguration , et de permettre qu'en cette circonstance solennelle les citoyens lui donnassent une fête, comme un témoignage de la joie que cet événement leur inspiroit.

Henri les remercia, et cédant à leurs desirs, donna les ordres qu'ils sollicitoient , nomma quelques-uns de ses frères , pour présider aux fonctions importantes de cette cérémonie auguste , et leur laissa la liberté de se faire aider dans leur ministère par ceux de leurs fils ou de leurs neveux qu'ils jugeroient les plus propres à les seconder.

En conséquence le lieu fut choisi sur la partie de l'esplanade la plus éloignée de la pyramide ; le jour indiqué à un mois, et les préparatifs nécessaires , déjà concertés , furent faits soigneusement et avec diligence.

La matin du jour assigné , au moment où le soleil parut sur l'horison , le canon des ramparts de la citadelle annonça la solennité. Tous les insulaires, au-dessus de quinze ans, vêtus d'habits uniformes de draps de coton blanc, avec des paremens et des revers de soie pourpre , et chaussés en brodequins, s'assemblèrent en ar-

mes sur la place du village, se formèrent p
compagnies en troupes régulières et comma
dés par leurs officiers, marchèrent dans le mei
leur ordre, drapeaux déployés, et précédés d'u
musique guerrière, jusqu'à la porte du pala
du Souverain de l'île; en arrivant ils étend
rent leur front, firent différentes évolutions
et s'étant divisés, se placèrent en haie, depu
la porte du palais jusqu'à celle de la citadelle.
* Henri sortit peu de momens après, vêtu d'une
longue robe de coton pourpre, à plis ondoyans,
bordée d'une large frange de soie blanche, nu
tête, et les cheveux flottans sur les épaules. Il
étoit précédé de six de ses frères, Guillaume,
Charles, Vincent, Philippe, Etienne et Joseph,
qui portoient chacun sur les mains les ornemens de la royauté, couverts d'une étoffe de
soie. Henri monta sur un char découvert, at-
telé de six chevaux, et les six frères s'étant
placés à côté de lui, le char s'avança lentemen
du côté de l'esplanade, accompagné de la troup
militaire divisée en deux corps, et suivi de tou
le peuple, paré de ses plus beaux habits, qu
faisoit retentir les échos d'alentour des cris d
vive Henri, notre Prince et notre Père.

Arrivé à l'endroit préparé pour le cérém
nial, Henri descendit du char, et deux de s
frères le soutinrent par-dessous les bras pou
l'aider à monter les gradins d'une sorte d'es
trade faite en forme d'amphithéâtre, sur la

quelle il devoit être couronné à la vue de tout
le monde. Dès qu'il y fut monté, il se mit à
genoux, et adressa, à haute voix, à l'Etre suprême, une courte prière, dans laquelle il lui
demanda la force et la sagesse nécessaire pour
s'acquitter dignement de ses pénibles devoirs.
Quand il fut relevé, Etienne et Vincent lui
mirent sur les épaules un long manteau de satin
blanc, bordé d'un frange violette. Philippe lui
posa sur la tête une couronne d'argent, ornée
d'épis de bled d'or entrelacés. Guillaume lui
présenta pour sceptre une houlette. Charles lui
donna successivement à tenir le manche d'une
charrue, le Code des lois et un encensoir, et
Joseph lui ceignit un glaive. Les six frères s'é-
tant réunis, l'élevèrent sur leurs bras, et le
placèrent sur un trône qui n'étoit autre chose
qu'une pile de gerbes, et puis ils s'inclinèrent
devant lui, pour lui témoigner leur respect et
leur obéissance.

Philippe prenant ensuite la parole, lui dit au
nom de tous, et d'une voix élevée : « Souverain, ou plutôt père de ce peuple, souvenez-vous
bien des devoirs que vous vous imposez, en
vous engageant à le gouverner. Les ornemens
qui vous entourent, et qui décorent votre front,
vous les retracent vivement sous les symboles
les plus simples. La houlette qui vous sert de
sceptre, vous avertit que vous êtes pasteur, et
que vous devez veiller avec soin et tendresse

sur votre troupeau ; le trône de gerbés et la
couronne d'épis , que votre puissance est fon
dée sur l'agriculture , et que votre gloire dé
pend de sa prospérité ; le manche de la charrue, que votre peuple attend de vous l'exemple de l'amour et du respect pour ce premier
des arts ; le Code des lois , que l'art nourri-
cier ne peut exister non plus que la société s'ils
ne sont protégés par la justice ; l'encensoir,
que vous êtes en ce moment ministre de morale , pontife de la religion , et à ce double
titre , chargé non - seulement de maintenir les
rites sacrés , mais de montrer à vos sujets le
chemin des vertus les plus sublimes , de porter leurs vœux au Ciel, et de lui rendre graces
pour les bienfaits qu'ils en ont reçus ; le glaive
enfin (emblême du pouvoir que la société vous
donne, en vous faisant le centre des volontés
et des forces de tous) , vous annonce que vous
devez protéger et défendre leurs personnes et
leurs propriétés.

Henri , de l'aveu duquel Philippe venoit de
parler ainsi , remercia d'abord son frère d'avoir
pris soin de lui rappeler ses devoirs de souverain , en le priant de lui dire toujours la vérité avec cette franchise patriotique , l'assurant
qu'il l'écouteroit toujours avec autant de do-
cilité que de reconnoissance. Ensuite voulant
faire voir que son desir le plus ardent étoit de
se montrer digne du rang suprême , auquel

l'élevoit sa naissance, il fit du haut du trône un discours à l'assemblée, sur les intérêts qui doivent unir les sujets et le Souverain.

« Je m'acquitte aujourd'hui, dit-il, d'une des principales fonctions de ma place, comme premier instituteur, en vous remettant sous les yeux l'acte indissoluble qui lie le Chef de la Société aux membres dont elle est composée. Le Roi ne seroit rien sans doute sans la société : il existe par elle et pour elle ; mais la société elle-même ne sauroit subsister, si elle n'avoit dans la personne du Roi une autorité consentie, assez puissante pour faire régner l'ordre et la paix dans l'intérieur de l'Etat, pour défendre les propriétés publiques et privées des attentats de la cupidité et de l'injustice armée. Comme aussi elle ne parviendroit jamais à une grande prospérité, si par la faute ou l'impuissance du Chef, les citoyens ne jouissoient pas de la plénitude de leurs droits ; si l'instruction qui doit les leur faire connoître étoit nulle ou insuffisante, si le revenu public et le patrimoine commun étoient mal ou abusivement administrés. En deux mots, point de société sans chef ; point de société prospère et durable sans l'union intime des volontés et des forces privées dans sa personne.

» Il est donc indispensable que le Souverain montre une attention et une vigilance continue à remplir ses devoirs, et que les sujets lui fournissent les moyens de s'en acquitter d'une ma-

nière convenable; qu'il lui payent exactemen
la portion que la souveraineté doit prélever s
leurs revenus en raison de la quotité, et qu'il
l'aident de leurs lumières et de leurs bras toutes
les fois que les circonstances et le bien commun
l'exigent.

» Je n'insisterai pas, mes chers enfans, sur
ces devoirs réciproques, puisque l'instruction
que vous avez reçue et les lois qui vous régis-
sent, vous éclairent depuis long-temps sur leu
importance, et que vous ne pouvez douter que
la sûreté personnelle, la tranquillité publique
et l'existence même de la société ne reposent
sur cette base; mais je vous conjure de vou
en pénétrer vivement, et d'être toujours d'a
cord et d'intelligence avec celui qui vous gouverne. Je vous y engage par la considération
de votre intérêt propre, de celui de vos frères,
et par le sentiment de reconnoissance que vou
me devez. Je n'ai pas les talens sublimes d
notre père, mais je ne lui cède en rien quant
aux sentimens que j'ai pour vous. Mon peuple
sera toujours le premier et le plus cher objet
de mes affections. Je n'aspire à d'autre bonheur qu'à celui de le rendre heureux de toutes
mes forces; tous mes talens seront employé
à l'exécution de ce noble dessein jusqu'à h
fin de ma vie ».

Cette exhortation touchante que l'accent d
cœur et le geste rendoient plus éloquente,

éouler de tous les yeux des larmes d'attendrissement, et toute l'assemblée y répondit par de nouveaux cris de *vive notre père.*

Au milieu de ces acclamations répétées, Henri descendit de son trône et de l'estrade, et se rendit à pied jusqu'au champ royal, qui n'étoit pas éloigné, avec tous ses officiers, et suivi de la foule des Insulaires. Là, s'étant mis à genoux et prosterné la face contre terre, il remercia Dieu, au nom de son Peuple, des nouveaux fruits qu'il avoit fait croître, et lui en offrit les prémices. Ensuite il se dépouilla de son manteau et de sa longue robe, prit une faucille qu'on lui présenta, et commençant la moisson, coupa une gerbe de blé qu'il lia lui-même. Ses officiers armés de faucilles, suivirent son exemple, et coupèrent les blés de plusieurs sillons. Tous les assistans mirent ensuite la main à l'œuvre, de sorte que le champ fut en un instant moissonné.

En sortant du champ royal, Henri assista à une cérémonie non moins importante que celle qu'il venoit de remplir. Les jeunes gens des deux sexes en âge de devenir chefs de famille, et dont les parens approuvoient l'union, s'étant assemblés tout près du champ, pour demander au Souverain qu'il légitimât leurs accords, et les parens qui l'avoient déjà prévenu de leurs intentions, l'ayant prié de bénir leurs enfans, il fit unir solennellement et avec beaucoup d'appareil ces jeunes couples, douce espérance de la

2, 18

société présente, et présage flatteur de la pros
périté des races à venir.

L'anglais Wilson qui, comme on l'a vu, avoi
conçu de l'amour pour Dona Rosa, désespé
rant d'obtenir sa main, s'étoit enfin résigné;
il avoit fait choix d'une jolie habitante de la
Colonie. Dona Rosa épousa Robert, l'un des
fils du Souverain, et de Martine devint l'époux
de la belle Elise, sœur de Robert. Ces trois
mariages se célébrèrent le jour même de la
fête du couronnement, et contribuèrent à la
rendre plus brillante.

Cependant quelques Insulaires, chargés des
détails de la fête, préparoient et portoient sur
l'esplanade un repas rustique qui se trouva
servi lorsque la cérémonie des mariages fut
achevée, et que les moissonneurs eurent fini
leur travail. Il étoit dressé sur une table immense en fer à cheval, ombragée par de vastes
pavillons ouverts de tous côtés. Henri, Chef et
père de cette grande famille, se mit au bout de
la table; les principaux de l'île se rangèrent à
ses côtés, et tout le reste du peuple y prit place
auprès d'eux. Le repas simple, mais abondant,
se fit avec la gaieté la plus décente. L'affection
qui lioit tous les convives, le lieu, les circonstances épanouissoient tous les cœurs, animoient
tous les esprits.

On y chanta en cœur le bonheur des hommes
qui vivent paisiblement unis, selon le vœu de
la nature, sur une terre qui récompense li-

béralement leurs travaux. On chanta le retour
du printemps paré de fleurs et de verdure, les
délicieuses soirées de l'été ; la douce joie du laboureur en voyant la dépouille de ses guérêts
remplir ses granges, et les fruits variés de Pomone, et les doux présens de Bacchus. De jeunes
couples chantèrent aussi l'amour pur et chaste,
charme de la vie de deux époux, consolateur
des peines et soutien des familles.

Après le dîné, qui avoit commencé tard, et
que le plaisir avoit prolongé, les convives, précédés d'une musique brillante, se rendirent dans
un endroit spacieux et uni, revêtu d'une molle
pelouse, où des danses vives et variées commencèrent aussitôt. Lorsque les contredanses ordinaires furent achevées, ils formèrent entre eux
des ballets, dans lesquels ils figurèrent divers
événemens de l'histoire de l'île. Tous les acteurs
et les spectateurs se prenant ensuite par la main
pour marque d'union et d'égalité, formèrent une
vaste enceinte au milieu de laquelle étoient placés Henri et Adélaïde. Puis tournant en cadence
autour de leurs Chefs, tantôt avec vivacité, tantôt d'un pas grave et lent, en s'inclinant quelquefois pour leur rendre hommage, d'autrefois
en se divisant pour ne former qu'une longue
chaîne qui se dérouloit, se replioit, serpentoit,
et dont les deux bouts venoient se rejoindre
auprès d'eux et les renfermoit dans le cercle
qu'elle décrivoit encore; ils offroient ainsi le
tableau mouvant du cercle de la société, dont

le Souverain est le centre, et qui interrompu et subverti par les désordres, ne peut se rétablir ni se reformer que sous ses auspices et sous ses yeux.

Il étoit déjà nuit quand les danses cessèrent. Alors le canon avertit qu'on alloit jouir d'un autre spectacle : des fusées partirent du fond de l'esplanade, et tous les yeux s'étant tournés de ce côté là, l'on vit s'allumer successivement toutes les parties d'un feu d'artifice qui, au milieu de l'obscurité, montroit une décoration magnifique.

L'ordonnance de ce feu, comme toutes les autres parties de la fête étoit allégorique et relative à la protection dont l'agriculture à besoin. Le théâtre représentoit le penchant d'un côteau, ou plutôt un tertre qui contenoit un champ de blé, dont la moitié déjà moissonnée offroit plusieurs rangs de gerbes posées debout. On voyoit autour du champ différentes espèces d'arbres chargés de fruits ; et vers le haut du tertre plusieurs ceps de vigne dont les jets superbes s'élançant jusqu'à la cîme d'autres grands arbres, montroient, à travers les feuilles, leurs grappes pleines et pendantes.

Un petit fort triangulaire, construit sur le sommet de la hauteur avec deux autres petits forts placés sur les côtés, et en avant du tertre, renfermoient entre eux le champ et les vergers, et leur servoient de défense. Les terrasses de ces petits forts portoient chacune

une assez grande pyramide. Celles qui faisoient les deux coins du devant du théâtre tournoient sur un pivot. Là pyramide du fort le plus élevé étoit immobile. L'écusson des armes de l'île (qui sont trois gerbes d'or en champ d'azur), orné de palmes et de branches d'olivier , en décoroit la face antérieure. Deux fontaines de feu jaillissantes , accompagnées chacune de deux aigrettes lumineuses, en garnissoient les côtés, et le sommet étoit couronné d'un globe plein d'artifice, surmonté d'un de ces grands soleils que l'on appelle gloire.

Dès qu'on eut tiré les fusées qui partoient de derrière cette pyramide , d'autres fusées préparées pour porter le feu à diverses parties du théâtre s'élancèrent du devant, et allèrent allumer à vol de corde toutes les lances à feu qui le bordoient ou décoroient les pyramides ; ensuite les blés du champ, les gerbes, les fruits et les feuilles des arbres. On vit , en un moment, tous ces objets briller de leurs couleurs naturelles. L'écusson des armes du Souverain, les fontaines et le grand soleil s'allumèrent en même temps, et jetèrent un grand éclat sur toute la scène.

Alors une troupe de sauvages, armés de massues enflammées , s'avança pour piller les fruits et brûler les moissons ; mais à leur approche il sortit du milieu de l'écusson des armes du Prince de nouveaux artifices qui , volant horrisontalement, mirent le feu à ceux des trois forts, d'où partirent aussitot des pots à feu, des bombes, des grenades, qu'on vit tomber de toutes parts sur ces ennemis, et dont l'explosion, la lumière et le fracas étonnèrent les spectateurs, charmés d'ailleurs de leur bel effet. Les sauvages obligés de reculer, revinrent encore à la charge, mais accablés par un nouveau déluge de feu, ils tombèrent et disparurent. Enfin, en signe de victoire, plusieurs trophées parurent à la fois en feu, et jetèrent une multitude de gerbes, de fusées qui terminèrent le spectacle.

Henri se montra fort satisfait de la fête; il en loua l'ordonnance et l'exécution, en remercia tous les chefs de famille, puis s'en retourna dans le même ordre qu'il étoit venu. Les citoyens qui l'avoient accompagné jusqu'au palais, se retirèrent paisiblement et gaiement chacun chez soi, le cœur plein de la plus douce confiance en leur Souverain, et se rappelant avec attendrissement toutes les preuves d'affection qu'il venoit de leur donner.

Ainsi finit cette fête agricole et paternelle, bien digne de trouver place dans les annales de l'Ile inconnue.

FIN.

TABLE

Des Chapitres contenus dans cet Ouvrage.

TOME PREMIER.

TOME II.

Fin de la Table.

DE L'IMPRIMERIE DE DEMONVILLE.

www.ingramcontent.com/pod-product-compliance
Lightning Source LLC
Chambersburg PA
CBHW050735030726
47505CB00002B/263